Jenn P. Nguyen

Alles, nur kein Surfer Boy

© Quynh Nguyen

Die Autorin

Jenn P. Nguyen verliebte sich bereits in der dritten Klasse in Bücher und verbrachte ihre restliche Schulzeit damit, in den Mittagspausen zu lesen und während der Freistunden die Bibliothek zu organisieren. Zur Zeit lebt sie mit ihrem Mann und ihren zwei Kindern in New Orleans. Jenn verbringt ihre Zeit mit Lesen, dem Schreiben von YA-Romanzen und dem Binge-Watching koreanischer Dramen – natürlich im Namen der Recherche. »Alles, nur kein Surfer Boy« ist ihr Debütroman.

Die Übersetzerin

Ivana Marinović, geboren in Esslingen am Neckar, studierte Vergleichende Literaturwissenschaft und arbeitete mehrere Jahre in einem Kinder- und Jugendbuchverlag, bevor sie sich als freie Lektorin und Übersetzerin selbstständig machte, um sich neben ihrer Bücherliebe ausgiebig ihrer zweiten großen Schwäche, dem Reisen, widmen zu können.

Jenn P. Nguyen

ALLES, NUR KEIN SURFER BOY

Aus dem Amerikanischen
von Ivana Marinović

cbt

Bei diesem Buch wurden die durch das verwendete Material und die Produktion entstandenen CO_2-Emissionen ausgeglichen, indem der cbj-Verlag ein Projekt zur Aufforstung in Brasilien unterstützt.
Weitere Informationen zu dem Projekt unter:
www.ClimatePartner.com/14044-1912-1001

FSC® www.fsc.org
MIX
Papier aus verantwortungsvollen Quellen
FSC® C014496

Wir produzieren Klimaneutral
ClimatePartner.com/14044-1912-1001
Druckprodukt

Verlagsgruppe Random House
FSC® N001967

1. Auflage 2020
Deutsche Erstausgabe Mai 2020

Die Originalausgabe erschien 2016 unter dem Titel »The way to game the walk of shame« bei Swoon Reads, an imprint of Feiwel and Friends and Macmillan Publishing Group LLC, USA.

Aus dem Amerikanischen von Ivana Marinović
Umschlaggestaltung: © Kathrin Schüler, Berlin, unter Verwendung eines Motivs von Getty Images (Westend61)
sh · Herstellung: AS
Satz: Uhl + Massopust
Druck: GGP Media GmbH, Pößneck
ISBN 978-3-570-31155-4
Printed in Germany

www.cbj-verlag.de
Dieses Buch ist auch als E-Book erhältlich.

Für meinen Dad,
die Nummer eins meiner größten Fans.
Ich vermisse dich jeden einzelnen Tag.
Con thương bố nhiều lắm.

1

Taylor

Noch bevor ich meine Augen öffnete, wusste ich, dass etwas nicht stimmte. Ich war nicht in meinem Bett, so wie ich es sein sollte, eingerollt in meine cremefarbene Decke, die ich letzten Monat mit Mom bei *Macy's* gekauft hatte. Der Stoff unter meinen Fingerspitzen war kühl und irgendwie kratzig.

Beweis Nummer zwei: Es roch anders. Nicht schlimm oder so. Einfach nur nicht nach dem Apfel-Zimt-Raumdeo, das Mom so liebte und überall im Haus versprühte, ungeachtet dessen, dass Dad und ich Zimt hassten. Ich hielt üblicherweise dagegen, indem ich mit Vanille-Duftkerzen durchs Haus lief. Was dazu führte, dass es bei uns daheim süßer roch als in einer Großbäckerei. Was wiederum ironisch war, denn eigentlich konnte keiner von uns backen.

Ich sog noch einmal tief die Luft ein, um sicherzugehen. Nein, hier gab es weder Äpfel noch Zimt noch Vanille irgendeiner Art. Stattdessen roch es nach Baumwolle mit einem schwachen Hauch von Pinie und Gras.

Doch der vernichtendste Beweis von allen war der muskulöse, entblößte Rücken eines halb nackten Typen, der neben mir lag – zumindest hoffte ich, dass er nur halb nackt war, da ich nicht unter die dunkelblaue Decke sehen konnte, die um seine Hüften geschlungen war. Eines Typen, der definitiv *nicht* in meinem Bett liegen sollte.

»Oh Gott. Oh. Mein. Gott.« Meine Stimme war ein heiseres Fiepsen. Ich kniff die Augen zu, bevor ich sie wieder öffnete. Einmal. Zweimal. Immer wieder, bis verschwommene Sterne an der blassblauen Zimmerdecke erschienen – eine Zimmerdecke, die ebenfalls nicht zu mir gehörte –, aber er wollte einfach nicht verschwinden.

Und die Sterne machten das schmerzhafte Pochen in meinem Kopf auch nicht besser. Warum hatte mich eigentlich niemand vorgewarnt, dass ich mich nach dem Trinken am nächsten Morgen so dermaßen mies fühlen würde?

Mit zitternden Händen lugte ich unter meine Decke und – *puuuh* – ein Seufzer der Erleichterung entfuhr mir. Gott sei Dank, ich war vollständig bekleidet. Wenn man das schwarze Spitzen-Tanktop und die knallenge Caprihose, in die Carly mich am Abend zuvor gezwängt hatte, vollständig bekleidet nennen konnte. Aber abgesehen davon sah alles andere normal aus – bis auf das fremde Zimmer und den halb nackten Typen, mit dem ich im Bett lag.

Ich saß so richtig in der Tinte. Warum hatte ich mich gestern Abend bloß von Carly auf diese Party schleifen lassen? *(Notiz an mich selbst: Es kommt nie etwas Gutes dabei heraus, wenn man auf dieses Mädchen hört.)* Aber sie hatte mich eben in einem schwachen Moment erwischt. Zugegeben, ich hatte einen ganzen Haufen schwacher Momente gehabt, seit ich auf der Warteliste der Columbia University gelandet war.

Aber jetzt mal im Ernst – *ich*, Taylor Simmons, auf der Warteliste? Ich konnte es immer noch nicht glauben. Wussten die denn nicht, wer ich war? Herrgott noch mal, hatten die sich meine Bewerbung überhaupt *angeschaut*? Sie war tadellos *und* ich hatte sie extra früh eingereicht. Ich hatte sogar eine zusätzliche Seite für all meine außerordentlichen Leistungen hinzufügen müssen. Ich hätte eine todsichere Kandidatin sein müssen.

Aber die Monate gingen ins Land, und keine Zusage für einen Studienplatz in Sicht. Man antwortete auch nicht auf meine E-Mails und Anrufe, um nachzuhaken, ob die Computer abgestürzt waren. Oder ob der gesamte Aufnahmeausschuss im Krankenhaus lag. Nichts. Bis zu dem mickrigen Brief für die Warteliste gestern.

Wie auch immer, das war nicht der Punkt. Nicht wirklich. Der Punkt war, dass man mich auf die Party geschleift hatte … und ich irgendwann gegangen war. Ganz offensichtlich. Aber wo war ich jetzt? Und wie war ich hierhergekommen? Wo war Carly und warum hatte sie mich nicht aufgehalten oder …?«

»Hmpf.« Der Typ rollte sich von mir weg auf seinen Bauch.

Rasendes Herzklopfen. Ich konnte mich kaum rühren. Meine Brust schnürte sich zusammen, aber ich atmete nicht, blinzelte nicht, bis das leise Schnarchen von seiner Seite des Bettes wieder einsetzte. Und selbst da wagte ich es lediglich, kurze, flache Atemzüge zu machen.

Das war knapp. Zu knapp. Ich musste hier weg. *Sofort.*

Vorsichtig löste ich mich von der Matratze, Zentimeter für Zentimeter, und schreckte zusammen, da selbst diese leichte Bewegung mein Herz laut klopfen ließ. Meine Zehen berührten den weichen Teppich, und ich drückte mich hoch, wobei ich jedes Mal erstarrte, wenn das Bett knarzte. *Nur noch ein Stückchen.*

Nach gefühlten Stunden – obwohl es sich wahrscheinlich nur um ein paar Minuten handelte – rutschte ich von der Bettkante und machte einen Schritt auf die Tür zu. Großer Fehler. Das Knarren des Bodens hallte wie ein Gewehrschuss durch den Raum. Der Typ im Bett rührte sich, und ich hechtete Richtung Boden, wobei ich mit einem dumpfen Knall auf dem braunen Teppich landete. Mein Kopf prallte gegen meinen Unterarm. *Autsch.*

Was zum …? Ein Name stand auf meinem linken Unterarm, in meiner eigenen schnörkeligen Handschrift. *Mein* Name. Taylor Simmons. Wie besoffen musste ich eigentlich gewesen sein, wenn ich mir meinen eigenen Namen auf den Arm schreiben musste? Ernsthaft, was zum Teufel war letzte Nacht passiert?

Ich hatte keine Zeit, mir jetzt den Kopf darüber zu zerbrechen. Auf der Suche nach meinen silbernen Sandalen tastete ich mich auf allen vieren durch das verdunkelte Zimmer. Das einzige Geräusch war das leise Schnarchen, das von dem Deckenhaufen auf dem Bett kam.

Trotzdem … *wer* war mein Komplize? Konnte es jemand sein, den ich kannte, oder war es – *ach du heilige Scheiße* – irgendein dahergelaufener Kerl, den ich auf der Party kennengelernt hatte? War ich etwa eine schamlose Dirne wie in diesen historischen Liebesschmonzetten, die ich hinter meinen Nachtschränkchen versteckte?

Oder war *Kurtisane* hier das richtige Wort? Wenigstens *klang* das etwas stilvoller.

»Oh Gott.« Ich schüttelte den Kopf und unterdrückte den Impuls, mir mit der Hand gegen die Stirn zu schlagen. Jetzt war ganz bestimmt nicht der Moment, mich mit sprachlichen Feinheiten zu befassen.

Ein schmaler Sonnenstrahl fiel durch den Spalt über den Jalousien, die einen Schatten über den Kopf des Typen warfen, der immer noch halb im Kissen vergraben war. Ich spähte über den Rand der Matratze, konnte jedoch nicht mehr sehen als seinen muskulösen, gebräunten Rücken. Ich *glaubte*, dass er dunkles Haar hatte, aber sicher sein konnte ich nicht. Obwohl ich wusste, dass ich schleunigst hier raus sollte, zögerte ein Teil von mir – wahrscheinlich der Teil, der immer noch betrunken war. Ich musste wissen, wer er war. Aber jedes Mal, wenn ich mich ihm nähern wollte, knarrte der gottverdammte Fußboden.

Oh Mann, was war das eigentlich für ein Haus?

Wider besseres Wissen begann ich in seinem Zimmer herumzuschnüffeln, sorgfältig darauf bedacht, auf Ellbogen und Bauch über den Boden zu robben wie ein Soldat in feindlichem Gebiet. Turnschuhe, Videospiele, Schulbücher mit makellosen, glatten Seiten, die ganz offensichtlich nicht oft benutzt worden waren, eine beeindruckende Sammlung alter Comichefte… *Bingo!* Ich knackte den Jackpot, als ich ein Schmuddelmagazin aus dem Weg schubste und einen Stapel Fotos zum Vorschein brachte. Ich strich mir mein verworrenes dunkles Haar aus dem Gesicht und schob mich etwas näher auf das Licht zu.

Autos und Mädchen. Haufenweise. Mädchen, meine ich. Und auf den meisten war *richtig* viel Haut zu sehen. Ich spürte, wie mir die Hitze in die Wangen schoss, als mein

Blick auf das Foto eines Mädchens in mikroskopisch kleinem Bikini fiel, der kaum die üppige Oberweite bändigen konnte, die sie mit einem koketten Lächeln in die Kamera streckte. Ich konnte nicht einmal sagen, ob sie rothaarig oder brünett war, mir sprangen nur strahlend weiße Zähne, volle Lippen und Brüste entgegen. *Weiterblättern.* Eine Blondine mit Brüsten. Noch eine Blondine mit Brüsten. Irgendjemandes Beine am Strand.

«Komm schon, zeig mir dein Gesicht«, murmelte ich mit einem schnellen Blick nach oben, um sicherzugehen, dass mein unbekannter Partner immer noch schlief. Er schlief.

Endlich fand ich ein Foto mit einem Typen drauf. Er stand im Profil, aber sein Gesicht war der Kamera zugewandt und leicht nach unten geneigt zu – was wohl? – noch mehr Brüsten. Seine Nase war bis auf einen winzig kleinen Hubbel auf dem Rücken ziemlich gerade. Leicht verstrubbeltes dunkelblondes Haar. Lachende dunkelgraue Augen, die zur Seite blickten. Sein Kiefer war eher groß, was von einem Unterbiss herrühren konnte, aber es stand ihm. Vor allem, wenn er lachte. Er war so unglaublich heiß.

Und so bekannt.

Mein Kopf schnellte zu dem glatten, ruhenden Rücken herum. Dann fiel mein Blick auf die schwarzen chinesischen Schriftzeichen, die sich an seinem linken Unterarm entlangzogen. Ich hatte das Tattoo schon einmal aus der Nähe gesehen. Alle behaupteten, es würde »Lebe einfach« bedeuten. Aber soweit mir bekannt war, hieß es tatsächlich »Kaugummiliebhaber«.

Ein unterdrücktes Stöhnen entrang sich meinen Lippen. Nein, nein, nein. Nicht *er*. Jeder, aber nicht Evan McKinley.

Die legendäre männliche Oberschlampe der Nathan Wilks Highschool höchstpersönlich. Es hieß, er habe so viele Mädchen flachgelegt, dass er sich ein neues Surfbrett kaufen musste, weil sein altes schon überall Kerben hatte – als Erinnerung an jede neue Eroberung.

Wie um jegliche verbliebene Spur von Hoffnung eines Irrtums meinerseits zunichtezumachen, streckte er seinen linken Arm aus, und da konnte ich seinen Namen auf seine Haut gekritzelt sehen. *Evan McKinley.* In *meiner* Handschrift.

WO WAREN BLOSS DIESE GOTTVERDAMMTEN SANDALEN?

Ich kroch so hektisch umher, dass ich ziemlich sicher war, mir bleibende Teppichschürfwunden an den Ellbogen zuzuziehen. Es war mir egal. Sollte irgendwer mich im Umkreis von einem Meter Entfernung von Evan erwischen, würde die Gerüchteküche explodieren. Es war schwierig genug gewesen, den Tratsch zu ersticken, der letztes Jahr die Runde machte, als ich fast im Becken des Harrison Parks Freibads ertrunken wäre und Evan mich gerettet hatte. Seitdem hatte ich um alles, was mit ihm zu tun hatte, einen großen Bogen gemacht.

Was es umso schlimmer machen würde, falls jemand erfuhr, dass ich die Nacht in seinem *Bett* verbracht hatte.

Schuhe, Schuhe… ach, vielleicht brauchte ich die gar nicht. Dad hatte sie mir gekauft, als ich zur Herausgeberin des Jahrbuchs ernannt wurde. Er würde wahrscheinlich nicht einmal merken, dass sie fehlten – Mom hingegen ganz bestimmt. Sie war es gewesen, die ihn überredete, mir die Sandalen trotz ihres absurden Preises – man hätte meinen können, die Kristallsteinchen wären echte Diamanten – zu kaufen, anstatt die schlichten schwarzen Pumps, die ich für mein Praktikum in seiner Anwaltskanzlei nächstes Jahr benötigen würde. »Du brauchst etwas Hübsches! Etwas Ausgefallenes!«, hatte sie immer wieder gesagt. Komisch, dass ich in dieser Hinsicht mehr wie mein Vater tickte, obwohl ich nicht seine leibliche Tochter war. Das Einzige, was ich von meiner Mutter hatte, waren die braunen Augen.

Und meine Mutter würde mir die Hölle heiß machen, falls ich ohne die Schuhe nach Hause kam. Außerdem wusste ich nicht, wie weit von zu Hause ich weg war. Und ich freute mich so schon nicht auf den »Walk of Shame«, der vor mir lag. Ich streckte die Arme ganz weit aus und fuchtelte noch hektischer unter dem Bett herum.

Eine verschlafene, leicht belustigte Jungsstimme strich plötzlich über meinen Kopf hinweg. »Sie sind unter meinem Schreibtisch.«

»Was?« Ich krabbelte rückwärts unter dem Bett hervor, richtete mich abrupt auf und knallte mit dem Hinterkopf gegen Evans Kiefer. Er musste sich übers Bett gebeugt und mich beobachtet haben. Ein lautes Knacken war zu hören, bevor wir auseinandersprangen und beide vor Schmerz laut aufstöhnten. *Urgh,* sein Kiefer war hart wie ein Hammer, und ich war der Nagel, auf den er geknallt war. Ich weiß, nicht unbedingt die beste Metapher, aber er hatte buchstäblich alles, was mir an Verstand geblieben war, ausgeknockt.

Als der Schmerz endlich abebbte, blickte ich auf. Evan hatte sich zur Seite gedreht, leicht vornübergebeugt, und rieb sich mit beiden Händen Wangen und Kiefer, wie um zu überprüfen, ob etwas gebrochen war. Ganz wie von selbst und ohne dass ich sie davon abhalten konnte, schweiften meine Augen über seinen Körper. Ich hatte ihn schon früher im Freibad und in der Sporthalle gesehen, aber ich hatte ihn mir nie *angeschaut*. Zumindest nicht aus solcher Nähe.

Helle Sommersprossen sprenkelten seine gebräunten Schultern und Oberarme. Gott sei Dank trug er zerknitterte Khaki-Shorts – wenngleich sie ziemlich tief über seinen Hüften hingen. Auf einer Seite blitzte ein heller Streifen Haut unter all der Bräune hervor. Ein Fleck, der wahrscheinlich nie die Sonne sah und der von niemandem gesehen wurde. Zumindest nicht von jemandem, der nicht mit ihm schlief.

»Ooh …« Mein Kopf platzte beinahe von der plötzlichen Hitze, die mir in die Wangen schoss. Ich riss meinen Blick von ihm los und richtete ihn auf eine tropische Postkarte, die am Rand seines Spiegels klebte, während ich mir Mühe gab, die ungewollte, wenn auch nicht ganz unberechtigte Enttäuschung zu verdrängen, dass er Klamotten trug. Das war *nicht* der Zeitpunkt, um Evan McKinley anzuglotzen.

»Tja, ich sollte wohl Guten Morgen sagen.« Er streckte die Arme über den Kopf, um sich zu recken, grinste auf mich herab und genoss ganz offenbar mein Unbehagen. Aus dem Augenwinkel konnte ich seinen straffen Bizeps sehen, der sich wölbte und mich aus dem Konzept brachte. »Sagen das Menschen morgens nicht zueinander?«

Schau weg, Taylor, schau bloß weg. Ich schirmte meine Augen gegen den verlockenden Anblick ab und konzentrierte mich stattdessen auf die Linien meiner Handflächen. »Ich weiß nicht. Solltest du das Protokoll für den Morgen danach nicht besser kennen als ich?« Verdammt, das hätte ich nicht sagen sollen.

Zu meiner Überraschung legte er den Kopf in den Nacken und lachte lauthals los. »Ja, ich schätze, *das* ist eine Tatsache, die sich nicht abstreiten lässt.«

Ich presste meine Lippen zusammen, bevor mir sonst noch was Unangemessenes rausrutschen konnte, und mein Blick huschte sehnsüchtig Richtung Tür. Ich hätte mich rausschleichen sollen, als ich noch die Gelegenheit dazu hatte.

Mussten wir uns wirklich durch diese höflichen Floskeln hindurchquälen? Konnten wir einander nicht einfach vergessen, als wären die letzte Nacht (und dieser Morgen) nie passiert? Als würden wir einander nicht kennen?

Oh Gott. Wahrscheinlich *kannte* er mich gar nicht. Nur weil *ich* wusste, wer er war, hieß das noch lange nicht, dass *er* wusste, wer ich war. Bis auf mein hervorgewürgtes »Dankeschön«, nachdem er mich aus dem Schwimmbecken gerettet hatte, hatten wir davor (oder seitdem) nie miteinander gesprochen. Ganz zu schweigen davon, dass ich an besagtem Tag wie ein begossener Pudel ausgesehen hatte, also hoffte ich eher, dass er sich nicht erinnerte. Außerdem musste er im vergangenen Jahr Hunderte Mädchen gerettet haben. Ich hatte sogar mal mitgekriegt, wie eine so tat, als würde sie direkt vor seinen Augen ertrinken, nur damit sie ein bisschen Mund-zu-Mund-Aktion abbekam.

Nee, Evan konnte sich bestimmt nicht erinnern. Ich war nur ein durchschnittlicher One-Night-... – Moment, wir hatten ja gar nicht miteinander geschlafen, also bitte streichen. Ich war irgendein beliebiges, fremdes Mädchen, das in seinem Zimmer gelandet war. Und das würde auch so bleiben.

Ich rappelte mich gerade auf, in der Absicht, mich aus

dem Staub zu machen, als eine Welle der Übelkeit mich übermannte. Ein bitterer Geschmack stieg mir in den Mund. *Urgh.* Ich presste mir die Hand vor die Lippen und mein Blick verschwamm.

Evan streckte die Arme aus, als wolle er mich auffangen. Entweder mich oder meine Kotze. Unwillkürlich wich ich ein paar Schritte zurück, bis ich mit dem Rücken gegen seinen Schreibtischstuhl stieß.

»Das Bad ist gleich da«, sagte er mit einem Fingerzeig über seine rechte Schulter. »Ich schätze, ein Fliegengewicht wie du verträgt nicht viel, was?«

Mein Stolz ließ mich die Galle runterschlucken, die drohte, sich einen Weg aus meiner Kehle zu bahnen. »Nein, mir geht's gut«, presste ich hervor.

»Bist du sicher? Ich meine, du solltest das Zeug echt nicht drin behalten. Vor allem, wenn du frühstücken willst. Du weißt schon, Eier, Zerealien oder Speck. Oder Würstchen, wenn dir das lieber ist. Also ich mag das Knusprige am Speck. Vor allem in Kombination mit ein paar warmen Pancakes, schmelzender Butter und Sirup, der an allen Seiten überquillt und runterfließt…«

Das Bild, das er heraufbeschwor, ließ mich beinahe den Kampf aufgeben und an Ort und Stelle auf den Teppich kotzen. »Nein, bitte… hör auf. Ich kann nicht…« Ich gab mir Mühe, nicht zu tief einzuatmen, da die Luft im Zimmer alles nur schlimmer machte, und presste stattdessen fest die Lippen zusammen. Ich kniff die Augen zu. *Ich werde mich nicht übergeben. Ich* weigere *mich, mich zu übergeben.*

Ich riss die Augen wieder auf, als Evan meine Finger von meinem Gesicht löste. Ich war zu überrumpelt von seiner

Berührung, um zu reagieren. Seine lachenden grauen Augen funkelten zu mir runter. Er schob mir eine ungeöffnete Wasserflasche in die Hand und schloss meine Finger drum herum. »Hier, trink das. Du wirst dich gleich besser fühlen.«

»Ich kann nicht.«

»Vertrau mir. Ich weiß besser, wie man einen Kater auskuriert als du.« Seine Hände legten sich auf meine Schultern und er drückte mich auf den gepolsterten Ledersessel runter. »Im Ernst, trink einfach. Es ist kein Gift, versprochen.«

Ich beäugte das Wasser. »Und das soll ich dir einfach so glauben?«

»Nein, du sollst mir glauben, weil du keine Wahl hast«, erwiderte er mit einem Schnauben. »Außerdem, wenn du hier drinnen kotzt, muss ich das aufwischen, und du kannst deinen Hintern darauf verwetten, dass ich das nicht tun werde.«

Hmm. Da war was dran. Ich öffnete die Flasche und zwang mich zu schlucken. Das Wasser drohte, wieder hochzukommen, doch ich hörte nicht auf, bis ich ausgetrunken hatte. Mein voller Magen gluckerte unangenehm, aber ich hatte nicht mehr das Gefühl, sterben zu müssen.

Evan beobachtete mich, und seine Augenbrauen zogen sich zusammen, bis sie praktisch eine einzige dunkelblonde Linie bildeten. Plötzlich streckte er seine Hand aus und berührte meine Stirn.

Ich riss den Kopf zurück und schlug seine Hand weg, obwohl sie sich warm und angenehm auf meiner klammen Haut anfühlte. Meine Fingerspitzen massierten meine Stirn, und ich flehte innerlich, diese ganze Situation möge sich in Luft auflösen. Ich wünschte mir nichts sehnlicher, als dass dies lediglich ein schlimmer Albtraum wäre und ich eigentlich eingekuschelt in meinem Bett läge. »Verdammte Scheiße! Ich bin so was von geliefert. Ich sollte mich eigentlich mit Brian treffen, wegen der Absolventenrede. Aber erst, nachdem ich Carly eigenhändig ERWÜRGT habe und … Was ist? Warum grinst du?«

»Nichts, nur …« Sein Grinsen wurde so breit, dass seine Augen zu kleinen Schlitzen wurden. »Du siehst nicht unbedingt aus wie ein Mädchen, das viel flucht. Es ist irgendwie komisch.«

Ich starrte ihn an. Mein komplettes Leben stand auf dem Kopf und ihm fiel nichts Besseres dazu ein? »Tja, das tue ich aber, wenn die Situation es erfordert. Und glaub mir, *diese* hier erfordert es. Scheiße. Scheiße. Scheiße!« Eigentlich war Fluchen nicht meine Art, aber das hier war ein besonderer Anlass. Abgesehen davon war ich eingeschnappt wegen seiner Bemerkung. Als wäre ich ein Moralapostel oder so was. Ich hätte ja geglaubt, dass allein die Tatsache, dass ich in seinem Bett aufgewacht war, diese Möglichkeit von vornherein ausschloss.

Und außerdem, was kümmerte es mich überhaupt, was er von mir dachte?

Evan stieß ein leises Pfeifen aus. »Okay, schon kapiert, Taylor. Du bist knallhart drauf. Nicht, dass ich dich noch zensieren muss.«

»Wie auch immer. Ich bin mir sicher, dass du schon weitaus Schlimmeres …« Moment mal, hatte er mich gerade …? »Du hast mich Taylor genannt.«

»Äh, ja. Das ist dein Name.«

»Aber woher weißt du meinen Namen?«

»Weil er auf deinem Arm steht?« Er deutete auf meinen linken Arm, gerade als ich ihn bedecken wollte. »Außerdem gehen wir auf dieselbe Schule.«

Mein Mund klappte auf. Mist, er kannte mich *doch*.

Ich sprang vom Stuhl auf. Die Übelkeit und der Kopfschmerz waren plötzlich wie weggeblasen. Es war, als hätten die Angst und die Aufregung allen Alkohol aufgesaugt. Die beste Kur gegen einen Kater? Stell dir vor, wie dein makelloser Ruf von einem Augenblick zum anderen befleckt wird. Besser als Tomatensaft oder was auch immer Leute trinken, um auszunüchtern.

»Hör zu, Evan. Du musst mir versprechen, dass du niemandem von dem hier erzählen wirst. *Niemals.*« Das letzte Wort sagte ich so bestimmt wie möglich, wobei ich meinen Vater im Gerichtssaal nachahmte, wenn er einen Zeugen einschüchterte. »Niemand darf jemals erfahren, dass ich die Nacht hier verbracht habe. Vor allem nicht mir dir.«

Seine Stirn runzelte sich. »Und was ist an mir bitte so schlimm? Weißt du, womöglich ist es schwer zu glauben, aber die Mädels sind normalerweise ziemlich glücklich, wenn sie in meinem Zimmer aufwachen. Und putzmunter.«

»Äh, hallo?« Ich grabschte nach dem Foto von dem Busenwunder auf dem Boden und hielt es ihm unter die Nase.

Evan blickte ratlos auf das Foto hinab und kratzte sich am Kopf, wobei er sein Haar noch mehr zerstrubbelte. Mein Magen machte einen kleinen Satz.

»Kapier ich nicht.«

Obwohl es nicht möglich war, *spürte* ich förmlich, wie mein Blutdruck anstieg. Ich fuhr mir mit den Fingern durchs Haar und zerrte an den verknoteten Strähnen. »Hör mal, ich bin mir sicher, du hast recht. Ein Haufen Mädchen wäre froh, genau jetzt hier zu sein. Jede außer mir. Ernsthaft. Ich bin nicht so ein Mädchen! Ich bin ein Columbia-University-Mädchen. Eine zukünftige Rechtsanwältin wie mein Dad. Ich will nicht in einen Topf geworfen werden mit dämlichen Tussis, die Fotos von sich in ultraknappen Bikinis an jeden dahergelaufenen Typen verteilen.«

Evan verengte die Augen zu Schlitzen, und ich konnte ihm ansehen, dass ihn meine Tirade gekränkt hatte. »Das ist kein …«

Sofort meldete sich mein schlechtes Gewissen. »Ich weiß, ich benehme mich echt idiotisch.« Ich ließ die Hände sinken. Wer war ich schon, diese Mädchen zu verurteilen, wenn ich mich doch in die gleiche Situation begeben hatte? Außerdem, eigentlich war *er* es, der durch die Betten hüpfte, nicht sie. Wenn also mit dem Finger auf jemanden zeigen, dann auf Evan. »Es sind keine dämlichen Tussis. Ich bin sicher, dass sie alle echt nett sind. Und hübsch, wenn man … das bisschen nimmt, das ich hier überhaupt sehen kann. Vielleicht sind ihre Kameras verrutscht und sie haben nur versehentlich Fotos von ihrem Busen gemacht. Woher soll ich das wissen? Wasser kann ziemlich rutschig sein.«

»Nein, ich meine, das ist kein Bikini, das ist ein Foto von ihr im BH.« Er beugte sich vor und tippte auf das Bild, das ich immer noch in der Hand hielt.

Ich ließ das Foto fallen, als hätte ich mich daran verbrannt, und sah zu, wie es zu Boden flatterte – glücklicherweise mit der Vorderseite nach unten. »Jedenfalls, wie ich bereits sagte, wir sollten die letzte Nacht einfach vergessen.

Nicht dass ich mich erinnern würde … Ich meine, da war ja nichts.«

Even ballte die Faust vor der nackten Brust und beugte sich vornüber. »Autsch. Und dabei habe ich meine besten Moves für dich ausgepackt.«

Meine Wangen brannten. »Entschuldige, ich wollte dich nicht …«

»War nur Spaß.«

»Oh.«

»Aber du hast recht. Wir sollten das einfach vergessen«, fuhr er fort und deutete erst zum Bett, dann zu mir. »Was auch immer *das* war, es ist nie passiert. Wir kennen einander nicht einmal. Hey, soll ich dich nach Hause fahren?«

Er machte einen Schritt auf die Tür zu, doch ich schubste ihn wieder zurück. »Nein, ich brauche niemanden, der mich fährt! Welchen Teil von *das ist nicht passiert* hast du nicht verstanden? Es wird keine Heimfahrten geben und auch keine Gespräche, nicht einmal ein Blick zwischen uns in Zukunft. Kapiert?«

»Aber was, wenn ich dir deine Unterwäsche zurückgeben muss oder so was?«

»Du hast nicht meine …« Meine Hände senkten sich zu meinen Hüften, und beinahe hätte ich es vor ihm überprüft. »Ha, ha, sehr witzig.«

Seine Mundwinkel verzogen sich wieder zu einem Grinsen. »Ich tu mein Bestes.«

»Tja, ab sofort wird weder meine Unterwäsche noch irgendeine andere Form von Unterbekleidung mehr erwähnt, kein Wort zu niemandem.« Ich streckte die Hand aus. »Abgemacht?«

Spielte meine Einbildung mir einen Streich, oder hatte er gerade den Blick gesenkt, um mich abzuchecken? Seine Augen blickten sofort wieder in meine, deswegen konnte ich es nicht mit Sicherheit sagen. Dennoch zupfte ich die dünnen Träger meines Tanktops zurecht und schlang den Arm um meinen Minibusen. Ich nickte zu meiner ausgestreckten Hand. »Abgemacht?«, wiederholte ich, diesmal lauter.

Seine Hand ergriff meine und ließ sie im Vergleich winzig erscheinen. Sein Daumen strich über meine Knöchel und sandte warme Schauer über meinen Rücken. Ich zwang mich, still zu stehen und fest in sein Gesicht zu blicken, wobei ich mir beinahe den Nacken verrenkte.

»Abgemacht.«

2

Taylor

Der drei Kilometer lange Nachhauseweg zog sich ewig. Schon nach den ersten Minuten bereute ich es, Evans Angebot, mich nach Hause zu fahren, nicht angenommen zu haben. Natürlich war mir klar, warum es eine schlechte Idee gewesen wäre, aber mit jedem schmerzenden Schritt verblassten die guten Gründe.

Eins jedoch war ganz sicher: Diese Sandalen waren definitiv nicht zum Laufen konzipiert.

Als ich endlich zu Hause ankam, hatte ich gerade noch Zeit, mich ins Badezimmer zu schleichen, um mich zu übergeben, bevor meine Eltern mich abfangen konnten. Kimmy, meine neun Jahre alte Schwester, saß oben auf dem Treppenabsatz, als ich an ihr vorbeihastete. Sie rief meinen Namen, aber ich bedeutete ihr, ruhig zu sein. Lieb, wie Kimmy eben war, nickte sie ganz ernst und tat so, als würde sie ihre Lippen mit einem Reißverschluss zuziehen.

Ein paar Minuten später klopfte es von draußen an die Badezimmertür. »Taylor? Ich dachte nicht, dass du so früh heimkommst. Ich habe es vorhin auf deinem Handy probiert, aber du bist nicht rangegangen, also habe ich Carly angerufen, und sie hat gemeint, du würdest immer noch schlafen.«

Automatisch griff ich nach meinen Hosentaschen, obwohl ich wusste, dass mein Handy nicht da war. Ich musste es auf der Party verloren haben. »Ja, sorry, Mom. Ich glaub, ich hab es auf lautlos geschaltet«, rief ich und versuchte, so normal wie möglich zu klingen.

»Schon okay. Und? Hattest du Spaß auf der Party? Hat es dich auf andere Gedanken gebracht?«

Das war ziemlich untertrieben. »Ja, das kann man wohl sagen.«

»Wusste ich's doch!« Ich konnte das Entzücken in ihrer Stimme hören. »Willst du was essen? Ich habe dir dein Lieblingsfrühstück gemacht. French Toast und dazu Champignon-Kartoffel-Rösti. Mit extra viel Champignons.«

Würg, schon wieder Essensgerede. Ich ließ mich gleich wieder neben die Toilette sinken und fühlte mich von Kopf bis Fuß zum Kotzen. »Vielleicht ein bisschen später? Lass mich erst noch duschen, okay?«

»In Ordnung.«

Oh ja, es war völlig ausgeschlossen, dass ich diesen Mordskater vor Mom und Dad verbergen würde können. Vor allem Dad. Dieser Mann hatte ein Gespür für jegliches Anzeichen von Schwäche oder Lüge. Weswegen er so ein guter Rechtsanwalt war. Obwohl ich in diesem Moment nicht gerade glücklich war über sein Talent.

Sobald die Luft rein war, streckte ich den Kopf aus der Badezimmertür, um die Lage zu checken. Der Flur war leer. Nur Kimmy saß oben auf der Treppe wie ein Wachhund mit Zöpfen.

Ich räusperte mich leise und bedeutete ihr mit einem Wink, nach unten zu gehen. »Kannst du mir Bescheid sagen, wenn Mom und Dad weg sind? Ich will ihnen gerade nicht begegnen.«

»Aber …«

»Wenn du mir hilfst und unser Geheimnis für dich behältst, kriegst du meinen French Toast mit extra viel Ahornsirup. Abgemacht?«

Ich weiß nicht, ob es die Vorstellung war, ein Geheimnis vor unseren Eltern zu hüten, oder mein French-Toast-Bestechungsversuch, aber ihr Lächeln wurde breiter, bis man nur noch die strahlenden Zähne sah. »Abgemacht.«

Nachdem Kimmy nach unten verschwunden war, hüpfte ich in die Duschwanne. Na gut, ich stolperte mehr, als dass ich hüpfte, wobei ich meinen Kopf zwischen die Hände presste, in dem Versuch, das Pochen darin zu unterdrücken. Glücklicherweise milderte das dampfend heiße Wasser das Kopfweh und sogleich fühlte sich alles viel besser an. Nicht perfekt, aber besser.

Ich blieb eine Ewigkeit unter der Dusche, bis das heiße Wasser warm wurde und schließlich beißend kalt. Da ich mich nicht in einen Eiszapfen verwandeln wollte, stieg ich aus der Wanne. Meine Fingerspitzen waren bereits schrumpelig wie Dörrpflaumen.

Ich wickelte mich in ein flauschiges cremefarbenes Badetuch, wischte den Dampf vom Spiegel und bedachte mein Ebenbild mit einem strengen Blick. »Du hattest gestern also einen kleinen Rückschlag, was die Uni betrifft. Und heute mit Evan. Ganz großes Kino.« Ich verengte die Augen zu Schlitzen. »Das bedeutet rein gar nichts. Du bist immer noch Taylor Simmons. Du bist immer noch *du*. Du bist immer noch toll. Und nächstes Jahr um diese Zeit wirst du auf dem Campus der Columbia sitzen und denken: *Evan … wer?*«

»Tay, Mom und Dad sind weg. Kann ich den French Toast in deinem Zimmer essen?«

Automatisch sprang mir ein entsetztes *Nein* auf die Lippen, als ich an die Krümel und den Sirup auf meinen Laken dachte, doch angesichts Kimmys innigem Tonfall schluckte ich es herunter. Ich war ihr etwas schuldig dafür, dass sie mir aus der Patsche geholfen hatte. »Klar, aber denk dran, Servietten mitzunehmen.«

»Okay!«

Ich ließ einen tiefen, langen Atemzug entweichen und zeigte mit meinem verschrumpelten Finger auf den Spiegel, um meine Aufmunterungsrede fortzusetzen. »Also reiß dich gefälligst zusammen. Morgen wirst du zur Schule gehen und so tun, als sei nicht passiert. Eigentlich nicht einmal so tun. Denn: Es *ist* nichts passiert.«

Evans grinsendes Gesicht ploppte vor meinem inneren Auge auf. Seine dunkelgrauen Augen blitzten vor Belustigung, als würde er meiner Rede lauschen. Ich schauderte und wischte abermals über den Spiegel, in der Hoffnung, meinen Kopf klarzukriegen. »Gar nichts.«

Gott sei Dank hatte ich den ganzen Sonntag, um herumzuliegen und zu schlafen, denn ich bezweifle stark, dass ich es sonst je zur Schule geschafft hätte. Die restliche Zeit hingen

Kimmy und ich in meinem Zimmer ab und schauten Filme. Nachdem sie den French Toast aufgegessen hatte, brachte ich den Teller runter in die Küche und tat so, als hätte ich ihn selbst gegessen. Glücklicherweise hatte Mom den ganzen Tag über einiges zu erledigen, und so konnte sie mich nicht allzu sehr über die Party ausquetschen.

Ich wünschte, es wäre genauso leicht gewesen, am Montag den Leuten an meiner Schule auszuweichen wie meinen Eltern. Auf dem Weg zum Klassenzimmer waren alle Blicke auf mich gerichtet. Ernsthaft. Bei jedem Schritt, den ich tat, drehten sich Köpfe herum und die Leute flüsterten hinter vorgehaltener Hand. Und das Schlimmste daran war: Sie *versuchten* nicht einmal, subtil vorzugehen.

Es musste einen anderen Grund geben – *irgend*einen Grund –, dass sie mich anstarrten. Vielleicht hatte ich eine Auszeichnung bekommen. Oder Brian hatte eine Klausur vermasselt und ich war jetzt die Jahrgangsbeste. (Man darf ja wohl träumen.) In diesem Moment hätte es mir nicht einmal was ausgemacht, wenn ich diejenige gewesen wäre, die durch die hypothetische Klausur gefallen wäre. Alles wäre besser als die Wahrheit.

Während ich an der Nummernkombination meines Spinds herumfummelte, sah ich aus dem Augenwinkel, wie ein Mädchen in schwarzem Zehntklässler-T-Shirt sich zu einem Jungen neben sich drehte und auf mich zeigte. Zuerst konnte ich nicht verstehen, was sie sagten, aber als Evans Name fiel, spitzte ich angestrengt die Ohren und lehnte mich unauffällig etwas näher zu ihnen.

»Ich glaub, das ist die, die nach der Party mit Evan McKinley heimgegangen ist«, sagte sie mit gedämpfter Stimme.

»Nie im Leben. Ist die nicht voll die Streberin? So ein Lehrerliebling?«

»Alle nennen sie die Eiskönigin. Aber jetzt ist sie nur eine weitere von seinen kleinen Affären.«

Er kicherte. »Schätze, nicht einmal Königinnen können Evan McKinley widerstehen.«

Party. Evan. Affäre.

Nein, nein, nein. Das hier musste ein Traum sein. Ein richtig fieser, schrecklicher Albtraum.

Obwohl mein Kater vorüber war, war mir plötzlich wieder nach Kotzen zumute. Ich vergaß, was ich überhaupt an meinem Spind gesucht hatte, und stolperte davon, ohne ihn zu öffnen. Vor meinen Augen drehte sich alles. Die Schließfächer. Die anderen Schüler. Das hier konnte nicht wahr sein. Oder so eine Art schlechter Liebesroman, in dem ich die vornehme, wohlerzogene adlige Tochter war, deren Ruf durch einen schändlichen, berühmt-berüchtigten Wüstling ruiniert worden war.

Darüber zu lesen war so viel besser, als es selbst zu erleben.

Aber wie zum Teufel konnten alle schon Bescheid wissen? Und *was genau* wussten sie?

Es war der längste Gang meines Lebens. Als hätte jemand beschlossen, übers Wochenende einen zusätzlichen Kilometer in den Schulkorridor einzubauen, nur um mich zu quälen.

Selbst Faith Watkins, die alle an der Schule nur die Wiedergeborene Mutter Maria nannten, bedachte mich mit einem mitleidigen Blick, als ich an ihr vorbeikam. Das zierliche katholische Mädchen mit den weißen Pullis und *Jesus liebt mich*-Aufnähern auf ihrem Rucksack wusste es. Und wenn *sie* es wusste, hieß das, dass *jeder* es wusste.

Sobald ich es geschafft hatte, mich in die Sicherheit der ersten Unterrichtsstunde zu flüchten, ließ ich mich auf meinen üblichen Platz fallen, ohne irgendwen um mich herum anzuschauen. Es wurde immer noch geflüstert und auf mich gezeigt, aber immerhin waren es nur noch fünfundzwanzig Leute und nicht die gesamte Schule.

Ich ließ die Stirn in meine Hände sinken und umfasste sie fest, als könnte ich so meine Kopfschmerzen zum Schrumpfen bringen. Gott, konnte dieser Tag eigentlich noch schlimmer werden?

Mr Peters kam ins Klassenzimmer geschlendert und schloss mit einem lauten Knall die Tür hinter sich. »Also gut, haben alle ihren Aufsatz über ein bedeutendes Ereignis des 19. Jahrhunderts dabei?«

Ächzen und Stöhnen machte sich breit, und ein paar der Schüler gingen sofort dazu über, Entschuldigungen herunterzuleiern, warum sie die Hausaufgabe nicht hatten machen können.

Froh über die Ablenkung und den Übergang zum normalen Tagesgeschehen, stieß ich einen erleichterten Seufzer aus und öffnete meine Tasche, um die rote Mappe herauszuholen, in der ich den Aufsatz verstaut hatte, damit die Seiten nicht zerknickten. Ich brauchte keine 5 Sekunden, um festzustellen, dass sie nicht da war. Aber wo war sie dann? Als ich den Aufsatz fertig geschrieben hatte, hatte ich ihn sofort in die Mappe gesteckt … und auf meinem Schreibtisch liegen gelassen.

Mist.

Abermals wühlte ich durch die losen Blätter in meiner

Tasche, obwohl ich wusste, dass der Aufsatz sich zu Hause befand, ordentlich zusammengeheftet und zur Abgabe bereit. Ich hatte ihn schon vor Tagen geschrieben, aber gestern vergessen, ihn einzupacken, weil es mir so schlecht ging.

Nachdem er einige Notizen in seinem Ordner gemacht hatte, ging Mr Peters im Klassenzimmer herum, um die Blätter einzusammeln. Als er näher und näher zu meinem Platz kam, spürte ich, wie die Panik in meinem Magen immer größer wurde. Ich betete um ein Wunder, ein Erdbeben oder einen Tsunami, der urplötzlich über uns hereinbrach, obwohl es so etwas in Wilmington noch nie zuvor gegeben hatte. Auch nirgendwo sonst in North Carolina. Aber darum ging es bei Wundern schließlich, oder nicht? Ich meine, wenn Evan McKinley und ich miteinander rummachen konnten – oder was auch immer wir Samstagnacht getrieben hatten –, dann war das Beweis genug, dass das Unmögliche durchaus eintreten konnte!

Verdammt, selbst ein Meteor wäre mir in diesem Moment recht gewesen.

»Taylor?«

»Äh, ja?«

Stirnrunzelnd wedelte er mit den Blättern in der Luft herum. »Den Aufsatz, bitte.«

Mein Blick senkte sich, und ich konzentrierte mich auf das alte eingeritzte **P♥C** im Eck meiner Tischplatte. »Na ja, wissen Sie, es ist komisch. Also, irgendwie. Die Sache ist die …« Meine Stimme senkte sich zu einem Wispern. »Ich glaub, ich hab meinen Aufsatz zu Hause liegen lassen.«

»Du glaubst?«

»Ich meine, ich *weiß*, dass ich ihn liegen gelassen habe.«

Mein Versuch eines entschuldigenden Lächelns fühlte sich aufgesetzt und krampfig an. Aber das war nicht meine Schuld. Ich hatte mich noch nie zuvor in einer derartigen Situation befunden. Ich wusste schlichtweg nicht, wie ich mich verhalten sollte.

Er blinzelte mich an, als hätte er immer noch nicht verstanden. »Du hast deinen Aufsatz nicht dabei?«

»Nein.« Warum zwang er mich dazu, mich zu wiederholen?

»Sie kann nichts dafür, Mr Peters«, ertönte plötzlich eine laute Stimme von hinten aus dem Klassenzimmer. Mit einem Grinsen lehnte Lauren Tillman sich auf ihrem Stuhl zurück und schwang ihr feuerrotes Haar über ihre grazile Schulter. »Taylor hatte ein *sehr aufreibendes* Wochenende.«

Mein schwaches Lächeln schmolz dahin wie ein Eiszapfen auf einem Bürgersteig im Hochsommer.

Obwohl wir seit Ewigkeiten zusammen in die Schule gingen, konnte ich mich kaum an die wenigen Male erinnern, die Lauren mit mir gesprochen hatte. Oder über mich. Mir war nicht einmal bewusst gewesen, dass sie meinen Namen kannte.

Mr Peters schüttelte den Kopf. »Trotzdem, Taylor, das sieht dir gar nicht ähnlich. Dein Betragen ist normalerweise tadellos.«

»Oh, keine Sorge. Die kleine Miss Perfect hat auf der Party viel mehr befleckt als nur ihr Betragen. Und danach«, fügte Lauren hinzu.

Bei diesen Worten prustete die gesamte Klasse los. Ein paar Typen in der hinteren Reihe zwinkerten mir zu und machten Knutschmünder in meine Richtung.

»Okay, es reicht.« Mr Peters musste mehrmals mit seinem Ordner gegen meinen Tisch knallen, bis die Klasse sich beruhigte. »Lasst uns jetzt einfach mit dem Unterricht beginnen.«

Er beugte sich zu mir runter und dämpfte seine Stimme etwas. »Du kannst mir den Aufsatz morgen nachreichen, aber ich bin enttäuscht von dir, Taylor. Wirklich. Ich habe mehr von dir erwartet. Wenn ich nicht darauf vertrauen kann, dass du einen einfachen Aufsatz rechtzeitig abgibst, wie soll ich dich da den Karriere-Tag planen lassen? Geschweige denn die Absolventenpräsentation?«

Ich hatte das Gefühl, als würde alles Blut aus meinem Gesicht weichen, und ich spürte, wie mir schwindlig wurde. »Nein, ich schwöre Ihnen, ich habe den Aufsatz geschrieben. Es ging um das erste Retortenbaby der USA – Elizabeth Carr, in Virginia. Wenn Sie wollen, kann ich kurz nach Hause fahren und ihn holen! Oder meine Mutter kann ihn für mich in die Schule bringen oder …«

Er winkte ab, um meine Verteidigungsrede zu unterbrechen. »Hör zu, wir unterhalten uns später darüber. Komm nach dem Unterricht zu mir.«

»Jawohl, Sir.« Ich beging den Fehler, mich umzudrehen und Laurens Blick zu begegnen.

Sie schürzte die Lippen in aufgesetztem Mitgefühl und bedachte mich mit einem nachlässigen Wink ihrer Fingerspitzen.

Mit brennenden Wangen drehte ich mich abrupt nach vorne. Meine Finger gruben sich in die Sitzfläche meines Stuhls. *Gah.* Ich wollte mich unter dem Tisch verkriechen und sterben. Der Spott und das Getratsche waren eine

Sache, aber noch nie war ein Lehrer *enttäuscht* von mir gewesen. Und schon gar kein Lehrer, der Verbindungen zu den Absolventen und zur Fakultät der Columbia University hatte. Es war der denkbar schlechteste Zeitpunkt, um es sich mit Mr Peters zu verscherzen. Ein gutes Wort von ihm zum Gastredner konnte alles entscheiden. Konnte meinen Wartelistenplatz in eine Zusage verwandeln.

Und nun ging alles den Bach runter.

Doppelmist.

»Du!«

Ich sah nicht auf. Nicht einmal, als Carly mir mit ihrem Ordner auf den Kopf haute. Zweimal. Obwohl mein Schädel brummte, vergrub ich ihn noch tiefer zwischen meinen Armen, um mich möglichst unsichtbar zu machen. Ich wollte auf keinen Fall all die Augenpaare in der Cafeteria sehen, die mich anglotzten, so wie sie es schon den ganzen Vormittag getan hatten. Ich hatte geglaubt, bis zum Mittagessen könnte es etwas abebben, aber ich schaffte es nicht einmal, den Hackbraten und das gedämpfte Gemüse in Ruhe zu essen.

»Erst gehst du nicht ran, wenn ich dich anrufe, und jetzt willst du mich nicht einmal ansehen?« Carlys Stimme wurde mit jedem Wort schriller. Aus früheren Erfahrungen wusste ich, dass das kein gutes Zeichen war. Carly war wie eine tickende Zeitbombe, und wenn ich nicht antwortete, würden die Cafeteria-Damen meine Überreste aus dem Eimer mit der Bratensauce kratzen dürfen. Sie war meine beste Freundin, und ich liebte sie, aber ihr laute Art und ihre dröhnende Stimme würden mich noch umbringen. »Wie konntest du mich auf der Party alleine stehen lassen?«

Ich drehte den Kopf zur Seite und rümpfte die Nase, als mir das Haar ins Gesicht fiel. Die Strähnen teilten sich mit meinem schweren Seufzer. Carlys mürrisches Gesicht hing lauernd über mir.

»Oh, hi. Wie war Sozialkunde?«

»So aufregend wie eine Unterrichtsstunde von meiner eigenen Mutter nur sein kann. Sie hat mich ›Zuckerschnecke‹ genannt und mir vor der gesamten Klasse das Haar in Ordnung gebracht.« Carly ließ sich auf den Platz mir gegenüber plumpsen und verdrehte die Augen so weit, dass ich schon dachte, sie würden stecken bleiben. »Ich war ernsthaft versucht, mir den Füller in die Brust zu rammen, nur damit ich eine Entschuldigung habe, zu verschwinden.«

Normalerweise erwähnte ich Carlys Mom nicht, aber ich brauchte etwas, um sie abzulenken, zumindest ein bisschen, und ihre Mom war für Carly das, was für Superman Kryptonit war. Sie konnte sich stundenlang über sie auslassen, wenn sie nur wollte.

Carlys Mutter arbeitete als Aushilfslehrerin, und obwohl sie ihren Kindern versprochen hatte, nie an ihrer Schule zu unterrichten, war die finanzielle Lage so misslich, dass sie manchmal nicht anders konnte. Immerhin ging es um Geld. Doch heute war es das erste Mal, dass sie eine von Carlys Klassen unterrichtete – etwas, dem Carly schon die ganze Woche mit Grauen entgegengeblickt hatte.

Ich mochte Mrs Winters, aber das lag vor allem daran, dass sie mich verhätschelte. Carly schwor, ihre Mutter würde mich auch dann noch lieben, wenn ich ihr Haus wöchentlich mit Eiern bewerfen würde, weil sie meine »Berufswahl« befürwortete. In Mrs Winters Augen waren Ärzte, Juristen und Kieferorthopäden das Nonplusultra. Entweder selbst einer zu werden oder einen von ihnen kennenzulernen – so wie Carlys ältere Schwester, Nancy. Sie hatte einen Augenarzt geheiratet, die Crème de la Crème.

Somit war auch die Leidenschaft ihrer Tochter für Schauspiel und Musik ein heikles Thema zwischen den beiden. Dennoch, mit Carlys übertrieben dramatischen Auftritten war Schauspiel wohl die naheliegendere Wahl.

Carly, die sich wieder mal auf der nie enden wollenden Mission befand, ein paar Kilo abzunehmen, öffnete eine Tüte mit Gemüsesticks. »Ich frage dich noch einmal. Warum hast du mich auf der Party stehen lassen? Und warum hast du mich angelogen?«

»Ich erinnere mich nicht daran, wie ich die Party verlassen habe«, erwiderte ich mit einem verwirrten Blinzeln. »Und wann bitte hab ich dich angelogen?«

»Ähm, nachdem du verschwunden bist, hab ich dir ungefähr eine Million Mal gesimst, und irgendwann hast du mir zurückgeschrieben, dass du schon zu Hause wärst, weißt du nicht mehr?« Sie wedelte mit einem Karottenstick herum wie mit einem Schwert. »Jetzt stell dir nur vor, wie überrascht ich war, als deine Mutter mich am nächsten Morgen angerufen hat, um nach dir zu fragen. Du kannst froh sein, dass ich so großartig im Improvisieren bin und dich decken konnte.«

Ich nagte an meiner Unterlippe, zupfte an meinem Ohrläppchen und versuchte, mich daran zu erinnern, ihr eine

SMS geschrieben zu haben, aber es klappte nicht. Ich wusste immer noch nicht, was in der Nacht passiert war. »Tut mir leid.«

Sie stieß einen tiefen Seufzer aus und pikste mich mit dem Karottenstick. »Jetzt mal im Ernst, ist dir überhaupt klar, was für Sorgen ich mir gemacht habe? Wage es ja nicht noch einmal, so zu verschwinden! Und könntest du dich bitte aufrecht hinsetzen? Ich fühle mich, als würde ich mit einer Leiche reden.«

»Tut mir leid«, wiederholte ich, rappelte mich auf und stützte das Kinn auf meiner Hand ab. »Aber dir ist auch klar, dass nichts davon passiert wäre, wenn du mich nicht zu dieser Party geschleift hättest. Und mich abgefüllt.«

Carly schnaubte und verdrehte die Augen. »Was hätte ich denn sonst tun sollen? Dich daheim Trübsal blasen, neben dem Briefkasten campen und auf Post von der Uni warten lassen, wie du es den ganzen letzten Monat getan hast? Du kriegst die Zusage. Eine kleine Party wird daran nichts ändern. Das ist unser letztes Schuljahr! Wir müssen es auskosten! Übrigens war es deine eigene Schuld, weil du den ganzen Tag nichts gegessen hast. Deswegen hat es dich so schlimm erwischt. Im Grunde hast du kaum was getrunken.«

Kaum was? Ich hätte schwören können, dass ich viel mehr als kaum was getrunken haben musste, um mich dermaßen beschissen zu fühlen. Vielleicht hatte Evan ja recht. Vielleicht war ich ein Fliegengewicht, das nichts vertrug.

Gereizt klopfte ich mit den Fingern auf die Tischplatte. Ich war wütend und wollte jemandem die Schuld geben.

*Irgend*jemandem. Aber Carly konnte ich das hier nicht anhängen. Hauptsächlich weil sie mir dann die Löffel langziehen würde. Außerdem hatte sie recht. Es war ja nicht so, als hätte sie mich an Händen und Füßen auf die Party geschleift. Oder mir eigenhändig Drinks eingeflößt. Der Brief mit der Warteliste hatte mich in Panik versetzt und ich führte mich dämlich auf. Richtig dämlich.

»Es tut mir leid«, sagte ich schließlich.

»Ich vergebe dir.« Sie wischte sich die Hände ab und griff nach ihrer Diät-Cola. »So, und jetzt, da wir mit den ganzen Entschuldigungen durch sind, musst du es mir erzählen. *Was* hast du getan, nachdem du mit Evan die Party verlassen hast?«

»Ich weiß es nicht.«

»Du weißt es nicht oder du willst es nicht sagen?«

»Ich *weiß* es nicht. Im Ernst.«

»Hmm.« Carly knabberte an einem Karottenstick weiter. *Knack, knack, knack.* »Als deine Freundin weiß ich, dass ich dir glauben sollte, aber angesichts dessen, wie du und Evan auf der Party vor aller Augen miteinander rumgemacht habt, fällt es mir schwer. Vor allem, da ihr beide danach zusammen verschwunden seid. Alle haben nur noch darüber geredet.«

Na toll, das erste Mal, dass ich mit einem Typen rummache, und ich konnte mich an nichts davon erinnern. Zumindest wusste ich jetzt aber, wie es die ganze Schule erfahren hatte.

Plötzlich riss ich den Kopf hoch, während ich innerlich zusammenzuckte. Oh Gott, was, wenn ich schrecklich gewesen war? So zu-viel-Spucke-plus-Knoblauchfahne-schrecklich? Ich hatte in meinem ganzen Leben davor nur drei Typen geküsst, und keinen davon länger als zehn Sekunden. Und fast ganz ohne Zunge. Ich war nicht unbedingt das, was man erfahren nennen konnte. Andererseits, da Evan beschlossen hatte, mich mit zu sich nach Hause zu nehmen, durfte ich doch davon ausgehen, dass ich nicht *ganz so* schrecklich gewesen sein konnte. Oder?

Ohne zu ahnen, welch inneres Chaos sie mit ihrem Kommentar angerichtet hatte, griff Carly nach meiner unbenutzten Gabel und begann damit, in dem kalten, ominösen Hackbraten auf meinem Teller herumzustochern. »Bist du sicher, dass ihr es nicht getan habt?«

»Carly!«

»Komm schon! Wenigstens mir musst du doch sagen, wenn du es getan hast. Denk dran, ich hab deine Mom für dich angelogen.« Sie fuchtelte mit der Gabel in meine Richtung. »Du schuldest mir ein paar Details.«

»Ich hab's dir doch schon gesagt. Es ist nichts passiert.«

»Ernsthaft?« Ihre Augenbrauen wanderten nach oben. »Du bist mit dem Kerl heimgegangen und ihr beide habt *nichts* getan? Wie soll das bitte möglich sein? Himmelherrgott, wir reden hier von Evan McKinley.«

Ich blickte auf meinen halb leeren Teller hinab. Die Erinnerung, wie ich in seinem Bett aufgewacht war, war immer noch ganz frisch. Und das Bild des beinahe nackten Evan hatte sich quasi in mein Gehirn gebrannt. »Ich weiß nicht. Es ist kompliziert.«

Ihre dunklen Augen leuchteten aufgeregt auf. »Das sind die besten Geschichten, die so anfangen. Spuck's aus!«

Ich stieß ein schwaches Lachen aus. Egal wie schlimm der

Tag auch war, ich war froh, Carly an meiner Seite zu haben. Laut und rechthaberisch, wie sie nun mal war.

»Na ja, es fing alles damit an, dass ich aufgewacht bin und keine Äpfel gerochen habe …«

3

Evan

McKinley!«

War ja klar. Ich war keine Stunde hier und Aaron hatte mich schon aufgespürt. Hatte der Kerl eine Art Sensor für mich oder so? Normalerweise hätte ich mich gefreut, ihn zu sehen, aber nach dem Mittagessen mit Mom und Brandon hätte ich am liebsten jemandem eine reingehauen, und ich war ziemlich sicher, dass Aaron nicht derjenige sein wollte.

Ich tat so, als hätte ich ihn nicht gehört, zog den Kopf ein und schlängelte mich durch den überfüllten Schulkorridor. Aber Aaron war nicht umsonst der zweitbeste Runningback der Nathan Wilks Highschool. Er hätte problemlos in der ersten Auswahl spielen können, wenn er sich auch nur einen Hauch für das Team interessiert hätte und regelmäßig zum Training erschienen wäre, wie er es eigentlich sollte.

Er hechtete zwischen Lucy Kim und ihrer Truppe Mädels aus dem Tanzteam hindurch, um mich am Riemen meiner Tasche zu packen und nach hinten zu zerren. »Sorry, Ladies.

Wir haben Wichtiges zu besprechen. Wo warst du den ganzen Morgen, Alter?«

Ich warf einen Blick zu der Gruppe Mädchen, die ganz offensichtlich lauschten, und schüttelte ihn ab. »Hatte zu tun«, sagte ich und klang absichtlich geheimnisvoll, als ich Lucy zuzwinkerte. Sie grinste und bedeutete mir, sie anzurufen, bevor sie weiterlief.

Hmm, hatte ich überhaupt ihre Nummer? Zumindest dachte sie das wohl. Vielleicht hatte sie sie mir mal gegeben und ich hatte es vergessen.

»Da bin ich mir sicher.« Aaron boxte mich in die Schulter. »Also, sag schon, wie war es?«

»Hä?« Na super, jetzt klang ich wie ein Idiot. So viel zum Thema geheimnisvoll.

»Na, du weißt schon.« Anstatt seine Frage auszuführen, wackelte er übertrieben mit den Augenbrauen.

Ich war echt nicht in der Stimmung für eins von Aarons Ratespielen. Ich ging auf die Getränkeautomaten neben der Cafeteria zu. »Von was zum Henker redest du?«

»Hör mal, keine Ahnung, warum du versuchst, hier den Gentleman zu spielen. Alle haben am Samstag gesehen, wie du die Party mit ihr verlassen hast.« Ich musste nicht aufschauen, um zu wissen, dass er breit grinste. Es war seiner Stimme deutlich anzuhören. Er machte ein paar schnelle Schritte nach vorne und versperrte mir mit ausgestrecktem Arm den Weg zum Automaten. »Nur nicht so schüchtern.«

»Ich bin nicht schüchtern. Ich weiß nur nicht, was zum Teufel du …« Ein Bild von Taylor, die zu mir hochlächelt, während wir uns zu den schnellen Rhythmen der Musik bewegen, ploppte in meinem Hirn auf. Meine Hände fest um ihre Taille geschlungen. Wir beide, wie wir lachend und aneinander geklammert durch die nächtlichen Straßen zu mir nach Hause torkeln. Das ganze Wochenende war es schon so gegangen – immer nur ein kurzes Aufflackern von Bildern in meinem Kopf. Doch so sehr ich mich auch bemühte, ich konnte mich nicht daran erinnern, was passiert war, als wir bei mir zu Hause *ankamen*.

Dem dämlichen Grinsen auf Aarons Gesicht nach zu urteilen, konnte ich mir vorstellen, was sich alle dachten. »Du bist ein Volltrottel. Und entweder bewegst du jetzt deinen Hintern oder du kaufst mir eine Limo.«

Er lachte und kramte in seinen Hosentaschen nach Geld. »Schön, dann werd ich mir eben meinen Teil denken.« Aaron schnaubte und schüttelte den Kopf. »Alter, ich kann immer noch nicht glauben, dass du es geschafft hast, bei der Eiskönigin zu landen. Du, mein Freund, bist ein Gott – ein moderner, frauenverschlingender Zeus.«

Bei seinen Worten kroch ein breites Lächeln über mein Gesicht. Es stimmte zwar nicht ganz, weil ich streng genommen nicht »gelandet« war, aber wem würde es nicht gefallen, ein Gott genannt zu werden? An jedem anderen Tag wäre ich freudig Aarons Bitte nachgekommen. Verdammt, normalerweise war ich es, der anfing, mit den Chicks zu prahlen, mit denen ich was hatte. In allen Einzelheiten. Aber ich war nicht in der Stimmung, das Mittagessen mit Brandon hatte einen fiesen Beigeschmack bei mir hinterlassen. Ich hätte Moms Angebot, mit ihnen zu essen, nicht annehmen dürfen. Keine Ahnung, was ich mir dabei gedacht hatte. Normalerweise würde ich lieber mit meinen eigenen

Zähnen den Rasen mähen, als mit meinem Stiefvater an einem Tisch zu sitzen.

Es war schlimm genug, dass sie beide unangekündigt zu meinem Drogentest aufgetaucht waren, etwas worauf Brandon – dieses Arschloch – insistierte, seitdem er Drogen in meinem Zimmer gefunden hatte. Dabei gehörten sie gar nicht mir, aber das glaubte er mir natürlich nicht.

Mom wusste, dass die Drogen nicht meine waren. Ich hätte das Zeug nie im Leben angerührt, seit meine Cousine Stacey an einer Überdosis gestorben war. Wir hatten uns sehr nahegestanden. Nachdem Dad im Gefängnis gelandet war, hatte sie immer auf mich aufgepasst, wenn Mom arbeiten musste. Das war, bevor Mom Brandon Willard kennenlernte.

Aber anstatt für ihren Sohn einzutreten – und, Gott behüte, einen Streit mit ihrem neuen, geheiligten Ehemann anzufangen –, zog Mom es vor, mich der Schmach eines monatlichen professionellen Drogentests zu unterziehen. Brandon hegte den Verdacht, ich könnte den Selbsttest zu Hause irgendwie fälschen. Mom hatte sogar mit dem Direktor und dem Sekretariat über meine »Termine« gesprochen, damit ich dafür freigestellt wurde.

Jemand war echt dabei, sich die Auszeichnung als »Mutter des Jahres« zu verdienen.

Ich war versucht gewesen, beim Drogentest absichtlich durchzufallen, nur um Brandon noch mehr zu ärgern, aber ich verlegte mich lieber darauf, den Unterricht zu schwänzen, wann immer ich konnte. Wenn die Schule bei seiner Arbeit anrief, um mich zu verpetzen, war es ihm immer ohne Ende peinlich, und das befriedigte mich ungemein.

Ich hatte die halbe Dose Sprite beinahe in einem Zug geleert, als Gejohle und anzügliche Pfiffe durch den Flur drangen. »Was ist denn da los?«

Aaron zuckte mit den Schultern und ging auf die Cafeteria zu. Ich folgte ihm und blieb stehen, als ich Taylor erblickte, die mit ihrer Freundin Carly ein paar Tische entfernt vom Eingang saß, umzingelt von einer Gruppe prolliger Sportskanonen.

»Schau mal einer an, wen wir hier haben. Na, irgendwer Lust auf eine Party?«, fragte ein Kerl, der, wenn ich mich recht erinnerte, in die elfte Klasse ging. Er stützte die Hände auf der Tischkante ab und grinste mit seiner spitzen Nase spöttisch auf die beiden Mädchen hinab. »Verdammt, Simmons, ich hätte dich vor Ewigkeiten mit Tequila bekannt machen sollen. Vor allem jetzt, wo du deine Brave-Mädchen-Fassade fallen gelassen hast und dein ständiges Getue, als wärst du was Besseres als wir.«

Ich erwartete, dass sie in die Luft ging, aber zu meiner Überraschung biss Taylor sich nur auf die Unterlippe und wandte sich ab. Ihre Wangen waren knallrot angelaufen, aber sie erwiderte immer noch nichts, um sich gegen die Idioten um sie herum zu wehren.

Diese Taylor hier hatte nichts mit dem Mädchen gemein, mit dem ich auf der Party getanzt hatte. Und vor allem nicht mit dem Mädchen, das gestern in meinem Bett aufgewacht war. Jenes Mädchen hatte mir fast den Kiefer zertrümmert und mich dann gezwungen, niemandem zu erzählen, was passiert war. Nicht dass ich das könnte, selbst wenn ich gewollt hätte. Aber der Punkt war, dass *jenes* Mädchen knallhart drauf war – mein Kiefer tat immer noch weh.

Ihre Hände verkrampften sich und lösten sich wieder, aber sie sagte immer noch nichts. Plötzlich sah Taylor auf und unsere Blicke begegneten sich. Sie presste die Lippen zusammen, reckte ihr Kinn und blickte zur Seite. Ihr Gesicht war immer noch rot, aber jetzt sah sie etwas verängstigt aus. Nicht wegen der Typen um sie herum, sondern wegen … *irgendwas*.

Irgendwas in mir machte *klick*, und ich griff automatisch nach Aarons Arm, bereit, die Scheiße aus diesen Kerlen rauszuprügeln.

Ich hatte keine drei Schritte getan, als Carly auf ihrem Stuhl herumwirbelte und die Typen mit ihrem Blick in die Knie zwang, obwohl sie allesamt doppelt so groß waren und sie hätten zerquetschen können wie eine Fliege. »Ach ja, Todd? Wenn du schon unbedingt über Fassaden reden willst, warum erzählst du dann nicht allen, wie du ins Bett gemacht hast, bis du zwölf warst? Wie viele Matratzen mussten deine Eltern rauswerfen, bis du endlich gelernt hast, wie man aufs Klo geht?«

Rote Flecken erschienen auf Todds Gesicht, aber Carly zuckte nicht mit der Wimper und starrte ihn weiterhin unverwandt an. Verdammt, sie reckte ihm sogar ihr Gesicht entgegen, bis sie ihm praktisch unter der Nase klebte.

Zu meiner Überraschung presste er nur etwas Unverständliches hervor, drehte sich um und stürmte davon. Seine Kumpels kicherten hinter vorgehaltenen Fäusten und folgten ihm.

Taylor beugte sich abrupt über den Tisch und flüsterte Carly etwas zu. Die schnaubte nur zur Antwort. »Mach dir da mal keine Sorgen. Ich schätze, jetzt, da er das Töpfchen für große Jungs benutzen kann, hält er sich für einen richtig krassen Kerl«, erwiderte Carly, ohne auch nur die Stimme zu dämpfen.

Ich konnte nicht anders und musste lachen. Mann, wenn jemand krass war, dann Carly. Am liebsten wäre ich in diesem Moment rübergegangen und hätte sie umarmt. Und auch Taylor. Aber dem nach zu urteilen, wie sie mich gerade anfunkelte, würde sie mir wahrscheinlich die Augen auskratzen, sollte ich es versuchen.

Ernsthaft, ich verstand dieses Mädchen einfach nicht.

Carly winkte mir zu, als Taylor sie an uns vorbei durch die Tür zerrte. Ich drehte mich um, um ihnen hinterherzuschauen.

Aaron schüttelte meinen Griff ab und verschränkte die Arme vor der Brust. »Sehr interessant.«

»Was?«

»Nichts. Es ist einfach interessant. Deswegen wolltest du mir also nichts erzählen? Weil du auf sie stehst?«

Mein Mund klappte auf. »Das ist doch bescheuert… Ich weiß nicht, was du da…« Dieses Mal war ich es, der Aaron folgte, als wir zu unseren Spinden liefen. »Willst du mich verarschen?«

Er beugte sich zu seinem Schloss runter. »Hey, ist doch völlig okay, wenn du auf sie stehst. Die Eiskönigin ist zwar nicht ganz so heiß wie die anderen Mädchen, mit denen du sonst was hast, aber sie spielt immer noch ziemlich weit oben in der Liga. Du weißt schon: die Unerreichbare.«

Von all den absurden Dingen, die Aaron da von sich gab, ärgerte es mich aus irgendeinem Grund am meisten, dass er sie die Eiskönigin nannte. »Ihr Name ist Taylor.«

»Oh, ich nehme an, ihr duzt euch, jetzt, wo ihr euch nähergekommen seid, was?«, erwiderte er mit einem Zwinkern. »Gibt es da noch etwas, was du mir über sie erzählen möchtest?«

Ein lautes Scheppern ertönte, als jemand eine Spindtür zuknallte. Aaron blickte an mir vorbei und erstarrte. Seine Augen wurden von Sekunde zu Sekunde größer. Ich folgte seinem Blick und sah Taylor hinter uns stehen, mit verschränkten Armen und einem finsteren Ausdruck im Gesicht. Na, super.

Mit einem Räuspern und der Gelenkigkeit eines Ochsenfroschs sprang Aaron in dem Moment auf, als es klingelte. Er schüttelte den Kopf, sodass sein dunkles Haar ihm vor die Augen fiel, um ihn vor Taylors Zorn abzuschirmen. Für einen so groß geratenen Kerl fühlte Aaron sich immer ziemlich unbehaglich, wenn er es mit wütenden weiblichen Wesen zu tun hatte. Und das Exemplar vor uns war so stinkwütend, dass es mich nicht gewundert hätte, wenn ihre Ohren zu dampfen angefangen hätten. »Öhm, ich lass euch beide mal lieber allein. Evan, wir sehen uns nachher in Sport.«

Ich nickte, obwohl ich das Gefühl nicht loswurde, dass er mich bei meiner eigenen Exekution im Stich ließ. Dieser Verräter. Ich ging in die Hocke, um seinen Spind zu schließen.

Sobald Aaron mit der sich vorwärts schiebenden Menge um die Ecke verschwunden war, boxte Taylor mich in meine rechte Schulter. Feste. Meine linke Hand schoss nach hinten, damit ich nicht auf meinem Hintern landete. »Hey! Wofür war das denn?«

Sie blickte sich um, aber der Flur war schon beinahe leer.

Die wenigen Leute, die noch herumlungerten, zerstreuten sich langsam und zückten dabei bereits ihre Handys, um Nachrichten über unsere süße Zusammenkunft zu verbreiten. »Warum hast du nichts gesagt? Jetzt denkt er wirklich, dass etwas zwischen uns gelaufen ist«, zischte sie.

Ich starrte zur unebenen weißen Decke empor. Verdammt, das war wirklich nicht mein Tag. »Ich hab's versucht. Du hast doch selbst gesehen, dass er mir nicht glaubt.«

Sie schnaubte und verdrehte die Augen. »Es sah nicht so aus, als hättest du dir besonders viel Mühe gegeben. Aber ich schätze, du kannst nichts dafür. Mit deinem Ruf … Kein Wunder, dass dir niemand glaubt.«

Ein Lügner geschimpft zu werden, war nicht unbedingt das Schlimmste, was jemand zu mir sagen konnte. Eigentlich war es mehr so etwas wie eine Tatsache.

Als mir klar wurde, dass Taylor nicht so bald verschwinden würde, seufzte ich und ließ mich auf den Boden gleiten, um es mir gemütlich zu machen. Ich lehnte mich gegen Aarons Spind, zog mein linkes Bein an die Brust und schlang meine Arme darum. »Mag schon sein. Dann erzähl mal, wie viele Leute haben *dir* denn geglaubt, als du ihnen erzählt hast, was passiert ist?«, fragte ich und hob eine Augenbraue, wobei ich die Antwort bereits wusste.

Ihr Mund öffnete sich und schloss sich wieder, aber es kam nichts raus. Stattdessen kaute sie auf ihrer Unterlippe und wandte sich ab. »Egal. Entschuldige, du hast recht.« Sie rieb sich beide Schläfen. »Es war ein echt langer Tag. Und zu allem Überfluss muss ich mir ein neues Handy besorgen, weil ich meins ver…«

Noch bevor sie den Satz beenden konnte, kramte ich in

meiner Tasche und zauberte das Handy hervor, das ich gestern in meiner Shorts gefunden hatte. Ich beugte mich vor und schob es ihr in die Hand. »Deine Freundin hat ziemlich oft angerufen.«

»Ja, das hab ich gehört. Danke.« Nachdem sie das Handy in ihrer Hosentasche verstaut hatte, sah Taylor mich endlich wieder an. Ihr Blick wanderte langsam von meinem Gesicht zu meinen abgewetzten grauen Sneakers. Ich hob eine Augenbraue. Wenn ich es nicht besser gewusst hätte, hätte ich schwören können, dass sie mich abcheckte, aber normalerweise, wenn Mädchen so was bei mir taten, hatten sie dabei keine Falten auf der Stirn.

Ich kam wieder auf die Füße und erwiderte ihren Blick. War dieses Mädchen wirklich dieselbe Person, die mit mir in den Straßen getanzt hatte? Jetzt, da sie vor mir stand, war es schwer zu glauben. Ihr langes dunkles Haar war mit Klammern straff zurückgesteckt. Sie trug eine bequeme Jeans und ein weites T-Shirt, nichts tief Ausgeschnittenes oder Enges. Auf ihrem linken Arm türmte sich ein Stapel Bücher und Ordner. Aaron hatte recht. Sie war definitiv nicht mein üblicher Typ.

Dennoch kam ich nicht umhin, zu bemerken, dass sie hübsch aussah. Selbst mit dem finsteren, verärgerten Ausdruck auf ihrem Gesicht. Ich machte einen Schritt auf sie zu.

Als würde ihr plötzlich dämmern, was ich da tat, riss sie ihren gesamten Körper nach rechts herum. Eine helle Röte kroch ihren Nacken hoch. »Ich muss los. Wir haben gleich einen Test, für den ich noch lernen sollte, und ich weiß nicht, ob …«

Plötzlich überkam mich ein schlechtes Gewissen, weil ich

mich mit ihr angelegt hatte. Vielleicht waren es die dunklen Schatten unter ihren Augen oder die Art, wie sie immer noch auf ihrer Lippe kaute, wodurch sie in ihrem blassen Gesicht noch rosiger und voller wirkten. Ich verspürte den Impuls, meinen Zeigefinger daraufzulegen, damit sie aufhörte, aber ich bezweifelte, dass sie meine Bemühungen zu schätzen wissen würde. Außerdem wollte ich nicht gebissen werden.

Es war nicht ihre Schuld, dass sie mit mir in dieser Gerüchteküche gelandet war. Womöglich war ich ja daran gewöhnt, an den Tratsch und die Lügen, die ständig die Runde machten – zum Großteil, weil ich sie selbst befeuerte, einfach nur, um meinem Stiefvater ans Bein zu pinkeln –, aber Taylor war es nicht gewohnt. Und sie kam definitiv nicht gut damit klar.

»... trinke ich nicht so viel. Niemals. Aber haben wir ...? Ich meine, ich bin überzeugt, dass nicht, aber ich will nur sichergehen ... weil, du weißt schon ...« Sie atmete alle paar Worte schwer ein und aus, als würde jemand sie aus ihr herauswringen.

»Nichts ist passiert. Ich meine, zwischen uns.« Meine Stimme klang überzeugt, obwohl ich es selbst nicht hundertprozentig wusste. Aber ich war mir *ziemlich* sicher, dass nichts gelaufen war. Mein Körper wäre gestern um einiges entspannter gewesen, wenn er in der Nacht zuvor ein bisschen Action abbekommen hätte. »Wir haben nur geschlafen. Oder es zumindest versucht. Du schnarchst ziemlich laut für so ein kleines Mädchen.«

Demnach zu urteilen, wie ihr gesamter Körper vor Erleichterung nach vorne sank, war das genau das, was sie hören wollte.

»Danke.« Taylor fummelte an ihrem blauen Rucksackriemen herum und räusperte sich. »Dass du es mir gesagt hast, meine ich. Also dann, wir sehen uns.«

Als sie sich schon zum Gehen wandte, streckte ich meine Hand nach ihrem Arm aus. Ich hielt ihn nicht fest und strich auch nicht darüber. Es war nur eine ganz leichte Berührung, aber ich konnte ihre Haut unter meinen Fingerspitzen spüren. Weich und warm. Eine Wärme, die mir tief in die Haut sickerte. Wenn allein die Berührung mit meinen Fingerspitzen mir solche Gefühle bereiten konnte, wie würde es sich dann wohl anfühlen, wenn ich meine ganze Hand um ihr Handgelenk schlang?

Trotz meiner Neugier schob ich beide Hände in meine Hosentaschen, bevor sie sich noch einmal zu mir umdrehte.

»Hör zu. Ich weiß, dass das wahrscheinlich eine doofe Situation für dich ist, weil du, du weißt schon, Miss Perfect bist und all das.« Ich machte eine vage Handbewegung in ihre Richtung. »Aber mach dir nicht zu sehr einen Kopf. Die Leute werden es schon bald leid sein und sich ein neues Thema suchen. Vertrau mir.« Ich schenkte ihr mein bestes, unschuldigstes Alles-ist-super-Lächeln. »Ich meine, wer sollte das besser wissen als ich?«

»Du hast recht. Alles wird gut.« Sie drehte sich um und ich konnte sie murmeln hören: »Hoffentlich.«

Die Leute tuschelten immer noch, als ich zur Sportstunde ging, aber mir war das egal. Eigentlich war es ganz witzig, an einer Gruppe vorbeizugehen oder sogar ihre Blicke aufzufangen und zuzusehen, wie ihre Gespräche zu einer unangenehmen Stille verebbten. Die einfachen Freuden des Lebens. Und es half definitiv, dass der Schultag schneller rumging.

Ich streckte mich auf dem kleinen Rasen hinter der Cafeteria aus, um ein Nickerchen zu halten. Coach Jill nutzte vor den Footballspielen unseren Sportunterricht nach dem Mittagessen dazu, um mit ihren Cheerleadern zu üben. Solange wir in Sichtweite blieben, war es ihr egal, was der Rest der Klasse trieb.

Ich hatte den Arm als Kissen unter meinen Kopf geschoben und war gerade dabei, wegzudösen, als ein Schatten über mein Gesicht fiel. Ich machte ein Auge auf, konnte aber nur den Umriss einer Gestalt sehen, die auf mich herunterschaute. Dem roten Haar und den appetitlichen Kurven ihrer Figur nach zu urteilen, konnte ich erraten, wer es war.

»So früh schon auf der Suche nach mir? Ich dachte, man soll nach dem Essen eine Stunde warten, bevor man Sex hat?« Ich schloss wieder die Augen. »Ich glaub, ich hab das mal irgendwo gehört.«

Ein leises Kichern war zu hören und Lauren ließ sich neben mir ins Gras fallen. »Wir wissen doch beide, dass das nicht wahr ist. Diese Theorie haben wir letztes Jahr definitiv oft genug widerlegt.«

Ein Grinsen breitete sich über mein Gesicht. »Stimmt, das haben wir.«

Trotz der Sprüche, die wir klopften, gingen Lauren und ich nicht miteinander. Das hatten wir letzten Sommer getan, nachdem sie mich am Strand überrumpelt hatte, um sich auf äußerst aufregende und eindrückliche Art und Weise vorzustellen. Wir hatten Spaß gehabt, aber wir machten nach einem Monat Schluss. Jetzt waren wir nur noch gute Freunde, die ab und zu mal was miteinander hatten.

Ich hatte es mir zur Regel gemacht, nie mehr als einmal mit demselben Mädchen auszugehen oder zu schlafen. Doch irgendwie bildete Lauren eine Ausnahme. Sie schaffte es immer wieder, mir unter die Haut zu gehen. Oder, besser gesagt, unter die Unterhose. Abgesehen von dem großartigen Sex war sie auch ziemlich cool. Sie war anders als die anderen Mädchen, die ich kannte. Ich mochte es, mit ihr befreundet zu sein. Und das war für uns beide okay.

»Was tust du hier?«

Statt sich von meinem gleichgültigen Tonfall abschrecken zu lassen, rollte sie sich herum, bis sie mich fast zerquetschte, wobei es sie nicht zu kümmern schien, dass das feuchte Gras wahrscheinlich grüne Flecken auf ihrer Jeans hinterließ. Für ein Mädchen, das auf ihr Äußeres achtgab, zögerte sie keine Sekunde, um sich ins nasse Gras plumpsen zu lassen. Wahrscheinlich käme sie auch im Hühnerkostüm zur Schule, wenn sie jemand dazu herausfordern würde.

Lauren zog meinen Arm um sich, legte ihren Kopf auf meinem Bauch ab und schlang ihre schlanke, kühle Hand um meine. »Ich wollte mich entschuldigen, weil ich die Party so früh verlassen habe. Ich war mit Paul verabredet.«

»Paul?«

»Du kennst doch Paul. Der Typ, der das Studienvorbereitungsjahr an der Privatschule macht, weißt du nicht mehr?«

Stimmt, da war was. Ich zuckte mit den Schultern. »War

nicht schlimm. Ich hab ein paar andere Leute getroffen, mit denen ich abgehangen habe.«

»Das habe ich gehört.« Sie sagte nichts weiter, aber ich konnte spüren, dass sie etwas auf dem Herzen hatte. Lauren presste meine Hand an ihren Mund. »Weißt du, du könntest wenigsten *so tun*, als wärest du eifersüchtig wegen Paul.«

Okay, *das* war schräg. Lauren fragte mich normalerweise nie über meine Mädels aus, und ich fragte nicht nach ihren Typen. Es war eine unausgesprochene Übereinkunft zwischen uns. »Sorry, wie geht's deinem schnöseligen Privatschüler? Hat er sich schon sein Studentenverbindungs-Sigma auf den Arsch tätowieren lassen?«

Ihre Lippen verzogen sich an meiner Handfläche zu einem Lächeln. »Schon besser. Und ja, Paul geht es gut. Ich treffe mich wahrscheinlich nächste Woche mit ihm.«

»Gut zu wissen, dass er das Schulgeld, das seine Eltern ihm zahlen, so weise einsetzt.«

Lauren lachte. Das Gewicht ihres Kopfs hob sich von meinem Bauch, sie lehnte sich zurück und stützte sich auf ihre Ellbogen, wobei sie jedoch weiterhin meine Hand festhielt. »Heute Morgen ist übrigens etwas echt Witziges passiert im Unterricht.«

»Ach ja?« Ich spielte mit ihren Fingern, streichelte über ihre weiche Haut und ihre glatten Nägel. »Ich bin ehrlich überrascht, dass du im Unterricht aufpasst.«

Ihr Griff um meine Hand wurde etwas fester. »Normalerweise nicht, aber ich lasse mir doch nicht die Gelegenheit entgehen, zu sehen, wie Taylor Simmons eins auf den Deckel bekommt.«

Meine Hand erstarrte. »Was meinst du damit?«

«Was ich meine, ist, dass die Prinzessin ausnahmsweise mal ihre Hausaufgaben nicht dabeihatte.« Lauren kicherte in sich hinein. »Du hättest ihr Gesicht sehen sollen, als Mr Peters sie runtergeputzt hat. Ich hätte schwören können, dass sie jede Sekunde losheult.«

Mit einem Stirnrunzeln ließ ich ihre Hand los, setzte mich auf und verschränkte die Arme vor der Brust. »Ähm, ich kapiere nicht, warum es für dich so witzig sein sollte, wenn ein anderes Mädchen fast weint.«

Lauren setzte sich ebenfalls langsam auf. »Weil sie nervt. Alle waren froh, dass sie auch mal einen Anschiss kassiert hat.« Sie musterte mich neugierig und ihre blauen Augen verengten sich etwas. »Was kümmert dich das überhaupt? Sie ist nur irgendein Mädchen, das du flachgelegt hast. Vor der Party hast du sie doch nicht einmal gekannt.«

»Das stimmt so nicht ganz.« Mein Mundwinkel verzog sich zu einem halben Lächeln, als mir das erste Mal einfiel, als ich mit Taylor gesprochen hatte.

Das war letzten Sommer gewesen, nachdem Lauren und ich Schluss gemacht hatten. Ich jobbte Teilzeit als Rettungsschwimmer im Freibad, als ich am tieferen Ende des Beckens jemanden herumwedeln sah. Ich brauchte nur ein paar Sekunden, um rüberzuschwimmen und sie zu retten. Nachdem ich sie aus dem Wasser gezogen hatte, spuckte Taylor mir Chlorwasser ins Gesicht, rappelte sich auf und machte sich nach einem gemurmelten »Danke schön« davon. Ich blieb ziemlich schockiert zurück. Nie zuvor hatte mich ein Mädchen so behandelt. Ich zog in diesem Sommer Dutzende von Leuten aus dem Becken – vor allem

Mädchen –, aber sie war die Einzige, an die ich mich erinnerte. »Taylor ist nicht nur irgendein Mädchen. Und um ehrlich zu sein, finde ich es ganz schön zickig von dir, dass du ihre Misere *witzig* findest.«

Laurens Kiefer klappte runter. Obwohl ihr der Ruf einer Zicke vorauseilte, war dies das erste Mal, dass ich sie so genannt hatte. Ich fühlte mich schlecht deswegen, aber es war die Wahrheit.

Sie strich ihr Haar zurück und zuckte mit den Schultern. »Meinetwegen, vergiss, was ich gesagt habe.« Sie schlang ihre Hände um meinen Nacken und zog mich näher an sich, sodass ihre Lippen und ihr Atem mein Ohr kitzelten. »Was hältst du davon, wenn wir uns heute Abend treffen? Bei mir? Auf die guten alten Zeiten?« Sie hatte ein süffisantes Lächeln im Gesicht. Ihre blauen Augen neckten und lockten mich, einfach nachzugeben.

Ich war versucht. Wirklich versucht. An jedem anderen Tag hätte ich nicht einmal bis heute Abend gewartet. Ich hätte mein Gesicht in ihrem Haar vergraben, sie in die Umkleidekabine gezogen und für den Rest der Stunde die Tür abgeschlossen. Gott, ich hasste es, es zuzugeben, doch meine Emotionen wurden normalerweise von meinem Schwanz dirigiert. Aber nicht heute. Ich war nicht in der Stimmung. »Sorry, Süße, so verlockend es auch klingt, aber ich glaub, heute eher nicht.«

Sie stieß mich zurück und stand abrupt auf. »Schön. Aber das nächste Mal, wenn du mit jemandem rummachen willst, brauchst du dich nicht bei mir zu melden.« Mit einem wütenden Schnauben dampfte sie Richtung Parkplatz ab und rannte dabei fast Aaron über den Haufen.

»Alter, was hat die denn für ein Problem?«

»Du tust gerade so, als wüsste ich, was in ihrem Kopf vorgeht.« Ich stieß einen Seufzer aus und fischte meinen Autoschlüssel aus der Tasche meiner Jogginghose. »Kommst du mit? Jill achtet sowieso nicht auf uns. Lass uns hier verschwinden.«

Aaron sah immer noch Lauren hinterher, die in ihrem Wagen davonbrauste. »Okay, und wo willst du hin?«

»Egal wohin, Hauptsache weg von hier.«

4

Taylor

Ein Tag nach dem anderen – bis Gras über die Sache gewachsen wäre und alles wieder zur Normalität zurückkehrte. Ich wiederholte diesen Gedanken innerlich wie ein Mantra, bis ich *fast* daran glaubte.

Als die Schulglocke an diesem Tag zum letzten Mal läutete, sprang ich voller Freude von meinem Platz auf. Alles, was ich jetzt noch tun musste, war heimgehen und mich in meinem Bett verkriechen, und dieser albtraumhafte Tag wäre vorüber.

Gerade als ich meinen Leistungskurs Englisch verließ, rempelte ein Mädchen gegen meine Schulter und ließ mich rückwärts durch die Tür zurückstolpern. Meine Bücher und mein Ordner krachten runter und flogen auseinander. Mehrere der Artikel für die nächstwöchige Ausgabe der Schülerzeitung lagen wild verstreut auf dem Boden. Ich kniete mich leise fluchend hin, um sie aufzusammeln, und zuckte zusammen, als der Schmerz durch meine Schulter schoss. Ich drehte mich um, um dem Mädchen hinterherzuschauen, aber sie war schon im Gedränge auf dem Flur untergetaucht.

»Echt jetzt?«, murmelte ich und streckte mich nach den verstreuten Büchern aus. Meine Finger hatten sich gerade um meinen blauen Ordner geschlossen, als Todd Herbert, der unausgesprochene Anführer der Neandertalerhorde vom Mittagessen, mir mit der Hand auf den Hintern klatschte.

Ich sprang auf, aber er grinste nur unverschämt und holte sich von seinen Kumpels sein High five ab. Ich verengte die Augen zu Schlitzen.

Der Grund, warum die Leute bisher nicht über mich getratscht hatten, war der, dass ich ihnen nie einen Grund dazu gab. Ich machte nie irgendetwas falsch. Nicht so wie Carly, die es nicht juckte, was die Leute über sie dachten oder sagten. Insgeheim beneidete ich sie darum. Ich könnte nie so sein. Ich war stolz wie Oskar, wenn die Leute mich lobten oder mir Komplimente machten, und mein Magen verkrampfte sich, wenn mich jemand mit einem fiesen Blick bedachte. Dad sagte immer, dass das, was die Leute von einem denken, das Endergebnis beeinflussen würde. Zugegeben, er sprach von Gerichtsverhandlungen und Geschworenen, aber im Grunde war das doch alles dasselbe. Egal, was die Leute behaupteten, das Äußere und der Eindruck, den man hinterließ, spielten *sehr wohl* eine Rolle.

Aber ich hatte es satt. Evan hatte unrecht gehabt. Die Dinge wurden nicht besser. Mein Name war sogar mit Tipp-Ex an die Tür der Klokabine gekritzelt worden, gemeinsam mit den Worten NUTTE und SCHLAMPE. Ich hatte gewartet, bis die Toilette leer war, bevor ich mir die Tür vorknöpfte und mir bei der Operation drei Fingernägel abbrach. Ich hatte alles so dermaßen satt. Aber am meisten hatte ich es satt, nichts zu tun. Scheiß auf den äußeren Eindruck.

»He, du Volltrottel!« Ohne auch nur darüber nachzudenken, schnappte ich mir den Ordner vom Boden und schleuderte ihn auf Todd. Er knallte mit einem lauten, satten Klatschen gegen seine Schulter. Getroffen! Ich stieß die Faust triumphierend in die Luft, als er sich mit finsterer Miene zu mir umdrehte.

Mist. Vielleicht hätte ich das vorher zu Ende denken sollen. Ich machte einen Schritt zurück, als er auf mich zustapfte, und – *wuuusch!* – kam Carly wie ein Ritter in blauer Strickjacke und Jeans herbeigerauscht und stieß ihn beiseite. Er torkelte rückwärts gegen die Schließfächer.

Sie ächzte und rieb sich die rechte Schulter. »Scheiße, hat das wehgetan!«

Ich griff nach ihrem Arm. »Carly! Alles in Ordnung?«

»Ja.« Sie drehte sich zu Todd. »Aber ich schwöre dir, du kriegst noch mehr davon verpasst, wenn du dich noch einmal mit einer von uns beiden anlegst.« Sie winkte ihn herausfordernd mit der Hand zu sich. »Na los, probier's!«

Seine Nasenlöcher blähten sich und er machte einen Satz auf uns zu.

Mit einem Kreischen packte ich Carly an der Schulter, um sie zurück und aus seiner Reichweite zu ziehen, als ein großer Rücken mir den Blick auf Todd versperrte. Ein sehr vertrauter Rücken, der wie aus dem Nichts auftauchte.

Wie kam denn Brian jetzt hierher? Ich spähte hinauf und stupste ihn in die Mitte seines breiten Rückens, um sicherzugehen, dass ich nicht halluzinierte. Er drehte sich um, blickte auf mich hinab und die Furchen auf seiner Stirn wurden tiefer. Seine Hand berührte sanft meinen Arm. »Bist du okay?«

Ich nickte. »Mir geht's gut.«

Carly räusperte sich. »Mir geht's auch gut. Danke der Nachfrage.«

»Weiß ich doch. Dir kann nichts was anhaben.« Brian bedachte sie mit einem kurzen Grinsen, dann wandte er sich wieder ab. »Weißt du, Herbert, nur Schlappschwänze legen sich mit Mädchen an.«

Todd presste ein Fluchen hervor und machte erneut einen Schritt auf uns zu, gerade als Mr Peters aus seinem Klassenzimmer kam. »Was ist hier draußen los?«

Während unserer Auseinandersetzung war der Flur voller Schüler gewesen, aber sobald ein Lehrer auftauchte, wichen sie alle zurück und lösten sich in Luft auf. Unser Grüppchen erwiderte nichts. Aber auch wenn wir nichts sagten, waren die Beweise doch mehr als offensichtlich. Meine Bücher lagen immer noch auf dem Boden verstreut. Mein Ordner lag sogar noch zu Todds Füßen und Carly rieb sich weiterhin die Schulter.

»Nichts, wir hatten nur einen kleinen Unfall, aber allen geht's gut«, log Brian wie geschmiert. Er beugte sich runter, um meine Bücher aufzuheben. »Nur keine Sorge. Stimmt's Leute?«

»Stimmt, nichts passiert«, zwitscherte Carly mit einem strahlenden Lächeln.

Todds Blick huschte von einem zum anderen – wobei er am längsten auf mir verweilte –, bevor er zu Mr Peters gelangte. Nach einigen langen, qualvollen Sekunden schüttelte er den Kopf. »Ja, klar, alles in Ordnung.«

Mr Peters sah nicht so aus, als würde er uns glauben, aber er nickte. »Was macht ihr dann noch hier? Die Schule ist aus, das wisst ihr doch. Taylor, könnte ich dich noch einmal sprechen?«

»Ähm, ja, ich denke schon.« Ich drehte mich zu Brian und Carly. »Wartet ihr auf mich?«

Carly runzelte die Stirn. »Ich muss zur Theaterprobe. Aber ich melde mich später bei dir.« Sie drückte meinen Arm und wandte sich zu Brian. »Pass auf sie auf, ja?«

»Klar. Ich warte hier, Taylor.«

Ich nickte und stieß einen leisen Seufzer aus, dann folgte ich Mr Peters ins Klassenzimmer. Er ließ sich auf seinem Stuhl nieder, griff nach einem Stift und klopfte damit seitlich gegen das Pult. Ich trat von einem Fuß auf den anderen, während ich darauf wartete, dass er etwas sagte.

»Erst der verspätete Aufsatz und nun dieser *Unfall.*«

Ich zog den Kopf etwas ein. »Ich weiß. Es tut mir leid, es wird nicht wieder passieren.«

»Das hoffe ich. Aber im Moment bist du definitiv zu zerstreut. Ich denke, du solltest dir eine Pause gönnen, auch von den Vorbereitungen für die Präsentation zum Karriere-Tag. Bring morgen dein Arbeitsmaterial vorbei, dann kann ich das Projekt an Lin übergeben.«

Und einfach so verpuffte mein Traum, unsere ehemaligen Schüler von der Columbia zu beeindrucken – gemeinsam mit meiner Chance, *überhaupt* an der Columbia angenommen zu werden. »Aber … aber das können Sie nicht. Ich habe seit Ewigkeiten daran gearbeitet. Sie *können* das nicht einfach an Lin geben. Sie wird alles vermasseln.«

Er ließ klappernd den Stift fallen und verschränkte die Finger unter seinem Kinn. »Ich möchte dir nur helfen, Taylor. Ich weiß, dass die zwölfte Klasse hart ist und du viel um die

Ohren hast, aber so ist das Leben nun mal. Wir alle haben Dinge, die wir tun müssen. Wir alle haben Verpflichtungen zu erfüllen. Familien zu ernähren. *Rechnungen* zu bezahlen. Für mich ist das hier auch nicht einfach.«

Bei seinen Worten fühlte ich mich wie eine Idiotin. Und ich hasste dieses Gefühl. Trotzdem konnte er mir nicht einfach meine Präsentation wegnehmen und sie an *Lin Cheng* übergeben. Dieses Mädchen hatte es seit dem Kindergarten auf mich abgesehen. Es war doch nicht *meine* Schuld, dass ich die Felder in den Bilderbüchern schneller ausmalen konnte als sie. Oder dass sie immer auf dem zweiten Platz landete. Nun auf dem dritten, da Brian in unsere Stadt gezogen war und uns beide einen Platz nach unten geschubst hatte. Aber deswegen war ich doch auch nicht die ganze Zeit beleidigt. Zumindest nicht oft.

Ich knetete meine Hände und versuchte reumütig dreinzublicken. »Es tut mir leid wegen Ihrer Verpflichtungen und Ihrer Rechnungen, aber ich krieg das hin! Ich schwöre es!«

»Dann brauchst du dir ja keine Sorgen zu machen. Das ist keine Strafe. Vielleicht könnt ihr beide später sogar zusammen daran arbeiten. Einander helfen.« Er lehnte sich auf seinem Stuhl zurück und nickte Richtung Tür. »Das war alles. Du kannst jetzt gehen.«

Ich wollte ihm widersprechen, aber zu meinem Entsetzen verschwamm sein Gesicht vor meinen Augen. *Verdammt. Nicht jetzt. Nicht heulen.* Vielleicht wenn ich in Sicherheit zu Hause wäre, in meinem kuscheligen grauen Pulli, der mir bis über die Knie reichte, aber nicht hier. Nicht vor Mr Peters.

Ich weiß nicht, wie oder wann ich das Klassenzimmer verließ, aber das Nächste, woran ich mich erinnern konnte, war Brian, der vor mir stand und mich vor den Blicken der anderen Schüler abschirmte, die noch immer in den Fluren herumlungerten. Ohne ein Wort zu sagen, legte er seinen Arm um mich und führte mich in den leeren Medienraum in der Bibliothek. Ich wollte mich gegen seine warme Schulter lehnen – Gott, ich war so müde –, aber stattdessen hielt ich meinen Rücken kerzengerade, fest entschlossen, keinerlei Schwäche zu zeigen. Er machte die Tür hinter uns zu und stellte sich mit verschränkten Armen davor auf. Ich weiß nicht, ob es war, um mich am Rausgehen zu hindern oder andere am Reinkommen.

Ich lehnte mich gegen eines der Bücherregale und pulte an den roten Lackresten auf meinen Nägeln. Es war kaum noch was zu sehen von diesem einen Mal, als meine Mom mich von der Schule zu einem Mutter-Tochter-Maniküretermin abgeholt hatte. Ich war danach so wütend gewesen, denn ich hatte deswegen die Analysis-Wiederholungsstunde verpasst und in der Klausur nur eine Zwei bekommen. Vor allem, da es das einzige Fach war, wo Brian nur knapp mit einer Eins durchgekommen war. Wäre ich bei der Wiederholungsstunde gewesen, hätte ich eine Eins+ bekommen und ihn endlich einmal schlagen können.

Wie ironisch, denn im Moment hätte ich alles dafür gegeben, aus dieser Schule rauszukommen. Verdammt, ich hätte mir sogar eine Dauerwelle verpassen lassen, nur um hier verschwinden zu können.

Ich atmete tief durch und rollte meine verspannten Schultern, bevor ich mich aufrichtete. »Danke. Du weißt schon, für vorhin«, sagte ich schließlich zu Brian und griff nach meinem Schulzeug, das er immer noch im Arm hielt.

»Kein Problem.« Er ließ meinen Ordner und die Notizen los und zuckte die Achseln. »Tut mir leid, falls ich neugierig bin und mich in Sachen einmische, die mich nichts angehen – aber was zum Teufel tust du da, Taylor?«

Ich blickte auf den Ordner mit den Artikeln in meinen Händen. »Ich wollte nur ein paar Ideen für die nächste *New-Voices*-Ausgabe durchgehen. Dieses Mal sollten wir uns vielleicht auf die Leute im Hintergrund konzentrieren – die Bühnencrew bei den Theateraufführungen, die Wasserträger bei den Sportwettkämpfen. So Zeug.«

»Das ist eine tolle Idee, aber das meine ich nicht.« Er schob die Hände in die Taschen seiner Jeans. »Ich meine diese ganze Evan-Sache.«

»Ich weiß nicht, wovon du sprichst.«

»Du bist eine echt miese Lügnerin, Taylor.«

Natürlich wusste ich, wovon er sprach. Das wovon alle sprachen. Wenn Brian doch nur über so viel Einfühlungsvermögen verfügt hätte, um meinen Wink zu kapieren, dass ich nicht darüber sprechen wollte. Für ein so kluges Kerlchen konnte er manchmal ganz schön beschränkt sein.

Wir waren erst seit etwas mehr als einem Jahr befreundet, aber es fühlte sich an wie eine Ewigkeit. Umso überraschender angesichts der Tatsache, dass ich ihn am Anfang gehasst hatte. Brian zog zu Beginn des letzten Schuljahres in unsere Stadt. Und innerhalb eines halben Jahres war ich von der Nummer eins unserer Stufe – dem Platz, den ich die zwei Jahre davor ganz für mich allein gehabt hatte – auf die Nummer zwei verdrängt worden. Doch was mich wirklich zur Weißglut trieb, war, dass Brian sich nicht einmal dafür anstrengen musste. Er stand nicht jeden Morgen früher auf, um in der Bibliothek zu lernen, oder kam mit dunklen Ringen unter den Augen zur Schule, weil er die ganze Nacht gebüffelt hatte, wie ich es tat.

Es war auch ziemlich nervig, dass alle ihn so *verdammt* sympathisch fanden. Er war super in der Schule und ganz okay in Sport. Gut genug, dass er von den anderen zu Spielen eingeladen wurde, aber nicht gut genug, um ein Star zu sein und von allen dafür gehasst zu werden, zu perfekt zu sein.

Doch obwohl ich es ihm übel nahm, mir meinen Rang streitig gemacht zu haben, konnte ich ihn gut leiden. Er verstand mich und kam mit mir klar. Darüber hinaus war er wie geschaffen für mich. Ich hatte mir immer überlegt, dass wir eines Tages zusammenkommen würden. Es war einfach nur logisch. Vorzugsweise nachdem wir beide unseren Platz an der Uni ergattert und unsere Karrierewege eingeschlagen hätten.

Brian war nicht so offensichtlich umwerfend wie … na ja, Evan, aber auf seine Art sah er gut aus – groß und schlank, mit breiten Schultern und glattem schwarzen Haar, das in alle Richtungen abstand. Der zerstrubbelte Look kontrastierte mit seinen makellosen, gut sitzenden Klamotten: Er trug eher dunkle elegante Jeans und Hemden, keine T-Shirts und khakifarbene Cargohosen.

Halsabwärts sah er aus wie ein *GQ*-Model. Halsaufwärts, als wäre er gerade aus dem Bett gekrochen. Und doch schaffte er es, dass es passte. Ich stand auf gut gekleidete Typen mit Krawatte. Man füge noch einen Anzug hinzu und ich wäre auf seinen hochglanzpolierten Schuhen dahingeschmolzen. Carly machte sich immer darüber lustig, dass, während andere Mädchen von Footballern und Feuerwehrmännern träumten, ich bei Businesstypen in Anzügen schwach wurde. Was konnte ich darauf sagen? Ich hatte eben einen reifen Geschmack. Brian hatte zudem dunkle, gefühlvolle Augen, die meine Knie ganz schwach werden ließen, auch wenn sie eher schwarz waren, nicht grau wie die von Evan.

Ich kniff die Augen zusammen und versuchte, dieses Bild abzuschütteln. Warum bekam ich Evan nicht aus dem Kopf? Er war überhaupt nicht mein Typ – seine Alltagskluft bestand aus T-Shirts und löchrigen Jeans.

Obwohl ... ich könnte wetten, Evan sähe richtig heiß aus in einem Paar dunkler Jeans und einem lässigen Nadelstreifen-Sakko. Vielleicht mit einem dunkelgrauen Hemd mit hochgekrempelten Ärmeln, dessen Farbe perfekt zu seinen stürmischen Augen passen würde, und ... *klatsch!* Ich knallte mir mit der Handfläche gegen die Stirn. Warum zum Henker zog ich in Gedanken Evan an, als wäre er meine persönliche Ken-Puppe? Die meisten Mädchen würden genau das Gegenteil tun.

Eine Hand schnipste vor meinem Gesicht und unterbrach meinen Gedankengang. Brian betrachtete mich mit besorgter Miene. Ich nahm es ihm nicht übel. Ich wusste ja auch nicht, was heute mit mir los war.

Ich ließ mich auf einem langen Tisch im Gang nieder, auf dem normalerweise der Projektor stand. »Wenigstens du müsstest doch wissen, dass man Gerüchten keinen Glauben schenken sollte.«

Seine Augenbrauen wanderten so weit hoch, dass sie unter dem dunklen Haar verschwanden, das ihm in die

Stirn fiel. »Ja, alle waren echt enttäuscht, als ich hierherkam und ihnen verklickern musste, dass ich kein Karate kann. Und dass ich nicht mit Jackie Chan verwandt bin. Aber irgendwer muss ja mit den Klischees aufräumen.« Ein Schatten huschte über sein Gesicht und er wandte den Kopf ab. Plötzlich schien er distanziert und kühl. »Also ist es wirklich nur ein Gerücht? Du und Evan habt nicht…«

»Nein, haben wir nicht.«

Er stieß einen erleichterten Seufzer aus. Ein kleines Lächeln blitzte auf seinem Gesicht auf. Er hüstelte in seine Hand, bevor er sie wieder in die Hosentasche schob. »Das habe ich auch nicht gedacht. Ich meine, er ist ja nicht einmal dein Typ. Und du bist um einiges klüger. Ich habe mir nur Sorgen gemacht…« Brian schüttelte den Kopf und lachte. »Egal. Aber was willst du gegen die Gerüchte unternehmen?«

Ich kickte gegen die Metallbeine des Schreibtischs vor mir. »Ich dachte, ich halte mich bedeckt und bleibe ruhig, bis die Lage sich von allein entspannt hat.«

Brian schnaubte. »Du? Ruhig bleiben?« Er durchquerte den Raum, um sich neben mir auf den Tisch zu setzen. Sein Arm drückte gegen meinen. »Komm schon, Taylor. Du bist das Mädchen, das sich letztes Jahr geweigert hat, bei der Stufensprecherwahl ihre Niederlage einzugestehen. Und selbst nachdem du *gewonnen* hattest, hast du auf einer weiteren Wahl bestanden, bei der alle teilnehmen mussten, damit dich niemand des Betrugs bezichtigen konnte. Auch wenn das gar niemand getan hatte.«

Mein Mund verzog sich zu einem schiefen Lächeln. »Ja, schon. Es hat sich auch niemand sonderlich gefreut, wegen der Wahl nach Schulschluss länger dableiben zu müssen.«

Brian lachte und knuffte mich in die Schulter. »Nein, das haben wir nicht.«

Beide saßen wir ein paar Minuten in unsere Gedanken versunken da. Schließlich richtete er sich auf und stellte sich vor mich, die Arme vor der Brust verschränkt wie ein Vater, der eine Predigt hält. »Hör zu, ich werde es einfach so sagen, wie es ist: Ruhig bleiben ist eine dämliche Idee. Das bist nicht du! Du musst dich wehren!« Er beugte sich vor, bis er mit mir auf Augenhöhe war. »Im Ernst jetzt, zeig denen draußen, wer du bist und dass du all das verdienst, wofür du so hart gearbeitet hast. Lass nicht zu, dass diese dämlichen Gerüchte dir alles ruinieren.«

Brian stand so nah vor mir, dass ich jedes Detail in seinem Gesicht sehen konnte. Die perfekte gerade Nase, die winzigen Fältchen um seine Augen. Er hatte sogar ein winziges Fältchen über seiner linken Braue.

Seine Worte jagten mir Angst ein, aber ich versuchte, es mit einem Lachen abzutun. »Reagierst du nicht etwas über? Ich meine, es ist nur ein kleines Gerücht.«

Er verdrehte die Augen und schnaubte. »Ach ja? Schau dir an, was es schon angerichtet hat. Ich meine, komm schon, Taylor. Was glaubst du, warum da draußen alle so über dich herfallen? Sie benutzten dieses ›kleine Gerücht‹, um dich vom Sockel zu zerren, damit sie auf dir herumtrampeln können.«

Die Bilder, die er da zeichnete, waren so lebhaft, dass ich meinen Kopf schütteln musste, um sie zu verscheuchen. Vor allem nach meinem Gespräch mit Mr Peters. Gerade fühlte es sich tatsächlich so an, als würde alles meinem Griff entgleiten. »Was soll ich deiner Meinung nach tun?«

»Beweis ihnen, dass sie sich irren. Verprügel jemanden. Ich weiß nicht. *Irgendwas.*«

Seine Worte schlugen bei mir ein wie ein Blitz. Er hatte recht. Ich war es leid, dass man auf mir rumhackte. Ich musste etwas unternehmen. Meine Zukunft, mein Leben hingen davon ab.

Aber die Frage war: *Was* konnte ich tun?

»Also, was glaubst du?«, fragte ich Carly später am Abend. Ich balancierte das Telefon zwischen Ohr und Schulter, während ich vorsichtig meinen Aufsatz in die Tasche gleiten ließ. Völlig ausgeschlossen, dass ich *den* noch einmal vergessen würde. »Außer dass ich Evan verprügeln lasse, fällt mir echt nicht ein, wie ich es schaffen kann, dass alle die ganze Geschichte vergessen.«

»Warum solltest du überhaupt wollen, dass es jemand vergisst? Das ist das Aufregendste, was dir dieses Jahr passiert ist. Eigentlich in deinem ganzen Leben.«

»Aber ich *will* gar nicht, dass mein Leben so aufregend ist. Sag mir, was ich tun soll.«

»Na ja, zum einen denke ich, dass du mit ihm hättest schlafen sollen.«

Fast fiel mir das Telefon auf den Boden. »Kannst du bitte mal ernst sein?«

»Was denn! Ich finde es einfach die reinste Zeitverschwendung, dass du dich durch all diesen Mist hindurchquälen musst, ohne dass du zum Zug gekommen bist. Wenigstens ein Mal. Ich meine, komm schon!« Ich hörte das

Knallen einer Tür. Ich wusste, dass Carly sie zumachen musste, um ihre Privatsphäre zu haben. Ironischerweise klemmte ihre Tür ständig, wenn sie sie also zuknallte, wusste ihre Mom, dass sie etwas im Schilde führte. Wahrscheinlich hatte sie keine Minute, bevor ihre Mutter hereingeschneit kam, um nur mal »nachzusehen«, ob alles in Ordnung war. »Jetzt mal im Ernst, wenn du schon nicht mit ihm schlafen willst, dann geh wenigstens mit ihm aus oder so. Die Leute würden es sowieso nicht so aufregend finden, wenn ihr offiziell miteinander gehen würdet.«

»Du bist echt unglaublich!« Ich verdrehte die Augen vor meinem Spiegelbild an der Wand gegenüber.

»Ja, unglaublich liebenswert. Hey, ich muss los. Ich glaub, ich höre Mom unten im Flur. Denk einfach darüber nach. In den Büchern ist es immer die unschuldige Debütantin, die am Ende den Wüstling bekehrt, das weißt du doch.«

Obwohl Carly völlig durchgeknallt war, schwirrten mir ihre Worte die ganze Zeit durch den Kopf. *Was wäre wenn…?*

Mitten in der Nacht, als alle schon schliefen, ging ich runter in Dads Arbeitszimmer. Ich weiß nicht, ob es die dunkelgrünen Tweedmöbel waren oder die staubigen Regale voller juristischer Fachbücher, aber dies war der einzige Ort, an dem ich klar denken konnte. Dies war sein Reich, das er selbst eingerichtet hatte. Und mit *einrichten* meine ich: zum Möbelhaus fahren, auf ein paar Stücke zeigen und mitteilen, wohin diese innerhalb maximal fünf Minuten geliefert werden sollen.

Der Rest des Hauses – bis auf mein Zimmer, Gott sei Dank – war mit knalligen, fröhlichen Farben und Rüschen dekoriert. Es sah aus, als sei Barbies Traumhaus explodiert. Und da es Dad nicht sonderlich kümmerte, welche Farbe die Vorhänge hatten und dergleichen, wurde ich bei Fragen nach der Auswahl immer überstimmt. Kimmy steckte noch in dem Alter fest, wo man Pink und Glitzer toll fand. Ich hoffte, dass sie diesen Mädchenkrempel in zwei Jahren, wenn sie elf wurde, hinter sich lassen würde. So wie ich damals. Es versteht sich, dass ich in jenem Jahr einen ganzen Haufen Dinge hinter mir gelassen hatte.

Obwohl ich mir Mühe gab, keine Geräusche zu machen, als ich mich hineinschlich, schien es, als habe Oreo, unser Hund, förmlich gerochen, dass jemand im Anmarsch war, der ihm sein Futter servieren könnte. Ungeachtet der Tatsache, dass er ein kleiner Dackel war, der drei Mal täglich gefüttert wurde, hatte er permanent Hunger. Ständig.

Gerade als ich seine Pfoten den Flur entlangtapsen hörte, machte ich die Tür zum Arbeitszimmer zu. Sofort schob sich seine dunkle Nase durch den Türspalt und er winselte. Das hohe, fiepsende Jaulen klang, als würde ihn jemand quälen.

Aus Sorge, meine Eltern könnten aufwachen, riss ich die Tür wieder auf. Oreo lag ausgestreckt auf dem Teppich, die kleine Schnauze auf den Boden gedrückt, als würde er immer noch versuchen, unter der Tür hindurchzukommen. Sobald er mich sah, erstarrte er für einige Sekunden, bevor er sich langsam auf den Rücken rollte. Seine braunen Augen blickten mich herzerweichend an, damit ich mich hinunterbeugte und seinen Bauch kraulte.

Ein leises Kichern entwich mir, und ich rieb einen Moment seinen Bauch, bevor ich wieder aufstand. »Komm schon, du darfst mir bei der Arbeit Gesellschaft leisten.«

Bevor ich loslegen konnte, ging ich durch das Büro und richtete ein paar Dinge. Ich reihte die Bücher so, dass alle in dieselbe Richtung schauten. Stellte die Jalousien so ein, dass genau die richtige Menge Mondlicht durch die Fenster fiel. Das übliche Zeug, das mich sonst vom Arbeiten abhalten würde.

Ich arbeitete die Nacht durch. Die Sonne lugte schon durch die Fenster, als ich die endgültige Fassung des Vertrags aus dem Drucker zog. Ich reckte die Arme über dem Kopf und gähnte. Endlich war es geschafft. Doch jetzt kam der schwierige Teil – Evan davon zu überzeugen zu kooperieren. Und dafür brauchte ich seine Handynummer.

Ich rief sofort Carly an. Meine beste Freundin wusste einfach alles, was sich in unserer Schule zutrug. Zu dumm nur, dass sie neugieriger war, als gut für sie war. »Hast du deine Meinung geändert und willst jetzt doch mit ihm schlafen?«

Die Hitze schoss mir in die Wangen, und ich war heilfroh, dass niemand mich sehen konnte. Ich knallte meinen Stift so fest auf den Schreibtisch, dass der Deckel abfiel und unter den Tisch kullerte. »Carly, das ist wirklich nicht der Moment.« Ich ließ mich auf alle viere runter, um den Deckel zu finden. Deckellose Stifte gehörten zu meinen größten Ärgernissen. »Besorg mir einfach seine Nummer, okay?«

»Da war ich schneller als du. Ich hab dieses Mädchen angeschrieben, das seine Nummer hat, und sie dir schon gesimst. Wirst du mich jetzt in deine Pläne einweihen oder was?«

»Lass mich das erst einmal klären, dann sag ich dir Bescheid.« Ich drückte die Daumen. Falls das Ganze planmäßig verlief, sollte schon morgen alles besser sein.

»Ich schätze, das genügt für den Moment. Aber ruf mich an, falls du die Nummern von noch mehr Hotties brauchen solltest.«

Mom und Dad hatten Kimmy bereits zur Schule gebracht, also war das Haus ganz still, als ich aus dem Arbeitszimmer geschlichen kam. Oreo wachte auf, als ich beinahe schon am anderen Ende des Flurs angekommen war. Er ließ ein kurzes Kläffen hören, jagte mir hinterher und schnappte bei jedem Schritt, den ich machte, nach meinen Knöcheln. Ich kramte eine Dose Hundefutter aus der Speisekammer, schaufelte eine ordentliche Portion in seinen Napf und füllte sein Wasser nach. Mir selbst goss ich ein großes Glas Orangensaft ein und nahm eine Scheibe Toast aus dem Brotkasten.

Sobald Oreo, das verzogene Biest, gefüttert war und ich selbst nichts mehr auf meiner Serviette liegen hatte als Krümel, wusste ich, dass ich den Anruf nicht mehr hinauszögern konnte. Ich schloss die Augen und zählte bis zehn, dann hackte ich schnell die Nummern ins Handy, bevor ich den Mut verlieren konnte. Es klingelte zweimal, dann meldete sich Evan.

»Hallo?«

Meine Finger strichen über das Kondenswasser auf dem Glas. »Hi, Evan? Hier ist, ähm, Taylor.« Stille. »Taylor Simmons? Du weißt schon, das Mädchen, das, hm ... wir ... ich, wir ...«

Ein kehliges Kichern unterbrach mein Gestammel.

Ich merkte, dass ich das Glas geradezu umklammerte, und zwang mich loszulassen. Atmen, Taylor, einfach nur atmen. Du schaffst das. Ich rieb meine Handflächen über meine Jeans, um sie zu trocknen. »Hör zu, ich denke, wir müssen uns über neulich Nacht unterhalten.«

»Ach ja? Was ist mit unserem ›Kein Wort zu niemandem‹ passiert?«

Meine Güte, ich konnte das Grinsen in seiner Stimme förmlich *hören.* »Ich … ich bin nicht niemand«, erwiderte ich dürftig, als mir keine andere schlagfertige Antwort einfiel.

»Das stimmt wohl.«

War das ein Kompliment oder eine Beleidigung? Ich schüttelte gereizt den Kopf, obwohl er mich nicht sehen konnte. »Lass uns von vorne anfangen. Ich muss mit dir reden. Jetzt. Kannst du bei mir vorbeikommen?«

»Du bist nicht in der Schule?« Die Überraschung in seiner Stimme war nicht zu überhören.

»Nein, ich hab heute früh eine Freistunde.« Wieder schüttelte ich den Kopf. Ich hatte vergessen, dass Evan keinen Zusatzunterricht nahm so wie ich. Wahrscheinlich hatte er gar keine Freistunden. »Ich kann dich aber auch nach der Schule irgendwo treffen.«

»Schon okay. Ich bin auch nicht in der Schule.«

»Echt? Warum nicht?«

Ich hörte Geraschel, als würde er das Handy von einer Seite auf die andere verlagern. »Lass es uns einfach so sagen: Du hast deine Geheimnisse und ich habe meine. Ich komme bei dir vorbei.«

»Okay. Hast du einen Stift? Ich gebe dir meine Adresse.«

»Mach dir da mal keinen Kopf. Wenn ich Glück habe und das Schicksal es will, werde ich dein Haus schon irgendwie finden.«

Ich ließ ein genervtes Seufzen hören, da ich das starke Gefühl hatte, dass er mich nicht ernst nahm. Vielleicht wäre es tatsächlich einfacher, einen Auftragskiller zu engagieren. Ich war sicher, Dad wäre mehr als erfreut, mich vor Gericht vertreten zu dürfen. Sofern ich überhaupt erwischt wurde. Ich hatte da ein, zwei Dinge gelernt beim *CSI*-Schauen. »Was glaubst du eigentlich ...?«

Evan prustete los. »Mach dir mal nicht ins Höschen, hab nur einen Witz gemacht. Ich weiß, wo du wohnst, und ich bin schon auf dem Weg.« Ich wandte mich vom Handy ab, um einen wüsten Fluch auszustoßen, aber er musste mich gehört haben, denn er brach in ein so brüllendes Lachen aus, dass ich mein Handy ein ganzes Stück vom Ohr weghalten musste, um nicht taub zu werden. »Sorry, hab ganz vergessen, dass Gespräche über Unterwäsche tabu sind. Kommt nicht wieder vor.«

Oreo stupste mit der Schnauze gegen meinen Fuß, um noch mehr Futter zu bekommen, und ich kauerte mich neben ihn auf die kühlen Fliesen. Meine Finger spielten mit seinen Schlabberohren, während ich den silbernen Kühlschrank anstarrte. »Ähm. Dann also bis in einer halben Stunde?«

»Sagen wir zwanzig Minuten. Und keine Sorge. Ich komm von hinten über den Gartenzaun gehüpft, damit mich niemand sieht.« Wieder lachte er und legte auf, ohne sich zu verabschieden.

Evan kam nur fünf Minuten später als angekündigt. Er klopfte an unsere Hintertür – obwohl ich mir nicht vorstellen konnte, wie er es geschafft hatte, über unseren 1,5-m-Stahlzaun zu hüpfen – und hatte zwei große Zweige hinter den Ohren stecken. Seine Wangen waren zur Tarnung braun und schwarz mit Schlamm und Erde verschmiert.

Trotz meiner miesen Laune konnte ich mir ein widerstrebendes Grinsen nicht verkneifen. »Ich hoffe, das Grünzeug ist nicht aus unserem Garten.

»Natürlich nicht! Wofür hältst du mich?« Er grinste, als er die Zweige beiseiteschleuderte. Durch den Dreck in seinem Gesicht schienen seine Zähne noch weißer als sonst. »Ich hab sie von euren Nachbarn geklaut.«

»Was für eine Erleichterung.«

Sobald ich ihn hereinließ, ertönte ein lautes, grimmiges Bellen. Evan sah sich um, aber Oreo war nirgends zu sehen. Ich erstickte mein Kichern mit einem Hüsteln. Er mochte geklungen haben, als würde er Evan sämtliche Gliedmaße abreißen, aber ich wusste, dass unser Dackel sich wahrscheinlich irgendwo in Sicherheit und außer Reichweite verkrochen hatte. Er war immer so, wenn ein Fremder ins Haus kam. Ein perfektes Beispiel für »Hunde, die bellen, beißen nicht«.

Doch das verriet ich Evan natürlich nicht. Stattdessen machte ich ein paar Servietten nass und reichte sie ihm. »Da.«

»Danke.« Sein Blick zuckte immer noch in der Küche umher, während Oreos Bellen sich in ein leises, dämonenhaftes Knurren verwandelte. Gott, liebte ich diesen Hund manchmal! »Okay, entweder ist dein Hund echt klein und ich kann ihn deswegen nicht finden, oder es ist ein Geisterhund und ich bin dabei, meinen Verstand zu verlieren. Was von beidem ist es?«

»Welcher Hund?«, fragte ich mit großen Augen. Bei seiner entsetzten Miene konnte ich mir das Lachen jedoch nicht länger verkneifen. »Wahrscheinlich hat er sich zwischen die Stuhlkante und das Eck dort drüben gequetscht.«

Evan ließ sich auf alle viere nieder und bückte sich unter den Küchentisch. Sofort wurde es still im Raum. »Oh, da ist er ja.«

Ich lehnte mich gegen die Arbeitsfläche und wartete, bis er aufstand, damit ich nicht die ganze Zeit mit seinem Hintern reden musste. Es dauerte eine Weile, aber das störte mich nicht.

Evan murmelte irgendwas in Oreos Richtung. Ich wusste nicht, was er sagte, aber es spielte ohnehin keine Rolle. Oreo ging nie auf Fremde zu, außer er hatte ein paar Stunden mit ihnen verbracht oder sie hatten Würstchen und Speck dabei.

Doch angesichts all der Enttäuschungen der letzten zwei Tage hätte ich mir natürlich denken können, dass der Hund, den ich seit zwei Jahren hatte, nicht das tun würde, was ich von ihm erwartete. Es dauerte nicht lange, bis Evan es schaffte, ihn hervorzulocken und vergnügt auf seinen Schoß zu setzen. Ich hatte immer gedacht, Evan hätte nur ein Händchen für die weiblichen Exemplare unserer Spezies. Aber ich schätze, er hatte auch eins für Hunde.

»Du wolltest reden?«, wandte er sich an mich.

Ich verschränkte die Arme und versuchte, überall hinzuschauen, nur nicht zu dem gut aussehenden Jungen vor mir und meinem verräterischen Dackel. Die Schmetterlinge in meinem Bauch vermehrten sich rasant. Mein Mund öffnete und schloss sich, aber es kam nichts heraus. Nicht, weil ich nichts zu sagen gehabt hätte, sondern weil ich abgelenkt war. Schon wieder.

All mein Selbstbewusstsein von vorhin verpuffte. Ich wandte den Kopf ab, um die Macht seines Blicks abzuschwächen. »Okay, ich habe darüber nachgedacht, was du gestern nach dem Mittagessen gesagt hast, und ich glaube, du hast unrecht. Über die Gerüchte und all das. Denn selbst wenn die Leute es vergessen, wird das nichts ändern. Der Schaden ist schon angerichtet. Erinnerungen verschwinden nie ganz. Folglich ist die einzige Lösung, ihre Erinnerungen in etwas zu verwandeln, von dem wir nicht wollen, dass es vergessen wird. Verstehst du, was ich meine?«

Dem ratlosen Gesichtsausdruck nach zu urteilen, war klar, dass er keinen blassen Schimmer hatte. »Verstehst du es denn?«

Um ehrlich zu sein, war ich mir nicht ganz sicher. »Was ich meine, ist, dass wir uns einfach darauf einlassen sollten.«

»Was heißt …?«

Ich atmete tief durch. Jetzt hieß es alles oder nichts. »Was heißt, dass ich denke, wir sollten miteinander gehen. Was denkst du?«

5

Evan

Was ich dachte? Mein erster Gedanke war: Sie ist verrückt. Mein zweiter Gedanke? So richtig verrückt. Schlag- auf-den-Kopf-verrückt, ab-in-die-Klapse-verrückt.

Ich hob eine Hand. »Moment mal, erst vorgestern früh hast du ausdrücklich – *ausdrücklich* – darauf bestanden, dass wir uns nicht einmal *kennen*, und heute willst du, dass wir miteinander gehen?« Das Hündchen auf meinem Schoß ließ ein kurzes Kläffen hören und bohrte seine Krallen in meine Shorts. »Aua. Siehst du? Sogar der Hund findet das irre.«

Taylor wurde rot und nahm ihn mir ab. »Er heißt Oreo, und so habe ich das gar nicht gemeint.«

Ich beäugte seine zwei schwarzen Ohren und das weiße Gesicht. »Cleverer Name.«

»Danke. Meine kleine Schwester hatte die Idee.« Sie setzte ihn schwungvoll nach draußen. Oreo stand ein Weilchen vor der Tür und starrte uns an, dann trottete er auf die Terrasse und machte es sich, mit dem Bauch nach oben, für ein kleines Sonnenbad bequem.

»Wie hast du das gemeint mit dem Miteinander-Gehen?« Mein Blick glitt an ihrem Körper auf und ab und ich musterte ihren zerknitterten, schlabbrigen lila-blau gestreiften Pyjama. Die Hosenbeine waren so lang, dass sie ihre Zehen bedeckten und quasi eine Doppelfunktion als Socken erfüllten. »Denn, und nimm es mir nicht übel, aber du bist nicht unbedingt mein Typ«, sagte ich mit einem Augenzwinkern.

Ihre Nasenflügel blähten sich, bevor sie so knallrot anliefen wie der Rest ihres Gesichts. Sie flitzte um den Küchentresen herum, sodass ihre untere Körperhälfte aus dem Sichtfeld war. »Warum sollte ich es dir übel nehmen? Du bist weiß Gott auch nicht *mein* Typ.«

Autsch. Offensichtlich hatte die Eiskönigin Krallen wie ihr Vierbeiner. »Du hast immer noch nicht meine Frage beantwortet.«

Sie lehnte sich zurück und starrte hochkonzentriert ihre Fingernägel an. »Ich meinte damit nur, dass wir *so tun sollten*, als ob wir miteinander gehen.«

Ich hob die Hand ans Herz und atmete übertrieben erleichtert aus. »Gott sei Dank. Ich dachte schon, dir wäre plötzlich wieder eingefallen, wie unglaublich sexy ich bin und dass du doch in mich verliebt bist. Oder dass du schwanger bist und das Kind anständig großziehen willst. Weißt du, ich finde, Elizabeth wäre ein schöner Name für unser Baby. Wir könnten sie Lizzy nennen. Ich hatte mal was mit einer Kellnerin namens Lizzy. Ein echt süßes Mädchen.«

Jetzt war ihr komplettes Gesicht puterrot. Sie beugte sich vor. Ihre dunklen Augen schienen heller als sonst, als sie mich wütend anfunkelte. Ihre Hände umklammerten die

Arbeitsfläche, um ihr Gleichgewicht zu halten. »Ich bin *nicht* in dich verliebt. Und wir erwarten auch *kein* Baby. Wir hatten nicht einmal Sex!«

»Aha, aber du streitest nicht ab, dass ich sexy bin.«

Ihr Mund klappte auf und ich erwartete schon den nächsten Anschiss. Stattdessen bedeckte Taylor ihr Gesicht mit beiden Händen und lachte. Ein lautes, unbeherrschtes Lachen, das komischerweise gleichzeitig tief und quietschig klang. Was noch komischer war, war die Tatsache, dass ich den Klang mochte. Er brachte mich zum Lächeln.

Sie lachte so heftig, dass die Tränen ihr Gesicht runterströmten und sie nach Luft schnappen musste. Beunruhigt richtete ich mich halb auf und streckte die Hand nach ihr aus, aber Taylor schüttelte sie nur ab und griff nach einer Serviette, um ihr Gesicht abzuwischen. Ich konnte nicht anders als lächeln, als ich ihr zuschaute. Sie war so anders als all die anderen Mädchen, mit denen ich bisher was hatte. Ein frisches, einfaches Mädchen von nebenan.

Ich wartete, bis sie einen Schluck von ihrem Orangensaft genommen hatte. Ich wollte es nicht darauf anlegen, mit Saft und Spucke vollgespritzt zu werden. »Okay, jetzt, da ich sicher sein kann, dass du von meinen superwitzigen Kommentaren nicht stirbst, könntest du es mir erklären?«

»Na ja, es ist doch mehr als offensichtlich, dass alle wissen, dass wir neulich Nacht zusammen verbracht haben. Auch wenn nichts passiert ist«, schob Taylor hastig hinterher, als ich schon den Mund zu einem weiteren One-Night-Stand-Witz öffnete. »Niemand wird uns glauben. Also dachte ich, um unseren Ruf zu retten, könnten wir so tun, als wären wir schon die ganze Zeit zusammen gewesen. So wird niemand es schlimm finden, dass wir gemeinsam auf dieser Party waren und die Nacht miteinander verbracht haben.«

»Unser Ruf? Echt jetzt? Sind wir hier im 18. Jahrhundert? Hat meine Zeitmaschine doch endlich funktioniert?«

Zu meiner Überraschung griff sie nach einem Stapel Blätter auf dem Küchentresen, den ich noch nicht bemerkt hatte, und reichte ihn mir. »Hier ist alles aufgelistet. Es ist wahrscheinlich einfacher, wenn du es dir durchliest.«

Ich blätterte durch die Seiten und meine Augen wurden immer größer. Es waren fünf volle Seiten. Ich wiederhole – *fünf*. Sie wollte mich wohl auf den Arm nehmen, oder? Was zum Teufel gab es da so viel zu schreiben? »Du bist echt penibel.«

Sie lief auf und ab. »Danke.«

»Das war nicht unbedingt als Kompliment gemeint.« Ich überflog die erste Seite. »Du willst also, dass ich diesen Vertrag unterzeichne und die nächsten Wochen so tue, als wäre ich dein Freund?«

»Es ist kein wirklicher Vertrag.«

»Da sind zwei Zeilen für unsere Unterschriften.«

»Na ja, es ist mehr eine Formalität, damit wir beide wissen, wo wir in dieser … Beziehung stehen.« Taylor hielt inne und drehte sich zu mir um. Trotzig stemmte sie beide Hände in die Hüften. »Komm schon, das könnte für uns beide von Vorteil sein.«

Ich stieß ein ungläubiges Schnauben aus. »Ach, echt? Denn alles, was ich höre ist: du, du und noch mal du. Ganz ehrlich, ich weiß nicht, warum ich mich darauf einlassen sollte.«

»Weil du ein großzügiger und hilfsbereiter Mensch bist?«

Bei meinem schockierten Gesichtsausdruck brach sie in lautes Lachen aus. »Tut mir leid, ich hab den Satz selbst kaum zu Ende gekriegt. Was hab ich mir bloß dabei gedacht?«

Hm, gut gekontert. Anscheinend war ihr braves, nettes Äußeres reine Fassade. Ich fragte mich, welche anderen Geheimnisse sie vor der Welt versteckte. »Falls du vorhast, mich auf diese Weise zu überzeugen, muss ich dir mitteilen, dass du drauf und dran bist, es gründlich zu vermasseln«, erwiderte ich trocken.

»Du hast recht. Tut mir leid. Schon wieder.« Sie hüstelte und versuchte, ernst dreinzublicken. Was ihr nicht gelang. »Lass es uns doch einfach rational angehen. Denk nur daran, wie viel Respekt dir das von den Lehrern einbringen wird, wenn sie erfahren, dass du mit *mir* zusammen bist. Alle Lehrer an der Nathan Wilks lieben mich.«

»Okay, erst einmal solltest du dein Ego etwas zügeln. Du bist nicht so toll, wie du denkst. Und zweitens«, sagte ich laut, als sie schon widersprechen wollte, »die Lehrer mögen mich auch. Ich habe womöglich keinen so gestörten 1,0-Durchschnitt wie du mit deinen Zusatzstunden und deiner überspannten Art, aber ich habe einen ganz normalen Notenschnitt. Überdurchschnittlich sogar, da ich normalerweise immer Zweien kriege.«

»Jetzt lügst du doch, oder?«

»Warum sollte ich dich anlügen? Du bist nicht meine Mutter.«

Sie kniff verwirrt die Augen zusammen. »Aber wie ist das möglich? Ich hab gehört, dass du die Hälfte des Unterrichts schwänzt. Ich meine, du bist nicht einmal heute an der Schule.«

»Du musst nicht alles glauben, was du hörst. Ich schwänze nur ein Viertel des Unterrichts. Und in den Stunden, die ich mache, bin ich verdammt gut!«

»Besuche.«

»Was?«

»Du *besuchst* Stunden, du machst sie nicht.« Sie grinste mich breit an. »Ich schätze, Englisch ist keins der Fächer, in denen du eine Zwei bekommst?«

Ha! Je mehr bissige Seiten ich an Taylor entdeckte, desto sympathischer wurde sie mir. »Das kann man wohl so sagen. Aber worauf ich hinauswollte, bevor du mich mit deiner spontanen Grammatiklektion aufs Unhöflichste unterbrochen hast, ich muss nicht unbedingt anwesend sein, um die Dinge zu kapieren«, erwiderte ich mit einem Schulterzucken. Wahrscheinlich hätte ich mir zu Hause alles selbst beibringen können, wenn ich dabei nicht die ganze Zeit Brandons Visage sehen müsste.

Taylor blickte mich weiterhin zweifelnd an, als sei sie nicht sicher, ob ich sie auf den Arm nahm. Ich erntete oft solch skeptische Reaktionen, wenn die Leute herausfanden, dass ich mehr war als nur ein herumgammelnder Playboy. Ich war zwar auch kein nerdiger Sofapupser, aber es fiel mir nicht besonders schwer, mich ein bisschen für die Schule anzustrengen. Okay, ein bisschen mehr als nur ein bisschen. Ich hatte keine Lust, meinen Stiefvater mit schlechten Noten in seiner Meinung zu bestätigen, dass er die ganze Zeit recht gehabt hätte: Dass ich ein nichtsnutziger Versager sei wie mein Vater. Obwohl ich nicht wusste, was so schlimm daran sein sollte. Es war definitiv um Längen besser, als so ein aufgeblasenes Arschloch wie er zu sein.

Ich lehnte mich auf meinem Stuhl zurück und tippte mit meinem linken Fuß auf den Boden. »Also? Was hast du sonst noch zu bieten?«

Sie kaute auf ihrer Lippe, dann schnipste sie mit den Fingern. »Was ist mit dem College? Ich könnte dir dabei helfen, einen Studienplatz zu finden. Es ist zwar schon etwas spät, sich zu bewerben, aber mit meiner Unterstützung könntest du es immer noch an jede Uni schaffen, die du willst.«

»Jede?«

»Jede … innerhalb eines vernünftigen Rahmens.«

Ich grinste und drehte meinen Daumen nach unten. »Sorry, so verlockend es auch klingt, das zieht nicht. Das College ist mir egal.«

Sie riss schockiert die Augen auf. »Wie kann einem das College egal sein?«

»Ich weiß nicht. Das scheint noch alles so weit weg.«

»Ähm, die zwölfte Klasse ist halb durch. Es ist kaum noch Zeit.«

»Es ist noch nicht mal Februar. Es ist noch haufenweise Zeit. Und außerdem glaube ich einfach nicht, dass ein Studium was für mich ist, warum sollte es mich also kümmern?« Ich log. Ich hatte ein paarmal übers College nachgedacht, aber ich war immer noch nicht sicher, was ich tun sollte. Ans College zu gehen, würde mir helfen, von zu Hause und damit von Brandon wegzukommen, aber nicht aufs College zu gehen, würde ihn zur *Weißglut* treiben – eine Aufgabe, der ich mich seit Jahren verschrieben hatte.

Es war eine schwierige Entscheidung.

Taylor drehte ihr leeres Glas zwischen den Händen und strich zwei Dinge von der Liste, die neben ihr lag. Sie bedachte mich mit einem kurzen Blick und strich stirnrunzelnd noch ein paar Punkte weg, dann knüllte sie das Blatt zusammen. »Nein, das wäre nicht ... Neee ... Wie wär's mit ...?«

Ich war irgendwie neugierig, was für andere Gründe sie dort notiert hatte.

Schließlich seufzte sie. »Na gut, es ist womöglich etwas weit hergeholt, aber bist du es nicht müde, dass die Mädels sich dir ständig an den Hals werfen?«

Ich musste lachen. »Willst du wirklich, dass ich darauf antworte?«

Sie schien etwas verunsichert, aber sie fuhr trotzdem fort. »Ernsthaft, wahrscheinlich hast du eine ganze Reihe an Mädchen, die dir schon dein ganzes Leben hinterherjagen. Und klar ist es anfangs ganz spaßig – der ganze Sex und was weiß ich nicht alles. Aber nach einer Weile muss es doch ermüdend sein. Jedes Mädchen wie das davor. Anonyme Eroberungen und Bettgefährtinnen.« Sie schürzte die Lippen und bedachte mich mit einem mitleidigen Blick. »Wann bist du mal für dich? Um wie ein Mensch behandelt zu werden, nicht nur wie ein Stück Fleisch? Um einfach nur mal *Evan* zu sein?«

Sie machte wohl Witze. Ich schluckte mein Lachen runter und gab mir Mühe, mein Gesicht unter Kontrolle zu halten. »Und was glaubst du, sollte ich gegen dieses Problem unternehmen?«

Ihr Gesicht erstrahlte bei meiner Frage, als wäre sie eine grüne Ampel, die sie ermunterte weiterzumachen. »Nun ja, wenn du eine feste Freundin hättest, müsstest du dir um die anderen Mädchen keinen Kopf mehr machen. Jemand, der dir als Schild dient, ein Schutzwall gegen die permanenten Anmachen.«

Ah, das war es also. »Und dieser jemand wärest du.«

»Nun ja, ich bin hier und ich bin gewillt, es zu tun.« Bei ihren Worten konnte ich nicht anders, als wieder ihren Body in Augenschein zu nehmen. Diesmal langsam und ausgiebig. Mir *kam* da ein Gedanke. Obwohl Taylor eher süß war als sexy, hatte sie was an sich. Aus irgendeinem Grund fühlte ich mich zu ihr hingezogen. Vielleicht war es, wie Aaron gesagt hatte: Sie war die unberührbare Eiskönigin, und ich war versucht herauszufinden, was ich tun musste, um sie zum Schmelzen zu bringen.

Als sie merkte, wo meine Augen verweilten, schnipste sie mit den Fingern vor meinem Gesicht, bevor sie die Arme verschränkte, um ihren Busen zu bedecken. »Nicht *das* tun. Komm ja nicht auf dumme Gedanken.«

»Zu schade. Ich dachte schon, die Sache könnte doch ganz interessant werden.«

Und einfach so hatte ich sie wieder in Verlegenheit gebracht. Gott, machte das Spaß. Ich grinste und ging noch mal das Dokument durch. »Okay, nehmen wir mal an, ich überlege es mir. Hier steht, dass ich, während wir in dieser vertraglichen Beziehung stehen, keine Verabredungen oder unangebrachten Umgang mit Angehörigen des anderen Geschlechts haben darf, außer sie werden von dir gebilligt.« Ich konnte die Belustigung in meiner Stimme nicht unterdrücken. »Ist das die elegante Umschreibung dafür, dass ich dich nicht betrügen darf?«

Taylor wich vor mir zurück und lehnte sich wieder gegen den Küchentresen, als wäre das ihr sicherer Rückzugsort.

Die eine Hand klickte mit einem blauen Kugelschreiber auf die Holzplatte, die andere strich über die Blüten und Blätter, die in den Rand geschnitzt waren. »Natürlich. Ich meine, das würde doch nur für noch mehr Tratsch sorgen.« *Klick, klick.* »Und der ganze Zweck dieses Arrangements ist es doch, ihn aus der Welt zu schaffen. Ich schwöre, ich würde genau das Gleiche tun. Das ist eine vollkommen vernünftige Bedingung.«

Natürlich war es eine vollkommen vernünftige Bedingung. Für sie. Aber wenn ich mich darauf einließ, würde ich die nächsten Wochen durch meine ganz persönliche Hölle gehen. Sie war verrückt, falls sie ernsthaft erwartete, dass ich wie ein Mönch leben sollte. Ich ließ die Blätter auf den Tisch fallen und machte mir nicht einmal die Mühe, sie aufzusammeln, als sie über die Kante segelten. »Und was passiert am Ende? Wenn die Leute aufhören, über uns zu tratschen, und unser *Ruf* wiederhergestellt ist?«

»Dann trennen wir uns. Wir erzählen allen, wir wären zu dem Schluss gekommen, dass wir zu unterschiedlich sind und eine freundschaftliche Trennung für alle Beteiligten die beste Lösung ist«, trug sie vor, als befänden wir uns im Scheidungsfall einer TV-Gerichtssendung. Sie streckte mir den Kuli hin, als wäre das genug der Überzeugungsarbeit gewesen.

Freundschaftliche Trennung? Das wäre dann wohl die erste. Ich hatte tonnenweise Trennungen mit Mädchen hinter mir und keine davon war je freundschaftlich verlaufen. Die höflichste endete damit, dass ich im elterlichen Whirlpool ein Glas nach mir geschleudert bekam. Ich hätte mich wirklich anziehen sollen, bevor ich ihr gegenüber erwähnte, dass ich mich auch mit anderen Mädels traf. Beinahe hätte sie mir Teile abgesäbelt, die *ernsthaft* hätten wehtun können.

Ich zog den Deckel vom Kuli und setzte ihn wieder auf, nur um sie zappeln zu lassen. »Hmm.«

»Hmm?« Sie hob die Augenbrauen, wodurch sich ihr Gesicht in die Länge zog. »Was heißt *hmm*?«

»Es soll heißen, dass ich erst darüber nachdenken muss.«

»Du ...« Sie wirbelte herum. Ihr Mund klappte so weit auf, dass ich ihre Backenzähne sehen konnte. »Was gibt es da noch nachzudenken? Und wie lange soll das bitte dauern?«

Ich gab mir alle Mühe, das dämliche Grinsen von meinem Gesicht fernzuhalten, und stand auf. Sie würde wahrscheinlich ausrasten, wenn sie merkte, wie sehr mir das hier Spaß machte. Aber ich konnte sie einfach nicht ernst nehmen. Sie musste doch scherzen, oder? Ein Vertrag? »Also, ich weiß nicht. Ich meine, du redest hier davon, mich für weiß Gott wie lange vom Markt zu nehmen?« Ich schüttelte den Kopf mit einem übertriebenen Stirnrunzeln und reichte ihr den Kuli wieder. »Das ist eine ziemlich gewichtige Entscheidung.«

»Aber ...«

»Aber ich lass es dich wissen, sobald ich mich entschieden habe.« Aus einem Impuls heraus beugte ich mich runter und gab ihr einen Kuss auf die Stirn. Genau dort, wo ihre Ader wie verrückt pulsierte. »Keine Sorge, ich denke nicht, dass es allzu lange dauern wird.«

6

Evan

Ich ließ sie drei Tage schmoren. Wie Jesus, bevor er wieder zum Leben erwachte. Na ja, nicht ganz drei Tage. Sie gab mir den Vertrag am Dienstagmorgen und begann Donnerstagnachmittag damit, mir nachzustellen. Und mit nachstellen meine ich, sich anzupirschen wie eine Kopfgeldjägerin.

Am dritten Tag war ich spät dran – wie üblich –, also erwartete ich nicht, sie vor dem Mittagessen zu sehen. Fünf Minuten, nachdem ich meinen Wagen geparkt hatte, tauchte Taylor wie ein Geist neben meinem Spind auf.

»Hast du dich schon entschieden?«

Meine Hand zog den Riegel zurück, aber ich öffnete den Spind nicht. Ich blickte mich misstrauisch nach allen Seiten um, bevor ich wieder sie ansah. Dunkle Schatten lagen unter ihren Augen, passend zu den dunklen Augen und der finsteren Miene. »Hast du eine Kamera, mit der du mich überwachst oder so? Woher wusstest du, dass ich hier bin?«

Sie kratzte mit den Fingernägeln über ihren Rucksackriemen und blickte auf ihre Füße. »Hab ich nicht. Ich war auf dem Weg zum Sekretariat und hab dich zufällig gesehen.«

»Na klar.« Ich grinste, als sie dir Stirn runzelte, und öffnete meinen Spind. Ein paar zusammengefaltete Zettel flatterten mir entgegen, allesamt mit einer ordentlichen mädchenhaften Handschrift und Ausrufezeichen versehen. »Ich sehe schon, du warst diesen Morgen fleißig.«

Mit einem hastigen Blinzeln riss Taylor mir die Zettel aus der Hand und stopfte sie tief in ihren Rucksack. »Du hast nicht auf meine SMS geantwortet, also dachte ich, ich muss irgendwie anders deine Aufmerksamkeit erregen.«

»Das wäre dann ja geschafft.« Ich sah zu, wie sie auf ihren Absätzen vor- und zurückwippte. Wie kam irgendwer überhaupt auf die Idee, sie wäre eine Eiskönigin? Dieses Mädchen war ein wahrer Wirbelwind an Emotionen. Auf Steroiden. »Hör zu, ich weiß, dass du aufgeregt bist, aber ich bin ziemlich sicher, dass das hier als Belästigung durchgehen könnte. Willst du, dass ich eine einstweilige Verfügung gegen dich erwirke oder so?«

Ich hatte es als Witz gemeint, aber ihr Blick fiel auf ihre Füße. Sie sah verdammt verletzlich aus. »Oh Gott, du hast ja recht. Was zum Henker ist nur los mit mir? Das ist so dämlich. Die ganze Sache ist dämlich. Ver…vergiss es einfach.«

Mein Grinsen verblasste. Ich stupste sie in die Schulter. »Hör mal, ich hab nicht… Ich meine, es *ist* ziemlich dämlich, aber es ist, äh…« Ich wusste nicht, was ich versuchte zu sagen. Ich wollte nur nicht, dass sie in Tränen ausbrach oder so. Ich hasste es, wenn Mädchen weinten.

Sie hatte den Blick immer noch gesenkt und biss sich auf die Lippe wie ein kleines Kind, dem man eben gesagt hatte, dass es nie wieder Nachtisch bekommen würde. »Vielleicht sollte ich besser gehen.«

Ich griff nach ihrem Arm, bevor sie davonlaufen konnte. »Ich habe nicht gemeint …«

Eine Gruppe Mädchen kam an uns vorbei, und automatisch hob ich die Hand, um ihnen zu winken. Ein paar von ihnen bedachten mich mit einem kleinen Lächeln, bevor sie sich Taylor zuwandten. Ihr Lächeln wurde breiter, aber dieses Mal war es ganz offensichtlich falsch.

»Taylor, meinst du, du schaffst es überhaupt noch, das Treffen der Ehrengesellschaft diese Woche zu organisieren?«, fragte ein kleines asiatisches Mädchen und blinzelte unschuldig. »Ich weiß doch, wie beschäftigt du zurzeit bist, und ich würde mich freuen, mich an deiner Stelle darum zu kümmern.«

Taylor schluckte und straffte ihre Schultern. Sie reckte das Kinn, sodass es aussah, als würde sie auf die anderen Mädchen hinabblicken, obwohl die meisten so groß waren wie sie. »Ich werde dort sein, aber danke der Nachfrage, Lin. Wenn du dich mehr auf den Unterricht konzentrieren würdest statt auf mein Privatleben, hättest du es vielleicht zur Clubvorsitzenden geschafft und nicht zur Sekretärin.« Sie schwang ihr Haar über die Schulter und wandte sich ab, als sei Lin hiermit entlassen.

Lin starrte einige Sekunden perplex ihren Rücken an, bevor sie mit ihren Freundinnen abdampfte.

Mit einem anerkennenden Grinsen spendierte ich Taylor einen kleinen Applaus. »Gut gekontert.«

Sie atmete etwas zittrig aus und zuckte mit den Schultern. »Ich komme mit einem Haufen Mädels schon klar. Also mach dir keine Sorgen. Ich muss zur nächsten Stunde.«

»Taylor …« Nachdem sie fort war, stieß ich ein lautes

Seufzen aus und schlug mit dem Kopf gegen die Spindtür. Sie konnte einem wirklich den Spaß daran nehmen, sie aufzuziehen. Wo war die sarkastische Giftspritze von gerade eben geblieben? Ich hätte es definitiv vorgezogen, wenn sie mich genervt angeschnauzt hätte, statt sie so traurig und niedergeschlagen zu sehen.

Eine Hand knallte gegen die Spindtür neben mir und ließ mich zurückspringen. »Alter, was machst du da mit deiner neuen Freundin? Jetzt sag bloß nicht, du hast ihr schon den Laufpass gegeben?«

Ich zog an meinen Ohren, damit das Klingeln nachließ. »Wir müssten erst mal zusammen sein, damit ich ihr den Laufpass geben könnte.«

Aaron verzog theatralisch das Gesicht. »Autsch. Dann wirst du also so tun, als wäre nie etwas passiert? Scheiße, Mann, das ist echt heftig. Sogar für dich. Kein Wunder, dass die Eiskönigin aussah, als würde sie heulen, als ich gerade an ihr vorbeigekommen bin.«

»Ihr Name ist …« Ich drehte mich um und starrte ihn an. »Warte mal, sie hat geweint?«

Er rieb sich das Kinn. »Ich weiß nicht. Ich meine, sie hatte den Kopf gesenkt, also vielleicht? Aber sie tut mir echt leid. Es gibt einen ganzen Haufen Leute, die sie auf dem Kieker haben und über sie herziehen.«

»Echt?« Ich hatte bisher nichts davon gehört. Aber andererseits achtete ich auch nie darauf, was andere Leute redeten. Ich dachte an die letzten paar Tage zurück. Erst diese Idioten in der Cafeteria und dann die bissigen Tussis gerade eben. Vielleicht war das der eigentliche Grund, warum Taylor wollte, dass wir so taten, als wären wir zusammen. Und warum sie mir damit so im Nacken saß. Ich wusste überhaupt nicht, was sie damit meinte, als sie sagte, sie wolle ihren »Ruf« retten, aber vielleicht hätte ich sie fragen sollen, statt sie auszulachen.

»Ja, aber du weißt ja selbst, wie Frauen sein können. Superemotional und zickig. Vor allem untereinander. Es ist wahrscheinlich ganz gut, wenn du sie gleich abservierst, oder? Nur für den Fall, dass sie wegen dir durchdreht.« Sein dröhnendes Lachen hallte durch den Flur. »Gerade noch mal davongekommen. Glaub mir, eine Freundin zu haben ist echt hart.«

Ich konnte nicht in Aarons Gelächter einstimmen. Scheiße, ich konnte mich kaum auf ihn konzentrieren. Alles, was ich sehen konnte, war Taylors Enttäuschung, die ihr ins Gesicht geschrieben stand. Große, traurige Augen, die funkelten wie das Meer bei Nacht, und niedergeschlagene Schultern, die sie klein und hilflos wirken ließen. »Hast du sonst noch was gehört?«

Aaron zuckte die Achseln und wirkte etwas unentschlossen. »Heute früh in der Sportumkleide wurden Witze gerissen, wer sie als Nächstes ins Bett kriegt, aber du weiß ja, wie diese Deppen sein können. Deswegen will ich auch nicht offiziell in der Mannschaft sein. Mehr Zeit mit diesen Idioten zu verbringen, würde echt meine Liebe zum Football zerstören. Und zum Leben.«

Meine Hände ballten sich zu Fäusten, als ich mir vorstellte, wie diese Dreckskerle über Taylor lachten. »Wir müssen los.«

»Wohin?«

Ich schlang meinen Arm um Aaron und zerrte ihn den

Flur entlang. »Zur Sportumkleide, um uns mit ein paar Idioten zu unterhalten und ihnen in den Arsch zu treten. Aber erst wirst du mir ganz genau erzählen, wer was gesagt hat.«

»Okay, du übergeschnapptes Huhn, ich mach's!« Obwohl ich meine Entscheidung bereits getroffen hatte, als Aaron mir erzählte, was los war, konnte ich immer noch nicht glauben, dass diese Worte aus meinem Mund kamen.

Taylor starrte mich an und blickte sich dann nach allen Seiten um, als könne sie nicht glauben, dass das hier echt passierte. Dass ich tatsächlich vor ihrer Tür stand. Cookie-Krümelchen klebten auf ihren Lippen, während Oreo mit seinem Schwanz wedelte und um unsere Füße herumtollte. »Äh, was?«

Ich drängte mich an ihr vorbei ins Haus und zog den dämlichen Vertrag aus meiner Gesäßtasche. »Ich sagte, ich werde dein Freund sein.«

Ihre Augen weiteten sich schockiert. »Echt? Ich meine, im Ernst? Du sagst Ja?«

Meine Güte, wie oft wollte sie mich das noch sagen lassen? Ich kritzelte eine große krakelige Unterschrift auf den Vertrag und reichte ihn ihr. »Jepp.« Ich konnte nicht anders als kichern, als ich ihren fassungslosen Gesichtsausdruck sah und wie sie die Blätter umklammert hielt, als könne ich sie ihr wieder wegnehmen. Fast war es meine idiotische Entscheidung wert. Fast. »Ich dachte, du würdest etwas begeisterter sein, dass du endlich deinen Willen bekommst.«

»Das bin ich, aber…« Taylor starrte auf die Blätter in

ihren Händen. »Ich dachte nicht, dass du dich darauf einlassen würdest.«

Um ehrlich zu sein, hatte ich das auch nicht gedacht. Aber ich hatte momentan ohnehin nichts Besseres zu tun – oder vielmehr niemand Besseres, mit dem ich was anfangen konnte –, also hatte ich nichts zu verlieren. Außerdem verspürte ich so etwas wie Mitleid mit Taylor. Und ein starkes Bedürfnis, sie zu beschützen. Und so hatte ich den Pennern in der Sportumkleide gesagt, sie sollten lieber die Finger von Taylor lassen. Außer sie wollten sich den Konsequenzen stellen. Es bedurfte nur ein paar kräftiger Faustschläge gegen einen leeren Spind, damit sie kapierten, dass es mir ernst war. Ich rieb meine wunden Knöchel an meiner Handfläche. »Wer weiß? Vielleicht wird es ganz spaßig.«

»Spaßig?« Sie wiederholte das Wort langsam, als hätte sie es nie zuvor gehört.

»Ja, Spaß.« Ich lehnte mich gegen den Türrahmen, da sie mich nicht wirklich ins Haus gebeten hatte. »Du weißt schon, das, was in Websters Wörterbuch als Art und Weise definiert wird, das Leben freudvoll zu gestalten? Ein kleines Beispiel: Wenn *ich* Spaß haben wollte, würde ich an den Strand gehen, während *deine* Vorstellung von Spaß darin bestünde, das ganze Wochenende in der Bibliothek herumzuhocken, deine Stifte zu polieren und deine Hausaufgaben zu laminieren.«

Ein Funken flackerte in ihren Augen auf, und sie äffte meine Pose nach, indem sie sich gegen die Wand neben der Tür lehnte. »Aber nun, da wir miteinander gehen, heißt das, dass *du* mit *mir* in die Bibliothek wirst gehen müssen.«

Langsam gefiel mir die Art, wie sie ihre Persönlichkeiten

so schnell wechselte. Verdammt, vielleicht war ich wirklich dabei, durchzudrehen. »Warum?«

»Das steht alles hier im Kleingedruckten.« Sie wedelte mit den Blättern vor meiner Nase herum, bevor sie sie hinten in ihre Hosentasche schob. »Du hättest den Vertrag lesen sollen, bevor du ihn unterschrieben hast. Hat dir das noch nie jemand gesagt? Lass dir das eine Lektion für die Zukunft sein.«

Ich kniff die Augen zusammen, aber ihr Gesicht blieb ganz ruhig. Nur ein bisschen strahlender vor Schadenfreude. »Du bluffst doch.«

»Vielleicht. Vielleicht auch nicht.«

Hmmm. Wenn ich das ernsthaft tun sollte, sollte sie verstehen, wer hier das Sagen hatte.

Ich beugte mich zu ihr vor. Die Finger meiner linken Hand wischten sanft die verbliebenen Krümelchen von ihren weichen Lippen, bevor ich sie gegen die kühle Tapete neben ihre Hüfte stützte, sodass sie zwischen meinen Armen gefangen war. Ein panisches Flackern huschte über ihr Gesicht, aber sie starrte weiterhin zu mir empor, ohne mit der Wimper zu zucken oder sich zu rühren. Nicht einmal, als ich mich so weit runterbeugte, dass mein Mund ganz nah an ihrem Ohr war. Ich ließ sie tief Atem holen, bevor ich flüsterte: »Dann werde ich wohl eine Kopie des Vertrags brauchen.«

Taylor ließ einen weiteren rasselnden Atemzug entweichen und drehte den Kopf, um mich anzusehen. Ihre Augen blickten nach unten, alles was ich sehen konnte, waren ihre Wimpern. Als würden wir von einer Art unsichtbaren Kraft angezogen, wandten sich unsere Körper einander noch weiter zu, bis ihre Lippen nur ein, zwei Zentimeter von meinen entfernt waren. Sie berührte meine Brust, und ich konnte ihre warme Hand durch mein T-Shirt spüren, woraufhin sich mein gesamter Körper anspannte. Mein Blick flatterte für den Bruchteil einer Sekunde zu ihren Lippen hinunter, bevor ich wieder aufsah.

Gerade als ich meinen Kopf neigen wollte, um sie zu küssen, lächelte Taylor zu mir empor. Ein triumphierendes Lächeln. »Ich besorge dir eine Kopie bis zum Wochenende, wenn wir uns zu unserer ersten Lernverabredung treffen.« Bevor ich irgendetwas tun oder sagen konnte, legte sie ihre andere Hand auf meine Brust und stieß mich von sich.

Obwohl sie mich mit ihrer Neckerei ziemlich heiß gemacht hatte, konnte ich nicht anders als kichern, während ich aus der Tür trat. »Weißt du, das Ganze könnte für dich auch nach hinten losgehen.«

»Wie das?«

»Na ja, wenn du dich in mich verliebst und mich am Ende nicht gehen lassen willst.«

Taylor schnaubte spöttisch. »Ja klar, sag Bescheid, wenn du fertig bist mit träumen.«

»Tja, wir werden wohl abwarten müssen. Ich will dich nur gewarnt haben. Es *könnte* passieren.« Ich zwinkerte ihr zu. »Also dann, bis Morgen, mein Schatz.«

7

Taylor

Obwohl der Wettermann gesagt hatte, dass es heute früh angenehme fünfzehn Grad sein würden, packte ich mich dick in Stiefel, Mantel und Schal ein. Ich war schon zu oft vom Wettermann reingelegt worden, um es zu riskieren.

Und tatsächlich, auf halbem Weg zur Bushaltestelle konnte ich meine Finger kaum noch spüren. Fünfzehn Grad, von wegen. Die Temperatur lag bestenfalls um den Gefrierpunkt, wenn man den Wind mit einbezog. Wenn dieses verrückte Wetter mal kein Zeichen für die globale Erwärmung war, dann wusste ich auch nicht.

Ein lautes Gähnen entrang sich meinem Mund und zerriss die stille Morgenluft. Ich hatte kaum ein Auge zugetan, da Carly mich praktisch die ganze Nacht am Telefon wachgehalten hatte. Nachdem Evan gegangen war, befand ich mich so lange in einem Zustand ungläubigen Staunens, dass ich erst nach dem Abendessen daran dachte, sie anzurufen, um ihr von meiner neuen *Beziehung* zu erzählen. Meine Ohren klingelten immer noch von ihrem Gequietsche und Gejauchze. Ich schwöre, ich hatte sie nicht mehr so außer sich erlebt, seit wir uns letztes Jahr nach der Musicalaufführung von *Wicked – Die Hexen von Oz* hinter die Bühne geschlichen hatten.

Ich schritt immer noch um die Bank an der Bushaltestelle herum und zog meinen roten Schal fester um den Hals, als unten an der Straße ein Motor aufröhrte. Er klang so laut wie ein Lkw, aber das Gefährt entpuppte sich als eine kleine gräulich-grüne Klapperkiste, die neben mir anhielt. Es knallte laut und schallend, als der Motor krepierte. Das Fenster an der Fahrerseite wurde runtergelassen und ein strubbeliger blonder Kopf kam zum Vorschein. »Steig ein, ich nehm dich zur Schule mit.«

Evan.

Ich wusste, dass er mit mir sprach und nicht mit den zwei alten Damen hinter mir, aber trotzdem musste ich einen Blick über die Schulter werfen, um sicherzugehen. Mit ihm zu reden fühlte sich seltsam an. Es *war* seltsam. Als wäre es nicht real. »Ist schon okay.« Ich schob die Hände in die Manteltaschen und stapfte wieder los. »Ich fahre gern mit dem Bus.«

Als ihm dämmerte, dass ich meine Meinung nicht ändern würde, seufzte Evan, kurbelte sein Fenster wieder hoch und stieg aus dem Wagen. Trotz der Kälte trug er nur ein ganz gewöhnliches blaues T-Shirt, Jeans und einen grauweißen Kapuzenpulli.

Innerhalb von Sekunden verfiel er mit mir in Gleichschritt, die Hände in die Taschen gestopft. Wir gingen den Bürgersteig rauf und runter. Egal wie langsam oder schnell ich ging, er passte einfach seine Schritte an. »Sollen wir einfach so tun, als ob wir einander nicht kennen?«

Ich blickte ihn von der Seite an. »Natürlich nicht. *Klar* kennen wir uns.«

»Ja. Was für eine Schande, dass wir uns nicht mehr daran erinnern, *wie* gut.« Meine Wangen wurden heiß. Und um die Sache noch schlimmer zu machen, trug der Wind seine Stimme mit sich, und ich hätte schwören können, dass alle Leute an der Bushaltestelle verstummten. Evan fuhr fort, als würde er die zwei alten Omis gar nicht bemerken, die uns ganz offensichtlich belauschten. »Also, sollen wir nur freundschaftlich tun, wenn wir Zuschauer haben, oder können wir wenigstens Freunde sein? Echte Freunde?«

»Wir sind Freunde.« Die Worte fühlten sich in meinem Mund fremd an. Wie *Pumpernickel.* Oder *Tohuwabohu.* Ich schüttelte den Kopf und versuchte es noch einmal. »Ernsthaft, Freunde.«

»Okay, dann sollten wir als Freunde auch zusammen zur Schule fahren.« Er berührte mein Handgelenk, damit ich stehen blieb. »Komm schon, ich hab gesagt, dass ich dich mitnehme.«

Trotz all der Klamottenschichten, die ich trug, hatte er es geschafft, den winzigen Streifen entblößter Haut zwischen meinem Mantel und meinen Fäustlingen zu finden. Ich wusste nicht, ob das nur ein Versehen war oder eines seiner Talente, aber ich spürte die Hitze, die von seinen Fingern abstrahlte.

»Und ich habe *Nein danke* gesagt.« Die zwei alten Bus-Damen starrten mittlerweile unverhohlen. Ich unterdrückte den Impuls, sie wegzuscheuchen, und sprach mit sanfterer Stimme weiter. »Wie ich schon sagte, ich fahre gern mit dem Bus. Dort habe ich Zeit … nachzudenken.«

Zu meiner Verblüffung brach Evan in Lachen aus, als hätte ich ihm gerade einen großartigen Witz erzählt, und zog mich mit einem Arm an sich. »Meine Güte, bist du stur«, presste er zwischen strahlenden, zusammengebissenen Zähnen hervor. Ich blinzelte schockiert angesichts seiner Nähe und stand stockstarr da, als sein Atem mein Ohr kitzelte. »Hast du schon vergessen, dass wir miteinander gehen? Wie würde das denn aussehen, wenn ich meine Freundin alleine mit dem Bus fahren ließe, wo ich doch hier einen richtig tollen, gemütlichen Wagen hab?«

Oh, richtig. Logisch. Ich blickte über seine Schulter auf die rostigen Flecken an der Beifahrertür und verzog das Gesicht. »Bist du sicher, du kennst die Definition von *gemütlich*?«

Er ließ mich los, nicht jedoch, ohne mir vorher einen Klaps auf den Hinterkopf zu verpassen. »Komm schon, du kannst in meinem Wagen denken. Ich kann ja jetzt nicht zulassen, dass du zu spät zum Unterricht kommst.«

Autsch! Ich funkelte empört seinen Rücken an und rieb mir den Kopf, als er weiterging. Es tat nicht besonders weh, da meine Strickmütze den Schlag gedämpft hatte, aber es hätte wehtun *können*. Ich verschränkte die Arme und blieb an Ort und Stelle stehen.

Evan stieg nicht ins Auto. Stattdessen hüpfte er auf und ab, rieb sich die Hände und pustete sie warm, während er wartete. Mein Ärger über seine überhebliche Art verflog. Immerhin gab er sich Mühe. Und es war süß von ihm, daran gedacht zu haben, mich zur Schule zu fahren. Vor allem, da er es eigentlich nicht musste. Wir hätten genauso gut mit unserem Theater anfangen können, wenn wir an der Schule ankamen.

Trotz seines schäbigen Äußeren war der Wagen innen gemütlich. Und sogar sauber. Das musste ich Evan lassen. Die grauen Sitze schlossen mich in ihre Polster. Es erinnerte mich an das Sofa in Dads Arbeitszimmer. Ein bisschen klobig, als hätte man es selbst ausgestopft. Es war nicht hübsch anzusehen, aber es fühlte sich weich unter einem an. Zumindest unter mir.

Und warm. Als würde ich in ein Feuer gleiten, als ich in den Wagen stieg. Mein gesamter Körper kribbelte von dem abrupten Temperaturwechsel, aber es störte mich nicht. Ich schob meine Tasche unter den Sitz, sodass nur die Riemen und das obere Ende hervorlugten. Dann schälte ich mich aus meinen Klamottenschichten und seufzte wohlig.

Für ein so kleines Auto waren die Sitze ungewöhnlich tief. Meine Beine standen ungelenk ab wie bei einem Kind mit knubbeligen Knien, das den Boden nicht ganz erreichen kann. Ein Blick in den Rückspiegel und ich zog eine Grimasse. Mein babymäßiger Haarflaum hatte sich aus dem Zopf unter meiner Mütze gelöst. Ich versuchte, die Haare am Nacken glatt zu streichen, aber nach ein paar Sekunden gab ich es auf. Sie sprangen einfach wieder auf wie borstige Stacheln. Wenigstens musste ich mir keine Sorgen machen, dass Evan versuchen könnte, mich zu verführen. Man reiche mir einen Lolli und ich sah wieder aus wie ein Grundschulkind.

Na ja. Ich winkelte ein Bein an, klemmte es unter mich und stellte das andere auf meiner Tasche ab. »Ich schätze, wir können die Zeit genauso gut nutzen, um uns besser kennenzulernen.«

»Klingt nach einem Wahnsinnsspaß.«

Sarkasmus muss man einfach lieben. Ich klopfte mit den Fingern auf meine Oberschenkel. »Es wird wahrscheinlich ziemlich schwierig, die Leute davon zu überzeugen, dass wir zusammen sind, wenn wir kaum was voneinander wissen.«

Sein rechter Mundwinkel verzog sich nach oben. »So laufen die meisten meiner Beziehungen ab, aber natürlich bist du anders als die anderen. Also? Was möchtest du wissen?«

Ich wusste nie, ob er mir ein Kompliment machte oder mich beleidigte. »Hast du Geschwister? Was machen deine Eltern beruflich?«

»Ich bin ein Einzelkind. Und meine Mutter ist Krankenschwester.«

»Und dein Dad?«

Sein Lächeln verblasste langsam. »Meine ... meine Mom ist mit einem Arzt verheiratet. Einem Narkosefacharzt.«

»Dein Dad ist Narkosefacharzt und du fährst diese alte Klapperkiste?«

Sein Kiefer verkrampfte und seine Finger schlugen auf die Hupe in der Lenkradmitte ein, aber nicht so stark, dass sie wirklich losging. »Erstens, und nur zu deiner Information, das ist keine alte Klapperkiste. *Das* hier ist ein 1985er BMW 325i.«

Ich knabberte an meinem Daumennagel und war verwirrt angesichts der plötzlichen Spannung im Wageninneren. »Öhm, das sagt mir echt gar nichts.«

»Zweitens«, fuhr Evan fort, als hätte ich soeben nicht geantwortet. Er blinkte links und überholte den silbernen Wagen vor uns. »Er ist nicht mein Dad. Er ist mein Stiefvater. Was ein Riesenunterschied ist. Und drittens, dieser Automobilklassiker hat früher meinem echten Dad gehört, also keine Beleidigungen. Ich würde Rudy für nichts in der Welt eintauschen.«

Oh. »Rudy?«, fragte ich dümmlich.

»Ja, Rudy.« Ohne weitere Infos. Ich hätte schwören können, dass er rot wurde, bevor er seinen Kopf abwandte. Thema beendet.

»Deine Eltern sind also geschieden?« Warum konnte ich nicht aufhören, diese völlig dämlichen Fragen zu stellen?

»Ja, und meine Mom hat einen Volltrottel geheiratet.«

Ich wartete, dass er fortfuhr, aber das war es. Kein Geplauder mehr. Anscheinend hatte meine Frage die Konversation gründlicher vernichtet als eine Atombombe. *Bumm!*

Die Spannung, die in der Luft lag, nahm zu, bis ich das Gefühl hatte, ersticken zu müssen. Evan jedoch schien es nicht zu bemerken. Er starrte einfach geradeaus und fuhr weiter. Seine rechte Hand umklammerte das Lenkrad so fest, dass seine Knöchel weiß anliefen. Meine Neugierde wollte, dass ich weiterbohrte, aber meine Nerven ließen es nicht zu.

Warum habe ich bloß nicht den Bus genommen?

Als wir die Brücke auf dem Highway 8 erreichten, beschleunigte Evan und schlängelte sich zwischen den anderen Autos hindurch, anstatt langsamer zu werden. Ich fummelte nervös an meiner Sitzgurtschnalle, um sicherzugehen, dass sie fest saß. Ich hatte ziemliche Höhenangst. Selbst der kleine Anstieg einer Brücke reichte aus, damit sich mein Magen vor Angst zusammenkrampfte – ganz besonders, wenn ich dabei in einer rasenden Metalldose saß. »Meine Eltern sind auch geschieden«, platzte ich heraus, um uns beide abzulenken.

Es funktionierte. Es gab ein leises quietschendes Geräusch, als er den Fuß ein wenig vom Gaspedal nahm. Ich konnte seinen Blick auf mir spüren, aber ich sah nicht auf. Ich konzentrierte mich nur darauf, meinen Herzschlag zu beruhigen. »Ist dein Stiefvater auch so ein Volltrottel?«

Ich tippte gegen die abblätternde Kunststofftönung der Fensterscheibe und blickte zu dem kleinen Hundepark auf der gegenüberliegenden Straßenseite. Hunde, die Fangen spielten, und grüne, mit gelben Blümchen getupfte Hügel flogen an uns vorbei. »Nein, er ist toll. Der Titel des Volltrottels geht eher an meinen richtigen Vater.«

»Wirklich?«

»Jepp.«

Wieder schwiegen wir. Da ich sonst nichts zu tun hatte, begann ich die CD-Stapel im Seitenfach der Tür zu ordnen. Ich drehte sie und steckte sie ordentlich zurück, sodass alle Titel in dieselbe Richtung zeigten. Schließlich blickte ich auf und bemerkte ein verwirrtes Stirnrunzeln auf Evans attraktivem Gesicht. Beinahe konnte ich die Rädchen in seinem Kopf sehen, die sich drehten, während er überlegte, wie er subtil nach meinem Vater fragen könnte, ohne zu neugierig zu wirken.

»Was stimmt denn nicht mit deinem richtigen Vater?«

So viel zum Thema subtil. »Es ist kompliziert.« Ich beugte mich vor, wischte mit dem Finger über das Armaturenbrett und rieb ein bisschen Staub weg, der an der Plastikoberfläche klebte. Warum hatte ich kein anderes Gesprächsthema aufbringen können? Schule, Bücher, sogar die Schmuddelhefte in seinem Zimmer wären besser gewesen. Ich hasste es, über meinen Vater zu reden. Oder auch nur an ihn zu denken. Und diese andere Frau.

»Du musst es mir nicht erzählen, wenn du nicht willst.«

Allein, dass er mir eine Wahl gab, weckte in mir den Wunsch, ihm davon zu erzählen. Zumindest die Kurzversion. Das und die Tatsache, dass er das Tempo so weit gedrosselt hatte, dass ich nicht länger fürchten musste, bei einem Autounfall zu sterben. »Bis auf die Tatsache, dass er meine Mutter ungefähr jeden zweiten Monat betrogen und sogar vergessen hat, dass er zwei Töchter hat, war er perfekt. Ein wirklich gewandter Redner, der immer seinen Willen bekam.« Ich stieß ein abgehacktes Lachen aus. »Aber schließlich war er ja auch nicht umsonst Professor für Englisch.«

Evan stieß ein leises Pfeifen aus. »Ja, klingt echt, als hätte er den Vater-des-Jahres-Pokal verdient. Wo ist er jetzt?«

»Ich hab keine Ahnung, und um ehrlich zu sein, es ist mir egal.« Meine untere Lippe wurde langsam wund, da ich die ganze Zeit darauf herumnagte. Ich zwang mich aufzuhören. »Der beste Tag unseres Lebens war der, als er uns endlich den Gefallen getan hat und verschwunden ist. Na ja, der zweitbeste. Der beste war, als Mom meinen Stiefvater geheiratet hat.«

»Der supertolle Rechtsanwalt?« Evan lächelte, als ich ihn überrascht ansah. »Du hast ihn und deine beruflichen Ambitionen an dem Morgen erwähnt, als wir … na ja, du weißt schon.«

»Stimmt.« Ich ließ einen schweren Seufzer entweichen und verschränkte die Arme. »Irgendwelche weiteren Fragen?«

»Ja, eine.« Er sah mich aus den Augenwinkeln an und kräuselte die Nase. »Warum fährst du immer noch mit dem

Schulbus, wenn du doch siebzehn bist? Kannst du nicht Auto fahren?«

Ich lehnte mich in den weichen Sitz zurück und war erleichtert, dass das Verhör zu meinem Vater beendet war. Allein seine Erwähnung weckte in mir die Erinnerungen an die nächtlichen Streitereien meiner Eltern. Und an die Tränen meiner Mom. »Eigentlich sind das zwei Fragen, aber ich werde beide beantworten. Ja, ich kann fahren, aber ich nehme den Bus, weil ich kein Auto habe. Und ich habe kein Auto, weil ich beschlossen habe, das Geld, das meine Eltern für eins ausgegeben hätten, stattdessen für mein Studium an der Columbia zu sparen.«

»Du willst also auch Rechtsanwältin werden?«

»Nein, ich will nicht, ich werde.«

Evan stieß ein leises Pfeifen aus. »Wow, *ich werde*. Wie gut, dass ich darauf stehe, wenn meine Frauen Selbstvertrauen haben.«

Das war nicht nur Selbstvertrauen. Es gab schlichtweg kein *was wenn?*, was meine Zukunft anging. Ich musste Rechtsanwältin werden. Ich wollte es seit dem Tag, an dem mein Stiefvater meine Mom geheiratet hatte. Ich wusste nicht einmal, was ich tun sollte, falls ich nicht angenommen wurde. Es gab keinen Plan B. Es durfte keinen geben.

Plötzlich fühlte ich mich wieder nervös. Ich beugte mich vor und drehte an den Plastikknöpfen des Radios herum, unfähig, einen guten Sender zu finden. Oder überhaupt einen Sender. Das Einzige, was zu hören war, war Rauschen. »Und du? Willst du ernsthaft nicht ans College gehen? Ich meine, was willst du mit dem Rest deines Lebens anfangen?«

»Versuchst du gerade, die Kriterien abzuklopfen, ob ich

eine gute Partie abgebe?« Die letzten Worte sagte er mit einem aufgesetzten britischen Akzent. »Ich werde kein niederer Stallbursche werden, falls du das meinst.«

Ich lachte, als ich seine hoffnungsvolle Miene sah, rutschte auf dem Sitz zurück und drehte mich zu ihm. »Glaub mir, du hast einen langen Weg vor dir, wenn du meinen Ansprüchen gerecht werden willst.«

»Tja, dann ist es ja gut, dass ich mich nicht bewerbe.« Er setzte ein trauriges Gesicht auf und wackelte mit den Augenbrauen, bis ich wieder lachen musste.

Ich wusste nicht, was ich sagen sollte. Jeder, den ich kannte, war auf seine Zukunft vorbereitet. Brian überlegte zwar immer noch, ob er Arzt werden wollte, wie es sich seine Eltern wünschten, oder doch Journalist, aber er hatte sich bereits an einem Haufen Unis beworben und von allen eine Zusage bekommen. Und auch wenn Carly sich nach der Schule eine Auszeit gönnen wollte – ein Plan, den sie vor ihren Eltern immer noch geheim hielt –, hatte sie mehrere Theater kontaktiert, um in der Zwischenzeit dort zu arbeiten.

Der Gedanke, nicht zu wissen, was man mit seinem Leben anfangen sollte, erschien mir, vor allem im Moment, vollkommen verrückt.

Er rutschte auf seinem Sitz vor und zurück, aber ich hätte schwören können, dass er meinem Blick auswich. Schließlich musste ich ihm einen Klaps auf die Schulter verpassen, damit er kurz zu mir sah. »Vielleicht könnte ich dir dabei helfen, dir was zu überlegen. Irgendein Fach, das du studieren könntest.«

Evan lachte. »Ich vergaß, das ist Teil unseres Deals,

stimmt's? Ich tue so, als wäre ich dein Freund, und du bringst mein Leben auf die richtige Bahn und hältst die liebestollen Weiber von mir fern.«

»Ich habe nur gesagt, dass ich dir bei den Bewerbungen helfe. Ich mache keine Versprechungen für danach.« Als sein Lachen noch lauter wurde, musste ich ebenfalls grinsen. »Jetzt mal im Ernst, gibt es etwas, was dich interessiert?«

»Na ja, ich mag das Meer«, sagte er nach einer Weile.

»Klar, du bist ja auch Surfer.« Ich versuchte unterstützend zu klingen, aber ich wusste, dass ich kläglich versagt hatte, als er ein spöttisches Schnauben ausstieß.

»Ich meine das echte Meer. Die Tiere. Die Pflanzen. Du weißt schon, so Zeug. Wusstest du, dass der Großteil aller Lebewesen auf dieser Erde unter Wasser lebt? Oder dass das Meer so groß ist, das wir kaum 10 % davon erforscht haben? Der Rest ist ungesehen und unberührt.«

Ich konnte nicht aufhören, ihn anzustarren. Nicht weil er so umwerfend aussah (was er tat), aber als er über das Meer redete, war sein Gesicht so voller Begeisterung, dass es beinahe strahlte. Er blickte zu mir und ich lief rot an und zwang mich wegzusehen. »Das klingt echt cool.«

»Tja, das ist es also, was ich mag. Ich dachte vielleicht daran, Meeresbiologe zu werden oder so was in der Art.«

»Wow. Meeresbiologe?« Ich wollte nicht so schockiert klingen, aber die Wahrheit war: Ich war es. Ich wusste nicht, was für eine Antwort ich von Evan erwartet hatte, aber Meeresbiologe stand definitiv nicht auf der Liste. Versandhauskatalog-Modell hätte viel weiter oben gestanden. »Ich dachte nicht, dass du … Ich meine, nicht, dass du kein …«

»Was? Sehe ich vielleicht aus, als wollte ich Buchhalter werden?« Evan klappte die Sonnenblende runter und tat so, als würde er sich im Spiegel das Haar richten. »Aber das ist sowieso Blödsinn. Ich bezweifle, dass es klappt. Ich schätze, ich werde mich voll und ganz auf meine Attraktivität konzentrieren müssen.«

»Was ich sagen wollte, ist, dass ich niemanden kenne, der das machen will. Alle wollen in die Wirtschaft. Oder Doktor werden oder Zahnarzt oder ...«

»Rechtsanwalt?« Er lachte, als ich ihn in den Arm boxte, und zuckte nicht einmal zusammen. »Wie ich schon sagte, das war nur so ein Gedanke. Ich habe mich noch nicht entschieden. Du kannst nicht wissen, ob ich nicht doch nur ein typischer Doktor, Zahnarzt oder Manager werde. Aber bestimmt kein Rechtsanwalt. Gott, ich kann die nicht ausstehen. Ein Haufen Geier ist das.«

Buff! Und wieder boxte ich ihn. Diesmal kräftiger. »Ich dachte, du hast gesagt, du hättest nie übers College oder die Zukunft nachgedacht. Dass das nichts für dich sei.« Ich konnte mir das selbstgefällige Grinsen nicht verkneifen.

Evan grinste ebenfalls und schüttelte kapitulierend den Kopf. »Okay, du hast gewonnen. Ich habe darüber nachgedacht, aber das heißt noch lange nicht, dass ich mich darum gekümmert hätte.«

»Ich kapiere nicht warum. Ich glaube, Meeresbiologe zu werden, könnte großartig sein. Ich weiß nicht, welche Unis das als Studiengang anbieten, aber ich denke, unser Berufsberater an der Schule könnte dir weiterhelfen.«

»Ja, schon.« Er zuckte mit den Schultern, als sei es ihm gleich, und verlangsamte das Tempo. »Aber wie ich schon sagte, es ist noch genug Zeit, um sich darum zu kümmern. Das Einzige, worum wir uns jetzt kümmern müssen, ist die Schule, denn wir sind da.«

Es stimmte. Wir waren vor dem Schulhof angekommen. Und zwar viel zu früh. Keiner der Busse war da. Nur ein paar Schüler lungerten auf den Eingangsstufen herum und warteten auf ihre Freunde.

Evan konzentrierte sich voll und ganz aufs Einparken, als würde er einen Preis gewinnen, wenn das Auto absolut gerade stand. Endlich schaltete er den Motor ab und drehte sich zu mir. Als ich die Tür öffnete, um auszusteigen, berührte er meinen Arm. »Warte.«

Er beugte sich über meinen Schoß, um die Tür wieder zuzuziehen. Für einige Augenblicke befanden sich seine breite Brust und seine Arme in vollem Kontakt mit meinem Körper. Obwohl wir mindesten vier Lagen Klamotten zwischen uns hatten, konnte ich nicht anders, als meinen Atem anzuhalten. Mein Herz klopfte so heftig, dass ich sicher war, er konnte es spüren. Ich presste mich so weit in das Polster zurück, wie ich nur konnte.

Evan schien nichts zu bemerken. »Ich finde, wir sollten zusammen reingehen. Wir könnten Hand in Hand das Klassenzimmer betreten. Du darfst auch meine Bücher tragen und mir Mittagessen kaufen, du weißt schon, all die Dinge, die eine gute Freundin tun sollte.«

»Ha, ha.« Bis auf das Büchertragen und das Mittagessen war es dennoch eine gute Idee. Er kniete sich wirklich voll rein.

»Ja, ich weiß«, erwiderte er, als hätte ich den Gedanken laut ausgesprochen. »Hier, du solltest das tragen.«

Es war eine Halskette. Eine alte Silbermünze von der Größe eines Daumennagels hing daran. Sie war mit einer Zange oder so was in der Art in eine seltsame Form verdreht worden, die vage an eine Acht erinnerte. Er reichte sie mir, damit ich sie ansah. »Mein Dad hat sie mir gegeben.«

Ich berührte die glatte Oberfläche.

»Ich trage sie nicht einmal am Strand, damit ich sie nicht verliere, also pass besser gut darauf auf. Die lässt sich nicht mal mit deinem Leben aufwiegen. Du kannst sie mir zurückgeben, wenn das alles hier vorbei ist.« Ohne eine Antwort abzuwarten, vollführte er eine kreisende Bewegung mit seinem Zeigefinger. »Dreh dich um.«

Ich reichte ihm die Kette wieder, aber ich rührte mich nicht.

Evan ließ einen lauten Seufzer entweichen, als ich zögerte. »Wenn ich irgendwas mit dir hätte anstellen wollen, hätte ich das gemacht, als du in meinem Bett lagst.« Er riss seinen Kopf zurück, als meine Hand nach vorne schoss, um seinen Mund zu bedecken. »Sorry! Hab vergessen, dass ich den *Vorfall* nicht erwähnen darf.«

Der Sitz knarrte, als er sich vorbeugte und die Kette um meinen Hals legte. Er war mir so nah, dass sein Atem über meinen Nacken strich. Es fühlte sich … schön an, auch wenn meine Nerven vor Elektrizität beinahe knisterten. Dann berührten seine Finger sanft meinen Nacken, als er die Kette fest schloss. Seine Fingerspitzen fuhren für einen kurzen Moment die Kette und meine Haut entlang. Warm und kitzlig. Unwillkürlich überlief mich ein Schauder, doch bevor die elektrische Spannung außer Kontrolle geraten konnte, zog er seine Hand weg.

Verlegen wartete ich, bis er sich wieder auf seinem Sitz zurückgelehnt hatte, dann erst drehte ich mich um. Ich hielt mich beschäftigt, indem ich mir meinen Mantel und meine Mütze überzog. »Und? Wie viele Mädchen haben diese Kette schon zu Gesicht bekommen?«

Er blickte aus dem Fenster. »Eine Menge. Aber das Wichtigste an der Sache ist, dass nur eine andere Person sie je getragen hat. Und das bist du.«

Mein Herz flatterte ein wenig bei dieser Enthüllung. Ich war überrascht, dass er so weit ging, nur um zu beweisen, dass er eine Freundin hatte.

Als er meinen Schal für mich um den Hals schlang, holte Evan mich in die Gegenwart zurück. »Bist du bereit?«

Ich riss mich aus meiner Benommenheit. Evans Tür stand halb offen. Andere Schüler kreisten schon um seinen Wagen und versuchten, einen Blick in das Innere zu erhaschen. Ich wusste, dass die Fenster getönt waren, aber ich konnte nicht einschätzen, ob sie mich trotzdem sehen konnten. Nicht dass es eine Rolle gespielt hätte – darum ging es ja bei dem ganzen Plan.

Es hieß jetzt oder nie. Ich tastete nach der langen Kette und befühlte ihre winzigen Glieder mit meinen Fingerspitzen. Sie fühlte sich kühl an um meinen Hals und seltsam tröstlich. »Lass es uns durchziehen.«

8

Taylor

Zu behaupten, unser Auftreten hätte für einen kleinen Tumult gesorgt, wäre gelinde gesagt eine Untertreibung gewesen. Die Leute blieben wie angewurzelt stehen, als wir gemeinsam den Schulflur entlanggingen – Hand in Hand, eine davon schweißnass.

Peinlicherweise muss ich zugeben, dass die mit dem Schweiß zu mir gehörte. Ich hatte schon oft vor Menschenmengen gestanden, aber das war normalerweise bei Preisverleihungen, wo die Leute kaum auf mich achtgaben. Sie waren einfach nur froh, für eine Stunde dem Unterricht zu entfliehen.

Doch jetzt befanden sich alle in absoluter Habachtstellung. Obwohl ein Teil des Gaffens womöglich der Tatsache zuzuschreiben war, dass nie jemand Evan so früh an der Schule gesehen hatte.

Es war wie einer dieser Träume, in denen man nackt in die Schule kommt, nur dass ich nicht nackt war. Ich wagte sogar einen Blick nach unten, um sicherzugehen, dass der Reißverschluss meiner Jeans zu war. Jepp, alles sicher verstaut. Ich zog den Kopf ein und hob verlegen die Hand, um meinen Pony aus dem Gesicht zu streichen, nur um zu merken, dass ich immer noch die von Evan umklammert hielt. Mit glühenden Wangen ließ ich unsere Hände wie eine heiße Kartoffel fallen.

Evan jedoch zuckte nicht mit der Wimper angesichts meiner Verlegenheit. Tatsächlich kostete er sie bis zum letzten Tropfen aus. Er ließ meine feuchte Hand los, um mir den Pony für mich aus den Augen zu streichen. Er schob sogar eine verirrte Strähne hinter mein Ohr und beugte sich dann zu mir runter, um mir einen Kuss auf die Wange zu geben. Man hätte meinen können, den Freund für ein Mädchen zu mimen, sei eine ganz alltägliche Aufgabe für ihn.

Hinter uns schnappte jemand laut nach Luft.

Evans Lippen verzogen sich an meiner Wange zu einem Lächeln, dann ergriff er wieder meine Hand. Seine Augen funkelten vergnügt zu mir runter. Ich hätte mit ihm gelacht, wenn ich nicht so schrecklich nervös gewesen wäre.

Doch ganz plötzlich war ich es nicht mehr. Vor allem als seine Hand – die bisher an meiner Taille geruht hatte – ein Stück tiefer rutschte. Ein ganzes Stück tiefer.

Ich funkelte ihn an. »Was tust du da?«, zischte ich.

»Ich wollte nur ausloten, wo unsere Grenzen liegen.« Seine Hand glitt zu meiner Schulter hoch, und er drückte mich fest an seine Seite, während er ein Kichern unterdrückte. »Wird notiert.«

Die Menge bewegte sich mit uns vorwärts, bis wir vor den Schließfächern standen. Even ließ mich los und kniete sich nieder, um seinen Spind zu öffnen. Ich nutzte die Gelegenheit, um meine Hände an meiner Jeans abzuwischen.

Alles, was ich brauchte, hatte ich bereits in meiner Tasche, also versuchte ich nur, ganz lässig auszuschauen, während ich auf ihn wartete. Als stünde da nicht eine Horde Schüler, die uns aus allen Ecken und Winkeln anstarrten, als wären wir Schausteller in einem Zirkus. *Eine einmalige Gelegenheit, meine Damen und Herren! Kommen Sie und sehen Sie die Streberin und den Sexgott!*

Die einzige Person, die sich noch natürlicher benahm als Evan, war Carly. Ihre Schauspielkünste waren von großem Nutzen. »Hey, du bekehrter Wüstling!«, rief sie mit einem Zwinkern in meine Richtung, bevor sie Evan einen High five gab.

Ohne auch nur zu zögern, zog er sie zur Begrüßung mit einem Arm an sich, als wären sie alte Freunde. Ich bemerkte jedoch, dass sie sich ein paar Sekunden länger als nötig an seine muskulöse Schulter lehnte.

»Bekehrter Wüstling?« Ein verwirrter Ausdruck huschte über sein Gesicht. »Was soll das denn heißen?«

Mein Gesicht lief rot an und ich winkte mit beiden Händen ab. »Kümmere dich nicht darum. Sie ist verrückt.«

In diesem Moment kam Mr Peters mit einem Stapel Ordner auf dem Arm an uns vorbei. »Hallo, Taylor. Carly.« Er würdigte uns kaum eines Blickes, doch dann blieb er abrupt stehen. Er machte einen Schritt zurück und blinzelte Evan an, als verstehe er nicht, was da vor sich ging. Ich glaube, niemand verstand es. »Evan. Du … hier? Vor dem ersten Klingeln?«

»Ja, ich weiß, oder? Sie sind nicht der Einzige, der sich wundert.« Evan lachte und schlang seinen Arm um mich. »Aber ich konnte nicht Nein sagen zu Taylor. Ich meine, wenn dieses Mädchen sich was in den Kopf gesetzt hat, dann gibt es nichts, was sie nicht schaffen würde.«

»Hmm.« Mr Peters blickte zwischen uns beiden hin und her, dann schüttelte er den Kopf und lief weiter. »Nun, schön euch zu sehen. Euch alle.«

Ich schenkte Evan ein dankbares Lächeln. Er wusste nichts von meinen Problemen mit Mr Peters oder was für Ängste ich während den Vorbereitungen für den Karriere-Tag durchgestanden hatte, und doch machte er irgendwie alles besser. Ich schätze, er war doch nicht so schlimm.

Er bedachte mich mit einem kleinen Zwinkern, als wüsste er, was ich dachte. »Ich muss in mein Klassenzimmer. Wahrscheinlich willst du ein bisschen mit Carly abhängen, stimmt's, meine Süße?«

»Ähm, stimmt … Schatz.« Den Kosenamen würgte ich noch hinterher, da ich das Gefühl hatte, als warte er auf etwas. »Treffen wir uns später zum Mittagessen?«

»Na klar.«

Ich erwartete, dass er mich umarmte oder mich sogar wieder auf die Wange küsste, aber stattdessen tätschelte er meinen Kopf, als wäre ich ein Haustier, das sich ein Leckerli verdient hatte, weil es brav gewesen war. Meine Verlegenheit steigerte sich ins Unermessliche und ich blickte finster zu ihm auf. Zufrieden mit sich selbst, kicherte Evan und kniff mich in die Nasenspitze, bevor er sich zum Gehen wandte.

Carly wartete, bis er am anderen Ende des Flurs angelangt war, bevor sie sich zu mir drehte und mit der Zunge schnalzte. »Er hat dich also zur Schule gefahren? Du hast mir gestern Abend nichts von diesem Teil des Plans erzählt.«

»Weil es nicht Teil des Plans war. Es ist einfach … passiert.«

»So was wie ein Glücksbonus?«, fragte sie, wobei sie ihren Blick nicht von dem sich entfernenden breiten Rücken löste. Keine von uns beiden tat das. »Du darfst mir später für meine grandiose Idee danken.«

Ich rieb mir die Nase. Dort wo er sie berührt hatte, kribbelte sie immer noch. »Lass uns zum Unterricht gehen.«

Doch Carly behielt recht. Der Plan mit dem bekehrten Wüstling funktionierte wie ein Zauberspruch. Es war unglaublich. Innerhalb weniger Stunden hörten die Mädchen auf sich aufzuführen, als wäre ich die Hure Babylon. Tatsächlich schienen sie sogar ein wenig beeindruckt, dass ich mir einen ultraheißen Typen wie Evan geangelt hatte (Carlys Worte, nicht meine). Ein Mädchen hielt sogar die Tür zur Toilette für mich auf.

Und die Jungs hörten komplett auf, mit mir zu reden. Nicht dass es mir was ausgemacht hätte, immerhin hatten sie schon davor nicht besonders viel mit mir gesprochen.

Die Schüler waren nicht die Einzigen, die es bemerkten. Mrs Hines, die Schulsekretärin, klopfte mir tatsächlich auf die Schulter, als ich hereinkam, um die morgendlichen Durchsagen zu machen. Nicht nur war mein guter Ruf wiederhergestellt – nein, nun war ich sogar auf einen noch höheren Rang aufgestiegen als zuvor.

Ich konnte niemandem vorwerfen zu glauben, dass wir ein echtes Paar waren. Evan schauspielerte so gut, dass sogar ich auf ihn hereinfiel.

Es fühlte sich merkwürdig natürlich an, als er sich in der Cafeteria neben mich setzte. Trotzdem gab ich ihm einen Klaps auf die Hand, als er eine meiner Süßkartoffel-Fritten stibitzte. Ich sorgte jedoch dafür, dass ich dabei äußerst liebevoll lächelte.

Brian blieb wie angewurzelt stehen, als er uns beide zusammen am Tisch sitzen sah. Er bedachte mich mit einem fragenden Blick, aber ich konnte lediglich mit den Schultern zucken. Vor allem da wir von einem ganzen Haufen Leute umzingelt waren. Carly musste ihn am Ärmel ziehen, damit er sich hinsetzte. Sein Kiefer verspannte sich, aber er sagte nichts und ließ sich mir gegenüber nieder, da Evan bereits auf Brians Stammplatz neben mir saß.

Ohne zu registrieren, dass etwas nicht stimmte, knabberte Evan seine Barbecue-Chips und drehte sich zu Carly, um mit ihr über die Theater-AG zu reden. Oder, besser gesagt, er fragte, was sie geplant hatten, und sie quasselte in einem Affentempo über das anstehende Musical drauflos, an dem sie arbeiteten.

»Also, Brian, ich finde, das ursprüngliche Layout für die Kunstabteilung ist ziemlich gut gelungen. Aber was hältst du von den anderen AGs?«, fragte ich beiläufig, als wäre es keine große Sache, Evan an unserem Tisch sitzen zu haben.

Brian warf einen weiteren Blick zu Evan. »Was meinst du?«

»Na ja, die kleineren AGs können nicht alle auf nur vier Seiten gequetscht werden. Aber es gibt nirgends mehr Platz für sie. Wir schaffen es ja kaum noch, hinten die Danksagung für die Lehrer einzufügen.« Ich kaute auf meiner Lippe und klopfte mit meinem Kuli auf die Tischplatte, während ich über eine Lösung nachgrübelte. Das Budget für das Jahrbuch war bereits bis zum Äußersten ausgeschöpft, daher konnten wir keine einzige weitere Seite hinzufügen.

Brian nickte nachdenklich und beugte sich über den Tisch, bis er über meinem Notizbuch hing und seine Hand um meine schlang, um den Kuli zu führen und Linien zu ziehen, um die einzelnen Gruppen zu verbinden. »Wir könnten immer noch die Ehrengesellschaft nach vorne verschieben und die Lyrik-AG mit der *New-Voices*-Gruppe zusammentun. Ich denke, es würde ihnen nichts ausmachen.«

»Aber wir haben immer noch … *Autsch!*« Jemand trat mir unter dem Tisch gegens Knie, wodurch meine Hand aus Brians Griff glitt. Erst dachte ich, es sei Carly, aber sie blickte genauso verdutzt wie ich. Und ihr Blick klebte an einem gewissen Jemand, der seine Tüte Chips schüttelte, obwohl sie leer war. Ich funkelte Evan an und rieb mein Bein. »Wofür war das denn?«

»Was? Ich hab gar nichts getan.«

Mein Blick wandte sich Carly zu, als sie kicherte, aber sie zuckte nur mit den Schultern und schenkte mir ein unschuldiges Lächeln. Zu unschuldig.

»Okay, also ich denke …« Ich verstummte, abgelenkt von Evan, der mit einer Gabel die Champignons von seiner Pizza pickte. Eine nach der anderen. Als er damit fertig war, legte er den kleinen Stapel auf meiner Pizza ab wie ein Friedensangebot. »Was machst du denn da?«

»Hm?« Er nahm einen großen Bissen von seiner Pizza, bevor er zu mir blickte.

Ich zeigte auf meinen Teller. »Magst du kein Gemüse?«

»Oh doch, ich mag Gemüse. Aber ich weiß, dass du Champignons liebst.«

Das stimmte. Ich mochte Champignons. Meine Mutter sagte immer, ich wäre in einem Pilzfeld zur Welt gekommen, obwohl es doch so was gar nicht gab – oder doch? Ich musste unbedingt eins besuchen, falls es eins gab.

Wie auch immer – ob auf Pizza, in Salaten oder sogar in Nudelsaucen – ich aß immer die Pilze zuerst. Es war nur echt seltsam, dass Evan das wusste. Niemandem sonst war das je aufgefallen und es kümmerte auch niemanden. Bis jetzt. Was sowohl überraschend war als auch ein bisschen gruselig. Selbst Carly wirkte verdutzt bei dieser Enthüllung.

Brian tippte mit missmutiger Miene auf die Liste, die auf dem Tisch lag. Er tat mir leid. Wenn Abgabetermine anstanden, war er immer besonders gestresst.

Ich wusste nicht, was ich sagen sollte, also bot ich Evan den Rest meiner Pommes an. Er schenkte mir ein breites Grinsen und schob sich ein Stück in den Mund, woraufhin ich mich fragte, ob das die ganze Zeit über schon seine Absicht gewesen war.

»Woher weißt du, dass ich Pilze mag?«

Evan hüstelte und wandte den Blick ab. Er fuhr sich mit der Hand durch sein dunkelblondes Haar. Es war weniger stachelig und gegelt als sonst. Wahrscheinlich weil er früher aufstehen musste, um mich zur Schule zu fahren. Es war sogar ein klein wenig gelockt. »Öhm, ich hab mal gesehen, wie du sie Carly beim Mittagessen vom Teller geklaut hast.«

»Du hast was?« Carly blickte mich entrüstet an.

»Ach bitte, du hast nicht einmal gemerkt, dass sie weg sind.« Ich streckte ihr die Zunge raus, bevor ich meine Aufmerksamkeit wieder Evan zuwandte. »Und warum hast du mich beim Mittagessen beobachtet?«

Anstatt zu antworten, wich er meinem Blick aus und schaute auf die unsichtbare Uhr an seinem rechten Handgelenk. »Ach, guck wie spät es schon ist. Die nächste Stunde fängt gleich an. Ich sollte los ...« Im Bruchteil einer Sekunde sprang er vom Tisch auf und rannte mehr oder weniger aus der Cafeteria.

Ich verengte die Augen zu Schlitzen. *Oh, so leicht würde er mir nicht davonkommen.* »Ich bin gleich wieder zurück.«

Brian sammelte bereits mein Zeug zusammen, da wir normalerweise die Zeit nach dem Mittagessen mit der Planung des Jahrbuchs verbrachten. »Aber Taylor, wir wollten doch ...«

»Ich weiß. Ich bin ja nur kurz weg.« Bevor er irgendwas erwidern konnte, war ich verschwunden. Ich flitzte zwischen den Leuten hindurch und holte endlich Evan ein, der gerade die Bibliothek am anderen Ende des Flurs erreichte. Er blickte über die Schulter und sah mich, aber er sagte nichts. Und er wurde auch nicht langsamer.

Während ich ihm dicht auf den Fersen blieb, warf ich selbst einen Blick über die Schulter, um sicherzugehen, dass Mrs Stills, die Bibliothekarin und Leiterin des Lernsaals, mich nicht sah. Sie war damit beschäftigt, einem Neuntklässler Bücher auszugeben. Hinter einem großen Zeitschriftenständer ließ ich mich auf den Platz Evan gegenüber gleiten. Er stieß ein lautes Stöhnen aus und griff über meinen Kopf, um sich wahllos eine Zeitschrift zu schnappen, dann begann er darin zu blättern. Doch ich wusste, dass er gar nicht las. Außer er war daran interessiert, wie man einen Schal auf zehn verschiedene Arten tragen konnte, wie es das Titelblatt versprach.

»Hast du keinen Unterricht?«, murmelte er ohne aufzublicken.

»Also bin ich dir schon früher aufgefallen, ja?« Ich lehnte mich auf meinen Ellbogen vor. »Seit wann?«

Anstatt eine schlagfertige Bemerkung zu machen, wie ich es erwartet hätte, steckte Evan den Kopf tiefer in die Zeitschrift. »Seit ich dich im Freibad gerettet habe.«

Okay, *diese* Antwort hatte ich nicht erwartet. »Warum?«

»Ich weiß nicht.« Er hob die Zeitschrift mit Absicht so, dass ich sein Gesicht nicht sehen konnte, aber die Spitzen seiner Ohren verfärbten sich verdächtig dunkelrosa unter seiner Sonnenbräune. Es war irgendwie niedlich. »Ich schätze, du hast einen Eindruck hinterlassen.«

Das war das Netteste, was je jemand zu mir gesagt hatte. Ich wusste, ich sollte mich mit Brian treffen, aber ich konnte mich nicht dazu überwinden, von Evans Seite zu weichen. Ich stupste ihn in seinen Arm, pikste fester und fester, bis er aufsah. Seine Augen blickten argwöhnisch über den Zeitungsrand.

»Rate mal, was ich heute gemacht habe?«

»Du hast Madonna getroffen? Nein, Bill Gates?« Er schnipste mit den Fingern. »Ich hab's! Jesus!«

Ich kicherte. »Woher wusstest du's? Ich hatte eine Nahtoderfahrung und Jesus hat mir gesagt, dass Madonna und Bill Gates hinten im Garten nach mir suchen.«

Seine Augen blitzten so sehr vor Belustigung, dass ihr Grau heller schien als sonst. »Ich wusste es.«

Mit einem Kopfschütteln zog ich die Broschüren und die Bewerbungsunterlagen hervor, die ich mir vor der Mittagspause aus dem Beratungsbüro geholt hatte. Alle geordnet nach dem Schweregrad der Bewerbungsaufsätze. Ich breitete sie vor ihm aus. »Ich weiß, du hast gesagt, dass dir das ganze *Zeug* egal ist.« Bei Zeug machte ich Gänsefüßchen in die Luft. »Aber ich habe mir gedacht, dass es nicht wehtut, mal darüber nachzudenken, oder? Nur etwas, was du dir anschauen kannst, wenn dir mal langweilig ist. Es sind sogar ein paar Colleges mit späteren Bewerbungsfristen dabei. Außerdem habe ich die notiert, welche die besten Studiengänge für Meeresbiologie anbieten.«

Die Zeitschrift fiel auf den Tisch und seine Finger blätterten durch die Broschüren. »Hat diese Obsession mit mir und dem College zufällig was mit dieser Bekehrter-Wüstling-Sache zu tun, die Carly vorhin erwähnt hat?«, fragte er und beugte sich vor, bis sich unsere Nasen beinahe berührten.

Angesichts seiner plötzlichen Nähe sog ich den Atem ein, aber ich wich nicht zurück. Tatsächlich beugte ich mich womöglich noch ein klitzekleines bisschen vor. »Ich hatte nur etwas Freizeit vorhin.«

Seine Lippen zuckten und formten ein kleines Lächeln. Unwillkürlich blieb mein Blick an ihnen hängen und ich konnte die Augen nicht mehr abwenden. »Vielleicht sollten wir etwas anderes mit unserer Freizeit anstellen, als sie mit der Recherche über öde Unis zu vergeuden.«

»Wie zum Beispiel …?«

»Taylor?«

Mist! Ich hatte Mrs Stills ganz vergessen. Ich schnellte auf meinem Stuhl zurück, als würde ich von einem unsichtbaren Bungee-Seil nach hinten gezerrt. »Ja?«

Mrs Stills blickte stirnrunzelnd auf mich herunter. Selbst

ihre Falten sahen bedrohlich aus. Im Gegensatz zu den anderen Lehrkräften – die mich allesamt vergötterten – behandelte sie mich lediglich mit gezwungener Höflichkeit. Ich hatte nie verstanden warum. Ich war nicht unbedingt stolz darauf, es zuzugeben, aber ich war der größte Schleimer überhaupt. Im Kindergarten verbrachte ich meine Pausen damit, die Bleistifte für meine Betreuer zu spitzen. Ja, *so eine* Schülerin war ich.

Und dennoch war die Art, wie Mrs Stills mich behandelte, immer noch ein ganzes Stück besser als die Art, wie sie mit den anderen Schülern redete. So gesehen sollte ich also dankbar sein. »Ich glaube nicht, dass du hier sein solltest. Benötigst du meine Hilfe bei irgendwas?«

»Äh, nein.« Ich sprang schnell auf.

»Dann schlage ich vor, dass du jetzt gehst.«

»Jawohl, Ma'am.« Während sie sich zum Gehen wandte, raffte ich die Broschüren und Zettel zusammen und hielt kurz inne, um mir mit ihnen kühle Luft zuzufächeln.

Evan griff nach meiner Hand, bevor ich davondüsen konnte, und drückte sie leicht. »Du kannst den Papierkram dalassen. Ich werde ihn später für dich wegwerfen.«

Überrascht blieb ich stehen und starrte ihn an, aber er blickte nur auf die Broschüren hinab. Seine andere Hand blätterte hindurch.

Ich verbiss mir das Lächeln, das drohte, sich auf meinem Gesicht auszubreiten. Je besser ich Evan kennenlernte, desto mehr konnte ich sehen, dass die Playboy-Fassade eben nur das war: eine Fassade. Er war wirklich nicht so übel. Doch ich würde den Teufel tun und ihm das sagen. Sein Ego war so schon aufgeblasen genug. »Bist du sicher, dass …«

»Ja. Es war sehr nett von dir, mir das alles zu besorgen. Obwohl ich es nicht brauche«, fügte er schnell hinzu. »Trotzdem danke.«

»Kein Problem.«

Ich war nicht sicher, ob es die Pilze waren oder die College-Bewerbungen, aber aus einem Impuls heraus spähte ich hinter mich, um sicherzugehen, dass Mrs Stills wieder an ihrem Schreibtisch war. Sobald die Luft rein war, beugte ich mich über seine linke Schulter und gab ihm einen kurzen Kuss auf die Wange. Er zuckte zusammen und drehte den Kopf, um zu mir hochzuschauen. Seine Augen verengten sich fragend.

Ich zwinkerte ihm zu. »Bis später, mein Herz.«

9

Evan

Innerhalb weniger Tage verfielen wir in eine angenehme Routine. Ich holte Taylor zur Schule ab, wir gingen in den Unterricht und dann fuhr ich mit ihr zu mir nach Hause.

Es war nicht so aufregend, wie es klang.

So wie heute, als ich auf dem Sofa ausgestreckt herumlag und auf meiner Xbox Aliens bekämpfte. Taylor saß in der Küche an ihren Hausaufgaben. Ich hatte sie eingeladen mitzuspielen, aber sie lehnte ab. Ohne von ihrem Aufsatz aufzublicken, bat sie mich lediglich, sie zu retten, falls es mal eine Alien-Invasion oder Zombie-Apokalypse geben sollte – was auch immer zuerst über uns hereinbrach. Das Mädchen konnte echt witzig sein, wenn sie wollte.

Nach der Schule zu mir zu fahren, war meine Idee gewesen, und es war auch eine gute. Vor allem da meine Nachbarin niemand anderes war als Alesha Brant, Oberhaupt unserer Schultratsch-Kolumne. Ich war ziemlich sicher, dass das der Grund gewesen war, warum unser Techtelmechtel so schnell die Runde gemacht hatte.

Alle Zweifel bezüglich unserer Beziehung verstummten

am nächsten Tag. Ich musste nur Taylor jeden Tag um halb sieben heimfahren, bevor Mom und Brandon nach Hause kamen.

Eine Bedingung hatte Taylor jedoch. Obwohl sie schon in meinem Zimmer gewesen war – ganz offensichtlich, denn sie war in meinem Bett aufgewacht –, weigerte sie sich nun, es zu betreten. Also kamen wir zu dem Kompromiss – und mit Kompromiss meine ich, dass ich dazu gebracht wurde nachzugeben –, meine Xbox runterzubringen und am Fernseher im Wohnzimmer anzuschließen, während sie in der Küche lernte und ihre Hausaufgaben erledigte.

Ich war kurz davor, das Mutterschiff abzuknallen, als draußen eine Autotür zuschlug. Es klang, als käme es direkt aus unserer Auffahrt. Das war kein gutes Zeichen.

Ein Gefühl der Furcht überfiel mich. Ich drückte auf Pause und beugte mich über die Sofalehne, um einen Blick nach draußen zu werfen. Nein, gar nicht gut. Durch die großen, mit cremefarbenen Spitzenvorhängen bedeckten Fenster zu beiden Seiten der Eingangstür konnte ich zwei schattenhafte Gestalten auf das Haus zukommen sehen, die Arme voller Einkaufstüten. »Verdammter Mist!«

Taylor tauchte in der Tür auf. »Was ist los?«

»Mein Stiefvater und meine Mom sind da.«

Die Augen in ihrem blassen Gesicht weiteten sich. Sie stand wie angewurzelt da. »Aber … aber du hast gesagt, dass sie während der Woche nie vor sieben nach Hause kommen!«

Widerwillig schaltete ich mein Spiel aus. Ich war so kurz davor gewesen, das Level zu beenden. »Tja, heute ist offensichtlich eine Ausnahme. Und wir sind gleich am Arsch.«

»Was bedeutet?«

»Was bedeutet, dass meine Mutter die größte Tratschtante im Lehrer-Eltern-Ausschuss ist. Und wenn du jetzt nicht deinen Hintern rüberschwingst und mit mir kuschelst, fliegt unsere Tarnung auf.«

Bei meinen Worten kam Taylor so schnell zum Sofa geschlittert, dass ich beinahe erwartete, Rauch unter ihren Fußsohlen zu sehen. *Klimper, klimper.* Die Schlüssel drehten sich im Schloss. *Knall.* Mein Arm fiel um ihre schmalen Schultern und ich zog sie fest an meine Brust. Sie hatte kaum Zeit, ihre Beine unter dem Po anzuziehen und ihren Kopf auf meine Schulter zu legen, als die Tür sich schon öffnete.

Zu spät bemerkte ich, dass wir nicht so tun konnten, als würden wir fernsehen, da das Gerät ausgeschaltet war, also drehte ich meinen Kopf und presste meine Lippen auf ihre. Taylor riss die Augen auf und starrte mich an, aber sie wich nicht zurück. Obwohl ich wusste, dass meine Mom da war, konnte ich nicht anders, als zu bemerken, wie weich Taylors Lippen waren. Meine Finger gruben sich ins Sofapolster, und ich widerstand dem Drang, diesen Kuss zu vertiefen.

»Evan, Schatz, wir sind zu Hause! Ich fange bald mit dem Abendessen an und ich hoffe, du hast daran gedacht, das Hähnchen aus dem Gefrierfach … Oh!«

Ich riss mich los, als Mom wie festgefroren stehen blieb. Brandon knallte in sie hinein und hatte Mühe, die Tüten in seinen Armen festzuhalten. »Oh, hi, Mom. Ja, tut mir echt leid, das Hähnchen hab ich total vergessen.«

Ihre Stimme wurde ein bisschen schriller. »Ist schon in Ordnung, ich sehe ja, dass du … zu tun hast.«

Brandon rauschte an ihr vorbei und ging in die Küche, ohne etwas zu sagen. Benahm sich arschlochmäßig wie eh und je. Ich hatte geglaubt, er würde wenigstens Taylor gegenüber *so tun*, als wäre er höflich und nett. Ich schätze, das war einfach zu viel verlangt von seiner königlichen Hoheit.

Ich nahm Taylor an der Hand und zog sie vom Sofa hoch, dann bugsierte ich sie in Moms Richtung. Ihre Wangen waren immer noch rot, sei es aus Verlegenheit, meine Mutter kennenzulernen, oder aus Scham, von meiner Mutter beim *Knutschen* erwischt worden zu sein. »Mom, ich möchte dir meine Freundin vorstellen. Taylor, das ist meine Mom.«

»Hi.«

Bei der Erwähnung ihres Namens riss Mom interessiert die Augen auf. »Taylor? Du meinst, Taylor Simmons? Bist du nicht die Jahrgangsbeste der Abschlussklasse?«

»Na ja, das ist noch nicht entschieden. Das Schuljahr ist noch nicht vorbei.«

Mom schnipste mit den Fingern. »Stimmt, du und Brian seid noch im Rennen für die Position. Aber ich habe gehört, dass du dich an der Columbia beworben hast. Hast du schon deine Zusage bekommen?«

Taylors Augen verengten sich etwas, aber das höfliche Lächeln auf ihrem Gesicht geriet nicht ins Wanken. »Ich hoffe, sie kommt in den nächsten Tagen.«

»Wie geht es deinen Eltern? Dein Vater hat ebenfalls an der Columbia seinen Abschluss gemacht, nicht wahr?«

»Ihnen geht's gut. Und ja, hat er.« Taylor warf einen panischen Blick über die Schulter zu mir, aber ich zuckte mit den Achseln. Ich hatte sie gewarnt.

Ich weiß nicht, woher meine Mom all ihre Informationen bekam, aber sie wusste immer mehr über die Leute von meiner Schule als ich. Was nicht so toll war, denn das bedeutete, dass sie ebenfalls einiges über meine Frauengeschichten wusste. Obgleich ich überrascht war, dass sie erst jetzt zu erfahren schien, dass ich mit Taylor »ging«. Ich hatte geglaubt, sie würde es noch am ersten Tag innerhalb weniger Stunden mitbekommen. Sie wurde wohl langsam nachlässig.

»Simmons?« Plötzlich erschien Brandon wie aus dem Nichts. Er stellte sich lauernd neben Mom. Dann kniff er die Augen zusammen, während er Taylor unter die Lupe nahm. »*Der* Cole Simmons? Von der Anwaltskanzlei Winchester & Hewitt?«

»Ja.«

Und einfach so nahm seine widerwärtig charmante Fassade wieder Gestalt an. *Würg.* Das breite, verlogene Grinsen, das meine Mutter umgarnt hatte, klebte in seinem Gesicht, als er Taylors Hand schüttelte, wobei er sie näher zu sich zog. »Ich bin ihm ein paarmal bei der *Hope for Cancer*-Benefizveranstaltung begegnet. Ein brillanter Mann. Absolut brillant. Ich hätte wissen sollen, dass du seine Tochter bist. Du bist ihm wie aus dem Gesicht geschnitten.«

»Danke. Er ist mein Stiefvater.«

Mir entfuhr ein Prusten, und ich versuchte, es als Husten zu tarnen. Das war mein Mädchen. Ich warf Taylor ein stolzes Lächeln zu, das sie mit einem kleinen Zwinkern erwiderte.

»Natürlich. Cole und deine Mutter haben sich kennengelernt, nachdem dein Vater mit dieser Frau …« Mom brach den Satz ab. Ihre Hand flog zu ihrem Mund, um ihn zu bedecken. »Es tut mir leid, ich wollte diesen … nun ja, diesen Vorfall nicht erwähnen.«

Der Ausdruck auf Taylors Gesicht veränderte sich nicht. »Ist schon in Ordnung, Mrs McKinley. Das ist schon lange her.«

»Natürlich.« Mom warf Brandon einen Blick zu. »Und mein Name ist eigentlich Mrs Willard.«

Taylor blinzelte. »Aber Evan …«

»Meine Mom hat ihren Namen geändert, als sie ein zweites Mal geheiratet hat, aber ich habe meinen behalten.« Ich verschränkte die Arme und nickte in Brandons Richtung, der sich Mühe zu geben schien, mich zu ignorieren. Er kratzte sich am Bein, als wäre ich ein Juckreiz, den er nicht loswerden konnte. »Ich würde den Namen Willard auf keinen Fall beschmutzen wollen.«

Brandon ließ sich davon nicht aus der Fassung bringen. »Also, Taylor, was macht ein so kluges Mädchen wie du mit Evan?« Er lachte, als wäre das der witzigste Spruch der Welt. »Hast du nicht genug Köpfchen, um dich fernzuhalten? Manche von uns haben keine Wahl, aber du schon.«

Mom lachte ebenfalls, aber ihr Blick flackerte nervös in meine Richtung. Ich ballte die Hände an meinen Seiten zu Fäusten. Ich war kurz davor, ihm zu sagen, wohin er sich seine dummen Sprüche stecken konnte, als Taylor sich zu Wort meldete.

»Das stimmt. Ich wusste gar nicht, worauf ich mich einlasse, als ich Evan kennengelernt habe.« Sie schenkte mir ein aufrichtig liebevolles Lächeln, das mich automatisch auf sie zutreten ließ. Ich konnte spüren, wie meine Wut langsam verflog, als sie nach meiner rechten Hand griff und sie fest umklammerte. »Oder besser gesagt, was ich verpasst habe.«

»Wie … schön.« Der Abscheu in Brandons Gesicht war offensichtlich. Wahrscheinlich konnte er nicht glauben, wie ein Versager wie ich es schaffen konnte, ein Mädchen wie Taylor abzubekommen. Gott sei Dank wusste er nicht, dass das alles ein Schwindel war.

Ich schlang einen Arm um ihre Schultern. »Ich muss ihr eine Gehirnwäsche verpasst haben oder so. Aber hey, ich schätze, ich habe doch noch was von dir gelernt, was?« Ich konnte es mir nicht verkneifen und nickte in Moms Richtung, die konzentriert den beigen Teppich unter ihren Füßen musterte und wie immer, wenn ich und Brandon stritten, praktischerweise von Taubheit befallen wurde. Sie war ein echter Profi, wenn es darum ging, die Wahrheit zu ignorieren.

Brandons Nasenflügel blähten sich auf und sein Gesicht lief zu einem hässlichen Violett an, dann stapfte er davon. »Ich muss im Krankenhaus anrufen, um mich nach ein paar Patienten zu erkundigen. Sag Bescheid, wenn ich dir mit dem Abendessen helfen soll, Eva.«

Mom blickte nicht auf und antwortete auch nicht, bis die Tür seines Arbeitszimmers mit einem Knall zufiel. Sie ließ ihren Atem entweichen und lächelte uns fröhlich an, als wären die letzten drei Minuten nie passiert. »Ich freue mich, dich kennenzulernen, Taylor. Evan stellt mir seine Freundinnen sonst nie vor.«

»Ich bin sicher, er hatte nur Angst, sie mit nach Hause zu bringen.«

»Oh, ich bin mir sicher, dass er einen Haufen Mädchen nach Hause gebracht hat. Ich sage nur, dass ich sie sonst nie *kennenlernen* darf.«

Dieses Mal war Taylors Lachen echt. Und es wurde noch lauter, als ich auf die Sofalehne sank und den Kopf mit einem lauten Klatschen auf die Knie sinken ließ. Taylor tätschelte mitfühlend meine Schulter.

»Hast du schon gegessen?«, fragte Mom. »Ich kann schnell ein paar Chocolate-Chip-Cookies zusammenrühren. Oder vielleicht könntest du zum Abendessen bleiben?« Ihr Feuereifer war mehr als offensichtlich.

»Tut mir leid, Mrs Willard, aber ich sollte bald heim, um mit meinen Eltern zu Abend zu essen. Aber ich hätte nichts dagegen, ein paar Cookies mitzunehmen«, fügte Taylor schnell hinzu, als Moms Gesicht enttäuscht zusammensackte. »Mein Dad hat eine echte Schwäche für Süßes.«

»Wunderbar! Ich mach sie gleich. Wird nicht lange dauern.«

Es war mir unmöglich, Moms Rumgeschleime länger zu ertragen, also schnappte ich Taylors Hand und zog sie zur Treppe. »Komm mit. Wir sind gleich wieder da.«

»Natürlich, Schatz.« Mom schwebte mehr oder weniger in die Küche. Wenn ich nicht gewusst hätte, dass Brandon so ein verklemmter Arsch war, hätte man meinen können, sie hätten einen Zwischenstopp in einer Kneipe eingelegt.

Ich schüttelte den Kopf. »Lauf schnell, solange du kannst. Sonst stopft sie dich womöglich noch mit Cookies und Essen voll, bis du das Haus nicht mehr verlassen kannst und gezwungen bist, mich zu heiraten.«

Taylor stolperte und knallte gegen meinen Rücken, wodurch ich fast selbst die Treppe runterfiel. Ich stützte mich an der Wand ab und wirbelte herum, um ihren Arm zu packen, damit sie nicht stürzte und sich wehtat. Ihre Wangen waren leicht gerötet, als sie ein paar Stufen nach unten auswich, sodass ich sie nicht mehr berührte. Eine Hand um das Treppengeländer geklammert bedeutete sie mir mit einem Wedeln, weiterzugehen. Ich zog eine lustige Grimasse, bevor ich mich wieder der Treppe zuwandte.

»Deine Mutter ist doch gar nicht so übel«, fuhr sie fort, als wären wir soeben nicht beinahe die Treppe runtergestürzt. »Eigentlich erinnert sie mich sehr an meine Mom. Wenn man mal vom Backen absieht. Meine Mom könnte nichts backen, selbst wenn das Schicksal der Menschheit davon abhinge.« Als wir den Treppenabsatz erreichten und ich auf mein Zimmer zusteuerte, verstummte ihr Lachen. »Moment, wohin gehen wir gerade?«

»Was denkst du denn?«

»Aber … aber wir haben uns doch darauf geeinigt, dass wir nicht auf dein Zimmer gehen.«

»Ja, aber ich muss so weit von *ihm* wegkommen, wie nur geht.« Ich wedelte Richtung Treppe. »Aber wenn du lieber mit den beiden abhängen willst, tu dir keinen Zwang an.« Ich ging in mein Zimmer, ohne nachzusehen, ob sie mir folgte.

Sie folgte. Langsam. Als hätte sie Angst, die Tür könnte zufallen und sie hier einschließen. Ich ließ mich aufs Bett plumpsen und wartete ab, was sie tun würde.

Als Taylor sicher war, dass ich sie nicht aufs Bett werfen und mich auf sie stürzen würde oder so was, schob sie sich weiter ins Zimmer vor. Sie fuhr mit den Fingerspitzen über die Wellen, die auf mein Surfbrett gemalt waren, dann ging sie zur Kommode und den Bücherregalen rüber. Sie beäugte jedes der Fotos, die dort standen, übersprang alle von irgendwelchen Mädels und verweilte bei denen, die ich vor ein paar Wochen beim Tauchen von einem Korallenriff gemacht hatte.

Schließlich setzte sie sich auf meinen Schreibtischstuhl und drehte sich darauf im Kreis. »Dein Zimmer sieht anders aus.«

»Was meinst du?«

»Ich weiß nicht. Ich hatte es einfach anders in Erinnerung.«

Ich blickte mich um, aber für mich sah es aus wie immer. Es war ja nicht so, als hätte ich Unterwäsche und BHs herumhängen. Tatsächlich glaubte ich, dass seit Lauren vor ein paar Monaten kein anderes Mädchen in meinem Zimmer gewesen war. Außer Taylor.

»Du hattest übrigens recht.« Sie drehte sich endlich auf dem Sessel zu mir um. »Dein Stiefvater ist wirklich ein Volltrottel.«

Ich lachte und zuckte mit den Schultern. »Unglücklicherweise behandelt er meine Mutter ganz gut, also kann ich ihm keinen Arschtritt verpassen, so wie ich es gern tun würde.«

Sie rümpfte die Nase. »Echt? Für mich scheint er mehr so der Kontrollfreak.«

»Oh, das ist er, glaub mir. Aber im Vergleich dazu, wie ihr Leben davor war, ist ihr Zusammenleben mit ihm wie ein Märchen.«

»Warum? Wie war es davor?«

»Schwierig.« Ich stützte den Oberkörper auf, verlagerte

das Gewicht auf meine Ellbogen und beobachtete aufmerksam ihre Reaktionen. »Dad war oft im Gefängnis, also musste sie sich um alles kümmern – um die Rechnungen und um mich – und nebenbei noch ihre Ausbildung zur Krankenschwester machen.«

Taylor fragte mich nicht, weswegen er im Gefängnis gewesen war, so wie ich es vermutet hatte. Und selbst wenn, hätte ich es ihr nicht sagen können. Ich erfuhr nie, warum er so oft in den Knast und wieder hinaus wanderte. Wahrscheinlich ging es um kleinere Vergehen, nichts Großes, da er nie lange weg war. Zumindest nicht bis zu diesem letzten Mal vor beinahe vier Jahren, als Mom endgültig genug hatte und sich von ihm scheiden ließ. Es dauerte nicht lange, bis Brandon von der Seitenlinie herbeigestürzt kam, um sich an sie ranzumachen.

Dennoch, Taylor reagierte nicht so, wie es die Leute meistens taten, wenn sie von der Sache mit meinem Vater erfuhren. Mitleid. Abscheu. Oder sogar Bewunderung von ein paar Mädels, die dachten, ich sei ein kaputter Junge, den sie nach Hause mitnehmen und reparieren konnten. Im Grunde reagierte Taylor fast gar nicht. Ihre Wimpern flatterten ein wenig, aber das war auch alles.

»Wo ist er jetzt?«

Ich verschränkte die Hände unter meinem Kopf und starrte zur Decke. »Ich hab seit einer Weile nichts mehr von ihm gehört. Aber ich glaube, er ist in Florida. Zumindest behauptet meine Mom das.«

Der Rand meiner Matratze senkte sich ein wenig, als sie sich neben mich setzte. »Ich verstehe das nicht ganz. Es ist nur … Du hast so überrascht gewirkt, als ich sagte, dass mein Dad ein Arsch war. Aber für mich klingt es so, als sei deiner auch nicht besonders toll gewesen. Und du bist trotzdem nicht wütend auf ihn? Überhaupt nicht?«

Wütend? Ich hatte einen Haufen Gründe, wütend zu sein, aber ich war es nicht. Überhaupt nicht.

Es war womöglich dämlich, aber obwohl mein Vater ein schrecklicher Ehemann gewesen war, war er gleichzeitig ein toller Dad für mich. Er nahm mich mit zu Spielen und Motorradrennen. Er lauschte mir bis spät in die Nacht, wenn ich ihn mit irgendwelchen Zeichentrickfilmen oder Comics vollquasselte, die ich gesehen oder gelesen hatte. Er war es auch, der mich mit zehn Jahren zum ersten Mal ins Aquarium mitnahm und dann – als er sah, wie sehr ich es liebte – alle paar Monate immer wieder mit mir hinfuhr.

Es ist schwer, auf jemanden sauer zu sein, wenn deine besten Erinnerungen von diesem Jemand sind. *Mit* ihm. Auch wenn er uns verlassen hatte. Und sich absolut keine Mühe gab, um uns zu kämpfen.

Okay, vielleicht war ich ein *kleines bisschen* wütend.

Ich blickte zu den Plastikleuchtsternen an der Decke empor. Meine Plastikleuchtsterne. Dad hatte sie mir gekauft und in unserem alten Haus um meinen Türrahmen und den Stuck an der Decke geklebt. Als Mom Brandon geheiratet hatte, hatte ich sie mitgenommen, obwohl es höllisch schwer gewesen war, sie von der Tür zu pulen. Sie wollten auch nicht mehr von allein an der Decke in meinem neuen Zimmer kleben. Aber ich brauchte sie. Womöglich war ich ein unwillkommener Gast in Brandons Haus, aber zumindest dieses eine Zimmer sollte sich wie mein Zuhause anfühlen. Schließlich hatte ich es mithilfe einer Heißklebepistole geschafft, sie an der Decke zu befestigen. Und es erfüllte mich mit einer gewissen Befriedigung, Brandons wertvolles Haus zu ruinieren.

»Evan?« Ich wurde in die Gegenwart zurückgerissen, als Taylor meine Schulter berührte. Für einen Moment hatte ich vergessen, dass sie überhaupt da war. »Tut mir leid, falls ich dich nerve.«

Ich griff nach ihrer Hand und zog sie nach hinten, bis sie neben mir auf den Rücken plumpste. »Du musst dich nicht entschuldigen. Du kannst ja nichts dafür, dass du so neugierig bist.«

Sie boxte mich in die Schulter, aber sie stand nicht auf. Wir lagen schweigend nebeneinander da. Es war ein angenehmes Schweigen. Unsere Arme waren nur Zentimeter voneinander entfernt. Wenn ich meine Hand etwas weiter streckte, könnte ich wahrscheinlich ihre berühren. Doch ich tat es nicht. Ich wollte den Moment nicht ruinieren.

»Eigentlich ist es ganz einfach«, sagte ich schließlich. »Er ist mein Dad. Der einzige, den ich je haben werde.«

»Tja, ich schätze, da sind wir geteilter Meinung.« Ihre Stimme war leise und matt.

Ich wusste, ich sollte es darauf beruhen lassen, aber ich wollte nicht. »Warum hast du gelogen, als du behauptet hast, dein Dad wäre verschwunden?«

Ihre Hand hob sich Richtung Decke, und sie fuhr mit dem Finger durch die Luft, von einem Stern zum anderen, um sie zu unsichtbaren Formen zu verknüpfen, die nur sie sehen konnte. »Hab ich nicht. Er ist verschwunden. Ich habe nur den Teil weggelassen, in dem er mit jemandem durchgebrannt ist.«

»Wer war es?«

»Ich weiß nicht. Irgendeine Kellnerin, die er ein paar Jahre nach meiner Geburt geschwängert hat. Nach Kimmys Geburt tauchte sie wieder auf und erzählte ihm von ihrem gemeinsamen Baby. Und dann beschloss er, dass er lieber mit ihr Mama-Papa-Kind spielen wollte, als bei uns zu bleiben.« Die Matratze bewegte sich wieder, als sie sich zur Seite rollte, um mich anzusehen. »Was unsere Vaterprobleme angeht, sind wir also ziemlich unterschiedlich.«

Ich rollte mich ebenfalls auf die Seite und strich ihr eine Strähne hinters Ohr. »Er ist ein Idiot. Ich hätte mich sofort für dich entschieden. Und es ist kein Wunder, dass wir unterschiedlich sind. Ich meine, ich bin gut aussehend, klug, witzig und unfassbar charmant, während du …«

»Du hast verrückt vergessen.«

»Nach dir? Ich wollte gerade dazu kommen.«

Sie schnaubte spöttisch. »Ist das der berühmte Charme, mit dem du dich brüstest? Denn ich denke, du könntest noch etwas daran arbeiten.«

Ich hob eine Augenbraue. »Das wirst du bereuen.«

»Ach ja, und wie?«

Im Handumdrehen rollte ich mich rüber, bis sie unter mir lag. Sie quietschte und versuchte, mich wegzustoßen, aber meine Beine hielten sie fest umklammert, während ich zur Attacke überging. Meine Finger glitten zu ihrer Taille, und als ich anfing sie zu kitzeln, verwandelte sich ihr Quietschen in ein Lachen. Sofort stiegen ihr die Tränen in die Augen und kullerten ihr über die Wangen.

Nach einer Weile hörte ich endlich auf, und wir mussten keuchend nach Luft schnappen. Erst nach ein paar Sekunden wurde mir bewusst, dass wir beide uns noch nie so nah gewesen waren – jedenfalls nicht soweit wir uns erinnern konnten. Wir klebten praktisch aneinander.

Und noch überraschender war, dass es sich gut anfühlte. Verdammt gut. Taylor musste es ebenfalls bemerkt haben, denn sie erstarrte unter mir. Ihr Blick glitt von meinem Gesicht zu meiner Brust. Ich konnte förmlich die Hitze spüren, die von ihren Augen ausging.

Mein Magen zog sich zusammen, als ich ihren Körper spürte, der sich gegen meinen presste, ihre Arme, die um meinen Hals geschlungen waren. Ihr Herz klopfte heftig gegen meine Brust. Oder war das mein eigenes? Ich wischte die Tränen weg, die an ihren Wangen hingen. »Und was sollen wir jetzt tun?«, murmelte ich und neigte bereits meinen Kopf zu ihrem.

Sie stieß zitternd den Atem aus, sodass ihre Brust sich hob und senkte. »Wir … wir sollten runtergehen und deine Mom fragen, ob wir ihr bei den Cookies helfen sollen.« Und, gesagt, getan, wand sie sich unter mir raus, sprang vom Bett und eilte zur Tür.

Ich war wie gelähmt. Meine Ellbogen stützten immer noch mein Gewicht, als läge Taylor immer noch unter mir. Für einen Moment hatte ich Brandon, meinen Vater, ihren Vater und eigentlich alles in der Welt vergessen, außer uns. Ich hatte sogar vergessen, dass wir nur so taten, als wären wir zusammen. Alles, was ich in diesem Moment wollte, war, sie wieder hier in meinen Armen zu halten. Mit ihren großen braunen Augen, die zu mir aufblickten.

Mit einem Stöhnen ließ ich mich aufs Bett sinken.

10

Taylor

Heute wäre einer dieser *Liebes-Tagebuch*-Momente gewesen, wenn ich denn noch eins gehabt hätte. Ich hatte eins besessen, als ich noch jünger gewesen war. Ein dunkelblaues Spiralnotizbuch mit hellblauen Seiten. So eins mit einem kleinen Metallschloss und einem Kettchen für den Schlüssel. Ich hatte jeden Tag hineingeschrieben, bis mir klar wurde, wie leicht es war, dieses schwache Schloss zu brechen, das das einzige Hindernis zu meinen innersten Gedanken und Sehnsüchten bildete. Dann – *wumm!* – war es im Müll gelandet.

Führte überhaupt noch jemand Tagebuch? Alle, die ich kannte, hatten nun einen Blog – obwohl das meiner Meinung nach sogar schlimmer war. Jeder konnte ihn lesen. Selbst die, die »geschlossen« und als privat markiert waren. Man konnte sogar googeln, wie man die Webseiten hacken konnte. Und wenn *jeder* es lesen konnte, bestand wirklich kein Sinn darin, es privat zu machen. Man hätte es genauso gut von einem Flugzeug an den Himmel schreiben lassen können.

Aber das war gar nicht der Punkt. Mein Punkt war, dass heute ein *Liebes-Tagebuch*-Tag war.

Carly war es, die das Problem als Erste ansprach. Sie hatte mit angehört, wie Lauren einigen anderen Mädchen sagte, dass Evan und ich gar nicht wie ein echtes Pärchen aussahen. Dass er unmöglich seine Hände bei sich behalten könnte, wenn es so etwas wie echte Chemie zwischen uns gäbe. Und sie gab uns keine zwei Wochen, bis wir Schluss machen würden.

Bevor ich überhaupt in Panik ausbrechen konnte, hatte Carly eine Idee. »Warum legt ihr beide nicht eine große Fummel-Show an der Schule hin und beweist allen, dass sie unrecht haben?«

Ihrem unschuldigen Lächeln nach zu urteilen hatte sie seit Ewigkeiten darauf gewartet, diesen Vorschlag unterbreiten zu können.

Am Anfang zögerte ich. Vor allem, da Evan zögerte. Weswegen ich fast schon beleidigt war. Doch es brauchte nicht lange, um ihn für die Idee zu begeistern.

Während wir also warteten, dass es zur Pause klingelte und unser Publikum eintraf, reckte und streckte er die Arme über dem Kopf, als würde er sich für einen Marathon auflockern und nicht für einen Kuss. »Bist du bereit, Taylor?«

»Machst du Witze? Ich habe die ganze Nacht wach gelegen und mich auf das hier gefreut«, sagte ich gelassen und ging nebenbei die Karteikarten für Geschichte durch, die ich in der Nacht zuvor gemacht hatte.

»Du weißt ja gar nicht, wie sehr der Gedanke, dass du nachts wach liegst und an mich denkst, mein Herz erwärmt.«

Evan wackelte mit den Augenbrauen. »Und andere Teile von mir natürlich auch.«

Ich verdrehte die Augen und klatschte mit den Karteikarten gegen seine Schulter. »Wie eklig.« Ich regte mich nicht mehr so auf, wie ich es noch vor einer Woche getan hätte. Meine Güte, ich hatte mich sogar an seinen abartigen, schmutzigen Sinn für Humor gewöhnt. Der beste Weg, es ihm heimzuzahlen, war, mit einer ironischen Bemerkung zu kontern. Und davon hatte ich genug auf Lager.

Meine Lässigkeit war jedoch nur Fassade. In meinem Inneren war ich ein Wrack. Ein riesiges supergroßes Häuflein Elend. Jedes Mal, wenn ich mir vorstellte, Evan zu küssen, blitzte das Bild von jenem Nachmittag in mir auf, als wir uns beinahe in seinem Zimmer geküsst hatten.

Ich wusste nicht, was dort passiert war. Vielleicht waren meine Emotionen schon angespannt gewesen wegen meines Dads und ich hatte meine Deckung fallen lassen. Aber ich hatte beinahe die Kontrolle verloren. Und, was noch seltsamer war, es war die Angst vor dem Kontrollverlust gewesen, die mich da rausgerissen hatte. Obwohl ich ihn hatte küssen wollen – es wirklich, wirklich gewollt hatte –, hatte ich es nicht getan. Ich konnte nicht. Weil ich nicht bereit dafür gewesen war.

Doch das war letzte Woche gewesen. Heute war ich voll und ganz darauf vorbereitet. Ich hatte meine Emotionen im Griff und wusste, was ich zu erwarten hatte. Ich hatte sogar online ein paar Artikel übers Küssen gelesen, für den Fall, dass meine dürftigen Erfahrungen nicht genügen sollten. Es gab tonnenweise Material im Internet. Gott sei Dank hatte ich den Monitor ausschalten können, bevor Kimmy und Mom ins Zimmer kamen, sonst hätte ich einiges zu erklären gehabt.

Ich verlagerte mein Gewicht von einem Fuß auf den anderen. »Bist du sicher, dass das ein guter Ort ist?«

»Vertrau mir. Das ist der beste Ort für unsere Show. Alle wissen, dass es der beste Ort ist, um ein bisschen Action zu Gesicht zu bekommen. Und da er sich hinter den Sportschließfächern befindet, kommen kaum Lehrer vorbei.«

»Hmm, ich schätze mal, du musst es wissen.«

»Da kannst du deinen Arsch drauf verwetten.« Evan ließ sich am Spind runtergleiten, bis wir beinahe auf Augenhöhe waren. »Ach, übrigens, meine Mom wollte, dass ich dir einen Korb mit Bananen-Apfel-Muffins mitgebe. Erinnere mich nachher daran, dass ich sie aus dem Kofferraum hole, wenn ich dich zu Hause abliefere.«

»Oh, lecker.« Allein bei dem Gedanken an die Muffins musste ich mir über die Lippen lecken. Jeden Tag gab sie Evan ein paar neue Leckereien mit, für den Fall, dass sie nicht früh genug heimkam, um uns zu sehen. Ich hatte in den letzten Tagen schon zwei Kilo zugenommen. »Warum hast du mir das nicht früher gesagt? Ich hätte sie schon vorhin essen können.«

»Weil ich Bananen hasse. Was, wenn ich die bei unserem Kuss rausschmecke und mich übergeben muss? Das könnte die Leute, was dich betrifft, auf komische Gedanken bringen.«

Ich hob eine Augenbraue. »Oh, bitte. *Ich* beschwere mich ja auch nicht. Ich hätte dich echt zwingen sollen, an der Tankstelle zu halten, damit *du* dir Kaugummis holen kannst.«

»Oh, mach dir mal keinen Kopf. Carly hat mir welche gegeben. Und heute früh habe ich mir extra lange die Zähne für dich geputzt.« Sein perlweißes Lächeln ließ es mich beinahe glauben. Er bedachte mich mit einem langsamen Zwinkern und mein Magen begann zu flattern. »Aber jetzt mal im Ernst, bist du bereit, die Knutsch-Show des Jahrhunderts abzuliefern? Ich weiß ja nicht, wie viel Erfahrung du hast, aber ich habe einen Ruf zu verteidigen, also muss das hier gut aussehen. Andererseits«, schob er hinterher, »musst du dir keine Sorgen machen.«

»Warum nicht?«

»Weil du nicht mal schauspielern musst. Ich glaube ja, du wirst dich so im Augenblick verlieren, dass du ganz vergessen wirst, dass es nur gestellt ist.« Evan stieß ein theatralisches Seufzen aus. »Ich jedoch werde schwindeln müssen, so gut wie ich nur kann.«

Ich wusste, was er da tat. Er versuchte, die Stimmung aufzulockern, damit ich nicht zu sehr darüber nachdachte und nervös wurde. Zu spät. »Ach, halt einfach die Klappe und mach deine Dehnübungen.« Ich schob die Karteikarten hinten in meine Hosentasche.

»Nicht nötig. Schon erledigt.« Evan richtete sich auf und bedeutete mir näherzukommen. Ich legte unbeholfen beide Hände auf seine Schultern, als wären wir in der Tanzschule, und unterdrückte ein Kichern. »Das ist schon ganz gut, aber ich denke, wir sollten noch ein bisschen enger beieinanderstehen. Ich meine, außer du hast vor, mich telepathisch abzuknutschen.«

»Ha, ha.« Ich trat vor und schlang meine Arme um seinen Hals. Im Gegenzug wand er seine Arme um meine Taille.

»Schon viel, viel besser. In Ordnung, Operation Fummel-Show beginnt in Kürze«, flüsterte er, als sein Gesicht nur noch wenige Zentimeter von meinem entfernt war. Er strich mir den Pony aus der Stirn und grinste. »Vorhang auf.«

»Meine Güte, Evan, hat dir schon mal jemand gesagt, dass du ein echter Meister bist, wenn es darum geht, ein Mädchen heißzumachen?«, murmelte ich, gerade als seine Lippen meine berührten, und er musste lachen.

Trotz seiner großen Sprüche hielt Evan sich zurück. Seine Lippen lagen auf meinen, aber das war's. Es war schön – viel besser als die Handvoll Küsse, die ich davor gehabt hatte –, aber etwas fehlte. Als habe er Angst, ich könnte weglaufen, falls er den Kuss vertiefte. Tatsächlich hatte ich immer noch den Drang, abzuhauen, aber nun, da wir schon mal hier waren, verlangte meine perfektionistische Ader danach, das Kommando zu übernehmen. Wenn wir das hier schon taten, dann sollte es auch die beste Kuss-Darbietung werden, die diese Schule je gesehen hatte.

Fest entschlossen, die Sache in meine eigenen Hände zu nehmen, schlang ich meine Arme um seinen Nacken und zog ihn näher. Seine Schultern verspannten sich etwas, aber seine Lippen pressten sich fest gegen meine. Ich ließ einen leisen Seufzer entweichen und berührte mit meiner Zungenspitze seine Lippen. Evan sog den Atem ein und zögerte nur den Bruchteil einer Sekunde, dann übernahm er. Sein Mund öffnete sich und neigte sich über meinen, während seine Arme auf meine Hüften fielen, um mich an seinen Körper zu ziehen und anzuheben. Ich musste mich auf die Zehenspitzen stellen, um den Boden unter den Füßen nicht zu verlieren. Zumindest dachte ich, dass ich stand. Ich war mir nicht ganz sicher, da ich den Boden kaum spüren konnte. Meine Beine hatten sich in Wackelpudding verwandelt. Brei. Eiscreme an einem Sonnentag mit dreißig Grad.

Hmmm. Das war schon eher, wie es sein sollte. Der Kuss begann ziemlich nett zu werden. Okay… wenn nett so viel hieß wie unfassbar und zum Verrücktwerden heiß.

Es war wie… oh Gott, nichts, was ich mir je ausgemalt hatte. Ich hatte über solche Küsse in Romanen gelesen, aber nie geglaubt, dass so etwas möglich wäre. Was sonst konnte die Welt dazu bringen hinwegzuschmelzen und dich alles und jeden vergessen lassen, außer den Menschen vor dir? Die Art, wie er roch. Seine Muskeln und die warme Haut, die unter deinen Fingerspitzen pulsierte. Sein weiches Haar, während deine Finger hindurchfuhren. Und seine Lippen, so weich, aber so unglaublich heiß, ohne zu brennen, während sie sich gegen deine pressten, sich öffneten und bewegten, um dich zu massieren, zu küssen, zu schmecken…

Der erste Gedanke, der mir in den Kopf kam, war, dass Evan nicht gelogen hatte, was seine Erfahrung anging. Tatsächlich hatte er womöglich untertrieben. Das war ein echt unglaublicher Kuss. Und er hatte auch nicht gelogen mit dem Zähneputzen. Er schmeckte angenehm minzig.

Ich weiß nicht, wie lange dieser Kuss dauerte oder wie lange er gedauert hätte, wenn nicht jemand gegen Evan gerempelt wäre, wodurch wir beide gegen die Wand taumelten. Mein Kopf wäre gegen das Anschlagbrett geknallt, wenn er nicht schnell die Hand ausgestreckt hätte, um ihn zu umfangen und den Aufprall zu dämpfen.

Evans Atem kitzelte mein Ohr. »Bist du okay?«

»Ähm, ja, mir geht's gut.« Ich konnte kaum auf etwas

achten als das Gefühl seiner warmen Arme, die mich hielten. Aber irgendwie schaffte ich es, mich von ihm zu lösen und über seine Schulter zu spähen. Durch die schnatternde Menge konnte ich eine schlanke Gestalt hindurchflitzen sehen. Ihr lockiges rotes Haar schwang in einem hochsitzenden Pferdeschwanz hin und her.

Lauren.

Evan folgte meinem Blick. »Wie krass.«

»Was?«

»Lauren hat uns echt geschubst.« Er lachte und schüttelte den Kopf. »Wenn ich es nicht besser wüsste, würde ich behaupten, sie ist eifersüchtig oder so, aber das ist unmöglich.«

Als ich den vertrauten Tonfall bemerkte, in dem er über sie sprach, verschwand das nebelhafte Gefühl dieses Kusses. »Wart ihr … Seid ihr mal miteinander gegangen?«

»Na ja, schon, aber das ist eine Ewigkeit her. Jetzt haben wir nur ab und an mal was miteinander.«

Sein zwangloses Geständnis schmerzte mich. Es erinnert mich daran, dass er nie so ehrlich mir gegenüber wäre, wenn wir wirklich ein Paar wären – was wir jedoch nicht waren.

Für einen Moment hatte ich vergessen, dass wir nur so taten als ob. Ich hatte alles vergessen außer uns. Dieser Kuss war unglaublich gewesen, doch jetzt fühlte er sich befleckt an, schmutzig und *falsch*. Ich stieß Evan von mir und wollte so weit weg von ihm gelangen wie nur möglich. »Das ist toll. Richtig toll. Aber hör zu, ich muss in den Unterricht.« Ich bemerkte kaum den verdutzten Ausdruck auf seinem Gesicht, als ich davonstapfte.

Er brauchte nicht lange, um mich einzuholen. Diese verfluchten kurzen Beine. »Was ist los?«

»Nichts ist los.«

»Warte.« Er schlug sich mit der Hand vor die Stirn und seufzte. »Ich weiß, was es ist.«

Mein Herz blieb stehen und alles verschwamm. Er konnte es nicht herausgefunden haben. Ich verstand ja selbst kaum, was los war. »Ach ja?« Ich kaute auf meiner Unterlippe.

»Ja, nichts, was dir peinlich sein müsste. Gib es einfach zu.«

»Was?«

»Gib zu, dass du voll in dem Kuss aufgegangen bist, wie ich es vorhergesagt hatte.« Jetzt mal im Ernst, sein Grinsen hätte nicht noch breiter sein können.

Ich senkte den Blick zu Boden und tat seine Bemerkung mit einem Lachen ab, wobei mir klar war, dass es ziemlich schwach klang. Selbst in meinen Ohren. »Also bitte.« Ich begann schneller zu laufen, aber er folgte mir mühelos.

»Bitte küss mich wieder?« Evan lachte, schlang die Arme um mich und zog mich an sich – halb Umarmung, halb Schwitzkasten. »Komm schon, gib es zu. Komm schon. Komm schon.«

»Na gut, na gut!« Ich lachte und machte mich von ihm los. »Du warst … zufriedenstellend, würde ich sagen.«

»Das geht in Ordnung für mich. Zu dumm, dass du es nicht warst.«

Ich blickte zu ihm auf und erwartete ein Lächeln zu sehen. Zu meiner Überraschung war sein Gesichtsausdruck ernst. Und um die Sache noch schlimmer zu machen, fing er meinen Blick auf und schüttelte enttäuscht den Kopf. Eine heiße Röte kroch mir in die Wangen. »Nun, ich kann zwar nicht mit deiner Erfahrung mithalten, aber …«

»Das ist mehr als offensichtlich. Ich meine, da war einfach viel zu viel Zunge dabei. *Viel* zu viel.«

Das verräterische Grübchen in seiner Wange erschien, bevor er den Kopf abwenden konnte. Ich schubste ihn auf die andere Seite des Flurs. »Gott, du bist echt nervtötend.«

«Aber du magst mich trotzdem.« Evan fuhr sich mit den Fingern durchs Haar und verwuschelte es noch mehr, als ich es getan hatte, dann rückte er den Riemen seiner Tasche über der breiten Schulter zurecht. »Ich hab doch nur Spaß gemacht. Du küsst toll. Um nicht zu sagen perfekt. Und dieser Kuss. Wow. Ich meine, das war einfach nur … unglaublich. Magisch. Ich glaub echt, ich hab kurz Sterne gesehen, und das nicht wegen eines Hirnschadens durch deine Misshandlungen.«

»Sch!« Ich konnte sehen, wie sich die Leute nach uns umdrehten und uns anstarrten, als wir vorbeigingen. Ich versuchte, seinen Mund zuzuhalten. »Musst du so laut sein?«

»Was kümmert es mich, wenn die Leute von unserer *Lüüübe* hören.« Evan dehnte das Wort, als würde er singen. Er duckte sich in dem Moment, als ich ausholte, um ihm eine zu verpassen. Stattdessen packte er meine Hand und zog mich näher an sich. »Ich bin ganz still, wenn du mich zu Sozialkunde begleitest.«

Ich unterdrückte das Grinsen, das sich in meinem Gesicht breitmachte. »Na schön.«

Seine Hand schloss sich fester um meine. »Tja, dann komm. Du willst doch nicht, dass ich zu spät komme, oder?«

Unsere Arme schwangen zwischen uns vor und zurück, und ich war überrascht, wie wohl ich mich plötzlich fühlte. Wie schön es war, einfach zu lachen und sich keine Sorgen zu machen, wer zusah und wer nicht. Und einfach zu tun, was wir wollten.

Dennoch … ich konnte nicht anders, als mich zu fragen, ob er diesen Augenblick genauso genoss wie ich. Oder ob das alles sich nur in meinem Kopf abspielte.

11

Taylor

Danke für die Snacks«, sagte ich über die Schulter hinweg zu Brian. Mein Blick klebte am Computerbildschirm, während ich die Liste mit den Checkpunkten für den Karriere-Tag abtippte, die ich an Mr Peters schicken wollte. »Ich weiß, ich hätte mich auf das Treffen vorbereiten sollen, aber ich hab noch so viel nachzuholen für die Veranstaltung.«

»Ist schon okay. Du weißt, ich helfe gerne.«

»Ja, ich kann immer auf dich zählen. Deswegen nutze ich dich auch so skrupellos aus.«

Brian kicherte und lehnte sich gegen die Tischkante. »Wow, danke, dass du so offen bist.«

Ich bedachte ihn mit einem frechen Grinsen. »Gern geschehen.«

Die nächsten Minuten schwiegen wir, aber es war ein angenehmes Schweigen, während wir beide arbeiteten. Endlich klickte ich auf Senden, schwang mich auf meinem Sessel herum und reckte triumphierend die Hände in die Luft. »Und, brauchst du mich noch für was anderes?«

»Nö, ich bin fertig.« Er checkte sein Handy, bevor er es in seine Tasche zurückschob. »Bald müssten auch alle anderen hier sein.«

Mit einem Nicken griff ich nach der Tüte mit den Salzbrezeln und verputzte sie innerhalb von Sekunden. Ich war so aufgeregt gewesen, als Mr Peters mir heute die Betreuung des Karriere-Tags wieder anvertraute, dass ich zu Mittag kaum was runterbekam. Dafür hatte ich jedoch genug Zeit, an Lin vorbeizugehen und sie mit einem selbstgefälligen Grinsen zu bedenken, bevor ich die Cafeteria verließ.

»Also …« Brian räusperte sich ein paarmal, bevor er weitersprach. »Ich wollte dich noch was wegen Evan fragen.«

»Hmm?« Mit vollen Backen schluckte ich und griff nach der nächsten Tüte – diesmal Chips. »Was ist mit ihm?«

Er zuckte mit den Schultern. »Es ist nur irgendwie komisch. Ich meine, es ist keine zwei Wochen her, da hast du mir gesagt, dass zwischen euch beiden nichts ist. In genau diesem Zimmer. Und jetzt seid ihr zusammen?«

Mein Blick huschte zu der Tüte in meinen Händen. Hegte er einen Verdacht? Es war mies von mir, ihn anzulügen, aber ich hatte keine Wahl. Ich konnte Brian die Wahrheit nicht sagen. »Ich habe nie gesagt, dass da nichts zwischen uns ist. Ich habe nur gesagt, dass in der besagten Nacht nichts passiert ist.«

Er hob die Augenbrauen. »Und jetzt?«

»Äh …« Moment, fragte er mich gerade, ob Evan und ich Sex hatten?

Als ihm dämmerte, was er da sagte, liefen seine Wangen tiefrosa an – wahrscheinlich spiegelten sie mein eigenes heißes Gesicht wider. »Nein, ich wollte nicht … Was ich *meinte*, war, dass ich überrascht bin, dass ihr beiden zusammen seid. Ihr seht nicht aus, als würdet ihr zueinander passen. Ihr seid so grundverschieden.«

In meinem Kopf flackerten Erinnerungen an meine Gespräche mit Evan auf. »Das dachte ich auch, aber er ist wirklich nicht so schlimm, wie alle denken.«

»Echt? Ich habe nämlich den Eindruck, als seien ihm die Schule, das Studium und alles eher egal. Du weißt schon, all die Dinge, die dir so wichtig sind.«

Bei seinen Worten wurde ich still. Unsere Beziehung schien nicht logisch, weil Evan und ich zusammen nicht logisch *waren*. Brian hatte mich erwischt. Er sah die Dinge, wie ich sie sah. Die Schule und die Columbia waren mein Leben. Und obwohl ich versucht hatte, Evan nach den College-Bewerbungen zu fragen, die ich ihm vor ein paar Tagen gegeben hatte, gab er mir nie eine klare Antwort. Egal wie oft ich das Thema auch anschnitt. Ich meine, anfangs schien er interessiert, aber ich hatte keine Ahnung, ob er seine Meinung geändert hatte.

Doch nichts davon spielte eine Rolle, da wir nicht *wirklich* in einer Beziehung steckten. Es war egal, dass wir uns nicht für dieselben Dinge interessierten und keine Gemeinsamkeiten hatten. Es war egal, dass unsere Erfahrungen, was Beziehungen anging, sich an jeweils entgegengesetzten Polen einer Skala befanden. Oder dass seine ehemalige Friends-with-benefits-Affäre Lauren die pure Sexualität verkörperte, während ich mehr so das Chormädchen war. Ein Chormädchen, das die ganze Zeit nur lernte, um irgendwann mal Nonne zu werden.

Es war egal, denn wir planten nicht, in den Sonnenuntergang davonzureiten und glücklich bis ans Ende unserer Tage zu leben. Das hier war nur ein Vertrag. Eine Abmachung.

Das Hoch wegen des Karriere-Tags verblasste und mein Appetit war verschwunden. Ich zerquetschte die verbliebenen Chips in der Tüte zu Krümelchen. »Wir gehen nur miteinander. Es ist nichts Ernstes.«

Nachdenklich nickend rutschte Brian rüber und beugte den Kopf zu mir runter. Er knuffte mich spielerisch mit seinem Ellbogen. »Trotzdem musst du doch zugeben, dass er nicht unbedingt der Typ Junge ist, den man zu seinen Eltern heimbringt. Kannst du dir vorstellen, was für einen Herzanfall deine Mom bekommen würde?« Sein theatralischer Ausdruck blanken Entsetzens brachte mich zum Kichern.

Bei dem Gedanken, wie Evan mit meinen Eltern in einem Zimmer saß, konnte ich nicht anders und musste noch heftiger lachen. »Nein, da hast du absolut recht.«

»Klopf-klopf.«

Wir blickten beide auf. Evan stand in der Tür. Er hatte ein lockeres Lächeln aufgesetzt, aber es war nicht sein normales Lächeln. Es wirkte gezwungen.

»Vielleicht hätte ich wirklich klopfen sollen.« Er hob die Hand und pochte gegen die schwere Holztür, dann trat er ein.

Wie lange stand er schon dort? Hatte er uns gehört? Plötzlich wurde mir bewusst, wie nah Brian und ich saßen, und ich rückte betreten ein paar Zentimeter ab. »Hey, was machst du denn hier?«

»Ich wollte nur nachfragen, ob du jemanden brauchst, der dich heimfährt. Ich könnte später vorbeikommen und dich abholen.«

Brian verschränkte die Arme und richtete sich auf. »Nein, ist schon okay, ich kann sie später heimfahren. Das liegt auf meinem Weg. Wir wollen dir nicht zur Last fallen.«

Evans Lächeln wurde breiter. »Nein, das ist cool. Taylor könnte mir nie zur Last fallen.«

»Aber …«

»Ähm, Jungs, hallo?« Ich wedelte mit den Händen vor ihren Gesichtern herum, um ihre Aufmerksamkeit auf mich zu lenken. »Ich habe schon mit Carly ausgemacht, mit ihr heimzufahren. Wir gehen nachher noch ins Einkaufszentrum, also muss keiner von euch beiden mich fahren.«

»Oh.« Brian ließ sich wieder auf den Tisch sinken.

»Okay, ich dachte nur, ich frag mal nach.« Evan warf Brian einen Blick aus dem Augenwinkel zu, dann kam er zu mir rüber und gab mir einen flüchtigen Kuss auf die Wange. »Ich melde mich später bei dir.«

»Okay«, wiederholte ich und hatte das Gefühl, etwas Grundlegendes nicht mitbekommen zu haben. Ich wünschte, Carly könnte mir erklären, was gerade passiert war, denn ich hatte keine Ahnung.

Meine Physikhausaufgaben trieben mich wortwörtlich in den Wahnsinn.

Biologie war einfach zu verstehen, denn es war etwas, was ich mir vorstellen, was ich sehen konnte – auch wenn ich das Sezieren der Meerschweinchen hasste. Sogar Chemie verstand ich bis zu einem gewissen Grad. Aber Physik? Wie bitte sollte ich den Zusammenhang zwischen Beschleunigung und der Masse eines Objekts erkennen, geschweige denn sie berechnen?

Es war auch nicht besonders hilfreich, dass ich zusätzlich einen echt miesen Lehrer hatte. Mr Higgins war für zweierlei Dinge berühmt. Erstens: seine Schwäche für unangekündigte Tests. Und zweitens: die Liebe für seinen Sohn, Adrian, den berühmten Doktor. Alles, was man tun musste, war, ihn nach seinem Sohn zu fragen, und er laberte die liebe lange Stunde durch. Das Problem war, ihn wieder zum Schweigen zu bringen.

Ich zupfte an meiner dunkelblauen Leggins und beobachtete meine Eltern bei der Gartenarbeit draußen. Mom alberte mit einer Gießkanne herum und tat so, als würde sie Dad begießen. Er schüttelte sich wie ein Hund, bis sie vor Lachen quietschte. Oreo flitzte herum und bellte erfreut über ihre Neckereien.

Obwohl sie seit acht Jahren verheiratet waren, waren sie immer noch turteltaubenmäßig verknallt wie zwei Teenager. Wenn auch ich bereits das Ende meiner Teenie-Jahre ansteuerte und mich nie so aufgeführt hatte.

Mein Blick schwenkte zu meinem Spiegelbild in der glänzenden Fensterscheibe. Ich fasste mein Haar zu einem Pferdeschwanz zusammen und drehte den Kopf von einer Seite zur anderen. Diese schlichte Frisur betonte mein Gesicht – und das nicht auf die gute Art und Weise. Sie ließ mein Gesicht länger und schmaler wirken. Meine Lippen schienen im Vergleich wulstig. Und mein dunkles Haar sah fad und leblos aus, wie es da glatt und schaff herunterhing. Warum konnte mein Haar nicht etwas lockig oder gewellt sein, sodass es natürlichen Schwung hätte wie bei …

Verdammt. Ich tat es schon wieder. Ich hatte mich unbewusst mit Lauren verglichen, seit Evan mir von ihrer Beziehung erzählt hatte. Und jedes Mal, wenn ich sie mir beide zusammen vorstellte, tat sich da dieses Loch in meinem Magen auf.

»Ich bin nicht eifersüchtig. Und ich stehe nicht auf Evan«, wiederholte ich im Singsang wie ein Gelöbnis. »Das ist ein rein geschäftliches Abkommen. Keine Gefühle, keine Emotionen erlaubt. Gar keine. Steht im Vertrag.«

Aus den Augen, aus dem Sinn. Heute hatte ich einen Tag frei von den Augen und Ohren all der Leute an der Schule – und das würde ich genießen.

Ich kaute am Ende meines Kulis und war gerade damit beschäftigt, zu bestimmen, bei welcher Geschwindigkeit eine 6-Gramm-Kugel bei einem freien Fall von einem 7 Meter hohen Gebäude aufschlagen würde, als ich eine Autotür zuknallen hörte. Mein Gehirn nahm keine weiteren Informationen auf, als die Tatsache, dass das Geräusch von draußen kam.

Die nächsten paar Minuten herrschte wieder Stille, also verschwendete ich keinen Gedanken mehr daran. Bis ich meine Mutter wie wild in meine Richtung wedeln sah, während sie sich mit einem Jungen neben ihr unterhielt.

Meine Augen wurden ganz groß, bis ich das Gefühl hatte, sie müssten mir aus dem Kopf fallen. Was tat er …? Warum war er …? Ich schoss von meinem Platz auf und war innerhalb von Sekunden draußen. Ich hätte diese Schultern und dieses strubbelige blonde Haar überall erkannt. Aber was zum Henker machte Evan in meinem Garten? Und warum redete er mit meinen Eltern?

»Taylor, dein Freund Evan ist vorbeigekommen, um dir einen Besuch abzustatten. Ist das nicht nett von ihm?«, rief Mom aus, als ich schlitternd vor ihnen zum Stehen kam.

»Ja, sehr nett.« Ich hoffte, mein Gesicht war nicht so angespannt, wie es sich anfühlte. Meine Wangen waren wie steifes Gummiband frisch aus der Packung. Ich strich mir den Pony aus der Stirn, nur um zu bemerken, dass die Ärmel meines schlabbrigen grauen Pullis mir über die Hände rutschten. Ich schob beide Ärmel hoch. »Was tust du hier?«

Sein Lächeln war locker und ganz natürlich, als wäre es ganz und gar nicht merkwürdig, dass er urplötzlich vor meinem Haus auftauchte und mit meinen Eltern plauderte. Kimmy klebte an seiner Seite und strahlte ihn an, als wäre er ihr Märchenprinz höchstpersönlich. Ich konnte förmlich die Comic-Herzen aus ihren Augen sprühen sehen. »Ich war in der Gegend und habe mir überlegt, wir könnten etwas unternehmen. Es ist so ein schöner Tag und ich dachte, du wärst draußen. Tut mir leid, falls ich störe.«

Mom hakte sich bei ihm unter. »Nein, nein, das ist in Ordnung. Taylor hat nie Besuch, weil sie immer lernt. Um ehrlich zu sein, wusste ich gar nicht, dass sie noch andere Freunde hat außer Carly und Brian, obwohl er nie hier vorbeikommt. Auch wenn Taylor es sich wünscht.«

»MOM!«

Ihre blauen Augen blickten groß und unschuldig, als sie zu mir schaute. »Was denn, Liebes? Stimmt doch. Du brauchst dich nicht zu schämen.«

Ach ja? Warum fühlten meine Wangen sich dann an, als würden sie vor Scham verdampfen? Die Frau brachte mich mit jedem weiteren Kommentar um.

Bevor ich etwas erwidern konnte, wandte sie sich wieder an Evan und schwang ihr Haar über die Schulter wie ein verknallter Teenager. *Klimper. Wusch.* Es hatte ganz den Anschein, als hätten sie und Kimmy den Evan-McKinley-Fanclub gegründet. »Warum geht ihr beiden nicht rein? Ich glaube, wir haben noch frisch gepresste Limonade im Kühlschrank.«

»Eigentlich hab ich die schon getrunken«, gab ich zu, und sie bedachte mich mit einem tadelnden Blick.

»Nun, wenigstens Cola müsste es noch geben …«

»Ist schon okay.« Evan ließ sein strahlendes Lächeln sehen, von dem ich wusste, dass es Brandon stolze siebentausend Dollar gekostet hatte. Doch sein Stiefvater lachte zuletzt. Evan hatte mir erzählt, dass das Zähneziehen höllisch wehgetan hatte und er drei Jahre lang eine Zahnspange ertragen musste. Doch heute hätte man ihm das nie im Leben angesehen. Zumindest ich nicht. Ich hatte nur geglaubt, er sei einer dieser nervigen Leute, die von Natur aus schön waren.

»Eigentlich habe ich gerade gedacht, ob ich Ihnen nicht beim Unkraut jäten helfen könnte.« Er schob die Hände in die Hosentaschen und neigte den Kopf. »Wenn es Ihnen nichts ausmacht.«

Okay, das musste ein Traum sein. Nicht nur, dass Evan McKinley bei mir zu Hause war, nein, er wollte auch noch Gartenarbeiten verrichten. Indem er *gratis* Handarbeit anbot.

Dad stürzte sich auf ihn. »Nun, ich werde die Hölle tun und Nein sagen.« Er schlang den Arm um Evans Schulter. »Du könntest den Teil hier fertigmachen. Soll ich dir zeigen, wie es geht?«

»Das wäre super.«

Mom rückte näher zu mir, während sie sich unterhielten. »Sag, wie gut kennt ihr beiden euch eigentlich?«

Ich tat so, als wüsste ich nicht, worauf sie hinauswollte. »Nicht so gut. Wir sind jetzt schon eine Weile an derselben Schule, aber wir hatten nie zusammen Unterricht.«

In diesem Moment trottete Oreo zu Evan rüber und rollte sich direkt neben ihm auf den Rücken. Während er meinem Dad zuhörte, ging Evan in die Hocke und kraulte Oreo am Bauch. Sein Schwanz schlug vor Vergnügen ins Gras.

Mom verschränkte die Arme und bedachte mich mit einem wissenden Blick. »Ach wirklich? Denn Oreo scheint anderer Meinung zu sein.«

Ich lief rot an und band mein Haar zu einem Pferdeschwanz, damit ich etwas zu tun hatte. »Wie nett von dir, Mom. Du glaubst also lieber dem Hund als deiner eigenen Tochter?«

»Tja, Oreo kann nicht lügen. Du sehr wohl. Immerhin bist du ein Teenager.« Sie strich ein paar Strähnen hinter meine Ohren. »Zumindest glaube ich das. Manchmal bin ich mir nicht sicher, wie alt du bist.«

»Ha, ha.«

Mom bedachte mich mit einem schiefen Grinsen. »Komm schon, Cole. Ich bin sicher, die beiden kriegen das hin. Es geht um Unkrautjäten, nicht Weltraumtechnik.«

»Aber es ist wirklich kompliziert …«

»Wie kompliziert kann das schon sein? Ihr reißt alles raus, außer dem Gras. Ich denke, selbst Taylor wird das hinkriegen«, zog sie mich auf und knuffte mich mit dem Ellbogen in die Schulter. »Komm mit, Kimmy.«

Dad lachte. »Du hast recht.« Sie gingen beide ein paar Schritte weiter zu dem Teekesselbrunnen, den sie in Chinatown gekauft hatten – eine erdverschmierte Hand in der anderen. Oreo flitzte hinüber, um sich zu ihnen zu gesellen. Kimmy bedachte uns mit einem traurigen Blick, aber sie folgte unseren Eltern.

»Was tust du hier?«, zischte ich durch mein gepresstes Lächeln hindurch.

Evans Grinsen wurde im Sonnenschein noch strahlender. »Du durftest meine Eltern schon kennenlernen, also dachte ich, es ist nur fair, wenn ich deine kennenlerne.«

»Ich habe deine *versehentlich* getroffen.«

»Reine Formsache.« Er klopfte auf das Rasenstück neben sich. »Und? Wirst du mir jetzt helfen oder nicht?«

Ich war tatsächlich versucht es zu tun, aber ich riss mich zusammen. »Ich habe zu tun«, erwiderte ich und zeigte mit dem Daumen Richtung Haus. »Ich muss noch meine Physikhausaufgaben fertigmachen.«

»Ach, komm schon, die kannst du später machen. Wenn du willst, kann ich dir helfen.«

»Du?«

Evan hob eine Augenbraue. »Ja, Miss Ich-weiß-alles-besser. Meine Wenigkeit. Ich werde dir schon zeigen, dass ich ein Händchen für Physik habe. Die Eins in diesem Fach rettet mich vor meiner Drei in Spanisch.«

»Du hast eine Drei in Spanisch?«

»*Oui.* Kaum zu glauben, was?«

Das war mal sicher. Ich unterdrückte ein Lachen und verlagerte mein Gewicht von einem Bein aufs andere, dann gab ich nach. *Ach, was soll's.* Ich konnte eine Pause gebrauchen.

Die Formeln blieben sowieso nicht hängen. Und es war wirklich ein schöner Tag. Sonnig, aber immer noch so wolkig, dass es genug Schatten gab. Es wehte sogar eine leichte Brise, die alle paar Minuten auffrischte. Ich ließ mich neben ihm nieder und begann Unkraut zu zupfen.

»Also…«, begann er und rutschte näher, »…ist Brian noch nie hier gewesen?«

»Nein.«

»Witzig, dabei scheint er ganz der Typ Junge zu sein, den du deinen Eltern gern vorstellen würdest.« Die Selbstgefälligkeit in seiner Stimme war kaum zu überhören.

Seine Worte schrillten in meinem Kopf. Ich wirbelte herum und konnte einen belustigten, zufriedenen Ausdruck auf seinem Gesicht sehen. »Du hast unser Gespräch gestern mitgehört?«

Evan verdrehte die Augen. »Na ja, ist ja nicht so, als hättet ihr geflüstert.«

Ich wusste nicht, was ich sagen sollte, also ließ ich den Kopf tiefer sinken und tat so, als wäre ich voll drauf konzentriert, Wurzeln aus der Erde zu buddeln.

»Versteh mich nicht falsch. Brian wäre natürlich der perfekte Junge, um ihn mit nach Hause zu bringen. Er ist tadellos. Geradezu ekelhaft tadellos.« Er senkte die Stimme. »Vielleicht könntet ihr ja was anfangen, wenn wir mit unserer kleinen Sache hier durch sind.«

Es war nicht so, als hätte ich das letzte Jahr nicht selbst schon hundertmal darüber nachgedacht. Brian erfüllte jeden Punkt auf meiner Liste eines perfekten Jungen. Aber ich war immer davon ausgegangen, dass das später passieren würde. »Ja, vielleicht.«

Bei meiner Antwort wurde sein Ausdruck etwas nachdenklich. Er starrte mich noch eine Weile an, dann machte sich ein Grinsen auf seinem Gesicht breit. »Aber am Ende würde es sowieso nicht klappen. Es kann gar nicht.«

Ich wollte eigentlich nicht nachfragen, aber meine Neugier überwog. »Warum nicht?«

»Weil ihr beide zu klug seid. Und damit meine ich, *zu* klug. Eure Kinder würden allesamt superböse Genies werden, die die Weltherrschaft an sich reißen wollen oder so.«

Ich prustete so laut los, dass Mom und Dad zu uns rüberschauten. Ich rückte näher zu Evan, damit sie mich nicht hören konnten. »So habe ich das noch nie betrachtet.«

»Es stimmt aber. Du könntest die Welt allerdings retten, indem du mit mir zusammenbleibst statt mit ihm.«

»Tja, ich nehme an, dann musst du mich ab jetzt wohl Wonder Woman nennen.«

Jetzt war er an der Reihe loszuprusten. »Ich hätte nichts dagegen, dich in dem Kostüm zu sehen.« Er musterte mich von oben bis unten in meinem grauen Pulli und der Leggins und setzte ein anzügliches Grinsen auf. »Definitiv etwas, was du dir für nächstes Halloween überlegen solltest.«

Ich setzte mich ins Gras und zog meine Beine an mich, um meine Brust zu verdecken. »Du musst nur nach New York kommen und mich an der Columbia besuchen, dann wirst du es ja sehen. Außer du bist sowieso in der Nähe.«

»Ja, vielleicht.«

Evan wandte sich ab und konzentrierte sich wieder aufs Jäten, wobei er wieder mal erfolgreich das Gespräch abbrach – wie immer, wenn ich das Thema Studium anschnitt.

Ich legte mein Kinn auf den Knien ab und wiegte mich vor und zurück. Wer hätte das gedacht? Dass ich, Taylor Simmons, mal mit Evan McKinley Unkraut jäten würde? War das nicht etwas, was alte Ehepaare taten?

Obwohl jedes Mädchen an der Schule auf ihn scharf war, war ich es nie gewesen.

Okay, natürlich wusste ich das große, gut gebaute Exemplar Mann zu schätzen, das er nun mal war, aber eigentlich war er mir zu … kräftig. Ich musterte seine Gesichtszüge. Obwohl man nicht abstreiten konnte, dass er gut aussah, wie er da in Jeans und Pulli in der Erde grub.

Er blickte auf und erwischte mich eiskalt beim Glotzen. *Mist.* Sofort ließ ich den Blick sinken und fiel über das Unkraut vor mir her, als wäre es Laurens Haar. Oder als wäre es schuld, dass ich durch eine Prüfung gefallen wäre. Er lachte in sich hinein, aber er sagte nichts. Gott sei Dank. Trotzdem wagte ich es nicht, aufzuschauen, bis mein Gesicht aufgehört hatte zu brennen.

Der grüne Daumen war definitiv nicht vererblich, denn sowohl Mom als auch Dad liebten es, zu gärtnern, während Kimmy und ich kaum den Unterschied zwischen nasser Erde und Schlamm kannten. Doch das Unkrautjäten selbst war nicht so schlimm. Es lenkte mich ab. Ich konzentrierte mich lediglich auf die vor mir liegende Aufgabe. Ein Unkraut entdecken und daran rütteln, bis die Wurzel sich lockerte. Mom hatte recht. Es war echt keine Weltraumtechnik.

Es dauerte nicht lange, bis Mom und Dad ihre Hände abklopften und aufstanden. »Ich denke, wir sollten für heute Schluss machen. Es wird bald dunkel«, sagte Dad und begann damit, die Spaten und Schaufeln vom Boden aufzusammeln.

»Ich lege mit dem Abendessen los. Du bleibst doch zum Essen, nicht wahr, Evan?«

»Aber klar doch, Mrs Simmons.«

Als sie fort waren, stand Evan auf und streckte sich. Trotz meines Vorsatzes, es nicht zu tun, musste ich hinschauen, als er seine Schultern rollte, um die Verspannungen zu lösen. Er bückte sich, pflückte einen Löwenzahn von dem Haufen mit dem Unkraut und steckte ihn mir ins Haar. Ich hätte nie gedacht, dass diese Geste romantisch sein könnte, aber meine Knie wurden ein bisschen weich. Noch nie hatte mir jemand Blumen geschenkt. »Komm. Lass uns noch ein bisschen draußen bleiben und entspannen.«

»Aber meine Hausaufgaben …«

»Die können wir in zwanzig Minuten auch noch machen.«

Ich kam stolpernd auf die Beine und folgte ihm zur Hängematte unter der Eiche am anderen Ende des Gartens. Er stürzte sich drauf, als sei es ein Trampolin. Sie geriet gefährlich ins Schwanken, aber mit seinen seitlich abgestützten Armen schaffte er es, das Gleichgewicht zu halten. Als sie endlich langsamer wurde, ließ Evan sich nach hinten sinken. Er stemmte den rechten Fuß gegen den Baumstamm und stieß sich ganz leicht damit ab, während sein anderes Bein knapp über dem Boden baumelte.

Erst saß ich auf der Hängematte, aber durch das Geschaukel kippte ich nach hinten und endete liegend neben ihm, die Arme über der Brust verschränkt.

Er ließ ein leises Kichern hören. »Du machst das nicht besonders oft, was?«

»Was? Gärtnern?«

»Locker lassen. Nicht immer so angespannt sein.«

»Ich bin nicht angespannt.«

»Ach ja?«

Plötzlich streckte Evan die Hand aus und strich mir mit einem erdverschmierten Finger über die Wange. Ich erstarrte. Ich wusste, er erwartete, dass ich sie wegwischen würde. Aber ich war mir mehr seiner Hand auf meinem Gesicht bewusst als des Drecks, der mit Bakterien und den Überresten diverser Würmer und Käfer gefüllt war – na gut, womöglich war ich etwas mehr als nur angeekelt.

Ich legte meine Wange an seine Schulter und rieb sie absichtlich an seinem Pulli. Er kicherte ein bisschen, aber er rührte sich nicht.

Wir schwangen in der Hängematte vor und zurück. Seite an Seite. Lediglich unsere kleinen Finger berührten sich. Ich hielt den Blick weiterhin auf den Himmel gerichtet und schob meine Hand noch etwas näher und stupste ihn an. Aus dem Augenwinkel konnte ich sehen, wie er einen Blick in meine Richtung warf, dann verhakte er seinen kleinen Finger mit meinem, verband uns miteinander, als würden wir einander versprechen, ein Geheimnis für uns zu behalten. Was wir, auf gewisse Art, auch taten.

Nach dem Abendessen, während Evan und Mom beim Geschirrspülen dicke Freunde wurden, saß ich am Küchentresen und blickte aus dem Fenster. Jenseits des Zauns am Horizont war nur noch ein rosa-orangener Hauch zu sehen. Die Sterne kamen bereits heraus.

Evan schnupperte ein paarmal in der Luft. »Okay, ich schwöre, ich dachte beim Abendessen schon, dass ich durchdrehe, aber ich muss es fragen: Gibt es hier irgendwo Apfelkuchen oder so was in der Art? Ich hab die ganze Zeit den Geruch in der Nase.«

Mom lachte und reichte ihm die Teller, die sie gerade abgespült hatte, damit er sie abtrocknen konnte. »Nein, aber schön wär's. Ich mag einfach den Geruch von Apfel und Zimt.«

»Ich auch, obwohl ich auch zu einem Apfelkuchen nicht Nein sagen würde«, erwiderte er mit einem Grinsen. »Aber das Abendessen war echt lecker. Danke, Mrs Simmons.«

Sie wedelte mit ihrer schaumigen Hand durch die Luft. »Es freut mich, dass es dir geschmeckt hat. Komm jederzeit wieder, wenn du magst.«

Dad und Kimmy ließen sich links und rechts von mir mit ihren Eiscremeschüsseln nieder. »Ja, im Ernst, komm jederzeit vorbei. Wenn du nicht da bist, kriegen wir nie so leckeres Essen«, sagte Dad mit einem Grinsen.

Mom warf ihm einen tadelnden Blick zu. »Willst du damit sagen, dass ich normalerweise nicht so gut koche?«

»Nein, nur nicht *so* gut.« Sein Grinsen wurde breiter. »Ich liebe dich.«

Sie verdrehte die Augen und wandte sich wieder dem Spülbecken zu.

Kimmy zupfte an ihren braunen Locken und hatte ein seltsam verträumtes Gesicht aufgesetzt. »Ja, Mom, du hast das Kartoffelpüree ganz cremig und fein gemacht, weil Evan gesagt hat, dass er sein Püree gern so mag. Ich mag ja die Klümpchen, die du sonst …«

Dad stand von seinem Platz auf und verstrubbelte ihr Haar, um sie zu unterbrechen, bevor Mom durchdrehte. »Tja, Klümpchen hin oder her, ich fand's jedenfalls köstlich.«

»Ganz Ihrer Meinung.« Evan ließ das Geschirrtuch auf die Arbeitsplatte fallen und kam zu mir geschlendert. Zu meiner Überraschung zog er seinen grün-grauen Pulli aus und wickelte ihn um meine Schultern. »Du siehst aus, als ob dir kalt wäre. Bist du bereit für ein bisschen Physik-Spaß?«

Meine Lippen verzogen sich zu einem so breiten Grinsen, dass meine Wangen wehtaten. »Ich habe die Worte *Physik* und *Spaß* noch nie zusammen in einem Satz gehört.«

»Und ich dachte, wir hätten schon klargestellt, dass du gar nicht weiß, was der Begriff *Spaß* überhaupt bedeutet?«, witzelte er und ließ sich auf den Platz meines Dads neben mir fallen. Er schnappte sich meinen Block und mein Physikbuch.

»Taylor?« Auf meiner anderen Seite zupfte Kimmy mich am Arm. Ihre blauen Augen blinzelten mich an, ein verblüffender Blauton, der so anders war als meine öden braunen Augen. Sie funkelten vor Aufregung. »Ist Evan dein Freund?«

Ich spähte zu Evan rüber, aber der war damit beschäftigt, durch mein Physikbuch zu blättern. Seine Stirn zog sich zusammen, während er sich mit einem Bleistift in der Hand die Aufgabenstellung durchlas. Ich legte meinen Arm um ihre kleinen Schultern und beugte mich runter.

»Ja, ist er«, flüsterte ich ihr ins Ohr, und es störte mich kein bisschen, dass sie es wahrscheinlich später Mom weitererzählen würde. Oder dass Mom ausflippen würde.

Es störte mich nicht einmal, mir einzugestehen, wie schön sich das anhörte.

12

Evan

Valentinstag.

Normalerweise ein Tag, den ich mied wie die Pest. Nicht nur wegen der unerträglichen Pärchen, die sich den ganzen Tag über anschmachteten, sondern weil alle Single-Tussis auf Beute aus waren. Was nicht immer schlimm war, bis man mit einer von ihnen am Valentinstag was anfing. Dann glaubten sie nämlich, dass es Schicksal wäre oder irgend so ein Mist, und klammerten noch mehr. Glaubt mir.

Aber dieses Jahr war es anders. Dieses Jahr hatte ich eine Freundin – Gott, es klang echt immer noch schräg, es zu sagen –, oder was auch immer Taylor und ich waren. Wir waren nicht richtig zusammen, aber wir waren weitaus mehr als nur normale Freunde. Es machte Spaß, Zeit mit ihr zu verbringen. Und sie konnte verdammt gut küssen. Was das anging, log ich nicht. Dieses Mädchen verfügte über die Fähigkeit, mich innerhalb von Sekunden scharfzumachen. Und ich nutzte mit Freude jede Gelegenheit, sie mich in der Öffentlichkeit küssen zu lassen.

Ganz zu schweigen von Brandon, der weniger Müll über

mich verzapfte, wenn Taylor dabei war. Mom schien ebenfalls glücklicher deswegen.

Wie auch immer, ich hatte mir überlegt, sie mit Blumen zu überraschen, wenn ich sie vor der Schule abholte. Als eine Art Dankeschön, weil sie mein Leben die letzten Wochen erträglicher gemacht hatte. Taylor war wahrscheinlich mehr der Typ für rosa Rosen als für rote. Rosa schien netter.

Als ich nach meinen Schlüsseln auf dem Tisch neben der Tür griff, warf ich versehentlich Moms Tagesplaner runter. Kleine Visitenkarten und Post-it-Zettel segelten über den Boden. Mom war echt ein Messie, wenn es um Visitenkarten ging.

»Verdammt.« Ich begann gerade damit, alles aufzusammeln, als ein Brief mir ins Auge fiel. Eine Karte mit einer vertrauten Handschrift obenauf. *Dads* Handschrift. An Mom adressiert.

Was zur Hölle?

Ich starrte den hellgelben Umschlag an, aber die kantige, abgehackte Handschrift änderte sich nicht. Meine Schubladen waren voller Briefe von ihm aus den Zeiten, wenn er im Gefängnis gewesen war – oder seine »Arbeitspausen« gemacht hatte, wie Mom es genannt hatte. Ich hatte genau gewusst, wo er gewesen war, aber so getan als ob nicht. Solange die Briefe gekommen waren. Dann hatte Mom Brandon geheiratet und alles hörte auf. Ich hatte nie wieder von ihm gehört. Warum also schrieb er Mom? Und warum erzählte sie mir nichts davon?

Selbst wenn ich mich mit der Handschrift geirrt hätte, so stand sein *Name* direkt vor mir. *James McKinley, 5251 Alba Road, Florida.*

Warum hatte Mom gesagt, sie *dachte*, er sei »irgendwo in Florida«? Seine Adresse stand da. Sie *wusste* genau, wo er wohnte, und doch hatte sie es mir nie gesagt. Nie erwähnte sie einen Besuch, trotz der Tatsache, dass sie wusste, wie sehr ich ihn vermisste.

Mein Kopf schwirrte vor unbeantworteter Fragen, aber Mom war nicht zu Hause, um mir eine Antwort zu geben. Brandon hatte sie zu einem schicken Wellnesstag in einem Spa eingeladen. Ich wusste ohnehin nicht, ob ich die Antworten wissen wollte. Ich … ich musste einfach hier raus. Hier weg. Ich stopfte die Karte in ihre Tasche zurück und rappelte mich auf.

Ich war immer noch ganz benommen, und mein Magen verkrampfte sich, als hätte mir jemand in den Bauch geboxt. Mehrmals. Doch irgendwie schaffte ich es aus der Tür und in meinen Wagen. Aber ich fuhr nicht los. Noch nicht. Ich drehte das Radio auf, so laut wie ich konnte. Es kümmerte mich nicht, welches Lied lief. Ich wusste nicht einmal, welcher Sender es war. Mein Atem entwich mir in einem gleichbleibenden Strom, und alles, was ich tun konnte, war, mich aufs Atmen zu konzentrieren, bis der Lärm meinen Kopf füllte und ich nicht mehr denken konnte.

In meinen Ohren schrillte es immer noch, als ich endlich vor Taylors Haus hielt. Sie saß bereits auf den Eingangsstufen und wartete. Ihre Hand klopfte rhythmisch auf ihren Oberschenkel, während sie etwas in sich hineinbrummelte. Wahrscheinlich verfluchte sie mich. Ein Runzeln überzog ihre Stirn, als sie mich erblickte. So albern es klingen mag, aber ich war froh, dieses Runzeln zu sehen. Für mich war es der schönste Anblick der Welt. Zumindest wusste ich, dass ich nicht wie verrückt über meinen Dad nachgrübeln konnte, solange sie mir die Leviten las.

»Du bist spät dran«, sagte sie, sobald sie die Tür geöffnet und sich auf den Beifahrersitz gesetzt hatte. Sie stieß einen schweren Seufzer aus, bevor sie ihre Tasche auf den Boden warf und ihren Gurt anlegte, wobei sie mich die ganze Zeit nicht ansah. »Und jetzt bin ich es auch.«

»Entschuldige.«

Das war alles, was ich sagte, aber ihr Kopf zuckte hoch, und sie sah mich an, als hätte ich mit diesem einen Wort alle meine Probleme vor ihr ausgeschüttet. Ihr Blick suchte in meinem Gesicht nach Antworten. Scheiße. Ihre verdammte Intuition. Ich schenkte ihr ein breites Lächeln, aber sie wirkte immer noch nicht überzeugt.

»Ist schon okay. Ist ja nicht so, dass in der Organisationsstunde was Interessantes passieren würde.« Sie beäugte mich noch einmal prüfend, dann tätschelte sie das Armaturenbrett. »Hat Rudy dir Schwierigkeiten gemacht oder so?«

»Nein.«

Unser Gespräch verstummte, und obwohl Taylor ab und an versuchte, mich aufzuheitern, konnte sie meine düstere Stimmung nicht vertreiben. An diesem Punkt konnte das wohl nichts und niemand.

Es gab da einen kleinen Teil von mir, der sich immer gefragt hatte, ob Dad nicht um uns gekämpft hatte, weil er uns nicht mehr wollte. Die Tatsache, dass er immer noch mit Mom in Kontakt stand und sich dennoch nicht die Mühe machte, anzurufen oder mir gar eine Karte zu schreiben, weckte in mir die Frage, ob ich das Problem war.

Scheiße. Es war so viel einfacher, Brandon die Schuld zu geben.

Taylor konzentrierte sich so heftig drauf, was sie noch sagen könnte, dass sich kleine Fältchen auf ihrer Stirn bildeten, während sie auf ihrer Unterlippe kaute. Irgendwie schaffte sie es, gleichzeitig wie ein kleines Kind und eine alte Dame auszuschauen.

Trotz meiner miesen Laune konnte ich nicht anders als bei ihrem Anblick lächeln. Etwas Rotes lugte unter ihrem dunklen Haar hervor. Was in drei Teufels …? Meine Finger wuschelten sanft durch ihr glattes Haar und zogen ein einziges knallrotes Rosenblatt hervor. »Was ist das?«

»Was?« Sie griff hinten an ihren Kopf und tastete nach meiner Hand. Das Blütenblatt verknickte zwischen unseren Fingern. Sie blinzelte kurz, als wisse nicht einmal *sie*, warum das da war. »Oh, Dad hat mich gebeten, ihm mit Moms Überraschung zum Valentinstag zu helfen. Wir haben Rosenblüten um sie verstreut, während sie schlief. Bis Kimmy auf eine Dorne getreten ist und angefangen hat zu kreischen.« Kopfschüttelnd musste sie lachen und ließ das Blütenblatt in den Aschenbecher zwischen uns fallen.

Rosen. Der Supermarkt. Ich schlug mir mit der Hand vor die Stirn. »Scheiße.«

Sie hörte auf, am Radio rumzufummeln, und blickte über ihre Schulter zu mir. »Was ist los?«

»Ich wollte dir Rosen mitbringen.« Ich schüttelte den Kopf. »Ich kann nicht glauben, dass ich das vergessen hab.«

»Ist schon okay. Mach dir keinen Kopf deswegen.«

Aber es war nicht okay. Es erinnerte mich nur daran, *warum* ich überhaupt vergessen hatte, ihr Rosen zu kaufen. Mein Magen verkrampfte sich wieder und ich umklammerte das Lenkrad. Meine Knöchel liefen weiß an und mir wurde schlecht. Scheiß auf die Schule. »Hör zu, ich lass dich am Eingang raus, okay? Sodass mich niemand sieht.«

»Du gehst nicht in den Unterricht?«

Ich zwang mich, den Griff zu lösen, und trommelte stattdessen mit einer Hand einen Rhythmus auf das Lenkrad. »Nein, ich muss noch was erledigen. Ich komme später nach.«

»Ist das wieder die Sache mit dem Drogentest?«

Obwohl wir erst seit kurzer Zeit »zusammen waren«, hatte ich ihr irgendwann die Wahrheit erzählt, und sie war an meiner Stelle wütend geworden. Obwohl es mir selbst nichts mehr ausmachte, war es nett, dass jemand sich mal auf meine Seite stellte.

Ich hätte sie anlügen und Ja sagen können, aber so wie ich Taylor kannte, hätte sie doch irgendwann die Wahrheit aus mir herausgekitzelt. »Nein, das ist es nicht. Es ist … kompliziert.«

»Hmm … hat es was mit deinen Vaterkomplexen zu tun?«

Beinahe trat ich auf die Bremse. »Ich habe keine Vaterkomplexe.«

»Die haben wir beide. Und deine stehen dir ins Gesicht geschrieben.« Sie lächelte mich neckisch an und schüttelte den Kopf. »Keine Angst, ich bin noch schlimmer dran. Mir stehen sie überallhin geschrieben.« Ihre Hand deutete an ihrem Körper hoch und runter.

»Echt? Das werde ich mir eines Tages wohl genauer anschauen müssen.«

Sie stupste mich mit dem Finger in die Wange, sodass ich wieder nach vorne schaute. »In deinen Träumen vielleicht. Und jetzt gib auf die Straße acht.«

»Jawohl, Ma'am.« Ich hielt auf dem Schulhof direkt vor der Tür. »Falls du das Bedürfnis hast, dir eine Entschuldigung für meine Abwesenheit auszudenken, tu dir keinen Zwang an. Je komplexer, desto besser.«

»Wie wäre es, wenn ich allen erzähle, dass ein Drache dich in seine Höhle verschleppt hat, damit du seine Kinder babysittest?«

»Solange es ein Wasserdrache ist und keiner, der Feuer speit, geht das für mich in Ordnung.«

Sie kniff die Augen zusammen, aber sie drängte mich nicht, in den Unterricht zu gehen, wie ich erwartet hatte. Sie beugte sich nur etwas vor – ihre Stirn war vor Sorgen gefurcht – und berührte meinen Arm. »Sicher, dass du okay bist?«

So okay, wie ich nur sein konnte. Ich rührte mich einen Moment nicht und ließ zu, dass ihre sanfte Berührung mich beruhigte. Als ich halbwegs entspannt war, seufzte ich schwer, griff nach ihrer Hand und hielt sie fest an meinen Körper gedrückt. »Ja, ich bin okay. Warte nachher auf mich. Ich bring uns was zum Mittagessen mit.«

»In Ordnung.« Taylor stieg aus und schloss vorsichtig die Tür, statt sie wie sonst zuzuknallen. »Schick mir eine SMS.«

»Mach ich.«

Als ich losfuhr, fiel mein Blick auf die Rosenblüte, die sie in meinem Aschenbecher zurückgelassen hatte. Halb wünschte ich mir, ich hätte sie gefragt, mit mir zu kommen. Obwohl ich mir ziemlich sicher war, dass sie es nicht getan hätte, da sie später eine Geschichtsklausur schrieb, hätte sie es sich vielleicht doch überlegt, wenn sie gewusst hätte, wie wichtig es für mich war. Wie ungern ich im Moment allein sein wollte.

Aber mein Stolz hielt mich davon ab, noch einmal umzukehren.

Als die Mittagspause sich näherte, war ich zurück an der Schule und beinahe wieder im Normalzustand. Ich hatte nicht mit Mom gesprochen. Sie war nicht ans Handy gegangen, und ich war ganz gewiss nicht verzweifelt genug, um Brandon anzurufen.

Außerdem ging es mir ganz gut. Es gab auch nichts, was ich hätte unternehmen können, wenn es mir anders gegangen wäre. Was sollte ich schon tun? Zu Hause herumsitzen, schmollen und wie ein Jammerlappen herumheulen, bis Mom heimkam?

Stattdessen konzentrierte ich mich auf meine Überraschung für Taylor. Da ich heute früh schon Mist gebaut und die Blumen vergessen hatte, dachte ich mir, ich könnte ihr wenigstens ein Mittagessen vorbeibringen. Und wie üblich trat mein Genie auf den Plan. Gemeinsam mit Aaron. Er schwänzte sogar die vierte Stunde, um mir bei den Vorbereitungen zu helfen. Obwohl er das wahrscheinlich eher deswegen tat, weil er unsere Spanischklausur verpassen wollte, als um seinen Pflichten als bester Freund nachzukommen.

Ich hatte noch nie so etwas für ein Mädchen getan, aber

es machte irgendwie Spaß, mir zu überlegen, wie ich sie überraschen könnte.

Während ich an der Cafeteria-Tür lehnte und auf Taylor wartete, kam eine kichernde Gruppe Elftklässlerinnen an mir vorbei. Ich bedachte sie mit einem Zwinkern – aus Gewohnheit – und eine von ihnen lief rot an. Es war nett zu sehen, dass ich es immer noch draufhatte.

Endlich tauchte Taylor mit Carly und Brian im Schlepptau auf. Die Arme voller Mal- und Zeichenutensilien und Skizzenblöcken. »Wird ja auch Zeit, dass du kommst.«

»Wird ja auch Zeit, dass du dich in der Schule blicken lässt«, gab sie neckisch zurück. Für einen Augenblick sah sie erleichtert aus, doch dann huschte ein irritierter Ausdruck über ihr Gesicht. Sie blickte finster und nickte zu meinen Verehrerinnen, die sich bei ihrem Anblick in der Cafeteria zerstreuten. »Freundinnen von dir?«

»Kann man so sagen. Eifersüchtig?«

»Ha! Hättest du wohl gern.«

Trotz ihres spöttischen Lachens konnte ich die rosa Flecken auf ihren Wangen sehen, die sie versuchte zu überspielen. Ich schlang einen Arm um sie und beugte mich zu ihr, um ihr ins Ohr zu flüstern. »Keine Sorge, ich erinnere mich noch gut an die Regeln unserer Abmachung. Kein Herumgemache, weißt du noch?« Ich warf einen Blick über ihre Schulter zu Brian, der so tat, als würde er uns nicht beobachten. »Oder bist du es, die eine Gedächtnisstütze braucht?«

Taylor verdrehte die Augen. »Na klar doch. Komm jetzt, ich bin am Verhungern.«

Mein Arm schoss vor, um sie aufzuhalten, als sie reingehen wollte. »Eigentlich dachte ich, wir könnten draußen essen.« Ich warf den beiden anderen einen Blick zu. »Alleine. Sorry, Leute.«

Brian öffnete den Mund, aber Carly schubste ihn nur beiseite und lächelte strahlend. »Natürlich. Es ist doch *Valentins*tag.« Sie wuchtete ihr eigenes Zeug in eine Armbeuge und nahm Taylor ihre Malsachen ab. »Geht schon, ihr beiden.«

Ich legte den Kopf schräg. »Ich wusste doch schon immer, dass ich dich gut leiden kann, Carly.«

»Das ist, weil ich so verständnisvoll und nett bin.« Sie stieß ein theatralisches Seufzen aus. »Es ist beides, Segen und Fluch zugleich.«

Brian verdrehte die Augen und guckte mürrisch. »Na klar. Komm jetzt, ich sterbe praktisch vor Hunger.«

Taylor wartete, bis sie weg waren, dann drehte sie sich zu mir um. Ihre linke Augenbraue zuckte hoch. »Warum essen wir denn draußen?«

Ich legte meinen Arm um sie und bugsierte sie den Flur entlang. »Weil es schön ist.«

»Es schüttet.«

»Ich hab nicht gesagt, dass das Wetter schön ist. Ich sagte lediglich, dass draußen essen schön ist«, erwiderte ich und beschleunigte meine Schritte. »Komm jetzt.«

»Das ergibt keinen Sinn.« Taylor schüttelte den Kopf und rückte ihren Rucksack höher auf ihre Schultern. »Was hat es bloß auf sich mit dir und der rauen Natur?«

»Das wirst du schon sehen.«

»Meine Güte, du bist echt mysteriös heute, und … Oh!« Ihr Mund klappte auf und sie blieb wie angewurzelt stehen.

Ein langes Stück transparenter Abdeckplane war zwischen die Zweige der Bäume draußen gespannt. Und darunter, in der Mitte, stand der lange Picknicktisch, den Aaron und ich vom anderen Ende des Schulhofs hierhergeschleift hatten. Es sah aus wie ein großes Zelt inmitten des Hofs. Eine riesige Pizzaschachtel sowie Pappteller und Servietten lagen auf dem Tisch und wurden von einem großen Stein beschwert. Selbst der beständige Strahl Regenwasser, der von jeder Ecke strömte, ließ den kleinen Unterschlupf intimer und romantischer wirken.

Ich musste zugeben, ich war ziemlich stolz auf mich selbst. Jepp, das hätte ich nicht besser hinkriegen können.

Verdammt, war ich gut.

Ich scheuchte Taylor vorwärts und benutzte meine Hände, um ihren Kopf vor dem Regen zu schützen. »Komm schon.« Ich wusste nicht, wie lange die Plane halten würde, also mussten wir uns beeilen.

Taylor sagte nichts. Sie folgte mir wie betäubt. Sie schüttelte langsam den Kopf, bevor sie sich setzte. Sie schien nicht einmal zu merken, dass ihr Pferdeschwanz nass war.

Ich öffnete die Pizzaschachtel mit einer schwungvollen Verbeugung wie ein Kellner in einem Fünf-Sterne-Restaurant. »Voilà! Speziell für Sie zubereitet, Madame!«

Ihr Lachen erfüllte den gesamten Hof. Sie zog die Schachtel zu sich, und in ihren Augen schimmerten Tränen, als sie die große Pizza darin anstarrte, die so dick mit Champignons belegt war, dass man kaum die Tomatensauce und den Käse darunter sehen konnte. »Ganz so, wie ich sie mag.«

»Das ist die erste Pizza überhaupt mit mehr Pilzen als

Teig.« Ich reichte ihr einen Teller. »Die Leute haben mich echt komisch angeschaut, als ich sie bestellt habe. Ich musste mich dreimal wiederholen, um zu versichern, dass ich keinen Witz mache. Ein Typ hat sogar ein Foto gemacht, als sie fertig war.«

»Aber das war es echt wert.« Taylor biss in ihr Stück und kleine Champignonscheiben purzelten auf ihren Teller. Sie pickte jede einzelne auf und schob sie sich in den Mund. Ein Ausdruck der Verzückung breitete sich auf ihrem Gesicht aus. »Lecker! Als wäre ich gestorben und direkt im Himmel gelandet.«

»Du hast echt schräge Vorstellungen, wie es im Himmel aussieht.«

»Es ist so, wie es einem gefällt.« Sie schob sich noch ein Stück in den Mund. »Für dich wäre es also einen Strand vollgepackt mit Bikini-Mädchen, und mittendrin Rudy.«

Ich grinste. Sie benahm sich, als würde sie mich nur allzu gut kennen. Obwohl die Idee, die sie da ausmalte, *tatsächlich* gut klang. »Du hast Videospiele vergessen.«

»Stimmt, die Zombies und die Aliens.«

Die nächsten Minuten war sie so in ihre Pizza vertieft, dass es beinahe den Anschein hatte, als hätte sie mich vergessen. Es machte mir nichts aus. Ich schaute einfach weiter zu, wie sie reinhaute. Und ich konnte nicht anders, als sie mit den anderen Mädchen zu vergleichen, mit denen ich gegangen war. Die meisten von ihnen waren es gewohnt, zu tun, was sie wollten, und spielten ihre Spielchen mit mir. Als wäre es eine Herausforderung, mein Interesse aufrechtzuerhalten. Was es auch war. Aber Taylor … sie konnte glücklich und zufrieden sein mit einem Löwenzahn oder sogar ein paar extra Scheibchen Champignons. Und doch wurde mir nie langweilig mit ihr.

Obwohl ich eine Riesenpizza gekauft hatte, schaffte Taylor fast so viel wie ich – trotz der Tatsache, dass sie nur ein Drittel von mir wog.

Sie ließ ein zufriedenes Stöhnen hören und wischte ihren Mund mit einer Serviette ab. »Ich sterbe, aber ich kann trotzdem nicht aufhören.«

»Ein Stück ist noch übrig.«

»Oh Gott, führ mich nicht in Versuchung. Du bist echt knapp davor, mich ins Klassenzimmer tragen zu müssen.« Sie hielt ihren Daumen und Zeigefinger einen Zentimeter auseinander.

»Das können wir gerne mal machen. Ich meine, nun da die Neuigkeiten über unsere Beziehung praktisch Schnee von gestern sind, sollten wir etwas tun, um wieder Schwung in die Sache zu bringen.« Ich spannte meine Arme an und grinste. »Ich denke, ich schaffe dich, sogar mit der Pizza.«

Taylor lachte und schloss die Schachtel. »Ich dachte, bei unserer Beziehung ginge es darum, dass der Tratsch weniger wird?«

Echt? Manchmal vergaß ich, warum wir das hier überhaupt vortäuschten. Mit ihr zusammen zu sein, fühlte sich so natürlich an. Es war einfach und machte Spaß. Beinahe vermisste ich nicht einmal den Mangel an Bett-Action. Beinahe.

»Ich hab da noch eine Überraschung für dich … oder so was in der Art«, sagte ich und wechselte das Thema, während ich den Packen Papier aus meiner Schultasche zog und damit vor ihrem Gesicht herumwedelte.

»Noch mehr?« Sie nahm die Blätter mit einem verwirrten Ausdruck entgegen. »Aber das sind ja die Bewerbungsunterlagen, die ich dir gegeben habe …«

»Nur dass sie jetzt ausgefüllt sind.«

Sie riss überrascht die Augen auf und blätterte sie durch. »Moment mal. Wie bitte?«

Angesichts ihrer Verblüffung konnte ich einfach nur stolz grinsen. Auch wenn es im Grunde Aarons Idee gewesen war. Ich wollte eigentlich Blumen zur Pizza kaufen, aber er sagte mir, ich solle etwas tun, was ihr wichtig sei. Und da kamen mir die Collegebewerbungen in den Sinn. Trotzdem tat ich es mit einem Schulterzucken ab. »Ich hatte heute früh nichts Besseres zu tun, also dachte ich, warum nicht?«

Ihre Augen strahlten vor Aufregung. »Das ist so viel besser als Rosen. Sogar besser als Schmuck.«

Ich verdrehte die Augen und lachte. »Du bist echt schräg, weißt du das?«

»Also ich bevorzuge das Wort *außergewöhnlich*.« Taylor reichte mir die Bewerbungsunterlagen mit einem breiten Lächeln wieder. »Dann schickst du die heute also ab, ja? Also heute? Direkt nach der Schule?«

»Ja, aber das war's dann auch. Keine Versprechungen für danach.« Ich wusste immer noch nicht, ob ich aufs College wollte. Scheiße Mann, vielleicht hatte Taylor ja recht und es war bereits zu spät. Aber wenn nicht … Es war irgendwie nett, die Option zu haben. Sich zumindest die Möglichkeit offenzuhalten.

Sie legte die Beine auf die Bank und stützte sich auf ihren Handflächen ab. »Ich kann nicht glauben, dass du das alles für mich getan hast.«

Ich zuckte mit den Schultern und ahmte ihre Haltung auf der anderen Bank nach. »Ist doch keine große Sache. Halb so wild.«

Ihre Stimme wurde so leise, dass es schwer war, sie durch den Regen hinweg zu verstehen. »Doch, es ist eine große Sache. Eine *riesige* Sache. Ich …« Sie verstummte und wandte den Blick ab.

»Was?«

»Nichts. Ich wollte nur Danke sagen.«

Es gab da mehr, was sie nicht sagte, aber ich wollte es nicht aus ihr herauspressen. Ich hatte so meine Zweifel, ob ich das überhaupt könnte. Nicht nur, weil sie ein Mädchen war, sondern weil sie manchmal das sturköpfigste Mädchen sein konnte, das ich je kennengelernt hatte.

»Gern geschehen.« Ich blickte auf meine Uhr und runzelte die Stirn. Verdammt, die Pause war beinahe um. Wie konnte diese Stunde so schnell vorbeigehen? »Wir sollten wieder rein. Wir wollen ja nicht zu spät zum Unterricht kommen.«

»Nein, das wollen wir nicht.« Sie lachte in sich hinein.

»Was ist los?«

»Nichts. Ich finde es einfach komisch, dass du dir Sorgen ums Zuspätkommen machst, das ist alles.«

Es *war* komisch. Aber ich machte mir nicht Sorgen wegen mir. Ich machte mir Sorgen wegen ihr. Ich schnaubte ob der Ironie und schob die Pizzaschachtel unter meinen Arm. »Tja, es sind schon seltsamere Dinge passiert.«

»So wie, dass wir beide zusammengekommen sind?«

»So ungefähr.« Wir standen am Rand der Plane und lugten in den Regen hinaus. »Vielleicht sollten wir abwarten, bis der Regen aufgehört hat.«

Wie zur Antwort zuckte ein heller Blitz über den Himmel und der Regen trommelte noch heftiger herunter als zuvor.

Sie biss sich auf die Unterlippe »Wir werden für immer hierbleiben müssen.«

»Wäre das so schlimm?« Ohne ihre Antwort abzuwarten, schnappte ich Taylors Hand, und wir rannten über den Rasen. Unsere Schuhe gaben bei jedem Schritt nasse, saugende Geräusche von sich. Obwohl wir so schnell rannten, wie wir nur konnten, waren wir beide pitschnass, als wir die Tür erreichten. Ihrem Lachen nach schien es Taylor nichts auszumachen, und es wurde noch mal lauter, als ich den Kopf schüttelte und sie mit Regentropfen vollspritzte.

»Evan?«

»Ja?« Mein Atem stockte. In ihrem Haar glitzerten die Regentropfen. Dunkle Strähnen klebten in ihrem Gesicht. Und ihre Wangen waren gerötet von der Kälte. Ich weiß nicht, wie ich je hatte denken können, dass sie unscheinbar war. Nie hatte sie in meinen Augen so schön ausgesehen.

Taylor umfasste meine Oberarme und ich erstarrte. Ich konnte sie nur wortlos anstarren, als sie sich auf die Zehenspitzen stellte und mich sanft auf die Lippen küsste, obwohl niemand da war, der uns hätte zuschauen können.

»Alles Liebe zum Valentinstag.«

13

Evan

Nach meinem morgendlichen Surfausflug an diesem Samstag erwartete mich eine Überraschung am Strand. Lauren räkelte sich auf einer riesigen Picknickdecke, eine Schachtel frischer Erdbeeren und ein Glas Nutella neben sich. Ihr langärmliges cremefarbenes Kleid reichte kaum bis zu den Oberschenkeln, und es war so durchsichtig, dass ich den blauen Bikini darunter sehen konnte. Die winzigen Stofffetzen und dünnen Bändchen saßen genau an den richtigen Stellen und überließen definitiv nicht viel der Fantasie. Sie lag auf dem Bauch, die Beine angewinkelt in die Luft gestreckt. »Hallo, Fremder.«

»Hey.« Ich lehnte mein Surfbrett auf die Seite und ließ mich mit einem überraschten Grinsen neben sie plumpsen. »Warum verteilst du hier so früh am Tag Geschenke?«

»Ich dachte nur, wir könnten zusammen ein bisschen abhängen und frühstücken.« Sie biss in eine Erdbeere und leckte sich den herunterrinnenden Saft von den Fingern. »Und dich ein bisschen mit Süßem verwöhnen, damit du nicht Nein sagst.«

Ich griff nach einer Erdbeere und schöpfte mit der Spitze einen großen Klecks Nutella heraus. »Nein sagen zu was?«

»Heute Abend zusammen auszugehen.« Sie streckte die Hand aus und strich mit einem Grinsen ein kleines bisschen Schoko von meiner Erdbeere. »Ich habe Konzerttickets für den neuen Club in der Innenstadt. Ich dachte, wir könnten was trinken, bevor wir dorthin gehen. Und wer weiß, was dann passiert.«

Es klang verlockend. Wirklich verlockend. Zumal ich wusste, dass Laurens Vorstellung von »was dann passiert« uns wahrscheinlich irgendwann im Bett landen lassen würde. Oder auf dem Rücksitz eines Autos.

Ich stieß einen leisen Pfiff aus und wandte mich ab, um ihrem Blick auszuweichen. Ihr Angebot war verführerisch, und Gott allein wusste, wie lange es her war, dass ich Sex gehabt hatte – ich wusste schon gar nicht mehr, wie das ging. Aber das konnte ich Taylor nicht antun. Vorgetäuschte Beziehung hin oder her.

Ich hatte immer gedacht, eine feste Beziehung zu haben, müsste das Langweiligste der Welt sein und ich würde eher von einer Klippe springen, als mich auf eine einzulassen. Regelmäßige Verabredungen. Händchenhalten. Jeden beschissenen Tag ein und dieselbe Person sehen. Permanent dieselben Lippen küssen. *Gott, bring mich um, und zwar sofort.*

Aber es war … schön. Und spaßiger, als ich erwartet hätte. Ich freute mich sogar auf das nächste Abendessen mit Taylors Eltern. Es war nett, an einem Familientisch zu sitzen. Mom versuchte die ganze Zeit, Brandon und mich dazu zu bringen, gemeinsam zu essen, aber allein beim Anblick seiner Visage bekam ich Magenverstimmungen.

Als ich zögerte, schürzte Lauren verärgert die Lippen. »Lass mich raten, du bist heute Abend beschäftigt.«

Ich biss von der Erdbeere ab, bevor ich antwortete. »Ja, tatsächlich. Ich bin mit Taylor verabredet.«

Sie verdrehte die Augen. »Das war ja klar. Was ist eigentlich los mit dir?«

»Was meinst du?«

»Ich meine, du bist in letzter Zeit ständig beschäftigt.« Ihre blauen Augen verengten sich. Sie setzte sich auf und verschränkte die Arme vor der Brust. »Alle wissen über das Picknick Bescheid, das ihr beide an der Schule veranstaltet habt. Ich dachte, du hättest eine geheiligte Regel, dass du am Valentinstag nichts unternimmst?«

Ich schob den Rest der Erdbeere in den Mund und versuchte, mein trotteliges Grinsen zu unterdrücken, als ich an das Picknick zurückdachte. Und den süßen Kuss, den Taylor mir danach gegeben hatte. Es bestand kein Grund, Lauren noch mehr auf die Palme zu bringen.

In letzter Zeit brach ich all meine Regeln für Taylor. So wie heute. Ich sollte vorbeikommen und ihr helfen, auf Kimmy aufzupassen, damit sie sich auf irgend so eine Schülersprecher-Sache konzentrieren konnte. Oder eine Präsentation. Sie hatte immer so viele Sachen am Laufen, dass ich Mühe hatte, den Überblick zu behalten. Aber es machte mir nichts aus. Nicht wirklich. Ich hätte es nie zugegeben, aber ich wollte mit Taylor Zeit verbringen. Auch wenn es darum ging, den Abend lang ihren Lakaien zu spielen. Außerdem schaffte sie es irgendwie, meine Gedanken von vermissten Vätern, lügenden Müttern und derlei Mist abzulenken.

»Ich dachte, ich hätte dir schon mal gesagt, dass Taylor nicht wie die anderen Mädchen ist.«

Das war definitiv die falsche Antwort gewesen. Laurens Ausdruck wurde noch kühler. »Du willst damit also sagen, dass *sie* anders ist und ich nur eins der anderen Mädchen.«

»Nein, natürlich nicht. Du bist eine gute Freundin …« Ihre rechte Augenbraue hob sich noch mehr. Mist, nichts was ich sagte, würde das hier besser machen. Mann, war sie heute empfindlich. Wahrscheinlich war es das Beste, den Rückzug anzutreten, solange ich noch konnte. Ich sprang auf und griff nach meinem Board. »Weißt du was, ich glaub, ich geh noch eine Runde surfen, bevor ich heimgehe.«

Das Wasser war eiskalt und die Wellen ziemlich rau, aber ich würde mich lieber den unberechenbaren Naturgewalten stellen als dem angepissten Mädchen am Strand. Ich lag auf dem Board und paddelte weiter auf den Ozean hinaus. Ich wusste, ich konnte nicht für immer dort draußen bleiben, aber ich konnte es immerhin versuchen.

Womöglich war Aarons feige Art ansteckend.

Ich ließ den Kopf auf die Arme sinken und seufzte. Schon wieder. Was Taylor ignorierte. Schon wieder. »Hat dir schon mal jemand gesagt, dass du eine Sklaventreiberin bist? Alter, du ackerst wie eine Besessene. Machst du denn nie eine Pause?«

»Ich mache Pause, wenn die Arbeit fertig ist.« Ihre Augen klebten immer noch am Laptop, den sie auf dem Schoß balancierte. Ohne aufzublicken stieß sie mit den Füßen einen

Stapel Papier auf dem Sofatisch in meine Richtung. »Was, ganz nebenbei gesagt, nie der Fall sein wird, wenn du alle zwei Sekunden eine Pinkelpause einlegst. Bist du sicher, dass du keine Blasenentzündung hast oder ein Prostataproblem oder so was?«

»Ich hab keine Blasenentzündung, und meiner Prostata geht's ganz hervorragend.« Ich beugte mich zu ihr und hob anzüglich eine Augenbraue. »Willst du nachprüfen, um sicherzugehen?«

»Nein, danke. Ich habe so schon alle Hände voll zu tun.«

Obwohl Taylor es abstritt, wusste ich, dass ich definitiv auf sie abfärbte. Noch vor wenigen Wochen wäre sie bei der Erwähnung ihrer Unterwäsche knallrot geworden, und jetzt saß sie hier im Wohnzimmer, ganz brav und artig, und redete über meine Kronjuwelen, ohne auch nur den Hauch von Rosa auf ihren Wangen. Ich war mir ziemlich sicher, dass ich einen Preis dafür verdiente. Stattdessen saß ich hier fest und arbeitete am Finanzbudget der zwölften Klasse, weil, Taylor zufolge, unser Klassenkassenwart eine »Niete« war. Ich war gezwungen ihr zu glauben, da ich keine Ahnung hatte, wer zum Teufel unser Kassenwart überhaupt war.

Ich wusste ja bisher nicht einmal, dass wir über ein Budget verfügten.

Trotzdem hatte ich geglaubt, dass sie scherzte. Regel Nummer 1 in Bezug auf Taylor: Wenn es um die Schule ging, machte dieses Mädchen nie Scherze. Also hockte ich nun hier und spielte den Babysitter für Kimmy, während ihre Eltern auf einer Party waren wie ganze normale Menschen. Eigentlich war es nur ein Geschäftsessen der Kanzlei, also wahrscheinlich keine Party, wie ich sie gewohnt war, aber immerhin gingen sie aus.

Versteht mich nicht falsch, ich hatte schon zuvor mit Mädchen gebabysittet, aber normalerweise bekam ich im Gegenzug etwas körperliche Zuwendung, sobald das Kind schlief. Und ganz bestimmt hatte ich nicht die gesamte Nacht damit verbracht, Nummern in einen Taschenrechner zu tippen.

Ich dachte mehrmals an Lauren. Es war schwer, es nicht zu tun. Sie simste mir alle zehn Minuten, um zu sehen, was ich tat und ob ich meine Meinung bezüglich einer Verabredung mit ihr geändert hatte.

Wieder vibrierte mein Handy, und Taylor blickte stirnrunzelnd zu mir rüber, als wäre sie eine Lehrerin und mein Handy würde ihren Unterricht stören. »Schon wieder Lauren?«

»Ähm, ja.« Ihre Stirn furchte sich noch tiefer, bis ich schließlich das Handy ausschaltete und auf den Sofatisch warf. »Also, nur für den Fall, dass ich es dir noch nicht gesagt habe: Deine Samstagabendplanung ist genial. Richtig wild.«

Ihr Blick blieb auf den Bildschirm gerichtet, aber ihre Mundwinkel zuckten. »Danke. Außerdem kann ich sehr wohl wild sein. Aber auf verantwortungsbewusste Art und Weise. Ich mache die Arbeit heute, damit ich morgen mit Carly und Brian ins Theater kann.«

Ich hob die Hände in gespielter Kapitulation. »Wow, wild *und* verantwortungsbewusst. Vielleicht sollte ich die Polizei alarmieren.« Ich wartete kurz, bis sie aufhörte zu lachen. »Ins Theater also? Mit Carly *und* Brian.«

»Ja, einer von Carlys Theaterfreunden spielt mit, und sie hofft, den Regisseur kennenzulernen, um diesen Sommer vielleicht in einem seiner anderen Stücke mitzuspielen. Wir kommen zur moralischen Unterstützung mit.«

Ich nickte. »Danke für die Einladung übrigens. Ich mag Theater auch, weißt du.«

Sie blickte überrascht zu mir auf. Selbst ich zuckte innerlich zusammen angesichts des eifersüchtigen Untertons in meiner Stimme. »Ich dachte, du wärst beschäftigt. Du hast mir gesagt, du hättest für morgen Abend einen richtig geilen Jungsabend mit Aaron geplant, oder nicht?«

Mist, sie hatte recht. Ich sollte seinen Wingman spielen. Ich war die letzten Tage so mit Taylor beschäftigt gewesen, dass Aaron die Beste-Kumpel-Karte gezogen hatte, damit ich ihn begleitete und ihm mit einem Mädchen half, in das er verknallt war. *Geil* war nicht unbedingt das richtige Wort, um seinen Plan zu beschreiben. Das Mädchen, auf das Aaron stand, arbeitete auf der Bowlingbahn am Family-Sunday-Funday, also würden wir den Abend mit einem Haufen Eltern und ihren Kiddies verbringen. Ich wollte nicht hingehen, aber er hatte mich mit hochnotpeinlichen Anekdoten von meinem ersten Mal erpresst. Lasst es uns einfach so sagen: Ich war dermaßen nervös gewesen und hatte so heftig gezittert, dass das Mädchen mich gefragt hatte, ob ich Schüttelfrost hätte.

Dennoch, beim Gedanken an Brian und Taylor gemeinsam in einem dunklen Theatersaal verkrampfte sich mir der Magen. Wen interessierten da schon ein Freundschafts-Ehrenkodex oder alte Storys, die meinen Ruf ruinieren könnten?

Taylor starrte mich immer noch an, also blätterte ich durch die Papiere, die sie mir gegeben hatte, und wechselte das Thema. »Weißt du, ich sollte dich einfach hier sitzen lassen. Mit deinen kurzen Beinen wirst du mich sowieso nicht einholen. Und bis du bei mir angekommen wärst, um mich zusammenzustauchen, hätte ich wenigsten zwanzig Minuten für Computerspiele. Vielleicht sogar länger, falls Mom dich nicht reinlässt.«

Taylor grinste breit und strahlte über den Rand des Bildschirms. »Aber das würde sie. Sie liebt mich. Und denk gar nicht erst daran, deine Zimmertür abzuschließen, ich weiß, wie man Schlösser knackt.«

»Genau …«

»Es ist wahr. Kimmy hat sich früher, als sie noch ganz klein war, ständig versehentlich in ihrem Zimmer eingesperrt, und so habe ich gelernt, wie man ein Schloss aufkriegt. Ich konnte es mit einer Kreditkarte und mit einer Haarklammer. Sogar mit einer Gabel.«

Ich hob die Augenbrauen. »Echt? Mit einer Gabel?«

»Im Ernst.« Sie hob die Arme und macht eine ploppende Bewegung mir ihren Händen. Sie schnalzte sogar mit der Zunge, um das Ploppen zu unterstreichen. »Nur ein paar Sekunden, und du hättest keinen Ort mehr, um dich zu verstecken.«

Ich lachte und schüttelte den Kopf. »Und gerade als ich dachte, du könntest mich nicht mehr überraschen, muss ich von deinen Einbruchstalenten erfahren. Ich schätze, das wäre ein Plan B, falls das mit dem Jura-Zeug nicht klappt.«

Sie schürzte die Lippen und schüttelte den Kopf. »Tja,

das wird aber nicht passieren. Es gibt keinen Plan B oder dergleichen.«

Meine Güte, wir konnten nicht einmal Witze darüber machen, dass sie was vermasselte. Obwohl Taylor keine arrogante Spaßbremse und Eiskönigin war, wie alle behaupteten – und glaubt mir, das war noch das *Netteste*, was sie sagten –, machte sie nie Witze über ihre Ambitionen, Rechtsanwältin zu werden. Ihre Entschlossenheit war nervig, aber gleichzeitig bewundernswert. Wie Taylor selbst.

Obwohl sie an manchen Tagen nerviger war als an anderen.

Ich stupste Oreo mit meinen Zehen in die Seite, während er neben dem Sofatisch lag und an seinem Kauspielzeug nagte. Erst rührte er sich nicht, aber nach ein paar Stupsern knurrte er, schnappte sich sein Spielzeug, für den Fall, dass ich es klauen wollte, und wetzte ein paar Schritte zurück, bis er außer Reichweite war.

Taylor verdrehte die Augen und lachte. »Ja, du arbeitest *echt* hart.«

»Tja, härter als je an einem Samstag.«

»Was nicht viel bedeutet.«

Bei ihrem ironischen Tonfall verzog ich den Mund zu einem schiefen Grinsen. »Das stimmt, aber das liegt daran, dass ich mich an Samstagen normalerweise *amüsiere*.«

Sie schmiegte sich tiefer ins Polster. Ihre Füße lagen überkreuzt auf dem Sofatisch. »Ja, ich kann mir gut vorstellen, wie du dich mit anderen Mädchen amüsiert hast. Aber wird das nach einer Weile nicht langweilig?«

»Nicht wenn man es richtig macht.« Taylor sagte nichts und begann wieder auf ihre Tastatur einzuhacken. »Und ich habe richtig viel mit ihnen gemacht.« *Und auf ihnen*, fügte ich im Stillen hinzu. »Lauren war ein echter Profi. Vielleicht solltest du dir bei ihr ein paar Tipps holen?«

Ihre Hände erstarrten. Endlich kam eine Reaktion von ihr. Sie setzte sich aufrechter hin und funkelte mich düster an. »Zum Beispiel?«

Ich war nicht sicher, warum sie das so aufbrachte, aber ich konnte nicht widerstehen, ich musste sie weiter zur Weißglut treiben. »Na, alles. Im Ernst. Sie war ganz anders. Ich meine, du bist toll und alles, aber es ist ja nicht so, dass ich dir aus der Hand fresse.«

Sie legte den Kopf schräg und verschränkte die Arme. »Ach ja?«

Nur noch ein kleiner Schubser. »Du kannst es ja versuchen, aber ich glaube nicht, dass du das bringen würdest.«

Und da ging sie in die Luft. Ihre dunklen Augen blitzten auf und verengten sich zu winzigen Schlitzen. Taylor knallte den Laptop mit einer Hand zu. »Da ist noch etwas, was du über mich wissen solltest.«

»Und das wäre?«

»Ich mag es ganz und gar nicht, wenn man mich herausfordert.«

Sie stand auf und ließ sich in einer einzigen flüssigen Bewegung neben mich auf die Kissen fallen. Fasziniert verschränkte ich die Arme, lehnte mich zurück und wartete, was sie als Nächstes tun würde. Ich wollte sie nicht verschrecken, damit sie es sich nicht anders überlegte, also rührte ich mich nicht. Ich beobachtete jede ihrer Bewegungen. Jeden tiefen Atemzug, den sie nahm. Jeden Zentimeter, den sie näher glitt.

Ich hatte gelogen. Taylor hatte mich in der Hand. Sie war sich dessen nur nicht bewusst. Nicht wie die anderen Mädchen. Die benutzten ihre Körper, um zu kriegen, was sie von mir wollten. Und so kitschig es auch klingen mochte, Taylor benutzte ihr Herz. Ich tat, was immer sie wollte, nur um sie glücklich zu machen. Herrgott, es war der Grund, warum wir überhaupt in dieser Beziehung steckten.

Wie ich schon sagte, *Taylor* war wie keines der anderen Mädchen. Sie war süß. Witzig. Und es war so unkompliziert, mit ihr zusammen zu sein. Keine Spielchen. Ich hatte nicht das Gefühl, sie beeindrucken zu müssen wie die anderen Mädels. Bei denen hatte ich einen Ruf zu verteidigen. Bei Taylor hatte ich eher das Gefühl, sie wollte am liebsten vergessen, dass ich überhaupt einen Ruf hatte. Verdammt, selbst ihre Unerfahrenheit machte alles aufregender.

Doch jetzt benahm sie sich kein bisschen unerfahren. Ich wusste nicht, wer dieses Mädchen war oder was über sie gekommen war, aber ich konnte glücklicher nicht sein. Es war das erste Mal, dass sie die Initiative ergriff. Gott, war das heiß.

Und sie ließ sich alle Zeit der Welt. Jeder Zentimeter, den sie näher kam, fühlte sich an wie eine Stunde. Ich hätte nicht geglaubt, dass es möglich wäre, aber das Warten machte alles nur noch heißer. Wir berührten uns noch nicht einmal und meine Nerven waren bereits zum Zerreißen gespannt.

Endlich legte sie ihre Hand auf meine Schulter und lehnte sich mir entgegen. Ihre Fingerspitzen spielten an meinem T-Shirt-Ärmel und glitten darunter, um meinen Arm zu streicheln. Meine Haut. Ich konnte ihren Atem riechen – ihn spüren –, minzig und warm an meiner Wange.

Mein Herz begann wie verrückt zu pumpen. Meine Hände fielen zu meinen Seiten aufs Sofa und verkrampften sich zu Fäusten, wehrten sich gegen den Drang, nach ihr zu greifen.

Kurz bevor ihre Lippen meine berührten, verzogen sie sich zu einem spöttischen Lächeln, als wüsste sie ganz genau, was für eine Wirkung sie auf mich hatte, auch wenn ich versuchte, mein Verlangen zu verbergen. Noch eine Sache, die ich nicht über Taylor gewusst hatte. Sie konnte einen scharfmachen. Und wie.

Obwohl ich mich danach verzehrte, diesen Kuss zu vertiefen, hielt ich mich zurück, fest entschlossen, sie das Tempo vorgeben zu lassen. Es kostete mich all meine Willenskraft, mich daran zu halten, als ihre Hand weiterglitt und über meine Brust strich. Die Berührung war leicht und flüchtig, aber jeder Fleck, den sie berührte, brannte und ließ mich nach mehr lechzen. Greif nicht nach ihr. Drück sie nicht in die Kissen. Fass nicht …

Verdammt, warum trug ich heute kein weiteres Shirt?

Ihre Lippen immer noch auf meinen, schmiegte sie sich noch enger an mich, bis sie sich rittlings über mein linkes Bein schwang. Doch sie machte es nicht besonders elegant. Ihr Knie stieß in meinen Oberschenkel. Ich stöhnte auf und veränderte meine Position, damit sie mir nicht versehentlich in die falsche Gegend trat und die Nacht ruinierte. Verdammt, wenn sie mich *da* traf, würde das wahrscheinlich meine ganze Woche ruinieren.

Als die Gefahr gebannt und alles in Sicherheit gebracht war, fuhr ich mit der Hand durch ihr Haar und wickelte die weichen Strähnen um meinen Finger, während ich sie so eng an mich drückte, wie ich nur konnte. Zur Hölle damit, dass sie den Ton angab. So nah war ich einem Mädchen seit einer gefühlten Ewigkeit nicht mehr gekommen, und ich war ein verhungernder Mann an einem Buffet. Taylor in einem Feld voller Champignons.

Taylor schien es nichts auszumachen. Ihre Arme waren um meinen Nacken geschlungen und zogen mich hoch, bis unsere Oberkörper aneinanderklebten. Meine Hände rutschten ihren Rücken hinab und blieben dort kurz zögernd liegen, als ich die warme weiche Haut zwischen dem Saum ihres T-Shirts und ihrer Shorts spürte. Taylor versteifte sich und unterbrach den Kuss für einen Moment, aber sie stieß mich nicht von sich. Stattdessen legte sie ihre Stirn an meinen Hals, als genieße sie meine Liebkosungen. Ich fuhr mit dem Finger über den Bund und fragte mich, ob ich es wagen konnte, meine Hand druntergleiten zu lassen und …

Eine leise Stimme ertönte. »Taylor?«

Taylor schoss in die Höhe, sprang in einem Sekundenbruchteil von meinem Schoß und stieß mich von sich. Ihre Wangen wurden von roten Flecken überzogen, während sie versuchte, ihr Haar zu ordnen. »Hey, Kimmy. Hast du …? Bist du gerade erst aufgewacht?«

Kimmy rieb sich die Augen und gähnte so weit, dass ich eine silberne Plombe unten rechts sehen konnte. »Ja, ich war nicht müde.«

»So viel zum Thema schlechtes Timing«, murmelte ich und stöhnte, als Taylor mir gegen die Schulter boxte. »Uff! Ich meine, das ist echt doof. Bist du sicher, dass du nicht müde bist? Vielleicht könnten ein bisschen Milch oder Wick

MediNait helfen? Das ist total lecker.« Taylor boxte mich noch fester.

Kimmy verstand den Wink mit dem Zaunpfahl nicht. Stattdessen pflanzte sie sich direkt zwischen uns auf den Boden. Ihre Kinn war auf das Sofapolster gestützt, dann blickte sie uns mit großen Augen an. Die Tatsache, dass ich immer noch total scharf war, machte die Sache nur noch peinlicher.

Taylor stieß einen Seufzer aus. »Schön, du kannst noch ein bisschen wach bleiben, aber dann geht's ab ins Bett.« Ihr Blick zuckte zu meinem hoffnungsfrohen Gesicht. »Wenn Evan heimgeht.«

Verdammt, sie hätte nicht abgebrühter sein können. Die Spielzeit war vorüber, und wenn ich heimkam, wartete die nächste kalte Dusche auf mich. Ich unterdrückte noch ein Stöhnen und ließ mich aufs Sofa plumpsen.

Kimmys Augen strahlten auf und sie krabbelte neben uns auf die Couch. »Willst du mit uns Ich-hab-ein-Date spielen?«

Taylor musste husten und winkte hektisch ab. »Nein, nein. Ich glaube nicht, dass er das spielen möchte.«

Ihr panischer Tonfall weckte meine Neugier. »Warum denn nicht? Was ist denn dieses Ich-hab-ein-Date-Spiel?«

»Das ist, wenn ich Taylor für eine Verabredung hübsch mache«, erwiderte Kimmy fröhlich, während Taylor hinter ihrer kleinen Schwester das Gesicht in einem blauen, mit Quasten verzierten Kissen vergrub.

»Für eine echte Verabredung?«

»Nein, Taylor hat nie eine echte Verabredung.« Sie quietschte auf, als Taylor ihr den Mund zuhielt.

»Und *ob* ich Verabredungen habe.«

»Na klar hast du die«, erwiderte ich mit beschwichtigendem Tonfall. Was jedoch nicht funktionierte. Als sie mir ihr verärgertes Gesicht zuwandte und mich anfunkelte, befreite ich Kimmy aus ihrem Griff. »Warum machst du mich denn nicht hübsch für ein Date, Kimmy?«

Taylor schüttelte den Kopf. »Oh nein, ich glaube nicht, dass du das willst ...«

»Klar will ich das. Kimmy und ich sind *so*.« Ich verschränkte meinen Zeige- und Mittelfinger. »Außerdem klingt es nach einem Riesenspaß.«

Als Kimmy fröhlich aus dem Wohnzimmer flitzte, um ihre »Sachen« zu holen, bedachte Taylor mich mit einem Blick, der mir sagte, dass ich mein Angebot bereuen würde.

Was ich auch tat.

Ein paar Minuten später spannte sich meine Gesichtshaut unter einer schweren, dicken Schicht aus Creme und Puder. Obwohl ich Kimmy versichert hatte, dass ich einen hübschen, natürlichen Look für mein Date wollte, griff sie zielstrebig nach all den knalligen Farben aus Taylors brandneuem Make-up-Set. Meine Wangen waren geschwollen von dem borstigen Gestocher der Make-up-Pinsel und meine Augenlider schmerzten von der Wimpernzange. Ich verstand wirklich nicht, wie Mädchen dieses Prozedere tagtäglich ertragen konnten.

Aber all das war es die Sache wert, als Taylor auf dem Boden neben uns lag und vor Lachen kaum noch Luft bekam. Sie hielt sich den Bauch und versuchte sich aufzusetzen, aber ein Blick auf mich und sie kringelte sich schon wieder zusammen.

Ihre Wangen waren tränennass. Sie strahlte mich mit einem so breiten Lächeln an, dass ich kaum ihre Augen sehen konnte.

Ja, das war es definitiv wert.

14

Taylor

Der Abendwind zauste an meinem Haar, als ich mich aus dem Beifahrerfenster von Brians Auto lehnte und mit dem Finger auf Carly zeigte. »Bist du sicher, dass wir nicht bleiben sollen? Wir könnten mit dir auf die Party. Das würde uns nichts ausmachen.«

»Absolut sicher. Wie soll ich ihm denn Honig ums Maul schmieren, wenn ihr beide danebensteht?« Sie schwang ihre Handtasche über die Schulter und zwinkerte uns zu. Ihr fließender grüner Rock wirbelte um ihre Beine. »Nichts für ungut.«

»Kein Problem«, erwiderte ich trocken. Ich war mir immer noch nicht sicher, ob wir Carly allein lassen sollten, aber sie wollte nach dem Schulabschluss in dieser Theatertruppe aufgenommen werden, und diese Party könnte ihre Eintrittskarte sein. Außerdem, wenn jemand auf sich aufpassen konnte, dann sie.

»Sprich für dich selbst«, sagte Brian in gespielter Empörung. »Ich für meinen Teil bin total beleidigt.« Er drückte auf den Knopf und ließ das Fenster ein Stück hochfahren.

»Lass uns schnell losfahren, Taylor, bevor sie es sich anders überlegt.«

Ich lachte, als Carly zurücksprang und ihre Zunge rausstreckte, bevor sie wieder Richtung Theater zurückschlenderte. Brian fuhr aus der Parklücke und rollte langsam neben ihr her. »Viel Glück. Du wirst sie alle von den Socken hauen.«

»Ich weiß. Wer kann mir schon widerstehen?«

Brian prustete und gab Gas, sobald sie drinnen verschwunden war. »Schön zu sehen, dass sie auf dem Fachgebiet Selbstbewusstsein keine Nachhilfe benötigt.«

»Ja, aber ich möchte trotzdem daran glauben, dass sie uns zur moralischen Unterstützung gebraucht hat.« Ohne seine Antwort abzuwarten, rutschte ich etwas näher und hielt Finger und Daumenfinger einen Zentimeter auseinander. »Nur ein klitzekleines bisschen. Ist doch okay, ein winziges bisschen vom Ruhm abhaben zu wollen.«

»Verdammt, sie ist nicht hier. Wir können den *ganzen* Ruhm haben.«

Ich grinste und tätschelte seine Schulter »Du hast recht. Das war alles nur wegen uns. Wir sind echt großartig!«

Der Wagen machte einen kleinen Schlenker, als Brian sich ins linke Fäustchen lachte. »Solange er dir nicht zu Kopf steigt.«

»Zu spät. Aber eine Sache bereue ich.« Ich seufzte schwer und tätschelte meinen Bauch. »Ich hätte mir das Abendessen nicht klemmen sollen.«

Er wechselte die Hand auf dem Lenkrad und öffnete das Fach zwischen unseren Sitzen, wobei er durch die Ladekabel seines Handys und iPods wühlte. »Na ja, ich hab nichts Essbares für dich hier, aber vielleicht hilft das ja.« Er reichte mir eine Packung Pfefferminzkaugummis.

Ich nahm sie mit einem Grinsen an. »Danke. Willst du auch eins?«

»Nein, ich hab meine eigenen.« Er tätschelte die Brusttasche seines grün karierten Hemds. »Ich mag kein Pfefferminz.«

»Oh, stimmt ja.« Ich hatte vergessen, dass er diese fruchtigen Kaugummis mochte, die ich leidenschaftlich hasste. Sie waren so süß, dass ich sie, als ich klein war, immer runterschluckte. Und Mom erzählte mir dann, dass Kaugummis unverdaulich seien, sich in meinem Magen ansammeln und ihn eines Tages komplett verstopfen würden. Eine tolle Geschichte, um sie der eigenen Tochter kurz vor Halloween zu erzählen.

Ich steckte mir zwei Stück in den Mund. »Warum hast du Pfefferminzkaugummis, wenn du sie gar nicht magst?«

»Die sind für dich.« Er schenkte mir ein kleines Grinsen. Das Straßenlicht flackerte in seinen dunklen Augen. »Ich hab immer welche da, für den Fall, dass du welche willst.«

Ich blickte ihn verdutzt an. »Ich?«

Sein Lächeln verblasste etwas und er wandte sich ab. »Na ja, du oder irgendjemand sonst, der sie will. Du weißt schon, was ich meine.«

»Oh.« Für den Bruchteil einer Sekunde hatte ich geglaubt, er meinte speziell mich. Was keinen Sinn ergeben hätte. Warum sollte er mir etwas kaufen, nur für den Fall, dass ich es eines Tages brauchen könnte? Es war verrückt von mir, das auch nur zu *denken.*

Dennoch lag eine komische Stimmung in der Luft. Ich

beugte mich vor, um durch die CDs in dem Fach unter dem Radio zu kramen. Meine Finger fuhren über die Plastikhüllen. Sie waren bereits perfekt geordnet – nach Genre sortiert – und blickten in dieselbe Richtung.

Tatsächlich war alles in Brians Auto makellos. Kein Staub oder Schmutz auf Armaturenbrett oder Teppich. Die Fenster waren so blitzeblank, dass womöglich ein Vogel dagegenknallen könnte. Und es hatte immer noch diesen Geruch nach Neuwagen, obwohl er es besaß, seit er nach Wilmington gezogen war. Genauso hätte mein Auto ausgesehen, wenn ich denn eins gehabt hätte.

Plötzlich musste ich an Rudy und seinen Rost und Dreck denken und fühlte mich umgehend schuldig. Als würde ich ihn betrügen, weil ich einen anderen Wagen bewunderte.

Vielleicht sollte ich mal ausschlafen. Womöglich litt ich schon unter Wahnvorstellungen.

»Hast du eigentlich schon beschlossen, auf welches College du gehst?«, fragte ich, um die Stille zu unterbrechen.

Ein kleines Lächeln umspielte seine Lippen. »Würdest du mich umbringen, wenn ich Columbia sage?«

»Ha, ha. Wenn du an die Columbia gehst, dann halt besser sofort an, damit ich dich verprügeln kann.«

Er stieß einen leisen Pfiff aus. »Können wir warten, bis wir daheim sind? Ich will echt nicht, dass wir Zeugen haben, wenn du mir den Hintern versohlst.«

»Na ja, allein zu Hause ist es nur halb so witzig.«

Brian kicherte, aber er sagte nichts mehr. Und er weigerte sich, zu mir zu schauen. Ich verengte die Augen zu Schlitzen und ein flattriges, panisches Gefühl überkam mich. »Moment mal, du verarschst mich doch, oder?«

»Ja klar.« Er kicherte leise, und als wir an einer roten Ampel stehen blieben, blickte er endlich zu mir. Seine Augen funkelten mich schelmisch an und sein Grübchen bildete einen Krater in seiner Wange. »Ich habe mich für den Studiengang Journalismus an der New York University entschieden. So werde ich wenigstens in der Nähe sein.«

»Oh.« Natürlich würde er nicht mit mir um die Columbia konkurrieren. Er wusste, wie viel mir das bedeutete. »Also ist Medizin definitiv gestrichen?«

»Ja, es wäre zwar interessant und meine Eltern wollen unbedingt, dass ich an die Tulane in New Orleans gehe, aber ich bezweifle, dass ich dort glücklich werden würde.«

Das war etwas, was ihn das ganze Jahr über gequält hatte, und daher war ich froh, dass er endlich einen Entschluss gefasst hatte. »Das ist klasse, Brian. Im Ernst.« Ich legte meine Hand auf seinen Arm und drückte ihn wie zur Bestätigung. »Wie kam es, dass du deine Meinung geändert hast?«

Er blickte auf meine Hand. »Also eigentlich ... ist es wegen dir.«

»Wegen mir? Wie das?«

»Du weißt ganz genau, was du willst. Und du hast dir den Arsch aufgerissen, um dorthin zu gelangen. Deine Leidenschaft und dein Ehrgeiz ...« Er schüttelte den Kopf. »Ich denke, ich will das auch. Meinen Job wirklich lieben. Auch wenn es bedeutet, dass ich mein Leben wahrscheinlich damit verbringen werde, Dosenravioli und Fertigsuppen zu essen, während du in Fünf-Sterne-Restaurants mit irgendwelchen Richtern und Senatoren dinierst.«

Gerührt von der hohen Meinung, die er von mir hatte, drückte ich noch einmal seinen Arm. »Mach dir keine Sorgen. Ich werde dich ab und an zu einem Abendessen mitnehmen. Wegen der guten alten Zeiten.«

Brian kicherte. »Danke schon mal für das gratis Essen.«

»Nichts zu danken.« Ich ließ ihn los und blickte aus dem Fenster, als er in meine Straße bog. »Dann schätze ich mal, dass wir uns des Öfteren in New York sehen werden. Also falls ich je meine Zusage für die Columbia bekomme.«

»Das wirst du. Die wären doch dumm, wenn sie dich nicht nehmen würden, und die Columbia ist nicht unbedingt der Ort für dumme Leute.« Die Überzeugung in seiner Stimme stimmte mich zuversichtlich. »Freust du dich, dass ich in der Nähe sein werde?«

»Natürlich.« Zumindest jetzt, da ich wusste, dass er nicht darauf aus war, mir meinen Studienplatz wegzuschnappen. Er schnaubte und ich knuffte ihn in den Arm. »Im Ernst, ich freue mich. Es wird schön sein, jemanden zu haben, den ich kenne. So werde ich nicht allzu einsam sein. Du weißt schon, wenn der Unterricht losgeht und alle mich hassen.«

»Niemand hasst dich«, unterbrach mich Brian mit einem Stirnrunzeln.

»Doch, wenn es um die Schule geht, schon. Lüg nicht.«

Der Motor verstummte, als er vor meinem Haus anhielt. Dann drehte er den Zündschlüssel um und nickte. »Na gut, vielleicht manchmal. Aber ich nicht.«

»Das weiß ich. Deswegen sind wir ja auch befreundet, obwohl du Jahrgangsbester bist und nicht ich.« Das war nur halb als Scherz gemeint. Einen Teil von mir wurmte es immer noch, dass ich nicht die Abschlussrede halten würde. Das war etwas, wovon ich schon seit meiner Kindheit geträumt hatte, als ich überhaupt erst lernte, was das Wort *Jahrgangsbester* bedeutete.

»Wenn du magst, kann ich meine Noten für den Rest des Jahres vermasseln, damit du meinen Platz einnehmen kannst.«

»Na klar.«

Er löste seinen Gurt, drehte sich zu mir um und beugte sich mit einem Grinsen zu mir vor. »Im Ernst, nur ein Wort von dir …«

Obwohl ich wusste, dass er nur scherzte, munterte mich sein Angebot auf. Ich beugte mich ebenfalls vor und ahmte seine Haltung nach. »Mein altes Ich hätte es wohl für eine Sekunde in Betracht gezogen, aber dieser Sieg würde sich zu abgeschmackt anfühlen. Außerdem besteht immer noch die Chance, dass ich es von allein schaffe – anständig und ehrlich.« Eine winzige Chance zwar, aber sie bestand immer noch.

»In Ordnung, aber ich werde es dir nicht einfach machen.«

»Das würde ich auch nicht wollen.« Grinsend lehnte ich mich zurück, um meinen Sicherheitsgurt zu lösen.

»Hast du dir je überlegt, wie es wäre, wenn wir mal zusammen ausgehen würden?«, fragte Brian plötzlich. Seine dunklen Augen funkelten, als er mich anschaute.

Ich war von seiner Frage zu überrumpelt, um sofort zu antworten. Meine Hand erstarrte an der Schnalle, als hätte sie vergessen, wie man sie löst. Die Zeit stand still, während Brians Frage immer wieder durch meinen Kopf düste wie ein durchgeknallter Duracell-Hase.

Es war eine einfache Ja-oder-Nein-Frage. Eine, auf die ich die Antwort kannte. Warum konnte ich sie also nicht aussprechen? Das war die perfekte Gelegenheit, um mehr über seine Gefühle zu mir herauszufinden.

Weil ich nicht bereit war für die Antwort. Noch nicht. Das war nicht Teil des Plans. »Wie meinst du das?«

Er fuhr sich mit der Hand durchs Haar und verwuschelte es. »Na ja, wir scheinen einfach so gut zusammenzupassen. Eigentlich perfekt.«

»Schon, aber vielleicht wären wir zusammen auch *zu* perfekt«, sagte ich und wiederholte damit Evans Worte. »So perfekt wie böse Wissenschaftler-Genies.«

Brian lachte. »Also ich weiß nicht, können Dinge überhaupt *zu* perfekt sein? Manchmal bedeutet perfekt einfach nur … perfekt. Weil es so sein soll. Weil man weiß, dass es halten würde.«

Eine Gänsehaut überzog meine Arme, als er sprach. Ich schüttelte den Kopf. »Warum plötzlich so philosophisch?«

»Es ist nur etwas, was ich mich seit Längerem gefragt habe.«

Bevor ich etwas darauf erwidern konnte, beugte er sich zu mir vor, bis sein Gesicht nur Zentimeter von meinem entfernt war. Mein Atem stockte, und alles, was ich tun konnte, war ihn anzustarren. Mit einem kleinen Lächeln drückte er plötzlich auf den Knopf, löste den Gurt und zog ihn von meinem Körper, damit er zurückschnellte. Doch er wich nicht zurück. Er sah mich einfach nur weiter an.

Es gibt diese Momente im Leben, von denen man geträumt und die man seit Ewigkeiten geplant hat.

Es wäre eine Lüge, würde ich behaupten, ich hätte mir nicht schon hundertmal ausgemalt, wie Brian und ich unseren ersten Kuss haben würden. Zusammen am College.

Während er sich auf seine Karriere als Journalist vorbereitete und ich mein Jurastudium durchzog. Wir würden zusammen auf dem Campus abhängen, die Stunden würden nur so dahinfliegen und plötzlich würden wir verstummen und einander anschauen und es einfach wissen.

Dieser Moment hier war jenen aus meiner Vorstellung unheimlich ähnlich. Und nun, da Brian mit mir nach New York ziehen würde, schien es wie etwas, das vom Schicksal dazu bestimmt war, zu passieren.

Ich bin mir nicht sicher, ob er es war, der sich schließlich rührte, oder ich, aber das Nächste, was ich wusste, war, dass die Zentimeter zwischen uns schrumpften, bis es kaum noch einer war. Es war unmöglich, ihn noch anzuschauen, ohne zu schielen, und meine flatternden Augenlider senkten sich, obwohl mein aufgewühlter Magen sich verkrampfte.

Klopf, klopf. Wir stoben auseinander, als jemand gegen die Beifahrertür klopfte.

Es war Evan.

Das Herz donnerte mir in der Brust, als ich aus dem Wagen sprang. Ich stolperte auf den Rasen, schaffte es jedoch, mein Gleichgewicht zu halten. Besser gesagt, Evan fing mich auf. Dann ließ er sofort los und schob die Hände in die Hosentaschen. Er blickte ausdruckslos auf mich herab. Die Krämpfe in meinem Magen vervielfachten sich und ich musste den Blick abwenden.

»Oh, hi, Evan.« Meine Begrüßung entwich mir wie ein schrilles Fiepsen. Ich räusperte mich und versuchte es noch einmal. »Hi.« Na toll, jetzt klang ich wie ein vierzigjähriger Lkw-Fahrer mit Raucherlunge. War mein Hals immer so trocken?

Brian stieg ebenfalls aus und kam langsam um den Wagen herum, bis er auf meiner anderen Seite stehen blieb.

Evan blickte zu Brian, und seine Stirn furchte sich tief, als wäre er in Gedanken versunken. Ich hatte das Gefühl, etwas sagen zu müssen, aber mir fiel nichts ein.

Plötzlich, innerhalb eines Wimpernschlags, wurde sein Ausdruck weicher und ein Lächeln machte sich auf seinem Gesicht breit. Doch obwohl es so breit war, reichte es nicht bis zu seinen Augen. Sie wirkten immer noch düster und stürmisch. »Ist ja witzig, dass wir uns alle hier treffen.«

Brian zuckte mit den Schultern. »Nicht wirklich, Taylor wohnt hier. Hast du lange gewartet?«

»Geht so.«

Hätte ich es nicht besser gewusst, hätte ich gedacht, dass Evan eifersüchtig war. Aber dafür gab es keinen logischen Grund. Das wäre mehr als absurd. Brian und ich hatten nichts getan. Und es war ja nicht so, als ob Evan und ich in einer *richtigen* Beziehung wären. Ich meine, ab und an riss er ja selber Witze darüber, dass Brian und ich mal zusammenkommen würden.

Doch warum fühlte ich mich dann so schuldig?

Nach einer gefühlten Ewigkeit – auch wenn es sich nur um eine Minute handelte – kam Evan ein paar Schritte auf mich zu, bis ich nur eine Armlänge entfernt war. Doch er berührte mich nicht. »Es war nett von dir, dass du sie heimgefahren hast, Brian.«

Brian kam ebenfalls ein paar Schritte näher. »Ist doch selbstverständlich. Taylor weiß, dass sie jederzeit auf mich zählen kann. Ich bin immer für sie da, wenn sie mich braucht.«

»Ja, du bist eben ein *guter* Junge.« Evans Stimme troff nur so vor Spott, sodass das Wort *gut* wie eine Beleidigung klang.

»Irgendwer muss es ja sein.«

Evans Augen verengten sich, aber sein Lächeln geriet nicht ins Wanken. Es war irgendwie gruselig und bewundernswert zugleich. »Es ist toll, dass Taylor so gute Freunde wie dich an ihrer Seite hat.«

Mein Kopf drehte sich hin und her, während sie sprachen. »Ja, das stimmt. Wisst ihr was, warum gehen wir nicht …?«

»Ja, ihr wisst doch, wie es heißt: Eine Freundschaft ist was fürs ganze Leben«, unterbrach mich Brian, als hätte ich eben nichts gesagt. »Und ich gedenke, eine Weile zu bleiben.«

»Das glaube ich sofort.«

Sie starrten einander über meinen Kopf hinweg herausfordernd an. Ich hatte das komische Gefühl, dass sie nicht einmal mehr merkten, dass ich überhaupt da war. Es war wie eine Art Machtkampf, den ich nicht kapierte. Und an dem ich absolut keinen Anteil haben wollte.

Gott sei Dank wurden wir von einem lauten Kläffen unterbrochen. Oreo schoss als verschwommener schwarzweißer Fleck auf uns zu und kam ein paar Schritte vor uns schlitternd zum Stehen. Seine rosa Zunge hing ihm seitlich aus dem Maul und sein Schwanz wedelte hin und her wie ein Scheibenwischer.

Da Brian meinen Hund bereits mehrmals getroffen hatte, wenn ich ihn in den Park mitbrachte, ging er in die Hocke und streckte seine Hand nach Oreo aus. »Komm her, Kleiner.«

Gleichzeitig klopfte Evan mit der Handfläche auf seinen Oberschenkel. »Komm hier rüber.«

Oreos Kopf zuckte zwischen den beiden Jungs hin und her, dann gab er ein Winseln von sich und ließ sich einfach ins Gras fallen. Er rollte sich zusammen, legte den Kopf zur Seite und weigerte sich, irgendeinen von uns weiter anzuschauen.

Ich wollte irgendwie dasselbe tun.

Versteht mich nicht falsch. Als angehende Rechtsanwältin – oder Möchtegern-Rechtsanwältin – liebte ich Konfrontationen. Aber nur, wenn ich eine der beiden streitenden Parteien war. Ich war Kapitänin des Debattierclubs gewesen, bevor alle anderen Mitglieder ihn verließen und er aufgelöst wurde. (Trotz allem, was die Leute an der Schule glaubten, war das nicht meine Schuld gewesen. Wenn überhaupt war es die Schuld der anderen, weil sie nicht zu den täglichen Treffen kommen wollten, wie ich es verlangt hatte.)

Aber das hieß noch lange nicht, dass ich Partei für Evan oder Brian ergreifen wollte.

Ich beschloss, Oreo und mich aus dieser misslichen Lage zu befreien, bückte mich hastig und hob ihn hoch. Er jaulte überrascht auf, aber ich drückte ihn fest an meine Brust und entfernte mich von den beiden verdutzten Jungs. »Ähm, ich muss noch lernen für … meine Klausur morgen. Ich will gern vorbereitet sein. Wir … wir sehen uns.«

Bevor einer von ihnen etwas erwidern konnte, flitzte ich, ohne mich noch einmal umzuschauen, ins Haus. Ich knallte die Tür zu, stellte mich auf die Zehenspitzen und spähte durch die längliche Scheibe in der Tür. Brian und Evan hatten sich beide bereits umgedreht und gingen zu ihren Autos. Innerhalb von Sekunden waren sie verschwunden und fuhren in die jeweils entgegengesetzte Richtung davon.

Oreo stieß ein lautes Bellen aus, um meine Aufmerksamkeit auf sich zu lenken, und ich hätte schwören können, einen zutiefst vorwurfsvollen Blick in seinen Augen zu erkennen.

»Was? Ich bin kein Feigling. Ich habe nur … Und überhaupt, du hast dich doch auch für keinen von beiden entschieden.« Er neigte den Kopf nach links und starrte mich nur weiter an. Toll, jetzt stritt ich mich schon mit einem Dackel. »Ach, halt die Klappe.«

Ich zog verärgert die Brauen zusammen und ließ mich an der Tür runtergleiten, bis ich auf dem Boden saß. Oreo kam rübergewackelt, schob seinen Kopf unter meinem Arm und kuschelte sich an mich.

15

Evan

Ich warf ein Handtuch über den Rücken, griff nach meinen Autoschlüsseln und machte mich bereit, an den Strand zu fahren. Ich hatte eigentlich nicht vorgehabt, heute surfen zu gehen. Die grollenden Wolkenberge draußen hätten genügen müssen, um mich ins Bett zurückzuscheuchen, aber ich musste etwas unternehmen. Irgendwas, nur um Taylor und Brian, diesen arschigen Idioten, aus meinem Kopf zu kriegen.

Okay, Brian war nicht *wirklich* ein Idiot. Wenn überhaupt, war er viel zu klug. Und er konnte nett sein. Manchmal. Aber trotzdem war er deswegen nicht weniger ein Arsch. Ich meine, was für ein Typ machte sich bitte schön an die Freundin eines anderen Typen ran? Na gut, Quasi-Freundin. Oder …

Scheiß drauf. Ich musste surfen gehen. Ich musste raus aufs Meer und alles und jeden vergessen. Auch wenn es nur ein paar Stunden waren. Nachdem ich Taylor gesimst hatte, dass ich sie heute nicht zur Schule fahren konnte, schnappte ich mir mein Surfbrett und ging nach unten, um mir was zu essen zu holen.

Zu dumm, dass Brandon in der Küche saß und frühstückte, als ich die Treppe runterkam. Dabei war dieser Tag so schon beschissen genug. »Na, wieder mal die Schule schwänzen? Das überrascht mich nicht. Ich wusste gar nicht, dass du vor Mittag aufstehen kannst.«

Ich schnappte mir ein paar Blaubeer-Muffins, die Mom gestern gemacht hatte, vom Teller auf dem Küchentresen. Ohne auf seine Sticheleien einzugehen, drehte ich mich zu ihm um und stopfte mir die Hälfte eines Muffins in den Mund, da ich wusste, dass er es hasste, wenn ich mit vollem Mund redete. Eins von den tausend Dingen, die er an mir hasste. »Und ich wusste nicht, dass du vierundzwanzig Stunden am Tag, sieben Tage die Woche nerven kannst, aber irgendwie schaffst du es immer wieder«, erwiderte ich schmatzend.

Er funkelte mich über seinen Teller hinweg an. »Ich verstehe wirklich nicht, wie dieses Simmons-Mädchen dich erträgt. Sie sollte clever genug sein, um zu wissen, dass sie etwas Besseres verdient.«

»Tja, wenn jemand Bescheid wissen muss über clevere Frauen, die mit Arschlöchern zusammenbleiben, dann ja wohl du, oder?«

Brandon knallte die Faust auf den Tisch und sah mich finster an. »Wenn es jemanden gibt, der sich deiner Mutter gegenüber wie ein Arschloch verhalten hat, dann dein Versager von einem Vater. Sie hätte diesen Bastard verlassen sollen, lange bevor er im Gefängnis landete. Gott sei Dank hat sie es irgendwann eingesehen. Genauso wie deine kleine Freundin bald einsehen wird, dass du ein Loser bist. Sie wird diese Stadt verlassen und etwas aus sich machen.

Glaubst du ernsthaft, sie braucht einen Klotz am Bein, der sie zurückhält, so wie dich?«

In einem unkontrollierten Anfall von Wut packte ich ihn am Kragen und zerrte ihn zu mir hoch. Er schlug mit seinen Fäusten auf meine Arme und Schultern ein, aber es kümmerte mich nicht. Ich spürte nichts davon. »Halt verdammt noch mal die Fresse, bevor ich sie dir so dermaßen poliere, dass ...«

»Brandon! Evan! Du lässt ihn los, aber sofort!«

Ich lockerte meinen Griff, aber ich ließ immer noch nicht los. »Tolles Timing, Mom!«

Sie ließ ihre Einkaufstüte fallen und zerrte an meinen Armen. »Ich habe gesagt, du sollst ihn loslassen!«

Mit einem Knurren löste ich schließlich meinen Griff und Brandon taumelte rückwärts. Sein Gesicht war rot angelaufen. Er rieb sich die Schultern und den Nacken mit beiden Händen und funkelte mich an. »Das reicht! Es ist mir egal, ob das dein Sohn ist, Eva. Ich werde das nicht länger hinnehmen. Ich habe das ernst gemeint, was ich vorhin gesagt habe. Sobald er mit der Schule fertig ist, fliegt er aus meinem Haus.«

Ich machte einen Schritt auf ihn zu. »Warum erspare ich uns beiden nicht den Stress und verpisse mich jetzt gleich?«

»Du sagst es. Also pack deine Sachen und verschwinde verdammt noch mal von hier, bevor ich die Polizei rufe. Du undankbares Stück ...«

»ES REICHT!«, brüllte Mom plötzlich. »Beide!«

Brandon und ich waren so perplex, dass wir aufhörten uns anzuschreien und sie anstarrten. In den vier Jahren, die Brandon und Mom zusammen waren, hatte sie ihn nie zuvor angebrüllt. Verdammt, ich glaube, ich hatte sie überhaupt noch nie laut mit ihm reden hören, und schon gar nicht mit ihrer »Du hörst jetzt besser zu, bevor ich richtig sauer werde«-Stimme. Nicht einmal ich bekam die oft zu hören. Eigentlich nur einmal, als ich an ihrer Hochzeit eine Prügelei mit Brandons Neffen anfing. (Ich hatte gewonnen. Obwohl ich mich nicht mehr wie ein Sieger fühlte, nachdem Mom mit mir fertig war.)

Sie atmete zittrig aus und schüttelte den Kopf. »Brandon, hast du heute Vormittag nicht eine OP? Du willst doch nicht zu spät kommen.«

Brandon sah aus, als wolle er widersprechen, aber zur Abwechslung einmal war er klüger und hielt die Klappe. Er nickte nur und verließ die Küche.

Mom schloss die Augen und massierte sich die Stirn mit einer Hand, dann beugte sie sich runter, um die verstreuten Einkäufe einzusammeln. »Großartig, jetzt habe ich wegen dir die Eier zerbrochen. Wie soll ich dir und Taylor jetzt was backen?«

»Sorry, Mom.« Ich bückte mich, um ihr zu helfen. »Ich hole nachher eine neue Packung.«

»Ja, das solltest du.«

Da ich sie nicht noch weiter verärgern wollte, nahm ich das Geschirrtuch von der Ofentür und reichte es ihr, damit sie die verkleckerten Eier aufwischen konnte. Ich sammelte währenddessen schweigend die restlichen Sachen auf. Ich krabbelte sogar unter den Küchentisch, um ein paar angeschlagene Pfirsiche hervorzuholen.

Dann, als es nichts mehr zu tun gab, trat ich von einem Fuß auf den anderen und räusperte mich. »Es tut mir leid …

du weißt schon, wegen vorhin. Ich hätte ihn nicht so anfassen dürfen.« Oder zumindest würde ich nächsten Mal dafür sorgen, dass wir keine Zuschauer hatten. Vor allem, wenn er jemals wieder Taylor oder Dad erwähnen sollte.

»Ich mache dir keine Vorwürfe. Ich habe gehört, was er gesagt hat.« Sie stellte die Dosen in den Küchenschrank neben dem Herd. »Er hätte nicht so über deinen Vater reden dürfen.«

Dies war das erste Mal, dass sie Dad in einem Gespräch erwähnte. Ich wollte weiterhin wütend auf sie sein, aber ich konnte nicht. Ich glaube, ein kleiner Teil von mir hatte immer geahnt, dass sie wusste, wo er steckte. Immerhin wusste sie auch alles andere.

»Er redet immer so«, erwiderte ich schulterzuckend. »Warum siehst du erst jetzt, was für ein Arsch er ist?«

»Er ist sehr gut zu mir, Evan. Zu uns beiden«, fügte sie mit einem Seufzen hinzu, als sollte ihn das von all seinen Fehlern reinwaschen. Vielleicht tat es das ja für sie.

»Er ist gut zu dir. Mich toleriert er nur.«

»Kannst du es ihm verübeln? Jedes Mal, wenn ihr euch seht, greifst du ihn an.«

Ich verzog das Gesicht, sagte aber nichts. Es stimmte. Ich pinkelte ihm bei jeder sich bietenden Gelegenheit ans Bein. Aber es war ja nicht so, als wäre ich der Einzige. Er tat es genauso.

»Ich weiß, du denkst, er ist der Grund, warum ich nicht über deinen Dad spreche, aber das ist allein meine Entscheidung.« Sie rieb mit den Händen über ihre Oberschenkel, als könnte ihr die Reibung mehr Mut verleihen. »Ich liebe Brandon, Evan.«

»Okay …« Ich wusste nicht, worauf sie hinauswollte.

Mom stieß laut die Luft aus. »Aber ich liebe auch deinen Dad. Selbst jetzt noch. Und Brandon weiß das. Aber er liebt mich so sehr, dass es ihm egal ist, solange ich mit ihm zusammenbleibe. Ich wünschte, er würde dir gegenüber genauso empfinden, aber du erinnerst ihn an deinen Dad und daran, dass ich ihn nicht auf dieselbe Art und Weise liebe wie er mich.«

Ich umklammerte den Küchentresen mit beiden Händen und lehnte mich dagegen. Es ließ sich nicht leugnen, dass Brandon gut zu Mom war. Wirklich gut. Es war die einzig positive Eigenschaft, die er hatte, und der einzige Grund, warum ich ihn nicht vollständig hassen konnte. Und nun – nach Moms Erklärung – fühlte ich sogar so etwas wie Mitleid mit ihm. »Aber wie kannst du mit ihm zusammenbleiben, wenn du immer noch Dad liebst? Warum bist du nicht einfach mit ihm zusammengeblieben?«

Sie richtete den Blick zur Decke. »Du musst eins verstehen, Evan. Die Liebe ist etwas Wunderbares, aber sie ist nicht alles. Und sie ist nicht genug. Das Leben mit deinem Vater war hart. Ich wusste nie, wo er war, was er tat oder wann er nach Hause kommen würde. Und ich war es so leid, mich um alles kümmern zu müssen. Vor allem nach den Doppelschichten im Krankenhaus.« Endlich senkte sie den Kopf, um mich anzusehen. »Ich habe es nicht länger ertragen.«

Scheiße. Ich wusste, dass das Leben für Mom hart gewesen war, aber ich dachte nicht, dass es so schlimm war. »Tut mir leid, Mom. Das wusste ich nicht.«

»Aber jetzt ist alles besser. Weswegen ich normalerweise ein Auge zudrücke, wenn ihr beide euch in die Haare kriegt«, fuhr sie fort. »Aber Brandon hatte kein Recht, so über dich und Taylor zu reden. Bist du deswegen so wütend?«

»Mach dir keine Sorgen, eigentlich höre ich nie hin, wenn er was sagt«, erwiderte ich und umschiffte ihre Bemerkung zu Taylor. Ich wollte mir die Wahrheit nicht einmal selbst eingestehen.

Ich hatte geglaubt, ich sei immun gegenüber jedem Mist, den Brandon verzapfte, aber ich rastete offenbar aus, sobald er Taylor erwähnte. Vor allem wenn seine Worte die Bilder von Taylor und Brian gestern Abend in seinem Wagen in meinem Kopf wachriefen. Ich wusste, dass Brian eine Schwäche für Taylor hatte. Es war kaum zu übersehen, wie mürrisch er dreinblickte, wann immer wir zusammen waren. Oder wie er ständig an Taylors Seite klebte, ihr half, mit ihr lernte, sich mit ihr unterhielt. Die einzige Person, die das nicht sah, war Taylor selbst.

Also ja, ich hatte das mit Brian gewusst. Aber ich hatte *nicht* gewusst, wie es sich anfühlen würde, Taylor tatsächlich in seinen Armen zu sehen. Als es so aussah, als würde sie mich verlassen, um mit ihm zusammen zu sein. Ich war nicht vorbereitet gewesen für die Welle der Wut und der Verzweiflung, die mich bei diesem Anblick übermannte. Noch nie hatte ich etwas Derartiges verspürt. Und es fühlte sich richtig beschissen an.

Mom unterbrach meine Gedanken. Ein Lächeln breitete sich über ihr Gesicht, als hätte sie mir nicht erst vor ein paar Sekunden ihr Herz ausgeschüttet. »Aber Taylor ist mit dir zusammen, oder etwa nicht? Sie hat sich für dich entschieden. Wenn ihr all die anderen Dinge so wichtig wären, wäre sie statt mit dir mit Brian Long ausgegangen.«

Für den Bruchteil einer Sekunde dachte ich, ich hätte laut gedacht und sie wüsste deswegen über Brian und Taylor Bescheid. »Woher weißt du das mit Brian?« Durch die Art, wie sie meinem Blick auswich, wurde mir klar, dass sie womöglich mehr wusste, als sie zugab. »Mom?«

Sie fummelte an den Holzlöffeln herum, die über dem Herd hingen. »Ich hab da nur … was gehört.«

Das hier führte zu nichts Gutem. »Mom …«

»Okay, okay. Ich hab mich womöglich bei ein paar anderen Lehrern und Eltern an der Schule erkundigt. Hab ein paar Leute kennengelernt, die seine Familie kennen. Und … den Jungen ein bisschen im Internet gestalkt. Wusstest du, dass er drei Jahre in Folge den Ohio Scholastic Award gewonnen hat, bevor er hierherzog? Und dass er sich durch seine Leistungskurse bereits College-Punkte in Englisch, Mathe und Chemie verdient hat?« Sie wedelte mit der Hand durch die Luft, als sei das keine große Sache, aber ich sah ihr an, dass sie beeindruckt war. Wer nicht, angesichts dieser Statistik?

»Nein, wusste ich nicht.« Mann, Mom wusste echt, wie sie mir noch einen Tritt verpassen konnte, wenn ich schon am Boden lag. Sie machte es nicht mit Absicht, aber all das rief mir nur noch mehr ins Bewusstsein, dass, falls ich Taylor denn mochte – und ich sagte nicht, dass ich das tat –, ich sie nicht verdiente. Sie sollte mit einem Goldjungen wie Brian zusammen sein – nicht mit dem größten Taugenichts der Stadt.

Ich weiß nicht, ob mein Gesicht mich verriet oder sie

plötzlich realisierte, was sie da gesagt hatte, doch Mom lehnte sich über den Küchentresen und tätschelte meinen Arm. »Abgesehen davon ist er aber nichts Besonderes. Und nichts davon zählt, stimmt's? Wie ich schon sagte: Sie hat dich gewählt. Du bist es, den sie mag.«

»Ja. Klar.«

Mom irrte sich. Taylor hatte keine Wahl gehabt – nicht damals und auch nicht heute. Aber vielleicht war es an der Zeit, dass ich ihr die Gelegenheit gab, alles wieder in Ordnung zu bringen. Dass ich ihr die Freiheit gab, ihre Wahl zu treffen.

16

Taylor

Den Rest der Woche wurde ich das Gefühl nicht los, dass etwas mit Evan nicht stimmte. Er schwänzte wieder öfter die Schule, und ich hätte schwören können, dass er mir aus dem Weg ging. Wenn wir einander sahen, war er immer noch der lachende, scherzende Evan, aber ich *wusste* einfach, dass etwas nicht stimmte. Und ich war fest entschlossen zu helfen. Irgendwie.

Doch zuerst musste ich ihn finden. Und da Evan wieder mal nicht in der Schule war, musste ich mit der nächstbesten Option Vorlieb nehmen.

Aarons Augen wurden kugelrund, als er mich an seinem Spind warten sah, und er geriet beinahe ins Straucheln. Obwohl er ein riesiger Football-Spieler war, wirkte er immer wie ein Reh im Scheinwerferlicht, wenn ich mit ihm sprach. Ich war immer nett zu ihm, aber ich glaubte nicht, dass er je vergessen hatte, wie sauer ich nach unserem One-Night-Stand auf Evan geworden war. (Es gab leider keinen besseren Begriff für jene Nacht.) Es war nicht unbedingt einer meiner besten Momente gewesen.

»Hi, Aaron. Wie läuft die Schule?«

Er blickte verstohlen zu mir, während er die Kombination in sein Drehschloss eingab. »Ganz okay, glaub ich. Was gibt's?«

»Ich habe mich nur gefragt … Weißt du, wo Evan steckt? Er geht nicht an sein Handy.« Ich spielte an der Halskette mit der Münze herum, die Evan mir gegeben hatte, während ich auf seine Antwort wartete.

Aaron schüttelte den Kopf. »Nein. Ich dachte, wenn jemand es wüsste, dann du.«

»Leider nein. Weißt du dann vielleicht, ob er für heute Abend was vorhat?«

Mit einem leichten Stirnrunzeln lehnte er sich an den Spind neben seinem und kaute an seinem Daumennagel. »Heute Abend steigt eine Party am Wrightsville Beach. Ich bin ziemlich sicher, dass Brian hingeht. Eigentlich glaube ich, dass er jetzt schon da ist. Manchmal schwänzt er die Schule, um tagsüber zum Surfen hinzufahren. Das ist sein Lieblingsstrand.«

»Ach echt?«

»Ja.« Er bedachte mich mit einem komischen Blick, und ich hätte mir angesichts meines Ausrutschers gegen die Stirn hauen können. Das war wahrscheinlich etwas, was eine gute Freundin wissen sollte. »Weißt du, wo das ist?«

»Ich denke schon. Ich bin dran vorbeigekommen, als ich mal mit Brian nach Carolina Beach gefahren bin.« Noch ein komischer Blick. Verdammt. Eine gute Freundin erzählte wahrscheinlich nicht so selbstverständlich von Dates mit anderen Typen. Obwohl es nicht wirklich ein *Date* gewesen war. »Carly war auch dabei.«

Aaron stopfte zwei Bücher in den Spind und knallte ihn zu. Er drehte sich wieder zu mir um und zupfte an seinem linken Ohrläppchen. »Ich kann dich auch zur Party mitnehmen, wenn du eine Mitfahrgelegenheit brauchst«, bot er dem Spind über mir an.

Ich musste mich zusammenreißen, um nicht zu lachen. Obwohl er immer noch etwas scheu dreinblickte, wollte ich ihn am liebsten drücken. Er schaffte es kaum, ein paar Minuten am Stück mit mir zu plaudern, und doch bot er an, mich zur Party mitzunehmen. Die Fahrt wäre für uns beide die reinste Qual geworden. »Nein, nein, schon in Ordnung. Aber danke.«

»Kein Problem.« Er wandte sich zum Gehen, drehte dann aber noch mal seinen Kopf nach mir um und nickte. »Bis später, auf der Party.«

»Bis später.« Ein Lächeln breitete sich über mein Gesicht, während er aus meinem Blickfeld verschwand. Aaron war wirklich ein netter Kerl. Er war viel zu toll, um keine Freundin zu haben. Ich hätte ihn ja mit Carly verkuppelt, wenn ich nicht sicher gewesen wäre, dass sie ihn bei lebendigem Leib aufgefressen hätte.

Wo wir schon bei der Männerfresserin waren … Ich zog mein Handy aus der Tasche und wählte Carlys Nummer. »Hey, Carly, würde es dir was ausmachen, mir heute Abend deinen Wagen zu leihen?«

Zu spät fiel mir ein, dass ich auch vor Evans Haus hätte warten können. Es war ja nicht so, dass er nie mehr heimkommen würde. Außerdem war es bestimmt keine gute Idee, auf diese Strandparty zu fahren. Insbesondere mit den ganzen lachenden betrunkenen Leuten um das Lagerfeuer herum. Ich wünschte, Carly wäre mit mir gekommen, aber ihre Mutter hatte sie zu einem Karriere-Seminar mitgeschleift.

Fünf Minuten später war ich überzeugt, dass das hier eine ganz schlechte Idee war. Ich war gerade dabei, mich vorsichtig durch die Menschenmenge zu schlängeln, damit mir niemand auf den Fuß trat oder seinen Drink ins Gesicht schüttete, als jemand von hinten an mir zog.

»Taylor! Da bist du ja!«

»Ähm, hi.« Ich sah ganz kurz Aarons Gesicht, bevor er mich in einer bärenhaften Umarmung an sich quetschte, als hätten wir uns seit Jahren nicht mehr gesehen, nicht erst vor wenigen Stunden. Meine Füße baumelten kurz über dem Sand und ich bekam kaum Luft. Ich tätschelte seine Schulter. »Wo ist Evan?«

»Evan? Der trinkt irgendwo da drüben.« Er machte eine wedelnde Handbewegung über die gesamte Party hinweg.

Toll. Das war sehr hilfreich. »Irgendwo da drüben« beinhaltete etwa hundert Teenager, die tranken und ihre Körper zur Musik aneinanderrieben. Obwohl ich im selben Alter war wie sie – jünger sogar, da ich eine Klasse übersprungen hatte –, fühlte ich mich so fehl am Platz wie ein Nilpferd auf einem sonntäglichen Kaffeekränzchen.

Ich versuchte, mich unauffällig davonzuschleichen, doch Aaron war schneller und schleifte mich zurück. Er drückte mich an sich, als würden wir tanzen. Mein Kopf war gegen seinen Hals gepresst, und als ich mich herauswinden wollte, traf mich seine Alkoholfahne mitten ins Gesicht. Er war sturzbesoffen – zum umkippen und Kopf in die Kloschüssel stecken besoffen, um genau zu sein. Als weiterer Beweis blinzelten seine rot geränderten Augen zu mir runter. »Komm, wir gehen ihn suchen, Tay.«

Er manövrierte uns halb im Tango, halb hüpfend ins Zentrum des Partytreibens.

Wir hatten kaum zehn Schritte gemacht, als drei andere riesige Kerle beschlossen, sich unserem »Spaß« anzuschließen. Sie jauchzten und brüllten um mich herum, und wir tanzten – na ja, sie tanzten, ich stolperte – Richtung Lagerfeuer.

Ich hatte mir nie vorgestellt, dass ich mal im Mittelpunkt von einem Haufen Jungs stehen und mich dabei so elend fühlen würde. So nah würde ich in meinem Leben nicht wieder an eine Orgie rankommen. Und allmählich kam mir der Gedanke, dass das Ganze reichlich überschätzt wurde.

»Lasst sie in Ruhe!«

Obwohl es dasselbe war, was ich den Typen die ganzen letzten Minuten gesagt hatte, gehorchten sie der gebieterischen weiblichen Stimme und ließen von mir ab. Ich atmete erleichtert auf und richtete ein dankbares Lächeln an meine Retterin … das sofort verblasste, als ich erkannte, wer es war.

»Schau einer an, wen wir hier haben. Die kleine Miss Perfect ist fürs Wochenende mal von ihrem Thron gestiegen.«

Lauren. Lauren und ihr kurvenreicher Körper, der sich in enge Jeans und ein weißes Tanktop gehüllt in all seiner Pracht offenbarte. Das knallrote Bikinioberteil schimmerte durch den dünnen Stoff hindurch. Wie zum Henker *fror* sie in dem Fummel nicht? Mein T-Shirt hatte Ärmel und trotzdem jagte auf meinen Armen eine Gänsehaut die andere.

Vielleicht hielt ihre Bissigkeit sie warm – wie so ein interner Fiese-Mädchen-Heizstrahler.

Ihr rotbraunes welliges Haar war zu einem lockeren Zopf geflochten, der ihr über den Rücken fiel. Sie schaffte es, unschuldig, sinnlich, ätherisch, wild und scheu gleichzeitig zu wirken. Ich hatte keine Ahnung, wie es ihr gelang, auszusehen, als könne sie die Welt mit einer Hand erobern, hätte aber auch nichts gegen eine kräftige, männliche Schulter, an die sie sich ab und zu lehnen konnte. Aber ich konnte durchaus nachvollziehen, warum Evan mal was mit ihr gehabt hatte. Jeder Typ würde sich doch darum reißen, nach ihrer Pfeife tanzen zu dürfen. Jungs waren solche Idioten.

Gott, wie ich sie hasste.

Ich blickte mich hektisch nach allen Seiten um, ob jemand da wäre, um mich zu retten. Irgendwer. Hätte ich wählen dürfen, hätte ich gerade sogar die Orgie vorgezogen. »Ähm, ja. Coole Party.«

»Du gehörst hier nicht her«, sagte sie und stemmte die Hände in die Hüften.

»Wem sagst du das.« Ich verdrehte die Augen, erst dann merkte ich, dass ich das laut gesagt hatte. Lauren starrte mich an, als wäre ich eine Seegurke, die ans Festland gekrochen war, um bei der Party mitzumischen. Nein, bitte streichen. Die Seegurke wäre mehr willkommen gewesen als ich. »Ähm, weiß du, wo Evan ist?«

Ihre sich verhärtenden Gesichtszüge sagten mir, dass sie *sehr wohl* wusste, wo er war, dass dies jedoch nicht bedeutete, dass sie es mir verraten würde. Nicht wenn man dem schmalen Strich glauben durfte, den ihre zusammengepressten Lippen bildeten.

Rührte ihre Feindseligkeit daher, dass sie dachte, dass ich nicht auf diese Party gehörte oder dass ich nicht zu Evan gehörte? Wenn man mich fragte, hatte sie ihn nie verdient. Sie war eine 1-a-Oberzicke, und Evan war … nun ja, Evan.

Wie auch immer, es sah nicht so aus, als würde ich in nächster Zeit an diesem zickigen Bodyguard vorbeikommen. »Weiß du was? Ist ja auch egal, ich gehe jetzt.«

Ich hatte keine paar Schritte getan, als ihre Stimme mich einholte. »Ja, geh lieber heim zu deinen wertvollen Büchern. Besser du überlässt Evan Leuten, die ihn wirklich verstehen.«

»Und was lässt dich glauben, dass ich ihn nicht verstehe?«

Lauren musterte mich abschätzig von Kopf bis Fuß und lachte höhnisch. Jawohl, *höhnisch*. Die linke Hand auf ihrer Hüfte spreizte sich. »Musst du da echt noch fragen?«

Das war's. Ich hatte genug von ihrer eingebildeten, arschigen Art. Ich verschränkte die Arme, fest entschlossen, nicht von der Stelle zu weichen. »Wenn ich's mir recht überlege, ich glaube, ich werde bleiben. Schließlich bin *ich* Evans Freundin. Warum sollte ich also nicht mit seinen Kumpels abhängen?«

Autsch. Als ihr Mund aufklappte, wusste ich, dass ich einen wunden Punkt getroffen hatte. Sie erholte sich jedoch recht schnell und schaute sich um zu den Leuten, die uns anglotzten, als wären wir Teile einer Reality-Show. Als ob das jemals passieren würde – mir fehlten Minimum zwei Körbchengrößen, bevor eine Sendung über mein Leben auch nur die *geringste* Chance hätte, ausgestrahlt zu werden.

Ein teuflischer Ausdruck schlich sich in ihre stechend blauen Augen und mir rutschte das Herz in die Hose. *Oh nein, ich hatte womöglich schlafende Hunde geweckt. Mitten ins Wespennest gestochen. Die Hölle losgetreten.* »Schön, dann bleib eben. Gönn dir ein bisschen Spaß mit dem Rest von uns.« Lauren griff in ihre Hosentasche und holte einen kleinen weißen Papierzylinder heraus. Sie streckte ihn mir entgegen. »Komm schon. Nimm ihn.«

Es war ein Joint.

Sie hatte mich durchschaut und stellte mich auf die Probe. Und ich hatte keine Ahnung, wie ich reagieren sollte. *Scheiße. Scheiße. SCHEISSE.*

Ich rollte den Joint zwischen meinen Fingerspitzen. Er sah so klein und harmlos aus. Aber ich hatte an genug Veranstaltungen des D.A.R.E.-Drogenpräventionsprogramms teilgenommen, um zu wissen, wie gefährlich es sein konnte. Ich trug immer noch das Keine-Macht-den-Drogen-T-Shirt zum Schlafen. Ich half immer noch bei der jährlichen Spendensammlung mit. Meine Güte, ich hatte vor ein paar Jahren sogar den Preis für den besten Aufsatz unserer Bezirksgruppe gewonnen. Ich wusste über *all* die Konsequenzen Bescheid.

Aber jetzt, als diese ganzen Leute mich anstarrten, schien all das in den Hintergrund zu rücken. All die Argumente, all die Fakten … *puff!* Weg waren sie.

»Taylor?«

Wir wirbelten beide herum und da stand Evan. Sein zerzaustes Haar stand in alle Richtungen ab. Er trug ein abgewetztes schwarzes T-Shirt und Badeshorts mit dunklen Wasserflecken.

Noch nie hatte ich mich so gefreut, ihn zu sehen.

Sein Blick zuckte zwischen uns hin und her und landete

schließlich auf dem Joint in meiner Hand. Mit einem wütenden Knurren riss er ihn mir aus der Hand. »Weißt du was? Ich will es gar nicht wissen. Und jetzt lass uns gehen«, murmelte er und schob ihn in seine Tasche.

Wir hatten nur ein paar Schritte gemacht, als Lauren nach seinem Arm griff und ihn zurückzerrte, wobei sie mich automatisch mitriss, da sein anderer Arm um meine Schulter geschlungen war. »Du willst einfach so gehen? Einfach so?«

An dieser einfachen Frage hingen tausend andere.

Evans Blick schweifte einen langen Moment über die Party, dann ließ er mich los. Die Zeit blieb stehen und niedergeschlagen trat ich einen Schritt zurück. Er würde mit ihr gehen. Wahrscheinlich hatte er beschlossen, dass dieses Spielchen lange genug gegangen war. Eine Welle der Enttäuschung übermannte mich. Nicht weil ich ihn mochte oder so. Nein, weil ich dachte, dass wir Freunde geworden waren.

NICHT weil ich ihn mochte.

Das selbstgefällige Lächeln auf Laurens Gesicht wurde breiter, als sie zu demselben Schluss kam.

Zu unser beider Verblüffung löste er lediglich ihre Hand von seiner Schulter – ganz sachte, Finger für Finger – und ließ sie fallen. Er machte ein paar Schritte zurück, bis er wieder neben mir stand. Beide Hände erhoben, wie zur Kapitulation, nickte er mit dem Kopf. »Ja, ich gehe. Einfach so.«

17

Taylor

Ich weiß nicht, ob Evan in dem Moment verstand, was er getan hatte. Ich verstand es ja selbst kaum. Selbst falls er so naiv sein sollte – und ich wusste, er war es nicht –, war der angepisste Ausdruck in Laurens Augen nicht zu übersehen gewesen, als wir uns zum Gehen wandten. Es war seltsam, diesen eisigen Blick zu sehen, wo doch ihr Haar und ihre Lippen in Flammen zu stehen schienen. Man konnte förmlich die Hitzewellen des Hasses von ihrem Körper abstrahlen sehen.

Auch jetzt noch konnte ich ihren stechenden Blick in meinem Rücken spüren. Ich wusste nicht, ob Evan es ebenfalls spürte, aber er verstärkte seinen Griff. Und er blickte sich kein einziges Mal um. Nicht einmal, als Aaron einen lauten Freudenschrei ausstieß.

Wir gingen nicht Richtung Parkplatz. Stattdessen schlenderten wir am Meer entlang, Hand in Hand, aber ohne einander anzuschauen. Ohne etwas zu sagen. Ich war froh. Ich wusste nicht, was ich sagen sollte. Mein Kopf schwirrte immer noch.

Er hatte mich gewählt. Mich – anstatt Lauren in all ihrer roten Bikini-Pracht. Vor allen anderen. Seine Hand in meiner fühlte sich warm und sicher an. Sie fühlte sich tröstlich an und ließ meinen gesamten Körper kribbeln. Und ich hatte irgendwie Schwierigkeiten, zu atmen.

Schließlich, als die Party ein ganzes Stück hinter uns lag, ließ Evan meine Hand los und setzte sich keinen Meter von der Brandung entfernt in den Sand. Er schaute den Wellen zu, die sich in der Ferne brachen. Weißer Schaum glitzerte auf dem schwarzen Wasser. Ein paar grau-weiße Möwen pickten im Sand um uns herum und stießen hin und wieder einen durchdringenden Schrei aus.

»Das war echt abgefahren«, bemerkte er nach einer Weile.

»Ja, ein bisschen«, erwiderte ich und versuchte, selbstsicher zu klingen, während ich mich neben ihn setzte. »Aber ich wäre schon klargekommen.«

»Da bin ich mir sicher. Aber ich habe trotzdem ein klitzekleines bisschen nachgeholfen.« Er wackelte mit seiner Hand vor meinem Gesicht herum, Zeigefinger und Daumen nur ein paar Millimeter auseinander.

»Vielleicht.« Ich schlug seine Hand beiseite. »Vielleicht habe ich dich aber auch nur den Ritter in der glänzenden Rüstung spielen lassen, um dein Ego aufzublasen. Auch wenn es so schon groß genug ist.«

»Ich denke, wir wissen beide, dass mein Ego bereits das Maximum ausgereizt hat«, erwiderte er mit einem schiefen Grinsen, bei dem mein Magen einen Purzelbaum schlug.

»Das hast du gesagt, nicht ich.«

Lachend verlagerte Evan das Gewicht und zog den Joint aus seiner Hosentasche. »Wir sollten den besser loswerden, bevor ich es vergesse. Mom und Brandon rasten aus, wenn ich so was aus Versehen mit nach Hause bringe.« Er holte aus und warf ihn ins Meer. Dann wischte er seine Hände an der Shorts ab und drehte sich zu mir. »Was machst du eigentlich hier?«

Ich schlang die Arme um die Knie und wiegte mich vor und zurück. »Was meinst du? Ich bin doch jeden Freitagabend hier. Bevor Lauren aufgetaucht ist, hab ich da draußen die Party gerockt.«

Ein breites Grinsen zog sich über sein Gesicht. »Angesichts der Tatsache, dass dir Hausaufgaben Spaß machen, habe ich da meine Zweifel.« Sein Haar flatterte, als er den Kopf schüttelte. Heute war es kein bisschen gegelt oder stachelig und teilweise war es noch feucht. Er musste vor der Party beim Surfen gewesen sein. »Bist du sicher, dass es da keinen anderen Grund gibt?«

War ich so eine schlechte Lügnerin? Es war, als könne er geradewegs durch mich hindurchblicken. »Ich habe mir Sorgen um dich gemacht. Du bist irgendwie anders. Als wärst du sauer auf mich oder so. Vor allem seit dem Abend mit Brian …« Ich verstummte, als sein Kiefer sich sichtlich verspannte. Ähm, womöglich war das nicht der beste Moment, um Brian zu erwähnen. »Bereust du das hier?«

Er blickte auf das Meer hinaus. »Kommt darauf an, was du mit *das hier* meinst.«

Verdammt. Jetzt gab es kein Zurück mehr. Ich holte tief Luft. »Den Vertrag. Unsere vorgetäuschte Beziehung. Bereust du es?«

Obwohl ich die Frage selbst gestellt hatte, wusste ich nicht, ob ich die Antwort hören wollte. Ich hatte Angst, wie sie ausfallen könnte. Nur weil er mich Lauren vorgezogen hatte, bedeutete das noch rein gar nichts. Vielleicht war er einfach nur nett.

Endlich blickte er zu mir runter und seine Züge entspannten sich. Seine grauen Augen musterten mein Gesicht, als wolle er dort die richtige Antwort finden. Seine Hand strich mir das Haar aus der Stirn, und ich widerstand dem Drang, meine Wange in seine Hand zu schmiegen. »Nein, ich bereue es nicht.«

Bei seinen Worten lief ein Schauder über meinen Rücken. »Danke. Auch wenn du lügst, ist es nett, dass du das sagst«, scherzte ich, um meine Nervosität zu überspielen.

Evan stritt weder ab, noch gab er zu, dass er gelogen hatte. Er sagte gar nichts. Er bedachte mich nur mit einem kleinen Lächeln und rückte von mir ab. Er fand eine kleine blaue Plastikschaufel, die jemand im Sand vergessen hatte, und grub ein ovales Loch. Schon bald war ein kleiner Krater zwischen uns entstanden.

Mit meinen Füßen schob ich Sand in das Loch und zerstörte seine Bemühungen. »Also ist alles zwischen uns in Ordnung?«

»Ja, alles super.« Mit einer kleinen Bewegung aus dem Handgelenk warf er einen Batzen nassen Sand auf meine Beine. »Uups, sorry. Mir ist die Hand ausgerutscht.«

Oh, das werden wir ja sehen. Ich kniff die Augen zusammen und grub die Füße in den Sand, um mich mit Munition zu versorgen, bevor ich ihm eine Ladung verpasste. Sie landete direkt in seinem Schritt. Perfekt. »Tut mir leid, ich hab mich nur etwas gestreckt.«

»Kein Problem. Solange es keine Absicht war«, erwiderte

er mit einem Schulterzucken, dann klatschte er mir einen nassen Sandklumpen auf den Kopf. »Denn das hier war definitiv Absicht.«

Ich stieß ein Kreischen aus und sprang auf. Ich fuhr mir mit den Fingern durchs Haar, um den Sand rauszuschütteln, während Evan sich vor Lachen auf dem Boden kugelte. Das bedeutete Krieg. Bevor er auch nur reagieren konnte, setzte ich mich rittlings auf seinen Schoß und schaufelte so viel Sand auf ihn, wie nur ging.

Mein Plan ging sofort nach hinten los. Er umklammerte meine Hände und rollte sich rüber, bis ich unter seinem Körper lag. »So ist es doch schon viel besser …«

Ich verdrehte die Augen und schubste ihn, aber ich konnte nicht das Lächeln verbergen, das sich auf meinem Gesicht ausbreitete. Mein Herz hämmerte in meiner Brust, und ich hatte Angst, er könnte es spüren. »Runter mit dir. Du wiegst eine Tonne.«

»Hey, kein Grund, gleich so gemein zu werden. Ich mache sehr viel Sport, weißt du.«

»Wäre mir gar nicht aufgefallen.«

Er lachte und stand auf. Sandkörnchen klebten immer noch an seinen Schultern und Armen. Er packte mich an den Händen, zog mich auf die Füße und drückte mich an sich. Sein Herz klopfte an meiner Wange. Während ich mich nach hinten lehnte, beugte er seinen Kopf über mich, bis unsere Lippen nur Zentimeter voneinander entfernet waren. Ganz automatisch schlossen sich meine flatternden Augenlider.

Plötzlich spürte ich, wie sich meine Füße vom Boden lösten, als Evan mich wie eine Braut hochhob und davontrug. Ich riss entsetzt die Augen auf. »Was tust du da?«

»Es dir heimzahlen natürlich.« Er machte ein paar Schritte nach vorn. Ich konnte spüren, wie das kalte Wasser bei jeder Welle die untere Seite meiner Oberschenkel berührte und meine Shorts und meine Unterwäsche durchnässte.

Scheiße, war das kalt! Ich schlang die Arme um seinen Hals und versuchte, mich hochzuziehen, wobei ich beinahe vor Lachen erstickte. »Das wagst du nicht!«

»Stell dir vor: Ich mag es auch nicht, herausgefordert zu werden.« Und mit diesem Statement tauchte er uns beide unter.

Ich kreischte, als das kalte Wasser sich um uns schloss. Meine Hände klammerten sich an seine Schultern, damit ich nicht mit den Wellen davongeschwemmt wurde, aber ich musste mir keine Sorgen machen. Evan hielt mich fest umschlungen. Er ließ mich im Wasser auf und ab hüpfen. Nicht so tief, dass mein Kopf untertauchte, aber tief genug, dass alles andere durchweicht wurde. Mein weites T-Shirt blähte sich wie ein Ballon auf, als das Wasser darunterdrang, und ich schickte ein Stoßgebet zum Himmel, dass ich heute Abend kein Weiß trug.

Als mir plötzlich klar wurde, dass das Wasser meinen weiten Ausschnitt nach unten zerrte und meinen schlichten grauen BH entblößte, stemmte ich mich gegen Evan. »Lass mich runter.«

Er stellte mich sanft ab, und ich rückte sofort von ihm ab und drehte mich um, damit er mich nicht sehen konnte. Das Wasser reichte mir nur bis zum Busen, aber es plusterte mein Shirt auf, egal wie sehr ich es nach unten zerrte. Mit gesenktem Kopf machte ich einen Knoten an den Ausschnitt, um ihn kleiner zu machen.

»Taylor, alles in Ordnung?«, erklang Evans besorgte Stimme ein paar Schritte entfernt. »Hast du Salzwasser in die Augen bekommen?«

Ich erstarrte. »Ja, ich glaube. Das brennt wie verrückt.«

»Mist, ich wollte dir nicht wehtun. Lass mich mal nachschauen.« Sobald er meinen Arm berührte, wirbelte ich herum und spritzte eine große Handvoll Wasser auf ihn. Sein schockiertes, triefendes Gesicht brach in Lachen aus. »Das ist das Mädchen, das ich kenne und liebe.«

Mein Herz machte einen Satz, als er das Wort *Liebe* sagte, aber angesichts seines trotteligen Gesichtsausdrucks schien er gar nicht zu merken, was er gerade gesagt hatte.

Er ließ sich nach hinten fallen und schwebte im Wasser wie ein Stück Treibholz. Sehr gut gebautes Treibholz. Die Wellen schienen ihm nichts auszumachen, als er sich im Gleichklang mit ihnen auf und ab bewegte. Mit einer Leichtigkeit, als würde er das jeden Abend machen. Er musste in einem früheren Leben halb Meermann gewesen sein.

Das Wasser war zwar immer noch kalt, aber ich gewöhnte mich langsam daran. Es war kristallklar und wunderschön, aber ich konnte im Mondlicht nicht viel erkennen. Ich konnte meine Arme und Hände sehen, die im Wasser schwebten, aber meine Füße verloren sich in der Dunkelheit. Normalerweise wäre ich bei so was ausgeflippt. Ich meine, wer wusste schon, was da im Wasser war? Ich könnte auf eine Qualle treten. Oder es könnten genau in diesem Moment Haie und Barrakudas um mich herumschwimmen und ich wüsste es nicht mal.

Aber in diesem Moment schienen all diese Ängste zu verblassen. Vielleicht weil sich das hier wie ein Traum anfühlte. Oder vielleicht, weil ich wusste, dass Evan nie zulassen würde, dass mir etwas zustieß. Er würde sich wahrscheinlich mit einem Hai anlegen, wenn es sein musste – teils, damit er danach bei allen angeben konnte. Aber ich stellte mir lieber vor, dass mich zu retten sein Hauptanliegen wäre.

Wenn ich schon geglaubt hatte, mit Evan zu gärtnern, sei seltsam, war es doch ein Witz im Vergleich zu dem hier. Nie im Leben hätte ich mir vorstellen können, mit Evan bei Nacht im Meer zu schwimmen. Noch so ein *Liebes-Tagebuch*-Moment, nehme ich an. Komisch, wie viele von denen ich seit Evan hatte.

Nachdem ich letzten Sommer fast ertrunken war, hatte ich mir beigebracht zu schwimmen. Aber ich hatte nie rausgekriegt, wie man sich einfach treiben lässt. Also watete ich lediglich ein bisschen durchs Wasser, während Evan um mich herum schwebte.

Ich weiß nicht, wie lange wir da draußen im Meer waren. Es konnten zwei Minuten sein, aber auch zwanzig, doch es war so vollkommen still und friedlich, dass ich nicht gehen wollte. Ich war aufrichtig enttäuscht, als Evan mir vorschlug, an den Strand zurückzukehren.

Ich wrang das Wasser aus meinem strähnigen Haar, während Evan seins schüttelte wie ein nasser Hund sein Fell. Sein Haar flog in alle Richtungen und ich kringelte mich vor Lachen. Er sah aus wie ein Stachelschwein. Mein Lachen verebbte urplötzlich, als er sein nasses Shirt auszog. Ich hatte kaum Zeit gehabt, es zu registrieren, als seine Hände schon zu seinem Hosenbund sanken. »Was tust du da?«

»Ich zieh nur meine nassen Klamotten aus«, erwiderte er

schulterzuckend, als sei es keine große Sache, einen Striptease vor mir hinzulegen.

»Aber, aber…« Meine Hände flogen nach oben, um mein knallrotes Gesicht zu verdecken, und ich stolperte beinahe über meine Füße bei dem Versuch, mich umzudrehen. »Im Ernst jetzt!«

Er lachte. »Was tust *du* da?«

»Was ich tue? Was tust *du*? Du kannst dich nicht einfach so überall ausziehen, wo es dir passt! Womöglich ist grad niemand in der Nähe, aber wir befinden uns immer noch in der Öffentlichkeit! Du könntest verhaftet werden! Oh Gott, du bist schuld, wenn wir eine Anzeige wegen Erregung öffentlichen Ärgernisses bekommen. Das wird für immer in meiner Polizeiakte stehen.«

»Drehst du dich jetzt endlich wieder um?«

»Nein!«

»Komm schon, Taylor. Ich fordere dich heraus.«

Ich stieß einen unterdrückten Fluch aus und drehte mich argwöhnisch um, wobei mein Blick jedoch fest auf den sternenübersäten Himmel über uns gerichtet blieb – selbst als ich hörte, wie er näherkam. Schließlich nahm Evan meine Hand und legte sie auf seine Hüfte – auf einen glatten Stoff. Mein Kopf zuckte nach unten und mein Blick fiel auf blaue Badeshorts. Keine Shorts, sondern eine…

»Badehose«, sagte ich perplex. »Du trägst eine Badehose.« Zumindest glaubte ich, dass es eine war. Sie war dunkelblau, aus dünnem Stoff und sehr, sehr enganliegend. Wie Strumpfhosen oder so, aber als Shorts. Ich meine, theoretisch war er bekleidet, aber man konnte immer noch die Linien seiner Oberschenkelmuskeln erkennen und so Sachen…

… und ich glotzte weiter. Mein Blick zuckte zu seinem lachenden Gesicht.

»Natürlich trag ich eine Badehose. Kennst du nicht das Pfadfinder-Motto? Allzeit bereit.«

»Ja, aber ich glaube nicht, dass sie *das* damit gemeint haben.« Ich fühlte mich albern und ein klitzekleines bisschen enttäuscht. Aber vor allem albern. »Und es fällt mir außerordentlich schwer zu glauben, dass du je bei den Pfadfindern warst.«

»Dann wären wir ja schon zu zweit. Ich versuche, diese zwei Jahre komplett aus meinem Leben zu streichen.« Der Anflug eines Lächelns huschte über sein Gesicht. »Aber es ist irgendwie nett, dass du dir mich nackt vorgestellt hast. Du bist echt ein bisschen versaut, stimmt's?«

Meine Wangen brannten, und ich versuchte, meine Hand loszureißen. »Halt die Klappe.«

Evans Griff blieb fest, und er führte mich zu dem Fleck, wo er sein T-Shirt und seine Shorts wie kleine Picknickdecken ausgebreitet hatte. Sie waren immer noch nass, aber wenigsten würde uns so der Sand nicht am Hintern kleben. Nachdem wir uns gesetzt hatten, ließ er endlich meine Hand los, aber nur um seinen Arm um mich zu legen. Seine nackte Haut war kühl und warm zugleich.

Ich blickte zu ihm auf, und er schenkte mir ein kleines Lächeln, bevor er wieder auf das Meer hinausblickte. Unwillkürlich fragte ich mich, was Evan wohl von mir dachte. Klar, wir kamen gut miteinander aus, und ich merkte, dass er gerne Zeit mit mir verbrachte. Aber fühlte er jemals mehr als das?

Ohne zu ahnen, welch wirre Gedanken durch mein Hirn

schwirrten, zog Evan mich näher an sich und legte sein Kinn auf meinem Scheitel ab.

Ich lehnte meinen Kopf an seine Brust und lauschte dem schnellen Klopfen seines Herzens. *Bumm. Bumm. Bumm.* Hmm … es war so angenehm hier. Geborgen und warm. Sein Herz war wie eine Trommel, deren Schläge sich mit dem Rauschen der Wellen vermischten, um ein Lied nur für mich zu spielen. Ich tastete nach der Kette, die um meinen Hals hing. Seine Hand berührte die Münze gleichzeitig mit meiner. Seine Finger waren glatt und warm. Eigentlich sogar heiß.

Vielleicht spielte es keine Rolle, was er fühlte. Das hier war genug.

Für den Moment.

18

Evan

Ich hätte schlafen sollen. Verdammt, ich hätte zu Hause sein sollen, anstatt vor Taylors Haus herumzulungern und kleine Ästchen gegen ihr Fenster zu werfen wie so ein gestörter Irrer.

Ich war kurz noch zu Taylor und dann für eine Weile nach Hause gefahren. Aber als ich im Bett lag, merkte ich, dass ich nicht dort sein wollte. Ich wollte Taylor sehen. Ich wollte mit ihr reden. Bei ihr sein.

Glücklicherweise erschien ihr Kopf im Fenster, als mir gerade die Stöckchen ausgingen und ich schon auf der Suche nach einem Stein war, der ihre Fensterscheibe nicht zerschmettern würde.

»Evan? Was zum Henker …? Was machst du hier?«

Der Stein fiel polternd neben meine Füße, und ich grinste, nicht ganz sicher, ob es daran lag, dass ich glücklich war, sie zu sehen, oder weil ihr Haar an einer Seite abstand wie ein Horn. »Komm mal kurz runter.«

»Wie bitte? Nein.«

»Komm schon!«

Sie hielt wedelnd die Hand raus, damit ich die Klappe hielt, und blickte nervös hinter sich. Erst da bemerkte ich, dass ich laut geschrien hatte. Ich zuckte zusammen und formte eine stummes »Sorry«. Taylor umklammerte mit der anderen Hand das Fenstersims und schaute runter. Ich konnte förmlich die Rädchen in ihrem Kopf durchdrehen sehen, dann nickte sie kaum merklich in meine Richtung und verschwand.

Ich traf sie an der Hintertür. Sie trug eine schlabbrige weiße Kapuzenjacke, die sie sich wohl gerade erst über das T-Shirt geworfen hatte. Der Saum reichte ihr bis zu den Oberschenkeln und bedeckte kaum die kurzen Schottenkaro-Shorts, die sie anhatte. Nein, Moment mal, waren das …

»Boxershorts?«

Taylor folgte meinem Blick und zupfte schnell den Saum ihres Pullis tiefer. »Ich trage sie nur zum Schlafen, okay?«

»Hey, ich sag doch gar nichts. Eigentlich trage ich gerade eine ähnliche.« Ich grinste, als ihr Blick nach unten zu meiner Jogginghose zuckte. »Willst du mal sehen?«

»Ähm, nein danke.« Obwohl es dunkel war, konnte ich das flammende Rot auf ihren Wangen erkennen. Sie zog den Kopf noch weiter ein und räusperte sich. »Was willst du, Evan?«

»Reden.«

»Reden? Jetzt?«

»Ja, warum sonst sollte ich mitten in der Nacht vor deinem Haus auftauchen?« Ich lachte und schüttelte den Kopf. »Schon gut, du brauchst nicht antworten. Der war zu einfach.«

Jetzt glühten auch ihre Ohren, aber wenigstens lachte sie mit. Taylor schlang die Arme um sich und nickte zur Hängematte am anderen Ende des Gartens. »Na gut. Komm mit.«

Als ich ihr folgte, konnte ich nicht anders, als ihre Rückenansicht zu bewundern. In den letzten Wochen war Taylor jedes Mal, wenn ich sie sah, hübscher geworden. Diese Boxershorts waren verdammt sexy – gut, dass es heute Nacht so warm war. Ich hatte nicht gelogen, als ich sagte, dass ich ein ganz ähnliches Paar anhatte. Ich konnte es mir nicht verkneifen und stellte mir vor, dass die Boxershorts, die sie trug, *meine* war, und dann den Grund, warum sie sie *überhaupt* trug.

Ich schob die Hände in die Hosentaschen und rückte unauffällig den Stoff in meiner Schrittpartie zurecht.

Taylor setzte sich auf die Hängematte, und mein Blick schweifte von den verführerischen Boxershorts zu ihren weißen Beinen, die ganz offensichtlich nicht oft die Sonne sahen, bis hin zu ihren kleinen Füßen. Ich spürte, wie mir die Hitze ins Gesicht kroch.

Ich setzte mich neben sie, rutschte ungelenk herum und war hin- und hergerissen zwischen dem Wunsch, ihr näherzukommen, und dem, ihr nicht zu nahe zu kommen, da ich nicht wusste, ob ich mich zurückhalten könnte. Sie lehnte sich etwas weg von mir und bedachte mich mit einem seltsamen Blick.

»Was?«

Taylor lächelte leicht »Ich wusste nicht, dass du eine Brille trägst. Du siehst damit süß aus. Klug.«

Meine Augenbrauen schoben sich nach oben. Hatte Taylor Simmons mich eben süß *und* klug genannt? Ich rückte überaus umständlich das Drahtgestell auf meiner Nase zurecht. »Ja, tja, du darfst es auf die Videospiele und die vielen Stunden vor dem Computer in jungen Jahren schieben.«

»Ah, das klingt schon viel plausibler. Also, worüber willst du reden?«

»Ich wollte nur wissen, ob es dir gut geht?«, fragte ich lahm. Verdammt, warum konnte mir keine bessere Entschuldigung einfallen lassen?

»Ähm, ja, mir geht's gut.« Sie zog ein Bein unter sich. Mit dem anderen Fuß stieß sie sich vom Boden ab und begann uns vor und zurück zu schaukeln. »Und du? Also im Ernst jetzt?«

Ich verschränkte die Arme hinter dem Kopf. »Im Ernst? Nein, nicht wirklich gut.«

Ich hatte das Lügen über die Jahre hinweg perfektioniert, also dachte ich immer, ich sei ein guter Schauspieler. Aber Taylor hatte bemerkt, dass etwas nicht stimmte. Und sie war zu der Party gekommen, auf der sie ganz offensichtlich nicht sein wollte, nur um sicherzugehen, dass es mir gut ging. Sie weckte in mir den Wunsch, mit ihr zu reden. Ihr alles zu erzählen, was mir auf dem Herzen lag.

Aber ich konnte ihr unmöglich sagen, wie eifersüchtig ich auf sie und Brian war. Und wie ich deswegen Brandon an die Gurgel gegangen war. Ich hatte immer noch meinen Stolz.

Stattdessen erzählte ich ihr von Mom und der Karte von meinem Dad, die ich bei ihren Sachen gefunden hatte.

»Hast du mit ihr darüber gesprochen?«

»Ja.« Ich blickte zu den Sternen empor, die zwischen den

Ästen und Blättern hervorlugten. Auch wenn es nicht viel gebracht hatte. Ich hatte ein paarmal versucht, mit Mom darüber zu sprechen, aber sie weigerte sich, mir zu erlauben, mit Dad Kontakt aufzunehmen. Ich hätte mir die Karte mit der Adresse schnappen sollen, als ich die Gelegenheit dazu hatte. »Sie meint, er habe schon eine ganze Weile versucht, mich zu kontaktieren, und sie habe mir nichts gesagt, weil es nur zu meinem Besten wäre.« Ich stieß ein freudloses Lachen aus. »Brandon hat gesagt, es wäre besser so. Damit ich ein ganz neues Leben anfangen könnte. Damit ich glücklicher wäre … in dem Glauben, dass mein Vater mich verlassen hat.«

Taylor rümpfte die Nase. »Tja, es liegt wohl auf der Hand, warum Brandon sich dafür entschlossen hat, Narkosearzt zu werden und nicht Psychiater. Der Typ hat keinen blassen Schimmer, was zur Hölle er da redet.«

Dieses Mal musste ich wirklich lachen. »So viel ist sicher.«

Für einen Moment war es still, und ich konnte nicht anders, als mir vorstellen, dass wir wieder am Strand wären. Alleine und in Frieden. Es war beinahe vollkommen dunkel in diesem Eck des Gartens, bis auf die flackernde Straßenlaterne am Tor gegenüber.

»Was willst du jetzt tun?«, fragte Taylor.

»Wie meinst du das?«

Sie drehte sich zur Seite, um mich anzusehen. »Willst du ihn suchen?«

Ich zuckte mit den Schultern. »Ich weiß nicht. Ich hab noch nicht darüber nachgedacht.«

Taylor stupste mich in die Schulter. Feste. »Lügner.«

»Autsch, du hast aber knochige Finger.« Zur Antwort

reckte sie beide Zeigefinger in meine Richtung. »Ist ja gut. Ich gebe zu, die Idee ist mir tatsächlich ein, zwei Mal in den Sinn gekommen.«

»Und?«

»Und … ich habe mich noch nicht entschieden. Okay?« Ich stemmte mich hoch und brachte mit der abrupten Bewegung die Hängematte zum Schaukeln.

Taylor wartete, bis das Schwingen nachließ, bevor sie sich ebenfalls aufsetzte. Sie rückte ein Stück zu mir. »Wovor hast du Angst? Nach allem, was du mir erzählt hast, scheint dein Dad ein toller Typ zu sein.«

Eine Million Antworten kamen mir in den Sinn, aber ich gab ihr die, die ich mir nicht einmal selbst eingestehen wollte. »Was wenn er das nicht ist? Ich habe ihn zu diesem perfekten Vater hochstilisiert. Was wenn ich herausfinden muss, dass er überhaupt nicht so ist, wie ich ihn in Erinnerung habe? Dass er genau der Mensch ist, für den Brandon ihn hält – und ich ebenfalls eines Tages so ein Mensch werde.«

»Das ist was dran. Er könnte sich als ein echter Mistkerl herausstellen, wie mein Dad.« Sie schüttelte den Kopf. »Obwohl, nein, das ist gar nicht möglich. Es kann nicht zwei von der Sorte auf diesem Planeten geben. Gott ist nicht so gemein.«

Ich lachte und legte den Arm um ihren Rücken. Sie wich nicht zurück. Tatsächlich lehnte sie sich noch einen Hauch näher zu mir, bis unsere Seiten, unsere Hüften sich berührten.

»Weißt du, es besteht die große Wahrscheinlichkeit, dass dein Dad deinen Erwartungen nicht gerecht wird. Das ist meistens so im Leben. Aber das heißt nicht, dass es was Schlechtes sein muss. Außerdem wirst du es nicht wissen, bis du es nicht probiert hast. Es ist deine Entscheidung.« Sie zog eine Grimasse. »Sorry, du bist hergekommen, um zu reden, nicht um eine Moralpredigt zu bekommen. Ich halte ab jetzt die Klappe.«

»Ist schon in Ordnung. Ich hab mich an deine rechthaberische Art gewöhnt.« Ich zog sie in einer festen Umarmung an sich. Meine Wange schmiegte sich an ihren Scheitel. »Und du hast recht. *Du* bist meinen Erwartungen auch nicht gerecht worden, und das war *absolut* nicht schlimm.«

»Oh, und was waren deine Erwartungen mir gegenüber?«

»Das willst du nicht wissen.«

Sie lachte. »Du hast recht, wahrscheinlich will ich das nicht. Aber es wird spät. Du solltest los, bevor du zu müde bist zum Fahren.«

Taylor befreite sich aus meinen Armen und rückte ab. Oder zumindest versuchte sie es. Ich verstärkte meinen Griff um ihre Taille, da ich noch nicht wollte, dass dieser Moment endete. »Könntest du noch ein Weilchen mit mir hierbleiben?«, fragte ich.

»Ähm, klar.«

Als wir uns nach hinten lehnten und zu den Sternen hinaufblickten, fühlte ich mich das erste Mal in dieser Woche ruhig. Ich hatte das Gefühl, wieder die Kontrolle zu haben. Sie hatte recht. Womöglich war es nicht meine Entscheidung gewesen, so lange von meinem Dad getrennt zu sein, aber nun war es an mir zu entscheiden, ob das so bleiben sollte. Ich schloss die Augen und atmete tief ein. Darüber würde ich später noch nachdenken. Doch gerade jetzt wollte ich nur hierbleiben, solange ich konnte.

Bevor ich wegdämmerte nahm Taylor meine Hand. Obwohl ich zu müde war, um meine Augen zu öffnen, verzogen meinen Lippen sich zu einem Lächeln.

Ich weiß nicht, wie lange ich so geschlafen hätte, wäre da nicht das Sonnenlicht gewesen, das mir mitten ins Gesicht knallte. Ich war definitiv noch nicht bereit aufzuwachen. Ich konnte kaum die Augen öffnen, geschweige denn aufstehen. Taylor drehte und wand sich neben mir, und ich wusste, dass sie dasselbe Problem plagte.

»Die Sonne scheint«, murmelte ich.

Sie stöhnte und drehte den Kopf nach links und rechts. »Na so was, Sherlock Holmes, das hatte ich ja gar nicht bemerkt.«

Ich hob einen Arm, um mein Gesicht abzuschirmen, aber es half nichts. »Kannst du nicht was dagegen tun?«

Taylor seufzte, kuschelte sich noch enger an meine Seite und versteckte dort ihr Gesicht. »Klar, lass mich nur kurz die Zeit zurückdrehen, bis wieder Nacht ist.«

»Deine Ironie am frühen Morgen ist echt fehl am Platz.« Als ich gähnte, fiel plötzlich ein Schatten über mich. Ich stieß ein erleichtertes Seufzen aus. »Das ist schon viel besser, danke.«

»Ich hab doch gar nichts gemacht.«

Wir schossen beide gleichzeitig hoch. Wahrscheinlich wären wir kopfüber aus der Hängematte gepurzelt, wenn Mr Simmons nicht nach dem Seil gegriffen hätte, um es festzuhalten.

Scheiße.

19

Taylor

Hausarrest. Auf Lebenszeit. Oder zumindest so lange, bis Dad alt genug war, um einen Gedächtnisverlust zu erleiden. Es hätte aber auch schlimmer ausfallen können. Dad hatte Evan angestarrt, als wäre er drauf und dran, ihn eigenhändig zu erwürgen – und das hätte er wahrscheinlich auch getan, wenn Mom ihn nicht zurückgehalten hätte. Er hatte Evan lediglich nach Hause geschickt und war seitdem damit beschäftigt, mir ohne Unterlass Moralpredigten zu halten. Während des Abendessens, vor der Schule, nach der Schule. Er hielt mir sogar Vorträge auf dem Weg zum Klo. Und er verbat sich, Evans Namen in seiner Gegenwart zu hören.

Mom war viel lockerer. Sie hatte mir nur ein Gespräch über Safer Sex reingedrückt (nach dem ich am liebsten gestorben wäre), aber damit war die Sache für sie gegessen.

Gott sei Dank durfte ich nach wie vor Besuch empfangen, solange es sich nicht um Evan handelte.

»Okay, was läuft da zwischen euch beiden?« Carly ließ die Tasche auf den Boden fallen und sprang auf mein Bett.

Ich hüpfte mit ihr auf und ab, bis sie es sich neben mir gemütlich gemacht hatte.

»Dir auch einen guten Tag.« Ich griff nach einem blauen Kissen, um meine Hände beschäftigt zu halten. »Fährst du eigentlich nächste Woche bei der Kunst-AG-Exkursion mit?«

»Lass mich mal überlegen… Ich darf Mathe schwänzen und das Bechtler Museum zu einem ermäßigten Preis besichtigen? Du kannst deinen hübschen kleinen Hintern drauf verwetten, dass ich mitfahre«, erwiderte sie mit einem breiten Grinsen und hakte sich bei mir unter. »Du kommst doch auch, oder?«

»Ich hab mich noch nicht entschieden. Ich muss eventuell noch an der Zeitung arbeiten. Aber falls ich nicht mitkomme, könntest du ein paar Fotos für mich machen? Ich will einen Aufsatz über Joan Miró schreiben, um ein paar extra Leistungspunkte in Kunst zu bekommen.«

»Aber natürlich. Wir wollen ja nicht, dass dein Notenschnitt unter Eins plus fällt, nicht wahr?« Carly gähnte und riss dabei den Mund so weit auf, dass ich praktisch ihre Mandeln sehen konnte. Kein schöner Anblick. »Weißt du, manchmal nervt es echt, deine Freundin zu sein.«

Ich grinste und legte mir die Hand auf die Brust. »Danke, ich spüre die tiefe Liebe, die von dir ausgeht.«

Sie knuffte mich mit ihrer Schulter. »Wie du meinst, du Loser. Und jetzt zurück zu meiner ersten Frage. Was läuft zwischen dir und Evan? Hattet ihr endlich Sex?«

Meine Ohren brannten von der Röte, die mir ins Gesicht schoss. »Carly!«

»Komm schon, du musst etwas angestellt haben, wenn

deine Eltern dir *Hausarrest* verpassen. Deine Eltern geben dir nie Hausarrest. Soll ich dir ernsthaft glauben, dass ihr beide die ganze Nacht nur *geredet* habt?«

Aber das hatten wir. Und es war eine der besten Nächte meines Lebens gewesen. »Wir haben geredet und sind eingeschlafen. Und damit meine ich *geschlafen*, also hör auf, dir schmutzige Dinge auszumalen«, sagte ich und tippte ihr mit dem Zeigefinger gegen die Stirn – ein bisschen fester als nötig vielleicht, damit die Botschaft auch ankam.

»Autsch! Na gut, wenn du es sagst.« Sie riss mir das Kissen weg und warf es in die Luft. »Aber es ist echt scheiße, dass ihr beide euch nicht mehr sehen könnt. Ich meine, ich finde es ein bisschen übertrieben, dass deine Eltern dich zur Schule fahren und abholen.«

»Ja, na ja, ich war nicht unbedingt in der Position, zu verhandeln.«

»Okay, ich nehme das Sex-Ding zurück, aber ich glaube immer noch, dass da irgendwas zwischen euch läuft. Du bist *anders.*«

Ich warf ihr einen neugierigen Blick zu. »Gut anders oder schlecht anders?«

»Gut. Entspannter. Als wärt ihr jetzt ein richtiges Paar.« Sie schüttelte den Kopf und lehnte sich zurück. Ihre Finger spielten am Saum meines Spitzen-Kissens herum. »Ich meine, obwohl ich die Wahrheit über euch beide kenne, vergesse ich es manchmal. Ihr seid so süß zusammen. Und ihr passt zueinander.«

»Machst du Witze? Wir sind grundverschieden.«

Carly verdrehte die Augen. »Ihr müsst nicht gleich sein, um euch perfekt zu ergänzen. Schau dir Monica und

Chandler an. Ross und Rachel. Die Schöne und das Biest. Jack und Rose.«

Ich hob die Augenbrauen. »Die Schöne und das Biest?«

»Du weißt schon, was ich meine. Hört auf, nur so zu tun als ob, und packt die Sache richtig an.«

Ich zupfte an meiner Bettdecke und glättete sie. Ich hatte schon mit Evan darüber Scherze gemacht, dass er nie die Anforderungen meiner Boyfriend-Liste erfüllen könnte, aber traurigerweise war es so – und zwar in jeglicher Hinsicht. Er hatte viel zu viel Erfahrung für mich. Und ich hasste das. Verdammt, allein der Gedanke an ihn und Lauren verursachte mir Übelkeit, und das war nur *ein* Mädchen. Ich wollte nicht neue Leute kennenlernen und mich bei jedem weiblichen Wesen fragen, ob Evan mal was mit ihr hatte.

Ganz zu schweigen von der Tatsache, dass er nie eine längerfristige Freundin gehabt hatte. (Unsere vorgetäuschte Beziehung war wahrscheinlich seine längste.) Ich hatte ebenfalls nie einen Freund gehabt, aber ich wusste, dass ich eine beständige, feste Beziehung wollte, wie sie meine Eltern hatten. Ich wusste doch nicht einmal, was Evan wollte. Er schien sich nicht besonders um die Zukunft zu scheren. Oder um überhaupt irgendwas.

Aber er war auch nett. Und witzig. Und süß. Auch wenn wir nicht dieselben Interessen teilten, bemühte er sich immer um die Dinge, die ihm wichtig waren. Und er hatte eine verletzliche Seite an sich, die in mir den Wunsch weckte, ihn zu beschützen.

Meine Hand griff nach der Kette und spielte an der Münze. »Ich weiß nicht. Ich bin immer noch nicht sicher, was ich ihm gegenüber empfinde. Ich meine, wer sagt denn überhaupt, dass ich ihn mag.«

Carly glotzte mich an, als sei ich völlig bescheuert. »Äh, du denkst die ganze Zeit an ihn. Du redest die ganze Zeit über ihn. Du vermisst ihn, wenn er nicht da ist. Und du machst so krass mit ihm herum, dass sogar *ich* rot werde.« Sie knallte mir das Kissen gegen den Kopf. »Und jetzt rate mal, was das bedeutet? Dass du ihn magst, du Dumpfbacke! Ich dachte, du wärest so intelligent?«

Ich blockte das Kissen mit meinem Unterarm ab, bevor sie mir eine Gehirnerschütterung verpassen konnte. »Ist ja gut. Vielleicht mag ich ihn ja irgendwie. Aber um miteinander zu gehen, braucht es immer noch zwei. Was wenn er nicht so für mich empfindet? Oder noch schlimmer, wenn er die ganze Sache abbläst, weil er Angst hat, mich auf dumme Gedanken zu bringen? Was wenn der Versuch, unsere Beziehung voranzubringen, unsere Beziehung *ruiniert?* Was dann?«

Carly blinzelte mich an. »Du denkst zu viel. Mach einfach einen Schritt nach dem anderen. Du musst nicht jetzt alle Antworten kennen.«

»Doch, muss ich.« Ich nagte an meiner Unterlippe. Das war immer so gewesen. Ich plante die Dinge. Ich bereitete mich darauf vor. Ich sorgte dafür, dass alles, was ich tat, auf mein Ziel zustrebte. Ob es nun darum ging, dass ich an der Columbia angenommen wurde, oder nur um einen Sommerausflug nach SeaWorld. Alles musste nach Plan laufen. Alles musste logisch sein und Sinn ergeben. Und Evan … war nicht Teil dieses Plans. Kein bisschen.

Aber das war gleichzeitig das Beste an Evan. Er passte

nicht in eine meiner fein säuberlich geordneten Schubladen. Er tat nie das, was ich von ihm erwartete. Jedes Mal, wenn ich etwas Neues, etwas Überraschendes über ihn erfuhr, wollte ich nur noch mehr erfahren. Und ihm näher sein. Aber bedeutete das, dass ich in ihn *verliebt* war?

Dad klopfte und unterbrach uns, bevor er die Tür öffnete. »Taylor, ich habe hier einen Brief für dich.«

»Danke, Dad.« Ich fragte mich, wie viel von unserem Gespräch er gehört hatte. Wahrscheinlich nicht so viel, da er heute nicht besonders wütend aussah. Das war schon ein Fortschritt.

Er trat von einem Bein aufs andere. So wie ich, wenn ich wegen etwas nervös war. »Ich habe mitgekriegt, dass du Post von anderen Colleges bekommen hast.«

Ich blickte auf den Brief, den er mir reichte. Mein Daumen kratzte am Rücksendeetikett auf dem Umschlag. »Ja, die Studienberaterin hat mich gezwungen, die Bewerbungen auszufüllen, obwohl ich ihr gesagt habe, dass ich an die Columbia gehe. Reine Zeitverschwendung, aber das Ausfüllen war eine gute Übung.« Ich warf den Brief zu den anderen auf den Schreibtisch.

Carly griff nach den Umschlägen. »Lass mich mal sehen.« Sie besah sich jeden einzeln und ihre Augen wurden größer und größer, bis ich dachte, sie müssten ihr aus dem Kopf ploppen. »Cornell? Yale? Ernsthaft? Das sind deine Reserve-Unis? Gott, Mom würde ihr Leben geben, um dich als Tochter zu haben.« Sie hielt jeden der Umschläge ins Licht und blinzelte. »Der hier von der Loyola ist auch ziemlich dick. Bestimmt haben sich dich genommen.«

Mein Kiefer verkrampfte und ich blickte auf meine

Hände in meinem Schoß »Das sind keine Reserve-Unis, weil ich nämlich keine Reserve brauche. Ich gehe an die Columbia.«

Aus dem Augenwinkel konnte ich sehen, wie Carly und Dad einen Blick wechselten. »Klar gehst du da hin«, sagte Carly. »Ähm, hast du eigentlich schon was von ihnen gehört?«

»Nein, aber ich weiß, dass sie es sich nach dem Karriere-Tag noch einmal überlegen werden. Ich hab an einer Einführungsrede gearbeitet, die die Gastsprecher aus den Socken hauen wird.« Meine Stimme zitterte kaum.

Ich wünschte, ich wäre so zuversichtlich gewesen, wie ich klang. Die Wahrheit war, dass ich Angst hatte. Mir graute davor, dass ich die Präsentation vermasseln könnte. Dass die Columbia mich nicht nahm und ich zum Studium irgendwo anders hinmüsste. Die Studienberaterin hatte mich nicht zwingen müssen, diese Bewerbungen auszufüllen – ich hatte das selbst getan. Nur für den Fall, dass ich versagte.

Dad machte ein paar Schritte in mein Zimmer und tätschelte mir den Kopf. Seine große Hand fühlte sich schwer, aber tröstlich an auf meinem Haar. »Ich bin sicher, dass du es überall schaffen kannst. Ob es nun die Columbia ist oder Yale oder ein Clown-College. Du wirst ein Star werden, egal was passiert.«

Ich schenkte ihm ein gepresstes Lächeln. »Danke, Dad.«

»Gern geschehen.« Er räusperte sich, griff in seine Hosentasche und zog zwei Zwanziger heraus. »Warum geht ihr beide nicht ein bisschen aus? Ins Kino oder so? Entspannt euch ein bisschen.«

»Ich dachte, ich habe Hausarrest.«

»Heute machen wir eine Ausnahme. Du kannst morgen wieder Hausarrest haben.«

Carly schnappte sich die zwei Scheine und winkte damit Dad zu. »Danke, Mr Simmons. Ich sorge auch dafür, dass Taylor rechtzeitig zum Abendessen wieder da ist.«

Er nickte, und nachdem er mir zum Abschied noch einmal den Kopf getätschelt hatte, ging er hinaus.

Carly legte die zwei Scheine auf das Bett zwischen uns. »Also, willst du wirklich ins Kino oder willst du Evan sehen? Es macht mir nichts aus, dich zu decken, wenn du den Abend heute mit ihm verbringen willst.«

Es war eine einfache Frage, aber ich wusste, was sie mich in Wirklichkeit fragte: Mein normales Leben oder Evan? Pläne oder Risiken?

Sie saß da und sah mich an. Ich wusste, dass Carly sich danach verzehrte, mir zu sagen, was ich tun sollte, aber sie tat es nicht. Obwohl sie mir gesagt hatte, ich solle nicht so viel nachdenken, wusste sie, dass ich dennoch genau überlegen und abwägen musste. Und das war genau der Grund, warum sie meine beste Freundin war. Sie war liebevoll und sie war streng und sie sagte mir immer, was sie dachte – doch sie überließ es mir selbst, meine Entscheidungen zu treffen.

Meine Fingerspitzen tippten auf die Zwanzig-Dollar-Scheine. Fast wünschte ich, es wäre eines dieser Male, bei denen sie mir trotzdem sagte, was ich tun sollte. »Lass uns fürs Erste ins Kino gehen.«

Die Enttäuschung war ihr anzusehen, aber Carly nickte nur. »In Ordnung, lass uns gehen.«

Ich wusste, sie dachte, dass ich einen Fehler beging. Aber

das stimmte nicht. Ich entschied mich nicht für ein Leben ohne Evan. Ich entschied mich nur dafür, mir Zeit zu lassen, mir mein Leben ohne ihn vorzustellen. Und mir zu überlegen, ob die schiere *Möglichkeit* einer Beziehung mit ihm das Risiko eines gebrochenen Herzens wert war – falls er nicht dasselbe für mich empfand.

20

Evan

Ich lief den Flur auf und ab und hielt Ausschau nach Taylor, aber sie war nirgends zu sehen. Obwohl es erst die sechste Stunde war und wir uns beim Mittagessen gesehen hatten, vermisste ich sie. Bis vor Kurzem hatten wir einander jeden Tag gesehen und nun trafen wir uns kaum noch. Ich hatte ständig das Gefühl, dass mir etwas fehlte. Ich wusste nicht, wie ich zuvor ohne Taylor durchs Leben gegangen war.

Ich konnte sie nicht einmal anrufen, wann ich wollte, für den Fall, dass ihr Dad gerade in der Nähe war. Er war ziemlich sauer. Ich hatte Mitleid mit Taylor, da ich einfach fliehen konnte, sie jedoch dort festsaß. Immerhin war ich es gewesen, der zu ihr nach Hause gekommen war. Ich hatte sie gebeten, noch ein Weilchen länger mit mir draußen zu bleiben, woraufhin wir eingeschlafen waren. Es war meine Schuld, dass sie überhaupt Ärger hatte. Es war *immer* meine Schuld.

Nachdem ich mein Geschichtsbuch aus dem Spind geholt hatte, schlang sich ein Arm um meinen Oberkörper und jemand lehnte sich an meinen Rücken. Taylor. Automatisch machte sich ein Grinsen auf meinem Gesicht breit, aber ich versuchte, einen auf cool zu machen. Als hätte ich nicht den ganzen Tag damit verbracht, an sie zu denken. »Ich weiß ja, wie sehr du mich vermisst hast, aber das ist eine Überraschung. Ich dachte, du stehst nicht so auf öffentliche Zuneigungsbekundungen. Nicht dass es mir was ausmachen würde.«

Der Griff wurde fester. »Du weißt doch, dass ich noch nie die Hände von dir lassen konnte, weder in der Öffentlichkeit noch privat.«

Ich wirbelte herum, gerade als Lauren noch näher rückte. »Was tust du da?«

Sie schürzte ihre pinkfarbenen Lippen. »Ich hätte ja gedacht, dass du genau weißt, was ich da tue.«

Ich war überrascht sie zu sehen. Sie hatte mich seit der Strandparty ein paarmal angerufen, aber ich war nicht rangegangen. Zum einen, weil ich mir ihr Rumgezicke nicht anhören wollte, aber auch weil ich sauer war, wie sie Taylor behandelt hatte. Ich verstand nur zu gut, wie Lauren sein konnte, und Taylor verdiente das nicht.

Aber ich wusste auch, dass ich Lauren nicht ewig aus dem Weg gehen konnte. Wir waren befreundet gewesen. Waren es noch immer.

Sie lehnte sich gegen den nächsten Spind und senkte den Kopf Richtung Boden, nur ihre blauen Augen blickten zu mir auf. »Ich hab letzte Woche mit Paul Schluss gemacht.«

»Das ist … gut.«

Ein verwirrtes Flackern huschte über ihr Gesicht, aber sie fing sich gleich wieder. Sie schob sich näher und strich sanft über meinen Arm. »Ich hab eine etwas enthusiastischere Antwort erwartet, aber nun gut … Meine Eltern sind für eine Weile weggefahren. Du könntest also bei mir vorbeikommen.«

Ich legte meine Hand über ihre, damit sie aufhörte. »Hör zu, ich würde ja gerne, aber …«

Sie zog einen Schmollmund. »Nicht einmal für die guten alten Zeiten?«

Bevor ich antworten konnte, unterbrach uns eine hohe, laute Stimme. »Nicht einmal für die richtigen Lottozahlen.«

Wir sahen beide auf. Taylor starrte uns an. Sie nagte auf ihrer Unterlippe, aber sie reckte das Kinn und funkelte Lauren herausfordernd an. Ich konnte nicht anders, ich verspürte einen Anflug von Stolz.

Lauren wich zurück, aber sie ließ immer noch nicht meinen Arm los. »Vielleicht können wir ja ein anderes Mal spielen, wenn du deine Babysitterin los bist.« Sie überrumpelte mich, zerrte mich am Handgelenk seitlich nach unten und gab mir einen schmatzenden Kuss auf die Wange. Dann bedachte sie Taylor mit einem spöttischen Lächeln und schlenderte davon.

Verdammt. Wie erstarrt stand ich in meiner gekrümmten Haltung da. Dann kniff ich die Augen zusammen. Ich wusste ganz ehrlich nicht, was ich tun oder sagen sollte. Im *Grunde* hatte ich nichts falsch gemacht, daher wusste ich nicht, warum ich mich so schuldig fühlte. Als befände ich mich in einem Riesenschlamassel und wüsste nicht einmal warum.

Wie ein Kind, das soeben mit der Hand in der Keksdose erwischt wurde, blickte ich langsam auf und zog eine Grimasse. Taylors Gesicht war feuerrot und ihr Kiefer war so angespannt, dass ihre Lippen quasi unsichtbar waren.

Mein erster Instinkt war, die Biege zu machen. So schnell wie möglich so weit wie möglich wegzukommen, bevor sie sich wie eine besessene Psycho-Carrie auf mich stürzte. Aber ich konnte Taylor nicht einfach stehen lassen, wenn sie wütend war. Ich wollte nicht.

Mist, Mist, Mist. Mein Leben war so viel einfacher gewesen, als mir noch alles egal war. »Taylor, ich kann es erklären …«

»Vergiss es.« Sie drehte sich um und marschierte so schnell davon, dass ich praktisch joggen musste, um mit ihr Schritt zu halten. Ihre Sandalen klatschten bei jedem Schritt auf den Fliesenboden. Ich konnte bei dem Geräusch kaum ihr Gemurmel hören. »Ich hätte wissen sollen, dass du bei der erstbesten Gelegenheit wieder zu ihr zurückrennst. Ein Klimpern ihrer falschen Wimpern und du kommst schon angehechelt. Gott, was für ein Idiot. Dämlich. Unausstehlich, heuchlerisch …«

»Moment mal. Redest du über mich?« Ohne ihre Antwort abzuwarten, packte ich sie am Ellbogen und zwang sie stehen zu bleiben. Sie starrte weiterhin nach unten statt zu mir, als wäre ich ein Käfer auf dem Boden – wahrscheinlich einer, den sie am liebsten zerquetschen würde. »Falls du es nicht gemerkt hast, habe ich ihr den Laufpass gegeben, als du aufgetaucht bist. Also, warum bin *ich* hier der Idiot? Und glaub mir, es stand viel mehr zum Angebot als nur Wimperngeklimper.«

Ihr lodernder Blick zuckte hoch und ich trat automatisch einen Schritt zurück. Wahrscheinlich hätte ich den Teil weglassen sollen. Mist, ich glaube, ich hätte es doch vorgezogen, wenn sie mich nicht angeschaut hätte. »Oh, ich habe genug gehört. Dass du ja echt gern bei ihr vorbeikommen würdest, aber leider bei deiner öden Freundin feststeckst, die ungefähr so aufregend ist wie ein Termin beim Zahnarzt, stimmt's? Warum gehst du also nicht zu ihr und sagst ihr, dass du deine Meinung geändert hast? Deine Babysitterin hat heute Abend keine Zeit.« Ihre Tirade schoss in einem einzigen abgehackten Schwall hervor.

»Verdammt, ich habe kein Wort von dem gesagt!« Ich stieß ein verärgertes Zischen aus. Warum rastete sie so aus? Hatte sie ihre Tage oder was? »Du weißt, dass ich nicht so über dich denke.« Ich griff nach Taylors Arm. Oder zumindest versuchte ich es.

Sie wich so abrupt zurück, dass sie gegen ein paar jüngere Kids prallte, die vor ihren Schließfächern standen. »Ich … ich weiß einfach nicht mehr, was ich denken soll.« Taylor sah sich im überfüllten Korridor um und zog wieder den Kopf ein. »Lass uns später darüber reden. Wenn wir *allein* sind.«

Stimmt, wegen ihres wertvollen Rufs. War das nicht der Grund, warum wir überhaupt in diesem Schlamassel saßen?

Aus irgendeinem Grund fachte das meinen Zorn nur weiter an. Ich fuhr mir frustriert mit der Hand durchs Haar. Wütende Frauen waren kein Neuland für mich – verdammt, ich war ein Profi, wenn es darum ging, sie zu entschärfen –, aber nur wenn es meine Schuld war. Was normalerweise der Fall war. Aber nicht dieses Mal. Warum spielte sie hier die Märtyrerin? Warum fühlte ich mich beschissen, wenn ich mich verteidigte? Was hatte ich *überhaupt* falsch gemacht?

Wenn jemand hier wütend sein sollte, dann ja wohl ich.

Ich war derjenige, der sexuelle Angebote ausschlug, während Taylor zu irgendwelchen Theaterstücken ging und beinahe mit irgendwelchen Typen in ihren Autos herumknutschte. Zur Abwechslung war ich hier mal der Gute. Ich hatte sie deswegen nicht einmal zur Rede gestellt. Seit ich diesen bescheuerten Vertrag unterzeichnet hatte, lebte ich wie ein Heiliger.

Ich beugte mich zu ihr runter. »Na schön, wir sprechen später weiter«, raunte ich. Sie versteifte sich angesichts meiner Nähe, doch diesmal wich sie nicht zurück. »Aber ich weiß nicht, warum du dich überhaupt so aufregst wie eine eifersüchtige Freundin. Wir sind nicht *wirklich* zusammen, schon vergessen?« Scheiße, *das* hätte ich definitiv nicht sagen sollen. Ich wollte die Worte zurücknehmen, aber es war, als könnte ich mich nicht mehr stoppen. »Du hast gesagt, das hier sei eine rein geschäftliche Angelegenheit, oder willst du jetzt lügen?«

21

Taylor

Evans Anschuldigungen waren wie Gewehrschüsse. Nicht weil sie so laut waren, sondern aufgrund der Intensität seiner Worte. Wie konnte er es wagen? Meine Hand hob sich, als hätte sie ein Eigenleben, um ihm eine Ohrfeige zu verpassen. Er zuckte nicht mit der Wimper. Ich hätte sogar schwören können, dass er sich noch etwas vorbeugte, damit ich ihn besser treffen konnte.

Ich hielt inne und ließ die Hand wieder sinken. »Egal. Du hast ja recht.«

Ein gequälter Ausdruck glitt über sein Gesicht. »Warte, ich hab es nicht so gemeint«, setzte er an und streckte den Arm nach mir aus.

Zum ersten Mal nahm ich kaum Notiz von seiner Berührung. Nichts drang bis in mein Gehirn. Nicht die Tatsache, dass wir inmitten des Schulflurs standen. Nicht die Zuschauer, die mehr als offensichtlich lauschten. Nichts. Ich wollte einfach nur weg von Evan.

»Wir wussten beide, worauf wir uns einlassen. Und wir kannten die Grenzen dieser *Beziehung*. Ich war es, die etwas durcheinandergebracht hat. Das war dumm von mir.« Meine Stimme wurde ganz lieblich und ruhig. Und teilnahmslos. Als würde ich mir einen Thunfischsalat in der Cafeteria bestellen – ohne Zwiebeln, bitte.

»Nein, du hast nichts …«

Ich wandte mich mit einem Schulterzucken ab. »Aber eigentlich ist doch alles ganz gut gelaufen. Die Leute haben längst aufgehört, über mich zu tratschen. Vielleicht sollten wir es einfach beenden. Ich habe ewig darauf gewartet, dass alles wieder zur Normalität zurückkehrt.«

»Ach ja?« Jetzt war er an der Reihe, schockiert zu sein.

»Na klar. Ich lade dich sogar zum Essen ein, um unsere Trennung zu feiern. Irgendwo, wo es nett ist. Aber bis dahin, denk dran, keine Seitensprünge«, witzelte ich halbherzig. Der Kloß in meinem Hals wurde immer dicker, bis ich kaum noch ein Wort rausbrachte. Ich musste hier raus. Ich räusperte mich und lächelte ihn an – ein breites, strahlendes Lächeln, das hoffentlich überdeckte, wie ich mich eigentlich fühlte. »Ich muss in den Unterricht, aber wir sehen uns nach der Schule.«

Sein Mund öffnete sich, als wolle er etwas entgegnen, mir widersprechen. Mein Herz machte einen Hüpfer, als sein Griff um meinen Arm fester wurde, nur um zu Boden zu krachen, als er losließ. »Bis später.«

Ich wusste nicht, warum ich so wütend auf Evan war. Na gut, Lauren hatte ihre Krallen nach ihm ausgestreckt – wow, ganz großes Kino. Wie er schon sagte, wir bedeuteten einander rein gar nichts. Ein paar Küsse hießen noch lange nicht, dass wir zusammen waren. Nichts hatte sich geändert.

Außer mir. Warum war ich so dumm gewesen, zu glauben, dass wir … dass er …

Dumm. Dumm. SO DUMM.

Ich musste etwas tun. Etwas womit ich mich ablenken konnte. Und mir fiel die perfekte Lösung ein. Da die Deadline für die nächste Ausgabe von *New Voices* anstand, hatte Brian sich bestimmt im Medienraum verkrochen, damit er persönlich noch einmal über jeden Artikel und jede Silbe drüberschauen konnte, um sicherzugehen, dass sie auch perfekt waren. Er behandelte jede Ausgabe wie sein Baby.

Ich starrte die hölzerne Tür zum Medienraum an und zwang mich, Evan zu vergessen. Zumindest für ein paar Stunden.

Mit zittriger Hand schob ich die Tür auf. Brians schlaksiger Körper war über einen Haufen Papiere gebeugt, die auf einem Tisch verstreut waren. Die schmale Krawatte, die er zu seinem weißen Hemd trug, war so weit gelockert, dass sie sich beinahe löste. Sein Hemdzipfel ragte aus seiner dunklen Jeans.

Das Erste, was mir auffiel – außer wie müde er aussah – war, dass er zum Friseur musste. Dringend. Sein schwarzes Haar fiel ihm immer wieder vor die Augen und er schlug es geistesabwesend beiseite. Er kaute abwechselnd am Daumen und seiner Lippe, während er die einzelnen Artikel hin und her schob. Seine dunklen Augen blinzelten, während er darüber nachgrübelte, in welcher Reihenfolge sie erscheinen sollten.

Ich schlug die Tür mit einem Knall zu. Brian blickte auf

und lächelte dieses vertraute Lächeln, das schon bei unserer ersten Begegnung mein Herz gerührt hatte. »Du bist zu spät. Hat Higgins dich in seiner Physikstunde festgehalten und dir wieder mal von seinem wunderbaren Sohn erzählt?«

Brian hatte kein Physik. Er hatte Glück gehabt und war auf Antrag seiner Eltern in den Leistungskurs Mikrobiologie gesteckt worden. Aber er hatte sich mein Gemecker über Mr Higgins schon tausendmal angehört. »Nein, ich hatte nur was zu erledigen.«

»Keine Sorge. Ich kann es dir nicht mal übel nehmen, dass du dich drückst. Jeden Monat frage ich mich, warum ich mir diese Tortur antue.« Er kratzte sich im Nacken und schüttelte den Kopf. »Aber jetzt, wo du da bist, könntest du dir diesen Artikel anschauen? Ich weiß nicht, ob der vor oder nach dem Wahlkampf-Rückblick reinsoll.«

»Ja, klar.« Ich setzte mich an den nächstbesten Schreibtisch. Mein Fuß schlug rhythmisch gegen die Metallstreben.

Brian reichte mir die Artikel, aber als ich danach griff, ließ er nicht los. Stattdessen sah er mich seltsam an. »Was ist los mit dir?«

»Nichts.«

Mich immer noch musternd lehnte Brian sich gegen den Tisch und achtete nicht drauf, dass ein paar der Blätter über die Kante segelten. Er verschränkte die Arme »Komm schon, erzähl's mir. Was ist los?«

Ich wand mich unter seinem prüfenden Blick. »Ich hab einfach den Kopf voll mit so Zeug, das ist alles.«

»Mit so Zeug oder mit jemandem?«

Auf Brian war Verlass, wenn es darum ging herauszufinden, was in mir vor sich ging – nicht so wie ein gewisser

Surfer-Boy. »Jemandem.« Es war irgendwie schräg, mit Brian darüber zu sprechen. Nicht nur, weil wir nie zuvor über Beziehungen gesprochen hatten – unter anderem aufgrund meines Mangels an Beziehungen –, sondern auch weil die Erinnerung an neulich Abend, als wir uns in seinem Auto beinahe geküsst hätten, noch ganz frisch war.

Oder zumindest glaubte ich, dass wir uns beinahe geküsst hätten. Es hatte sich auf jeden Fall so angefühlt, als stünden wir kurz davor, aber am nächsten Tag tat Brian so, als wäre alles in bester Ordnung. Er benahm sich so normal, dass ich schon glaubte, ich hätte mir den Abend nur eingebildet.

»Ich schätze mal, es ist Evan, der dir Kummer bereitet, stimmt's? Was ist passiert?«

Mein Fuß schlug leicht gegen den Schreibtisch und ich blickte zu Boden. »Wir haben uns gerade eben gestritten. Er hat ein paar Dinge gesagt. Ich hab ein paar Dinge gesagt. Vielleicht war es meine Schuld. Es war ziemlich heftig.«

Brian lachte. »So bist du eben: unverblümt, knallhart und herzzerbrechend ehrlich.«

»Vielen Dank auch. Bei dir klinge ich wie eine Abrissbirne.«

»Aber eine von den guten.« Er trat mit einem Bein gegen die Metallstreben meines Schreibtischs und ließ den tiefen, hohlen Klang durch das stille Zimmer schwingen. »Glaubst du, das wird wieder zwischen euch?«

»Ich weiß nicht.« Ein Bild von Lauren, die sich an Evan schmiegte, blitzte vor meinem inneren Auge auf, und ich stieß unwillkürlich einen Seufzer aus. Ich glitt vom Stuhl und kniete mich hin, um die verstreuten Blätter vom Boden aufzusammeln. »Ich habe das Gefühl, als ob wir nicht mehr besonders lange zusammenbleiben werden.«

»Gut.« Zu meiner Überraschung beugte er sich runter und griff nach meiner Hand, um mich hochzuziehen. »Weil ich mit dir über etwas reden wollte. Über uns ...« Seine Stimme verebbte, und jetzt war er es, der zu Boden starrte.

»Uns?«

Brian holte tief Luft und rieb sich mit der anderen Hand über den Nacken. »Du weißt, dass ich dich schon immer bewundert habe ... und das, obwohl du so verrückt bist. Und ich weiß nicht, warum ich so lange gebraucht habe, um es zu sagen, aber ... ich mag dich.« Er schüttelte den Kopf. Seine Augen funkelten, als er meine Hand fester packte. »Ich mag dich wirklich. Schon immer.«

»Wie? Schon immer?« Ich zuckte innerlich zusammen. Oh Gott, das musste wohl die schrecklichste Erwiderung auf eine Zuneigungsbekundung überhaupt sein. ÜBERHAUPT. »Ich ... wann?«

»Seit meinem ersten Schultag, als du zu mir kamst, um dich nach meinem IQ zu erkundigen. Auch nachdem du mich angeblafft hast, weil mein Quotient fünf Punkte höher lag als deiner.« Als er lachte, bildeten sich kleine Fältchen in seinen Augenwinkeln. Seine andere Hand blieb in der Beuge zwischen Nacken und Schulter liegen. »Ich hatte nie die Gelegenheit.«

Die Blätter in meiner Hand zerknickten. »Brian ... ich ...« Ich wusste nicht, was ich sagen sollte. Was konnte ich sagen?

Wenn das ein Liebesroman gewesen wäre, wäre das hier die Szene, in der ich ihm ebenfalls meine Liebe erklären und in seine Arme fallen würde, um glücklich bis ans Ende unserer Tage zu leben. Ich meine, das hier war Brian. *Brian.* Der Junge, der mir die Hausaufgaben vorbeigebracht hatte, als ich wegen einer Grippe eine Woche nicht zur Schule kommen konnte. Derjenige, der bis spätabends wach blieb und mit mir Physik büffelte, obwohl er gar kein Physik hatte. Und er war *trotzdem* gut darin. Derjenige, der sich perfekt in alle meine Zukunftspläne fügte. Die logische, vernünftige Wahl – vielleicht die richtige Wahl.

Ich hätte niemand Besseres finden können, wenn ich es die nächsten hundert Jahre versucht hätte. Er war ein toller Typ. Ein *richtig* toller Typ. Wir beide zusammen – das ergab Sinn.

Warum also verspürte ich den Drang, durch die nächstbeste Tür zu stürmen.

Mein Kopf schwirrte, bis mir ganz schwindlig wurde.

Er umfasste meinen Arm, als versuche er, mich in die Realität zurückzuholen. »Es ist okay, wenn du nicht dasselbe empfindest. Wir können einfach vergessen, dass das hier je passiert ist. Als hätte ich nie meine große Klappe aufgemacht.«

Der niedergeschlagene Ausdruck in seinem Gesicht nagte an mir. Vor allem, da ich der Grund dafür war. »Nein, das ist es nicht. Es ist nur … so plötzlich. Ich weiß nicht wirklich wie ich … Ich habe nie wirklich darüber nachgedacht.« Das war eine Lüge. Ich hatte schon oft über uns beide zusammen nachgedacht. Aber das war alles vor Evan gewesen.

In Brians Blick flackerte Hoffnung auf, und seine Hand wanderte empor, um sich um meinen Nacken zu legen. »Warum denkst du dann nicht in Ruhe darüber nach? Okay?«

Und einfach so, ohne ein weiteres Wort, kam er näher und näher. Kurz vor dem Kuss hielt er einen Augenblick inne, für den Fall, dass ich einen Rückzieher machen wollte.

Was ich nicht tat.

Es hätte mich nicht überraschen dürfen, dass Brians Kuss perfekt war, so wie er selbst. Er war süß. Sanft und weich. Wie der Kuss, den ein Prinz seiner Prinzessin am Ende der Geschichte geben würde, bevor sie zusammen in den Sonnenuntergang und ihr glückliches Ende ritten.

Mit Brian zusammen zu sein war so einfach. Er wusste, wer ich war, und er liebte mich. Wir teilten dieselben Ziele. Dieselben Ansichten über unser Leben und unsere Zukunft. Wenn alles gut ging, wären wir beide nächstes Jahr in New York. Vielleicht sollte alles so sein. Vielleicht fügten sich die Dinge wieder an den Platz, an den sie gehörten. Wie er schon sagte: Die Dinge passen aus einem bestimmten Grund zusammen.

Seine andere Hand strich meine Schulter hoch und verfing sich versehentlich in der Halskette unter meinem Shirt. Evans Halskette. Evans Gesicht flackerte vor meinem inneren Auge auf, und ich zuckte abrupt vor Brian zurück, als hätte er mir einen elektrischen Schlag verpasst.

Ich schlug mir die Hand vor den Mund. »Ich … ich kann das nicht. Es tut mir leid, aber Evan …«

Ein Hauch von Erkenntnis huschte über Brians Gesicht. »Liebst du ihn?«

»Nein, natürlich nicht.« Ich schüttelte den Kopf. »Ich meine, ich … weiß nicht.«

In seinem Gesicht zeichneten sich all der Schmerz und all die Verwirrung ab, die in seiner Stimme lagen und sie brechen ließen. »Er wird dich am Ende verletzen. Du weißt es. Wir wissen alle, wie er ist. Er ist ein Player, der es mit niemandem ernst meint. Er ist nur darauf aus, so viele Mädchen wie möglich rumzukriegen.«

Ein Gefühl von Wut flackerte in mir auf und bahnte sich durch meine wirren Gedanken empor. »Du irrst dich. Du kennst ihn kein bisschen.«

»Taylor …« Er streckte die Hand nach mir aus, um mich festzuhalten, aber ich wich blitzschnell aus. »Es tut mir leid. Das war dumm. Ich weiß nicht, warum ich …«

Ich hob die Hand und er erstarrte augenblicklich. »Nein. Sag einfach nichts mehr.« Ich schnappte mir meine Tasche vom Boden und wandte mich ab. Ich blieb an der Tür stehen, aber ich schaffte es nicht, mich umzudrehen und ihn anzusehen. »Es tut mir leid.«

22

Evan

Aaron kam rüber, als ich gerade dabei war, mit meinem Kopf gegen die Spindtür zu donnern. »Ich hab von eurem kleinen Streit gehört.«

Knall. »Warum bin ich bloß so bescheuert?« *Knall.* »Ich hab alles vermasselt.« *Knall.* »Es ist vorbei. Das wird sie mir nie verzeihen.«

Seine Hand schoss vor, um meinen Kopf abzufangen, bevor ich eine Delle ins Schließfach schlagen konnte. »Alter, chill mal. Geh einfach hin und entschuldige dich. Alles wird gut.«

Ich seufzte. »Du verstehst das nicht. Ich hab richtig Mist gebaut. Riesenmist.« Die Kränkung und der entsetzte Ausdruck auf Taylors Gesicht schwirrten in meinem Kopf herum und quälten mich. Warum hatte ich unbedingt all diese Dinge zu ihr sagen müssen? Warum hatte ich nicht die Klappe gehalten?

»Ah, ich weiß schon. Ganz ehrlich, ich hab schon die ganze Zeit drauf gewartet, dass du es dir mit Taylor vermasselst.«

»Wie bitte?«

Er lehnte sich mit verschränkten Armen gegen den Spind und verdrehte die Augen. »Hör mal, du magst vielleicht ein Experte darin sein, wie man ein Mädchen aufreißt, aber du bist echt mies, wenn es darum geht, eine echte Freundin zu haben und sie zu halten. Ich meine, dann bist du von mir aus Zeus, aber wann bitte schön hatte dieser Typ das letzte Mal eine echte Beziehung?«

Aaron wusste nicht, dass die Beziehung zwischen Taylor und mir nicht echt war. Aber manchmal hatte es sich so angefühlt. Es war nicht zu leugnen, dass sie mir mehr bedeutete als irgendeines der anderen Mädchen. Und Aaron hatte durchaus recht. Er war, was solche Dinge anging, besser als ich. Er hatte hin und wieder eine Freundin gehabt. Ich war vielleicht mit haufenweise Mädels ausgegangen, aber die Sache mit Lauren war vor Taylor diejenige gewesen, die einer echten Beziehung am nächsten kam. Zwei unvollendete, verquere Beziehungen.

Aarons Worte gaben mir Hoffnung. »Was soll ich tun, um es wiedergutzumachen?«

Er beugte sich ganz nah zu mir, als wolle er mir das Geheimnis des Universums verraten. »Es klingt womöglich ziemlich albern und abgefahren, aber rede mit ihr. Ein Streit kann vielleicht eine Affäre kaputt machen, aber nicht eine echte Beziehung. Ihr müsst einfach daran arbeiten.«

Ich bedachte ihn mit einem skeptischen Blick. »Ernsthaft? Dein großer Ratschlag ist, einfach mit ihr zu reden?«

»Na ja, es ist allemal besser als dein dämlicher Plan, mit dem Kopf die Spindtür einzuschlagen. Außerdem ist es das, was man in einer echten Beziehung tut. Man redet über seine Gefühle. Es ist nervig und frustrierend. Du wirst es vermutlich ein paarmal versuchen müssen, falls sie sich nicht bereit fühlt zu reden. Vielleicht werdet ihr auch stundenlang reden müssen, und wahrscheinlich wirst du dir danach einen Drink hinter die Binde kippen wollen, aber darum geht es. Du musst es versuchen. Denn wenn du dir nicht einmal die Mühe machst, es zu versuchen, warum dann überhaupt in einer Beziehung sein?«

Das klang logisch. Ich hatte mir noch nie die Mühe gemacht, es wirklich mit einem Mädchen zu versuchen. Ich wollte mich nie der Anstrengung unterziehen. Wozu auch, wenn es doch genug andere Mädchen gab, mit denen ich was anfangen konnte? Doch es gab keine andere Taylor. »Aber das klingt so einfach.«

»Vertrau mir, manchmal ist der einfachste Weg der beste.« Aaron rieb sich mit einer Hand übers Kinn, mit der anderen tätschelte er meinen Kopf. »Hören mir zu, du sollst, Obi-Wan. In Ordnung sein werden die Dinge. Auftragen, polieren …«

Ich lachte und schüttelte seine Hand ab, bevor ich ihn in die Schulter knuffte. »Du verwechselst deine Meister.«

»Nein, tu ich nicht. Ich kombiniere sie nur, weil ich einfach so *toll* bin.« Er grinste und schubste mich weg. »Und jetzt geh und such sie.«

Ich brauchte eine Weile, bis ich Taylor fand. Sie ging nicht ans Handy, aber Carly verriet mir, dass Taylors Eltern sie noch nicht abgeholt hatten. Sie wusste allerdings auch nicht, wo genau sie steckte. Die nächste halbe Stunde suchte ich die gesamte Schule ab. Ich streckte meinen Kopf sogar in die Mädchenumkleide, um nachzuschauen. Außer Coach

Jill, die die Schließfächer überprüfte, war niemand da. Ich machte mich aus dem Staub, bevor sie mich entdeckte.

Wo konnte Taylor bloß stecken?

Irgendwann landete ich unter dem Baum, an dem wir unser Valentinstags-Picknick gehabt hatten, und erinnerte mich daran, wie aufgeregt ich gewesen war, als ich Taylor hergeführt hatte. An ihr verzücktes Gesicht, als sie meine Überraschung erblickt hatte. Damals war alles so viel einfacher gewesen.

Und es war genau der richtige Platz, um Taylor zu finden. Zuerst hätte ich sie beinahe übersehen. Sie saß halb versteckt hinter der Eiche und blickte zum Football-Feld. Sie musste mich gehört haben, aber sie rührte sich nicht. Nicht einmal, als ich hinter ihr stand.

»Du hast also beschlossen, mich sitzen zu lassen, um stattdessen den Sportskanonen beim Training zuzusehen?« Ich lehnte mich gegen den Baumstamm. Mein Schatten fiel über ihre zusammengekauerte kleine Gestalt. »Eine kleine Vorwarnung wäre nett gewesen.«

»Sorry.« Sie hatte das Gesicht zwischen die Arme gepresst.

Ich ging neben ihr in die Hocke, aber sie wandte das Gesicht ab und drückte es nur noch tiefer in ihren Ärmel. Ich holte tief Luft und rief mir Aarons Worte in Erinnerung. *Rede einfach.* »Bist du immer noch sauer wegen der Sache mit Lauren? Ich wollte mich nicht mit ihr treffen. Ich schwöre.«

»Das weiß ich.«

»Was ist dann das Problem?« Als sie nicht antwortete, stupste ich sie in die Schulter, bis sie endlich zu mir sah.

Sie hatte ein kleines Lächeln im Gesicht, als versuche

sie, glücklich und normal auszuschauen. Aber ich konnte sehen, dass etwas nicht mit ihr stimmte. Ihre Augen waren gerötet und ein bisschen verquollen. Und selbst jetzt noch waren ihre Wimpern tränenfeucht.

Ich sog tief den Atem ein und ballte die Fäuste. »Was ist los? Ist etwas passiert? Hat jemand etwas gesagt oder …?«

Taylor packte meinen Arm, bevor ich aufspringen und alle Leute in Sichtweite zusammenprügeln konnte. »Nein, es ist nur … es ist nichts.«

»Sieht nicht aus wie nichts.« Ich wischte eine letzte Träne ab, die an ihrer Wange hing. »Du willst also nicht darüber reden?«

»Nein.«

So viel zu Aaron und seinem dämlichen Plan. *Versuch es einfach. Immer wieder.* Ich setzte mich neben sie, aber sie wich meinem Blick aus. Mit ihren Fingern zupfte sie lediglich an den Grashalmen neben uns und stapelte sie fein säuberlich zu einem kreuzförmigen Muster.

»Kann ich dich was fragen?«

Sie stieß ein Seufzen aus. »Ich dachte, ich habe gesagt, ich will nicht reden?«

»Nur eine Frage, versprochen.« Ich hüstelte ein paarmal in meine Faust. »Du weinst jetzt aber nicht wegen mir, oder?«

Ihre Hand stieß gegen den Grashaufen und warf ihn um. »Bild dir ja nichts ein. Ich weine nicht. Mein Heuschnupfen treibt mich nur grad in den Wahnsinn.«

»Okay, Heuschnupfen.« Ich glaubte ihre Lüge keine Sekunde lang, aber wenn sie es mir nicht sagen wollte, würde ich sie nicht drängen. Und wenn sie es auf ihren Heuschnupfen schieben wollte, würde ich sie lassen. Ich rappelte mich auf und stupste sie mit der Fußspitze. »Ich bring dich nach Hause.«

»Ich will gar nicht nach Hause.«

»Aber was ist mit deinem Dad?«

Taylor nagte an ihrer Unterlippe und blickte zu Boden. »Sie denken, ich komme heute später nach Hause. Eigentlich sollte ich Brian mit der Zeitung helfen, aber er ... er braucht meine Hilfe heute nicht.«

Etwas an ihrer Stimme war seltsam. Aber ich war einfach nur froh, Zeit mit ihr verbringen zu können. Ich griff nach ihrer Hand und verschränkte meine Finger mit ihren. »Ich kenne den perfekten Ort, wo dich dein Heuschnupfen nicht mehr plagen wird.«

»Wo ist jetzt dieser geheimnisvolle Ort, an den du mich bringen willst?«, fragte Taylor, nachdem wir uns Hotdogs geholt hatten. Sie schlurfte ein paar Schritte hinter mir, als wir die Straße überquerten, und leckte sich immer noch die Chili-Sauce von den Fingern.

»Meine Güte, hast du etwa immer noch Hunger? Ich hätte dir meinen abgeben sollen.«

»Klar, als hätte ich auch nur eine Chance gehabt. Du hast deinen verdrückt, bevor ich überhaupt meinen Senf draufgemacht habe. Hast du überhaupt gekaut?«

»Nö, ich hab einen ziemlich großen Mund.« Ich ging rückwärts, damit ich sie anschauen konnte, die Hände in die Hosentaschen geschoben.

»Das habe ich gemerkt.«

»Bist du endlich fertig? Kann ich jetzt deine Hand halten?«

Sie zog ein kleines Fläschchen mit Desinfektions-Gel aus ihrer Handtasche und gab einen kleinen Spritzer auf ihre Handfläche. »Warum? Ist doch niemand hier.«

Ich wartete, bis sie fertig war mit Verreiben, bevor ich ihre Hand schnappte. »Nenn es Gewohnheit. Außerdem will ich nicht, dass du verloren gehst.«

»Na ja, das würde ich nicht, wenn du mir endlich sagen würdest, wohin wir … Oh!« Taylor blieb wie angewurzelt stehen. »Wir gehen ins Aquarium?«

Ein Gefühl der Zufriedenheit durchströmte mich, als ich zu dem riesigen blau-weißen Bau emporschaute. Dieses Gebäude war wie ein zweites Zuhause für mich. Als ich klein war, wollte ich in die Besenkammer des Hausmeisters einziehen. Ich versuchte sogar, ihm Miete anzudrehen. »Jepp, komm schon.«

Wir schlenderten durch die verschiedenen Räume, und Taylor quietschte verzückt bei den Ottern – vor allem bei Rachel, Shayda, Elana und Lilly, den vier Angeberinnen ganz vorne – und hüpfte angewidert zurück bei den Aalen. Sie lehnte sich so weit über das Streichelbecken, um die Stachelrochen zu berühren, dass ich sie an ihrem T-Shirt-Zipfel festhalten musste, um sicherzugehen, dass sie nicht hineinfiel.

Ich hatte es immer dort geliebt, aber mit Taylor war es eine ganz andere Erfahrung. Sie war seit Jahren nicht hier gewesen, daher versprühte sie die Begeisterung einer Achtjährigen.

Schließlich erreichten wir meinen liebsten Raum – den Meeresraum. Es war ein riesiger Saal mit Bänken auf abfallenden Stufen wie in einem Amphitheater, und die Bühne bestand aus der größten Attraktion des Aquariums. Die gesamte Wand bestand aus einem acht Meter tiefen Glasbecken, das 230 000 Liter Wasser fasste. Es war mit verschiedensten Fischschwärmen gefüllt, mit Haien, Meeresschildkröten und Stachelrochen, die hin und her schwammen.

Da es beinahe Abendessenszeit war, war der Saal leer bis auf ein Pärchen mit ihrem kleinen Kind, das auf und ab lief. Sie schienen faszinierter von ihrem Kind als von der erstaunlichen Meereswelt vor ihnen. Aber das kleine Mädchen war auch wirklich süß. Ihr rotes Haar hüpfte wild, während sie zu dem Lied, das ihre Mom sang, im Kreis tanzte.

Taylor machte große Augen und trat direkt vor das Aquarium. Sie berührte die Glaswand. »Es ist wunderschön hier. Und diese Schildkröten sind ja riesig!«

»Es gab sogar eine noch größere. Beinahe doppelt so groß wie diese Babys hier, aber der arme Rudy ist vor zwei Jahren gestorben.«

Sie drehte sich mit einem Grinsen zu mir um. »Rudy, ja? Ich schätze, ich weiß jetzt, nach wem dein Wagen benannt wurde.«

»Ja, schon …« Ich fuhr nicht fort. Sie hatte recht, aber ich fühlte mich unwillkürlich etwas dämlich. Ich meine, wer benennt sein Auto schon nach einer toten Meeresschildkröte? Stattdessen drehte ich mich um, ging in die Mitte der Sitzreihen und ließ mich auf eine Bank fallen. Mit den Füßen stieß ich meine Schultasche unter den Sitz. »Mein Dad hat mich das erste Mal an meinem elften Geburtstag hierhergebracht. Mir hat es so gefallen, dass er uns eine Dauerkarte gekauft hat, danach sind wir alle paar Wochen hergekommen. Du weißt schon, wenn er mal nicht im Gefängnis war.«

»Du sagst das so locker«, bemerkte Taylor und setzte sich neben mich. »Stört es dich nicht, dass er ... dass er so oft dort war?«

»Nein. Nicht so sehr, wie es sollte.« Ich streckte die Beine aus und legte sie auf die Bank vor mir. »Es ärgert mich nur, wenn Brandon es erwähnt, aber das liegt daran, dass er immer versucht zu beweisen, dass er was Besseres ist.«

»Aber das ist er nicht.«

»Ganz sicher nicht.«

Sie sah mich einen langen Moment an, dann wechselte sie das Thema. »Es ist seltsam, wie sie da drinnen alle so friedlich zusammen sein können. Sie schwimmen alle mit den Haien.« Sie wedelte nachdrücklich mit den Händen. »Wenn ich eine Meeresschildkröte wäre, würde ich mir da drin vor Angst in die Hose machen.«

»Na ja, sie werden regelmäßig gefüttert, deswegen besteht keine Gefahr, dass die Haie sie aufessen.« Ich lehnte mich mit einem Arm gegen ihre Schulter. »Hey, wenn wir beide miteinander auskommen können, warum dann nicht sie?«

»Das ist wahr. Hier sitze ich, ganz allein mit dir, und hab kein bisschen Angst.«

»Bilde dir bloß nichts ein. Du bist doch hier der Hai – viel eher als irgendein anderes Tier in dem Becken«, zog ich sie auf.

Taylor lachte. »Von wegen. Du bist gefährlicher als jeder, den ich kenne.«

»Ach ja? Und in welche Gefahr genau begibst du dich?«

Sie starrte mich eine Weile an, dann hob sie eine Augenbraue und wandte sich wieder dem Aquarium zu. »Nee, du hast recht. Ich bin der Hai.«

»Sag ich doch.«

Ich musterte Taylor, um zu sehen, ob es irgendwelche Anzeichen dafür gab, dass sie sich langweilte und gehen wollte, aber es schien ihr hier zu gefallen. Tatsächlich streifte sie die Schuhe ab, überkreuzte die Beine und lehnte sich auf ihre Hände zurück, als hätte sie nichts dagegen, für immer hierzubleiben. Ich hatte definitiv nichts dagegen.

Ich holte tief Luft und versuchte es noch einmal. »Willst du mir jetzt endlich sagen, was los ist?«

Taylor presste die Lippen zu einer dünnen Linie zusammen und schüttelte den Kopf. »Es ist nur ... Ich bin gestresst wegen dem College. Ich will nicht darüber reden.«

Ich war nicht sicher, ob sie mir die Wahrheit sagte, aber ich lehnte mich gegen ihre Schulter und nickte, einfach nur froh, dass sie nicht mehr sauer auf mich war. Außerdem war sie schon seit einer ganzen Weile gestresst wegen der Warteliste. Vielleicht war etwas oder jemand dazwischengekommen. Es war dämlich von den Leuten an der Columbia, dass sie Taylor nicht gleich angenommen hatten. Sie war großartig.

»Hast du dich eigentlich schon mal gefragt, ob wir ohne die dämliche Party damals je Freunde geworden wären?« Ich weiß nicht, warum mir diese Frage herausrutschte oder warum sie mir wichtig war, aber sie war es.

»Eigentlich nicht.« Sie schaute aus dem Augenwinkel zu mir. »Ich meine, du bist ziemlich doof.«

»Ja, das bin ich, nicht wahr?«

»Ist schon okay. Ich bin ziemlich kratzbürstig.«

»Nur ziemlich?« Als sich ihre Augen verengten, warf ich die Hände in die Luft. »Ist ja gut. Ich schätze, *ziemlich* trifft es.«

Ihre Lippen verzogen sich zu dem ersten aufrichtigen Lächeln, das ich an diesem Tag an ihr gesehen hatte – so ein Lächeln, das sich praktisch über ihr gesamtes Gesicht breitete. Und plötzlich schien die ganze Welt heller. Aber das lag vielleicht auch daran, dass die untergehende Sonne durch das Fenster am Haupteingang schien.

»Erinnerst du dich an die Nacht? Ich erinnere mich an kaum was.«

Kaum was – aber ein paar Bruchstücke und Details waren ab und an in meiner Erinnerung aufgetaucht. Tolle Bruchstücke und Details. »Ja, du sagst ziemlich schräge Sachen, wenn du betrunken bist.«

»Echt?« Taylor stöhnte und schlug sich die Hände vors Gesicht. »Gott, ich weiß, dass ich diese Frage bereuen werde, aber was ... was haben wir geredet?«

Wenn ich ein netter Typ gewesen wäre, hätte ich gelogen und ihr die Einzelheiten erspart. Aber das wollte ich nicht. Es war viel zu witzig, um vergessen zu werden. »Nicht viel. Du hast mir von deiner Liebe zu blauer Zuckerwatte erzählt und dass du im Innersten total verdorben und fies bist. Oh, und du hast mir erzählt, dass du die ganze Zeit schmutzige Gedanken hast, und dann hast du mich geschlagen.«

Sie hob langsam den Kopf, ihre Augen vor Entsetzen weit aufgerissen. »Wie bitte?« Sie klang heiser, beinahe erstickt.

»Jawohl. Genau hier.« Ich nickte ernsthaft und zeigte auf

meine rechte Wange. »Ich wundere mich, dass dir der rote Fleck nicht aufgefallen ist.«

»Und was ist … mit dem anderen Teil?«

»Oh, du meinst der schmutzige Teil?« Ich grinste süffisant. »Na ja, es war ziemlich kalt, deswegen konnte ich meine Klamotten nicht ausziehen, wie du es von mir verlangt hast, aber ich hab zugelassen, dass du mich oberhalb der Hüfte anfasst. Bei der Hose habe ich aber die Grenze gezogen. Ich bin ja nicht *so ein* Typ. Du musst mich erst einmal zum Abendessen einladen.«

Ihre Hand bewegte sich so schnell, dass ich sie beinahe nicht sah. Beinahe. Ich schirmte meinen Kopf mit beiden Armen ab, aber sie schaffte es trotzdem, mich hinter dem linken Ohr zu erwischen. Das Pärchen und ein paar Angestellte drehten sich nach uns um und glotzten. »Autsch! Tut mir leid! Na gut, nächstes Mal *ziehe* ich die Hose aus!«

Klatsch! Dieses Mal noch kräftiger als zuvor. Ich duckte mich, aber sie war darauf vorbereitet. »Hör auf.« *Klatsch.* »Das.« *Klatsch.* »Zu sagen! Das ist nicht witzig!«

Endlich schaffte ich es, ihre Hände zu packen, damit sie aufhörte. »Beruhige dich. Wir befinden uns in der Öffentlichkeit, weißt du.«

Meine Worte schienen plötzlich durchzusickern und Taylor wich zurück. Ihr Gesicht hatte den dunklen Farbton von Roter Bete, und sie blickte zum Aquarium, bis die Leute nicht mehr in unsere Richtung starrten. Ihre Schultern bebten immer noch stumm vor Lachen.

Ich weiß nicht, wie lange wir dort in der Stille saßen und den Fischen zusahen, aber als es draußen dämmerte, wusste ich, dass es Zeit war zu gehen. Ich wollte nicht, dass

Taylor zu spät zum Abendessen kam und noch mehr Ärger wegen mir bekam. Ich holte eine Tüte aus meinem Rucksack. »Hier.«

»Was ist das?« Ohne auf meine Antwort zu warten, zog Taylor einen Plüschotter, den ich in der Geschenkboutique gekauft hatte, aus der Tüte. Wortlos blinzelte sie mich an.

»Nur um Entschuldigung zu sagen. Wegen deines Heuschnupfens.« In genau diesem Moment kam mir plötzlich Brian in den Sinn. »Falls du je reden musst, ruf mich einfach an. Ich kann auch für dich da sein.«

Taylor blinzelte mich wieder an, als würde sie alles in sich aufnehmen, was ich eben gesagt hatte. Dann, endlich, umarmte sie mich mit einem leisen Quietschen. »Danke schön.«

»Nichts zu danken.« Ich wich zurück und strahlte auf sie runter. Ich war glücklich, dass sie wieder froh war. »Dafür sind Freunde doch da, stimmt's?« Innerhalb weniger Sekunden verblasste ihr entzücktes Lächeln und sie drückte das Plüschtier an ihre Brust. »Was ist los?«

»Nichts.«

Ich kniff die Augen zusammen, aber sie wandte sich wieder den Schildkröten zu. Sie presste den Otter an ihre Wange, um ihr Stirnrunzeln zu verbergen. Es war seltsam, wie ein einziges Wort so gewichtig klingen und alles sein konnte – nur nicht nichts.

Gott, Mädchen waren echt verwirrend.

23

Taylor

Löwen sind bekannt für ihren Mut in ausweglosen Situationen.

Ha! Das bewies doch, dass Horoskope nichts weiter waren als ein Haufen Bockmist. Ich war nicht mutig. Ich war ein Feigling. Ein feiger Löwe, so wie der aus dem *Zauberer von Oz*.

Verstecken war auch keine Lösung. Das wusste ich. Verdammt, wahrscheinlich machte es alles nur schlimmer, aber ich konnte nicht zur Schule gehen. Nicht wenn Brians Kuss noch so frisch in meinem Gedächtnis präsent war. Und Evans Aquarium-Date.

Da Evan und ich nicht wirklich miteinander gingen, hatte ich ihn nicht *unbedingt* betrogen. Aber ich fühlte mich trotzdem schuldig. Außerdem verstieß es gegen den Vertrag. Nie im Leben hätte ich gedacht, dass *ich* es sein würde, die gegen diese Klausel verstieß. Gott sei Dank hatte ich kein Bußgeld hinzugefügt, wie ich es ursprünglich geplant hatte.

Mom kam in die Küche, gerade als ich eine Essiggurke aus dem Glas fischte. Mit geschürzten Lippen sah sie mir zu, wie ich sie in gleichmäßige, mikroskopisch kleine Stückchen hackte. Als ich nach der nächsten angelte, ergriff sie das Wort. »Geht es dir schon besser?«

»Ja, ich hatte heute früh nur Kopfweh, aber es geht schon wieder.«

»Gut, dann kannst du mir ja jetzt erzählen, was los ist.«

Ich wischte meine nassen Finger am weißen Geschirrtuch ab und hinterließ hellgrüne Flecken darauf. »Was meinst du?«

»Ich meine damit, dass du heute die Schule geschwänzt hast, und nun, anstatt zu lernen oder an etwas zu arbeiten, genug Essen kleinhackst, um eine Armee durchzufüttern.« Sie verschränkte die Arme auf dem Küchentresen und beugte sich vor. »Was ist los mit dir?«

Meine Güte, sollte das hier ein Kreuzverhör werden? Ich stieß ein lautes Seufzen aus und gab die Essiggurkenstücke in die Schüssel. »Kann ein Mädchen sich nicht in Ruhe einen Thunfischsalat machen?«

»Ein normales Mädchen, ja. Du? Nein.« Mom neigte den Kopf und lächelte. »Nachdem du den Brief für die Warteliste bekommen hast, hatten wir genug Thunfischsalat, um sämtliche Nachbarskatzen monatelang durchzufüttern. Dann war da dieses Mal nach deiner Physikprüfung, als du Stein und Bein geschworen hast, du seist durchgefallen. Und davor …«

»Schon gut, ich hab's kapiert.« Mir war nicht klar gewesen, dass ich immer Thunfischsalat machte, wenn ich gestresst war, aber es stimmte wohl. Wir hatten einen dieser Blitz-Zerkleinerer, mit denen man alles kleinhäckseln konnte, aber ich zog es vor, die Zutaten selbst klein zu schneiden. Es hatte etwas Beruhigendes an sich, alles akribisch genau selbst zu schneiden. Es brauchte länger, aber danach fühlte ich mich immer besser.

In diesem Moment kam Dad in die Küche und blieb bei unserem Anblick abrupt stehen. »Was ist denn das für ein Meeting hier am späten Abend?«

»Taylor macht Thunfischsalat.«

Er riss die Augen auf. »Oh. Öhm. Ich geh dann mal lieber wieder ins Wohnzimmer. Gib mir Bescheid, wenn die Luft wieder rein ist und ich mein Eis holen kann.«

Ich sah ihm nach, als er wieder aus der Küche eilte, und drehte mich zu Mom, die versuchte, ihr Grinsen zu unterdrücken. »Weiß eigentlich jeder über die Thunfisch-Sache Bescheid?«

»Eigentlich schon.« Sie griff nach einem der hart gekochten Eier und klopfte damit gegen die Arbeitsfläche. »Also, was ist los?«

Mein Blick huschte zu meinem Schneidebrett, es war mir plötzlich unangenehm, mich Mom anzuvertrauen. »Ich hab da ein paar Probleme … mit Jungs.«

Sie ließ ein leises Quieken hören und klatschte in die Hände. »Du weiß nicht, wie lange ich darauf gewartet habe, dass du das sagst. Damit wir endlich mal ein echtes Mutter-Tochter-Gespräch führen können. Geht es um Evan? Was hat er getan? Macht er Druck wegen Sex?«

»Oh Gott, Mom! Nein!« Ich schlug mir mit der Hand gegen die Stirn. Vielleicht war es ein Fehler gewesen, das Thema anzuschneiden. Ich hätte in Ruhe meinen Thunfischsalat fertigmachen sollen. »Vergiss es einfach.«

»Neeeein!« Sie schnappte sich meinen Arm und zerrte

daran wie Kimmy, wenn sie wollte, dass ich ihr im Supermarkt Süßigkeiten kaufte. »Es tut mir leid. Erzähl mir einfach, was los ist.«

»Es ist nur …« Ich schluckte den Kloß in meinem Hals runter, während ich überlegte, wie ich nach ihrer Meinung fragen sollte, ohne zu viel zu enthüllen. »Warum kannst du Evan so gut leiden?«

»Wie meinst du das? Er ist doch nett. Witzig. Und du musst zugeben, dass er ein ziemlicher Augenschmaus ist.«

Ich runzelte die Brauen. »Ja, aber … wir haben doch gar keine Gemeinsamkeiten. Überhaupt nicht. Ich wundere mich nur, dass du es so gut findest, dass wir zusammen sind, das ist alles.«

»Tja, ich nehme an, er ist einer dieser Jungs, vor denen ich dich warnen sollte. Oder ich sollte einen Anstandswauwau mieten, der euch beiden auf Schritt und Tritt folgt.« Mom kräuselte nachdenklich die Lippen, während sie das Ei pellte. »Ich glaube, ich bin einfach nur froh, dass du dich endlich wie ein normaler Teenager verhältst – mit Jungs ausgehen, Spaß haben. Ich war absolut vorbereitet auf all die Sorgen und Streitereien, die mit einer Teenie-Tochter einhergehen, aber du warst nie so. Du hast tolle Noten, du bist ehrgeizig und du weißt ganz genau, was du aus deinem Leben machen willst. Und dabei kommt dir nichts und niemand in die Quere. Du gehst kaum je aus, deswegen kommst du nicht einmal später als vereinbart nach Hause. Du hilfst uns im Haushalt und tust immer, was du tun sollst.«

»Tut mir … *leid*?«

Sie lachte. »Ich beschwere mich doch gar nicht. Es ist nur … Du bist schon mit elf so erwachsen geworden, und manchmal frage ich mich, ob das wegen deines Vaters war … des leiblichen. Wegen unseren ständigen Streitereien. Du hattest nie die Gelegenheit, ein Kind zu sein, so wie Kimmy.«

Ich fuhr über das Blumenmuster auf der Arbeitsfläche. »Manche Menschen sind einfach anders.«

»Ja.« Mom seufzte und ging zum Spülbecken, um sich die Hände zu waschen. »Ich will nur nicht, dass du etwas verpasst, wegen mir.«

Ich verspürte plötzlich ein schlechtes Gewissen. Mom war normalerweise so glücklich und fröhlich – manchmal sogar richtig aufgedreht. Und jetzt fühlte ich mich schlecht, weil ich immer so genervt war, wenn sie versuchte, mich zum Shoppen oder zur Maniküre zu überreden. Ich hatte nie verstanden, warum ihr diese Dinge so unglaublich wichtig waren.

»Ich mach den Thunfischsalat wegen Brian«, sagte ich schließlich, um ihr entgegenzukommen. »Und Evan.«

Ihre Augen wurden so groß und rund, dass es mich nicht überrascht hätte, wenn sie vor Freude auf und ab gehüpft wäre. Ihre sonst so überaus brave Tochter benahm sich endlich wie ein richtiger Teenager, hatte Probleme mit Jungs und machte krank, um die Schule zu schwänzen? Ganz zu schweigen von der Tatsache, dass gleich *zwei* Jungs um die Hand ihrer verklemmten, strebsamen Tochter wetteiferten? Das war schon eine Schlagzeile wert, die Erfüllung eines lang gehegten Traums.

Glücklicherweise beschloss sie, cool zu bleiben. »Also mögen dich beide? Das ist ja interessant … aber natürlich keineswegs überraschend«, fügte sie rasch hinzu.

»Na ja, Brian hat es mir selbst gesagt. Er mag mich schon eine ganze Weile. Aber Evan … ich glaube nicht, dass das noch lange gehen wird.« Ich nagte an meiner Unterlippe. »Da gibt es dieses Mädchen, das auf ihn steht, und die beiden hatten da mal so eine Geschichte laufen.« Mom musste nicht die Details von Laurens und Evans Geschichte kennen. Und ich wollte definitiv nicht daran denken.

»Oh. Na ja, Brian ist auch nett.«

»Er ist toll. Wir passen perfekt. So wie Dad und du. Es wäre nur logisch, wenn wir beide zusammenkommen. Ich hab schon immer gedacht, dass wir eines Tages sowieso ein Paar werden.« Ich zuckte mit den Schultern. »Aber ich weiß nicht, warum ich jetzt zögere.«

Sie strich mir das Haar aus der Stirn, dann hob sie mein Kinn mit dem Zeigefinger an. »Normalerweise heißt das, dass du es nicht wirklich willst. Egal wie sehr du das gedacht hast. Hör zur Abwechslung mal auf dein Herz, nicht deinen Kopf, Taylor. Auch wenn es verrückt klingt.«

»Aber das ist so schwer.«

»Das Leben ist schwer. Gib dir ein bisschen Zeit, um dir über alles klarzuwerden. Und wenn dich jemand deswegen nervt, schick ihn dorthin, wo der Pfeffer wächst.«

Ich verdrehte die Augen. »Danke, Mom. Das ist ein toller Ratschlag.«

»Dafür bin ich da.« Ein breites Lächeln erschien auf ihrem Gesicht. »Hast du Lust, morgen nach der Schule shoppen zu gehen?«

Innerlich schüttelte es mich, aber ich nickte. »Klar, das wird bestimmt witzig.«

Es war Mom selbst, die mir gesagt hatte, ich solle mir etwas Zeit für mich nehmen, also fasste ich das als elterliche Entschuldigung auf, um auch den nächsten Tag zu Hause zu bleiben. Hoffentlich würde es mir dabei helfen, mir über alles klar zu werden.

Ich hatte nicht damit gerechnet, dass Brian vorbeikommen würde.

»Du siehst ziemlich gesund aus für jemanden, der im Krankenbett liegen sollte. Dafür habe ich also die erste Stunde geschwänzt und den ganzen Weg auf mich genommen, um nach dir zu sehen.«

Mein Kopf zuckte von dem Kissen hoch, das ich gegen die Wand gelehnt hatte. Es war mein Stammplatz im Wohnzimmer, zusammengekuschelt im Sessel neben dem Erkerfenster mit einem Liebesroman in der Hand. Evans Plüschotter lag auf meinem gelb-weiß gestreiften Schoß. »Brian! Wie … wie bist du reingekommen?«

Er deutete mit dem Daumen über die Schulter. »Deine Mom hat mich reingelassen, als sie zur Arbeit ist.«

Ah, die Verräterin in Vera-Wang-Pumps und mit Ralph-Lauren-Romance-Parfum.

Er reichte mir ein rosa Gänseblümchen. »Hier, ich meine mich zu erinnern, dass du Gänseblümchen magst.«

Ich glaube, das hatte ich nur einmal erwähnt, aber natürlich erinnerte sich Brian. »Danke.« Ich berührte die zarten Blütenblätter, dann legte ich es auf den Tisch neben mir. Verdammt, das hier war echt schwer.

»Und? Hast du vor, noch mal zur Schule zu kommen, oder willst du dich bis zu den Sommerferien hier verkriechen?« Brian lehnte sich gegen den weißen Türrahmen.

Seine Knöchel hatte er im gegenüberliegenden Eck überkreuzt. Er war so groß, dass sein schlaksiger Körper den gesamten Türrahmen auszufüllen schien und jeden Gedanken an Flucht unmöglich machte. »Ich weiß ja, dass du klug bist, aber ich habe meine Zweifel, dass dich die Schule den Abschluss von zu Hause aus machen lässt. Und es wäre eine echte Schande, als Schulabbrecherin zu enden, nur weil so ein Trottel dir seine Gefühle gestanden hat.«

Sein gezwungen fröhlicher Tonfall zerriss mir das Herz. Er hatte mir gesagt, dass er mich mochte, und wie hatte ich reagiert? Indem ich weggerannt war und mich versteckt hatte, bis er mich selbst suchen kam. Wann genau hatte ich mich bitte wieder in eine Sechsjährige verwandelt? Und noch wichtiger, warum konnte ich nicht wirklich krank sein? Dantes Hölle war noch viel zu gut für mich. »Es tut mir leid, Brian. Ich habe nur nicht …«

»Du musst nichts sagen. Ich habe dich damit überfallen. Ich habe mir alle erdenklichen Szenarien ausgemalt, wie ich es dir sagen würde, aber so damit herauszuplatzen, ist nie Teil des Plans gewesen. Und die Tatsache, dass du dich zu Hause verkriechst, ist ein ziemlich klarer Indikator dafür, wie du empfindest.« Er schluckte laut. »Hab ich recht?«

Ich zögerte einen Moment und nickte dann vorsichtig. Ich wollte ihn nicht verletzen, aber es wäre nicht richtig, ihm Hoffnungen zu machen. Selbst wenn wir es auf einen Versuch ankommen ließen, würde es nie im Leben klappen. Egal wie viele Bausteine sich zu unseren Gunsten zu fügen schienen, ich konnte die Gefühle nicht einfach so herbeizaubern. Mom hatte recht. Ich musste dorthin, wohin mein

Herz mich führte. Auch wenn das bedeutete, dass es brechen könnte. Auch wenn Evan in mir nur eine gute Freundin sah.

Brian schenkte mir ein mattes Lächeln und tippte sich mit dem Zeigefinger an die Schläfe. Das kleine Grübchen erschien auf seiner linken Wange. »Das habe ich mir schon gedacht. Ich bin ja nicht umsonst der Klügste an der Schule, weißt du.«

Ich fühlte mich schrecklich und schob ihm meinen grünen Fußhocker hin. »Setzt du dich jetzt endlich hin oder was?«

»Nun, wer kann bei so einer charmanten Einladung schon Nein sagen?« Brian setzte sich rittlings auf den Hocker und kickte mit seinen Fußspitzen gegen den Teppich, während seine Finger an dem Loch in seiner abgewetzten Jeans zupften.

Verlegen drehte ich meine Daumen umeinander und sagte das Erste, was mir in den Sinn kam: »Ich hab dich noch nie in alten Jeans gesehen.«

Er blickte runter, als habe er vergessen, was er trug. »Ja, ist eine Weile her. Ich hatte schon vergessen, wie gemütlich sie sind.«

»Warum hattest du davor nie welche an?« Echt jetzt? Wir diskutierten gerade ernsthaft seine Klamottenwahl? Bei all den Dingen, über die wir hätten reden können, warum musste ich ausgerechnet …?

»Wegen dir?«

»Was?«

Brian zuckte die Achseln. Eine leichte Röte überzog seine Wangenknochen. »Carly hat mir mal gesagt, dass du es magst, wenn Typen sich schick anziehen, also habe ich … du weißt schon.« Er zeigte auf seine Hose.

Ich blinzelte ihn an. Das war definitiv nicht die Antwort, die ich erwartet hatte, aber sie war süß und sie war perfekt, so wie er selbst. Man konnte ihn wirklich nicht anders beschreiben. »Oh … tut mir leid.«

»Mach dir keinen Kopf. Es war ein dämlicher Plan.« Er trat von einem Bein auf das andere und fuhr sich mit den Fingern durchs dunkle Haar. »Aber könntest du mir trotzdem einen Gefallen tun?«

»Alles, was du willst.«

Seine Füße in den blau gestreiften Socken kickten unten gegen den Hocker. »Könnten wir den Tag neulich vergessen und einfach wieder Freunde sein?«

Das Herz zerriss mir. Schon wieder. Aber ich konnte nichts gegen die Erleichterung tun, die mich durchlief. Ich würde Brian trotz allem nicht als Freund verlieren.

Ich konnte nicht anders, ich stand auf, um ihn an mich zu drücken. Seine Arme schlangen sich sofort um mich. Sie fühlten sich warm an und tröstlich, wie eine heiße Suppe, wenn man krank ist. Oder der kuscheligste Lieblingspulli, wenn es draußen friert. Er drückte mich einmal fest, dann schob er mich von sich.

Er räusperte sich und schüttelte den Kopf. Das schwarze Haar fiel ihm in die Stirn und verdeckte seine Augen. Er brauchte definitiv einen neuen Haarschnitt. »Ich bin nach deiner Physikstunde bei Mr Higgins vorbeigegangen und habe das Arbeitsmaterial für dich mitgenommen, aber es hat sich herausgestellt, dass du gar nichts verpasst hast. Es war der Geburtstag von seinem Sohn, und er hat in seinem Klassenzimmer eine Party geschmissen … den ganzen Tag über.« Er lachte laut. »Es war echt blöd von mir, das Fach abzuwählen.«

Ich erkannte den Hinweis, dass er das Thema wechseln wollte, lächelte und lehnte mich im Sessel zurück. »Aber du hast Bio gebraucht, um für das Medizinstudium an der Tulane angenommen zu werden. Du könntest es dir übrigens immer noch anders überlegen, weißt du.«

»Ich denke, uns ist beiden klar, dass das mit der Tulane und der Medizin NIE im Leben passieren wird. Die ganze Nacht dicke Bücher wälzen und an Leichen herumschnippeln? Nein, danke.«

»Das habe ich auch nicht gedacht.«

Wir plauderten weiter über die Schule, als wären die letzten beiden Tage nie passiert. Dann musste Brian los wegen einer Biologieklausur. Es war schön, meinen guten Freund wiederzuhaben. Auch wenn es nur für eine kurze Zeit war.

24

Evan

Meine Gedanken kreisten immer noch um Taylor, als ich an diesem Nachmittag in die Garage fuhr. Ihr Gesicht. Die Art, wie sie mir nicht einmal ins Gesicht gesehen hatte, als sie nach dem Ausflug ins Aquarium »Auf Wiedersehen« murmelte und im Haus verschwand. Und dann kam sie die nächsten zwei Tage nicht in die Schule. Da war noch etwas anderes im Busch – etwas Schlimmeres als nur die Sache mit der Columbia. Es machte mich wahnsinnig, dass ich nicht wusste, was. Dass sie mir nicht genug vertraute, um es mir zu erzählen. Und dass ich ihr nicht damit helfen konnte.

Ich nahm mir eine Cola aus dem Kühlschrank und wandte mich zur Treppe, als ich einen Schatten im dunklen Wohnzimmer bemerkte. Mir sträubten sich die Haare im Nacken. Ich war immer derjenige, der als Erster nach Hause kam. Jeden Tag.

Ich schnappte mir den nächstbesten Gegenstand – Moms blau-gelb geblümten Regenschirm – und schob mich lautlos ins Zimmer. Dann knipste ich mit meinem

Ellbogen das Licht an und machte einen Satz nach vorne. Meine rechte Hand wedelte mit dem Regenschirm durch die Luft wie mit einem Degen oder Laserschwert.

Mom zuckte auf dem Sofa zusammen. Ihre aufgerissenen Augen starrten mich an, während sie sich mit beiden Händen an die Brust griff. »Was tust du da?«

»Oh, hi.« Ich ließ den Arm fallen und hüstelte verlegen. »Sorry, ich wusste nicht, dass du da bist. Ich werd mal … ich stell das Ding kurz zurück.« Ich steckte den Regenschirm zurück in seinen hölzernen Ständer. »Warum sitzt du hier im Dunkeln?«

Sie ließ die Hände zu beiden Seiten auf das Sofapolster sinken. Dann sah sie sich im Raum um, als wüsste sie es selbst nicht. »Ich hab nur über einige Dinge nachgedacht, während ich auf dich gewartet habe.«

»Auf mich?«

Ich wartete darauf, dass sie fortfuhr, aber das tat sie nicht. Stattdessen begann sie damit, die Zeitschriften und Glasuntersetzer auf dem Tisch zu arrangieren. Es waren solche, in die man Fotos hineinstecken konnte. Es gab welche mit Mom und mir und welche mit Mom und Brandon. Keines von uns allen zusammen. Es hatte keinen Zweck, uns das Etikett »Familie« aufzudrücken, wenn wir keine waren.

»Ich möchte, dass du verstehst, wie glücklich ich war, als Brandon in unser Leben kam. Er ist nicht perfekt, aber das Leben mit ihm ist es. Er ist verlässlich und er sorgt sich um uns. Und er stellt mich an erste Stelle. Er macht mein Leben einfach. Und die einzige Art und Weise, wie ich es ihm zurückzahlen kann, ist, indem ich ihn glücklich mache. Selbst wenn das bedeutet, deinen Vater aus unserem

Leben herauszutrennen.« Mom strich die Falten ihrer Hose glatt, dann stand sie auf und zog ein Stück Papier aus ihrer Hosentasche. »Aber es lag nicht an mir, diese Entscheidung zu treffen. Es hätte deine sein sollen. Also hier.«

Das gelbe Papierchen war keine sieben, acht Zentimeter breit und war auf einer Seite abgerissen. Einige zusammengequetschte Nummern waren draufgekritzelt. Ein Bankkonto? »Was ist das?«

»Das ist die Telefonnummer deines Vaters.«

Bam! Und einfach so sackte ich auf die Armlehne des Sessels gegenüber von ihr und er rutschte ein paar Zentimeter über den Parkettboden. Ich umklammerte den Zettel so fest, dass er in meiner Hand zerknüllte. »Ich dachte, du willst nicht, dass ich ihn kontaktiere.«

»Will ich auch nicht. Nach wie vor.« Mom verschränkte die Arme und wandte den Blick ab. Sie kaute auf der Innenseite ihrer Wange. »Ich will nur nicht, dass du mich später dafür hasst. Und du hast recht. Es ist deine Entscheidung, ob du ihn sehen willst oder nicht.«

Ihr trauriger Tonfall brachte mich fast um. Den Ringen unter ihren Augen nach zu urteilen, hatte sie das hier eine ganze Weile geplagt. Und die leichte Delle im Sofapolster, die nicht weggehen wollte, deutete darauf hin, dass sie eine *ziemlich* lange Weile auf mich gewartet hatte.

Ich war ein erbärmliches Exemplar von einem Sohn. Das schlimmste überhaupt.

»Mom.« Ich stand auf, als sie Richtung Küche ging. Sie blieb stehen und ihre Schultern verkrampften sich. Ich schluckte und schüttelte den Kopf, auch wenn sie mich nicht sehen konnte. »Auch wenn du mir seine Nummer nie gegeben hättest, hätte ich es dir nie vorgeworfen. Ich war eine Zeit lang sauer, aber ich würde dich niemals hassen. Ich kann gar nicht.«

Endlich drehte Mom sich um. In ihren Augen schimmerten unvergossene Tränen, aber das machte mir keine allzu großen Sorgen. Mom weinte bei allem Möglichen. Einmal hatte sie sogar geweint, als der Nachbarshund starb. Dabei hatte sie dieses Viech gehasst, weil es sie jedes Mal anbellte, wenn sie heimkam. Trotzdem hielt es sie nicht davon ab, eine Stunde lang zu heulen, als er überfahren wurde.

Und außerdem, das breite Lächeln auf ihrem Gesicht, als sie auf mich zukam, war ein deutlicher Hinweis, dass nun alles besser war.

Sie musste sich auf die Zehenspitzen stellen, um mich auf die Wange zu küssen, etwas was sie seit Jahren nicht mehr getan hatte. Mir war nicht aufgefallen, wie klein sie mittlerweile war. Oder wie viel größer ich geworden war. »Tu einfach, was du tun musst. Ich rufe dich, wenn das Abendessen fertig ist.«

Ich nickte. Nun, da die Krise abgewendet war, registrierte ich kaum, dass sie den Raum verließ. Mein Blick klebte an den Nummern auf dem Zettel. Zehn Ziffern. Etwas so Kleines und Einfaches, dass sogar Kindergartenkinder es lernten. Und doch schien es mir gerade wie das Größte und Wichtigste der Welt.

Meine Schritte donnerten die Treppe hinauf, als ich in mein Zimmer raste. Ich ließ meinen Rucksack fallen und ging auf und ab. Immer wieder. Sollte ich jetzt anrufen? Vielleicht sollte ich warten. Florida lag in derselben Zeitzone wie North Carolina (oder zumindest recht nah dran), also machte er sich wahrscheinlich gerade ebenfalls zum Abendessen bereit. Jetzt war womöglich nicht der günstigste Moment, um anzurufen.

Aber wann war schon eine gute Zeit, um anzurufen und zu sagen: »Hey, Dad. Erinnerst du dich noch an mich? Dein Sohn, mit dem du seit Jahren nicht mehr gesprochen hast? Aber das war ja nicht unsere Entscheidung. Und? Was geht so?«

Was sollte ich ihm sagen?

Während ich das kleine Zettelchen anstarrte, konnte ich Taylors Stimme in meinem Kopf hören. Und zwar nicht die nette. Okay, eigentlich brüllte sie mich an, ich solle nicht so eine Memme sein und einfach diese verdammte Nummer wählen. Und sie hatte recht.

Trotzdem zitterten meine Hände, als ich die Nummer in mein Handy eingab. Ich spürte, wie mein Magen sich verkrampfte und umdrehte, bis mir übel war. Und dieses Gefühl wuchs mit jedem Klingeln an.

»Hallo?«

Da war sie. Die Stimme, die ich seit über vier Jahren nicht gehört hatte.

Und einfach so verpuffte meine Nervosität. Als wäre nie etwas passiert. Ich war wieder elf und wartete darauf, dass er von der Arbeit heimkam, damit wir zusammen zum Aquarium fahren konnten.

»Hi, Dad.«

25

Evan

Während ich zu Taylors Haus fuhr, ging ich in Gedanken noch einmal das Gespräch mit meinem Vater durch. Und sein Angebot, nach meinem Schulabschluss bei ihm einzuziehen. Er hatte ein Gästezimmer in seiner Mietwohnung, und die Troy University war ganz in der Nähe. Sie hatte sogar einen guten Studiengang für Meeresbiologie, einen für den ich tatsächlich wegen Taylor eine Zusage bekommen hatte. Um ehrlich zu sein, hatte ich den Papierkram nur ausgefüllt, um sie mir vom Hals zu halten. Ich hatte nicht wirklich erwartet, einen Studienplatz dort zu erhalten. Aber jetzt … plötzlich fügte sich alles. Es war perfekt.

Obwohl ich es kaum erwarten konnte, von Brandon wegzukommen, wusste ich immer noch nicht, wie ich Mom zurücklassen sollte. Sie wollte nicht, dass ich ging, aber ich musste das auch für sie tun. Ich würde nicht mehr zwischen ihr und Brandon stehen. Sie könnte endlich glücklich sein.

Während Mom Brandon die neue Situation beibrachte – ich wettete, er machte eine Flasche von dem richtig guten

Wein auf, um es zu feiern –, düste ich zu Taylors Haus. Ich wollte ihr von Dad erzählen. Ich wollte ihr von meiner Zusage für die Uni erzählen. Ich musste ihr einfach alles erzählen.

Vor lauter Aufregung dachte ich nicht einmal an Mr Simmons, bis ich schon auf die Türklingel gedrückt hatte. *Scheiße.* Ich fragte mich, ob ich noch genug Zeit hatte, mich zu verstecken.

Die Tür öffnete sich, gerade als ich hinter die Rosenbüsche springen wollte. Gott sei Dank war es Taylor, die öffnete. »Evan? Was machst du denn hier?«

Sie sah wunderschön aus. Ich musste mich regelrecht davon abhalten, sie zu umarmen. »Ich wollte mit dir über etwas reden. Ist die Luft rein?«

»Äh, ja. Dad trifft sich mit ein paar Freunden. Und Mom telefoniert in der Küche mit meiner Oma.« Sie sah sich kurz um, bevor sie zurücktrat. »Willst du reinkommen?«

Ich rührte mich immer noch nicht. »Bist du sicher, dass es deiner Mom nichts ausmacht?«

»Ist schon okay. Sie würde dich wahrscheinlich sowieso reinlassen.« Sie murmelte leise etwas hinterher.

»Was?«

»Nichts. Alles gut.« Sie packte meinen Arm und zog mich hinein. »Ich wollte übrigens auch mit dir über etwas reden. Lass mich nur erst Mom Bescheid sagen, dass du da bist.«

»Okay.« Ich ging ins Wohnzimmer und wartete dort auf sie. Oreo lag auf dem Teppich und ließ ein aufgeregtes Bellen hören, als er mich bemerkte. Er stand nicht auf, aber er rollte sich herum, damit ich ihn kraulen konnte. Ich blieb stehen und rieb seinen Bauch mit meiner Fußspitze.

Während ich darauf wartete, dass Taylor zurückkam, hob ich ein rosa Gänseblümchen vom Sofatisch auf. Es lag auf zwei Physik-Arbeitsblättern mit dem gestrigen Datum drauf. Das war seltsam. Taylor war gestern nicht an der Schule gewesen – wie hatte sie die Aufgaben bekommen?

Taylor kam herein, gerade als ich eins der Blätter aufhob. »Hat Carly dir die vorbeigebracht?«

»Ähm, nicht wirklich.« Ich nahm jedes Detail von ihr auf. Sie sah müde aus, aber trotzdem schön, mit ihrem dunklen Haar, das sie aus dem Gesicht gekämmt und zu einem Pferdeschwanz gebunden hatte. Sie setzte sich neben mich. Nicht so nah, wie ich es gerne gehabt hätte, aber das war vielleicht besser so. Ich wollte mir nicht schon wieder Ärger mit ihrem Dad einhandeln. »Also? Was wolltest du mir erzählen?«

Mein Bein hüpfte vor Aufregung auf und ab, als ich mir vorstellte, wie Taylor sich über meine Neuigkeit freuen würde. Oreo folgte der hektischen Bewegung und wälzte sich auf dem Boden hin und her. »Sag du zuerst. Meine Neuigkeit ist superwichtig, und ich glaube, sie wird deine um Längen schlagen.«

Sie bedachte mich mit einem schiefen Lächeln. »Das würde ich so nicht sagen. Ich hab auch große Neuigkeiten.«

»Gute Neuigkeiten?«

Ihr Lächeln verblasste etwas und ihr Blick zuckte zu der Blume in meiner Hand. »Nicht alles davon.«

Ich blickte von dem rosa Gänseblümchen zu den Hausaufgaben auf dem Sofatisch. Etwas in meinem Kopf machte Klick, und ich spürte, wie meine gute Laune verpuffte. Verdammt. Dad und das College rückten in den Hintergrund, während ich sie ansah und hoffte, dass ich mich irrte. »Wer hat dir die Hausaufgaben gebracht?«

Taylor schluckte schwer, bevor sie antwortete. »Brian. Er ist heute Morgen vorbeigekommen.«

»Und die Blume?«

Dieses Mal antwortete sie nicht. Sie nickte nur.

Brian war hier gewesen. Sie hatte mir weder gesimst noch mich angerufen, aber er war zu ihr gekommen. Hierher, allein. So viel dazu, dass ich der einzige Junge war, der sie zu Hause besuchte. Obwohl er wahrscheinlich eine richtige Einladung von ihr bekommen hatte. Was wiederum bedeutete …

Ich ließ die Blume auf den Sofatisch fallen. Meine Hände verkrampften sich ineinander, als ich mich auf dem Sofa zurücklehnte, dieses Mal, um von Taylor wegzukommen. Ich wollte bereits Distanz zwischen mich und das bringen, was jetzt kommen würde. »Hat deine Neuigkeit was mit ihm zu tun?«

»Ja.« Sie holte tief Luft, bevor sie fortfuhr. Ihre Finger umklammerten das Kissen zwischen uns. Die Worte brachen aus ihr hervor wie ein Wasserfall. »An dem Tag neulich, bevor du mit mir ins Aquarium gefahren bist, hat Brian mir gestanden, dass er mich mag, und wir haben uns geküsst. Es tut mir leid. Es kam völlig unerwartet und ich wusste nicht, was ich tun sollte. Ich hätte nie gedacht, dass er mir gegenüber so empfindet …«

Ich hörte kaum den Rest ihrer Geschichte. In meinem Kopf blieben nur ein paar Bruchstücke haften. *Neulich. Brian mag sie. Sie haben sich geküsst.*

Das kam nicht wirklich überraschend. Ich hatte sie oft

zusammen gesehen. Jedes Mal lächelte sie ihn an. Jedes Mal sah er sie an. Brian war Mr Perfect. Genauso wie Taylor Miss Perfect war. Und das wortwörtlich. Das waren die Titel, die sie in der Klasse verpasst bekommen hatten, gemeinsam mit dem Zusatz: Sie werden es weit bringen. Sie gehörten zusammen. Alles was ich bekommen hatte, war der Titel als Störenfried der Klasse… und als attraktivster Junge. Brian konnte es wahrscheinlich kaum erwarten, hierherzukommen und sich bei Mr Simmons als neuer Freund seiner Tochter vorzustellen. Das Arschloch.

Obwohl ich es schon erwartet hatte, traf mich der Schmerz wie eine Welle, die über mir zusammenkrachte. Du kannst sie kommen sehen. Du kannst dich sogar gegen den Aufprall wappnen, aber sie kann dich trotzdem vom Board fegen. Der Schock des kalten Wassers und das salzige Brennen in deiner Nase. Immer und immer wieder. Die Vorstellung von Taylor und Brian als offizielles *Paar* machte mich ganz krank. »Weißt du was? Ich muss los.«

Taylor griff nach meiner Hand. »Nein, Evan, du musst das verstehen! Der Kuss mit Brian hat mir endlich klargemacht, was meine wahren Gefühle sind. Endlich weiß ich …«

Ich stieß sie von mir, bevor sie ihren Satz zu Ende bringen konnte. Ich wollte es nicht hören. Ich wollte nichts davon hören. Alles was ich wollte, war hier rauskommen. »Schon kapiert. Dir tut's leid. Entschuldigung angenommen.« Es kostete mich nur ein paar lange Schritte, um aus der Tür zu stürzen.

»Aber …«

So schnell ich auch zuvor zu Taylors Haus gelangt war, musste ich den Rekord um die Hälfte gebrochen haben, als ich es verließ. Ich konnte Taylor meinen Namen rufen hören, mich anflehen, ihr zuzuhören, aber ich drehte mich nicht um. Ich sprang einfach in meinen Wagen und raste davon.

Die Bilder von Taylor und Brian, wie sie sich küssten, wie sie miteinander lachten, liefen wie in Endlosschleife in meinem Kopf ab. Wie sie Händchen hielten und zusammen aufs College gingen und glücklich bis ans Ende ihrer Tage lebten – als das verdammt perfekte Pärchen, das sie waren.

Aus einem Impuls heraus zerrte ich mein Handy aus der Tasche und wählte. »Hey, Lauren, hast du gerade Zeit?«

Sie glitt mit einem Grinsen auf den Beifahrersitz. »Wird aber auch Zeit, dass ich dich wieder mal ganz allein für mich habe.« Lauren warf ihre Handtasche auf den Rücksitz und zog ihre Beine unter sich, bevor sie sich mir zuwandte. »Ich hatte mir schon überlegt, die Jungfrau in Nöten zu spielen, um deine Aufmerksamkeit auf mich zu ziehen. Ich weiß doch, dass du einem hilflosen Mädchen nicht widerstehen kannst.«

So wütend ich auch wegen Taylor war, konnte ich mir ein Lachen nicht verkneifen. »Du bist keine Jungfrau und du würdest jedem in den Arsch treten, der es wagt, dich in Nöte zu bringen.«

»Nun, was den ersten Teil angeht, hast du recht, aber nicht beim zweiten. Der Grund für meine Nöte sitzt putzmunter und vergnügt direkt vor mir.«

Ich ging nicht darauf ein. »Also, wo sollen wir hin?«

»Egal wohin.« Lauren beugte sich noch weiter vor, bis

ihr Kinn auf meiner Schulter lag. »Du hast mich angerufen, schon vergessen?«

Mein Kiefer verkrampfte. Ich griff nach meiner Sonnenbrille im Fach unter dem Radio und setzte sie auf, bevor ich abrupt den Gang einlegte und Lauren damit von meiner Schulter löste. »Ich hatte nichts Spezielles im Kopf. Ich wollte nur weg.«

Sie nickte. »Wie wäre es mit dem See?«

Der See war kein wirklicher See, eher ein riesiger Tümpel eine Meile vom Freeway entfernt. Das Coole daran war jedoch, dass, egal wie heiß es wurde – selbst wenn es wochenlang nicht geregnet hatte – oder wie sehr es regnete, der Tümpel immer gleich groß blieb. Das Wasser verdunstete nie. Es war auch der Ort, an dem Lauren und ich das erste Mal rumgemacht hatten, als wir anfingen, miteinander zu gehen.

Meine Finger trommelten auf das lederbezogene Lenkrad, während wir an einer roten Ampel warteten. Ich erhaschte aus den Augenwinkeln einen Blick auf sie. Sie hatte es sich auf dem Beifahrersitz gemütlich gemacht. Ihre roten Locken wurden vom Fahrtwind nach hinten gestrichen, als sie sich aus dem offenen Fenster lehnte.

Auf dem Freeway gab es kaum Autos, als ich auf die verlassene Landstraße bog. Ich parkte das Auto unter einem Baum am Ufer, rollte die Fenster herunter und atmete die modrig-feuchte Luft ein. Dunkle Wolken grollten in der Ferne. Bald würde es regnen. Das hier war wahrscheinlich eine dumme Idee.

Ich wollte gerade meinen Kopf umdrehen und vorschlagen, wir sollten stattdessen ins Einkaufszentrum fahren, als Lauren sich auf mich stürzte.

Sie presste ihren Schmollmund auf meinen und fuhr mit der Zunge über meine Lippen, dutzende Bilder schossen mir durch den Kopf. Unser erstes Mal an genau diesem See in genau diesem Wagen. Wie wir im Park herumhingen. Wie wir uns im Kino bei den schlechtesten Filmen überhaupt aneinanderkuschelten, nur damit wir sicher sein konnten, allein zu sein.

Plötzlich blitzte ein Bild von Taylor und Brian vor meinem inneren Auge auf. In der Bibliothek, die Arme berührend. Eine harmlose Umarmung. Ein zarter Kuss. Etwas mehr. Noch viel mehr. Und das war's. Etwas in mir machte Klick. Ich wollte mir beweisen, dass ich nicht mit Taylor zusammen sein musste. Meine Lippen gaben nach, öffneten sich kaum einen Zentimeter.

Aber ein Zentimeter war für Lauren Einladung genug. Sie schwang sich mit der Eleganz einer Raubkatze auf meinen Schoß, wobei sie keinen Augenblick von meinen Lippen abließ, als könne sie nicht aufhören, mich zu küssen, selbst wenn sie es wollte. Ihre rechte Hand fuhr durch mein Haar, während sie meine andere packte und auf ihrer Taille unterhalb ihres Tops legte. Ich rieb über ihre seidig glatte Haut und drückte meine Hand gegen ihren Rücken. Ihr Körper passte so unglaublich perfekt zu meinem.

Sie stieß ein Seufzen aus und legte ihren Kopf in den Nacken, sodass ich mit meinen Lippen über ihren Hals streifen konnte.

Wir bewegten uns mühelos miteinander, als hätten wir das schon tausendmal getan – was wir wohl auch hatten. Ich atmete den vertrauten Geruch ihres Parfums an ihrer Halsbeuge ein. Blumig, nach Lavendel oder so. Lauren trug immer dasselbe Parfum. Allein der Geruch reichte früher, um mich scharfzumachen. Aber nun war es nur das – ein Geruch. Und zwar keiner, den ich noch mochte. Wenn er nur etwas süßer gewesen wäre, nach Vanille oder Zimt. Oder vielleicht der frische Duft von Äpfeln.

Wie Taylor.

Mit einem Seufzen schob ich Lauren sanft von meinem Schoß. Ich sollte das nicht tun. Ich konnte nicht. Nicht, wenn meine Gedanken ständig bei Taylor waren.

»Was stimmt denn nicht?«

Ja, genau, was stimmte nicht? Ich blickte in Laurens aufgebrachtes Gesicht – das Top zerknittert und immer noch so weit hochgerutscht, dass ich den gebräunten flachen Bauch sehen konnte – und stöhnte. Verdammt, sie war so sexy. Scheiße. Ich schloss die Augen, rieb mir die Schläfen und verfluchte mich innerlich dafür, so ein Idiot zu sein. »Nichts. Ich glaube nur nicht, dass es noch eine gute Idee wäre.«

»Ist es wegen Taylor? Hast du dich ernsthaft in sie verknallt?« Ich weiß nicht, was sie in meinem Gesicht sah, aber irgendwas überzeugte sie, dass sie richtig lag. »Hör zu, ich hatte nichts dagegen, dass du ein bisschen mit der kleinen Unschuld rummachst, weil ich dachte, dass du einfach nur deinen Spaß haben willst. Aber sie ist anders als wir. Sie wird dich nie verstehen.«

Sie hatte recht. Mit allem. Aber das änderte nichts an meinen Gefühlen für Taylor. Wenn überhaupt mochte ich sie deswegen nur noch mehr. Und auf eine gewisse Art und Weise verstand mich Taylor tatsächlich besser als ich mich selbst. »Ich weiß nicht, was ich darauf sagen soll.«

»Ich will, dass du sagst, dass da nichts zwischen euch ist.«

»Das kann ich nicht.« Ich zuckte zusammen, als meine Stimme brach, und schüttelte den Kopf. »Warum interessiert es dich überhaupt so sehr, was ich für sie empfinde.«

»Wegen der Art, wie du mich auf der Party angeschaut hast! Als wäre ich dir egal!« Laurens Hände fuhren durch die Luft. Ihre Finger waren wie Krallen, die sich in ihre in Jeans gehüllten Oberschenkel schlugen. »Weil du, egal, mit wie vielen Mädchen du was hattest, immer zu mir zurückgekommen bist. Weil ich dir wichtig war.«

Ich legte meine Hände auf ihre, damit sie aufhörte. »Du bist mir wichtig.«

»Und du bist wichtig für mich.« Sie stieß einen tiefen, rasselnden Atemzug aus. Ihre Hände klammerten sich um meine. »Wir gehören zusammen, Evan. Du und ich.«

Ich war fassungslos. Lauren sprach nie über ihre Gefühle, deswegen hatte ich mir nie auch nur ansatzweise ausgemalt, dass sie mir gegenüber *so* empfinden könnte. Vor allem, da ich ihr gegenüber nie so empfunden hatte. Ich konnte nicht anders als mich wie ein ausgemachtes Arschloch zu fühlen, als ich meine Hände wegzog. »Lauren …«

»Ist es, weil ich mich nicht fest binden wollte? Denn ich kann das. Wir könnten zusammen auf den Abschlussball gehen oder uns eine Reklametafel besorgen, um der Welt zu sagen, dass wir offiziell ein Paar sind. Und dann nach der Schule könnten wir …«

»Nach der Schule gehe ich ans College.« Obwohl ich die Entscheidung eben erst getroffen hatte, fühlte es sich komisch an, es laut auszusprechen. Es machte alles realer.

»Ja, klar, und ich gehe nach Yale.« Als ich nicht antwortete, verstummte ihr Lachen, bis da nur noch Stille war. Die ersten Regentropfen fielen herab und prasselten gegen die Windschutzscheibe. »Warte, du meinst das ernst? Wohin gehst du?«

»An die Troy University.« Endlich blickte ich zu ihrem verblüfften Gesicht auf.

»Und das ist …?«

»In Florida. Fort Walton, um genau zu sein.«

»Also ziehst du nach der Schule von hier fort. Einfach so. Wegen ihr?«

Ich seufzte schwer. »Das ist nicht wegen ihr. Das ist wegen mir. Mein Vater lebt dort. In Destin. Und ich werde während meines Studiums ein paar Jahre bei ihm wohnen.«

»Dein Vater?« Sie starrte mich an, als wären mir plötzlich Hörner gewachsen und als würde ich auf dem Fahrersitz einen Hula-Tanz aufführen. »Ist der nicht im Gefängnis oder so? Ich versteh nicht, warum du bei ihm wohnen willst. Du hast es hier doch gut.«

Es war so komisch, dass wir befreundet waren, ich mir aber nie die Mühe gemacht hatte, ihr von meinem Vater zu erzählen. Oder überhaupt irgendetwas Wichtiges. Der einzige Mensch, dem ich mich je gegenüber geöffnet hatte, war Taylor. Das hätte mir schon einen Hinweis auf meine wahren Gefühle geben sollen. »Du hast recht. Taylor ist anders, aber sie macht auch mich anders. Sie macht, dass ich eine Zukunft will. Dass ich etwas mit meinem Leben anfangen will. Und ich mag den Menschen, den sie aus mir gemacht hat.«

»Tja, ich nicht. Es ist, als würde ich dich überhaupt nicht mehr kennen.« Lauren fuhr sich mit den Fingern durchs

Haar, bis es ein einziges strähniges Durcheinander war. »Du hast also deine gesamte Zukunft durchgeplant? Ohne mich? Hast du eigentlich überhaupt je in Betracht gezogen, mal an mich zu denken?«

Das hatte ich nicht. Ich hatte über jedes einzelne Detail meiner Entscheidung nachgedacht, aber Lauren war mir kein einziges Mal in den Sinn gekommen. Nie. »Wir werden trotzdem Freunde sein.«

Sie schnaubte. »Freunde? Wirklich? Das ist es also, was wir sind?« Sie schloss die Augen und schluckte ein paarmal, bevor sie ihren Körper nach vorne richtete, die Arme fest vor der Brust verschränkt. »Weißt du was? Ich denke, du solltest mich heimbringen. Alles ist besser, als hier herumzusitzen und mir deine Schwärmereien über unsere kleine Miss Sunshine anzuhören.«

»Lauren …«

Ich streckte meine Hand nach ihr aus, aber sie zuckte zurück, als hätte ich sie geschlagen. Sie riss die Augen auf und richtete den Blick auf den See vor uns. »Fahr mich einfach nach Hause. Jetzt.«

Ich seufzte und ließ den Motor an. Erst hatte ich Taylor als meine Freundin verloren und nun hatte ich auch noch Laurens Freundschaft verloren. Was als großartiger Tag begonnen hatte, verwandelte sich rasend schnell in einen Höllentrip.

26

Taylor

Evan war nicht zu Hause und er ging auch nicht an sein Handy. Aber er konnte mir doch nicht für immer aus dem Weg gehen. Wenn es sein musste, würde ich in seinem Vorgarten übernachten.

Ich saß auf den Eingangsstufen, ließ den Blick über die leere Einfahrt schweifen und nagte an meiner Unterlippe. Fast bereute ich es, ihm von dem Kuss erzählt zu haben, aber ich hatte ihm die Wahrheit sagen müssen. Ich hatte ihm erklären müssen, dass ich froh war, dass Brian mich geküsst hatte, weil es mich gezwungen hatte, mich meinem Herzen zu stellen und zu merken, dass ich mit Evan zusammen sein wollte.

Die Tür schwang auf und Mrs Willard rannte mich auf dem Weg nach draußen beinahe über den Haufen. Ihre Handtasche knallte gegen meinen Hinterkopf. »Entschuldige, Taylor, ich habe dich gar nicht gesehen. Was tust du hier?«

Ich rieb mir meinen pochenden Kopf und sprang auf die Füße. »Ich warte auf Evan.«

Sie zog die Augenbrauen zusammen. »Du bist nicht mit

ihm gekommen? Ich hätte schwören können, dass er zu dir fahren wollte, um dir die gute Nachricht …«

»Ist er auch, aber ich …« Ich wurde rot und wusste nicht, wie ich fortfahren sollte. »Wir hatten nicht die Gelegenheit, zu reden.«

Sie schürzte die Lippen und musterte mich schweigend. »Möchtest du hereinkommen und auf ihn warten? Er kommt bestimmt bald heim.«

»Nein, ich warte lieber draußen, wenn Sie gerade auf dem Sprung sind.«

»Das kann warten.« Mrs Willard legte ihre Hand um meinen Arm und zog mich zur Tür. »Komm herein. Möchtest du etwas essen?«

»Danke, aber ich hab keinen Hunger.« Ich folgte ihr ins Wohnzimmer und setzte mich auf das Sofa gegenüber vom Fernseher. Ich verschränkte die Hände in meinem Schoß, blickte mich im Raum um und versuchte, nicht daran zu denken, wie ich es mir mit Evan vermasselt hatte. »Sie haben gerade etwas erwähnt, von wegen Evan und guten Neuigkeiten.«

Sie lachte leise in sich hinein und lehnte sich mit der Hüfte gegen die Sofalehne. »Na ja, sie sind gut, aber auch traurig. Zumindest für mich. Ich will wirklich nicht, dass er fortgeht, aber es ist seine Entscheidung. Ich kann ihn nicht mehr beschützen.«

Mir wurde schwindlig und meine Sicht verschwamm. Ich verstand immer noch nicht, was zum Henker sie da redete, aber die Richtung gefiel mir ganz und gar nicht. »Ich verstehe nicht … Moment mal, Evan geht fort?«

Ihr Lächeln verblasste langsam. »Er hat dir nichts erzählt?« Sie verzog das Gesicht und kaute auf ihrem Daumennagel. »Oje. Das ist mir jetzt irgendwie unangenehm. Vielleicht solltest du doch lieber auf Evan warten.«

Ja klar, als ob ich jetzt noch warten könnte. Ich griff nach ihrem Arm. »Nein, erzählen Sie es mir.« Ich versuchte es mit meinem besten Hundeblick und ahmte dabei Oreo beim Steakabend nach. »Bitte?«

Es dauerte noch ein paar Sekunden, aber sie knickte ein. »Er hat seinen Vater angerufen.«

Ich blinzelte sie verblüfft an. »Das ist ja großartig!« Das waren wirklich große Neuigkeiten! Er hatte ihn also endlich kontaktiert. Kein Wunder, dass Evan vorhin so aufgeregt gewesen war, zumindest bis er das von mir und Brian erfahren hatte. »Fährt er ihn besuchen?«

Mrs Willard blickte auf ihre Füße. »Also, eigentlich hat sein Dad ihn gefragt, ob Evan zu ihm nach Destin ziehen will, nächstes Jahr, wenn sein Studium beginnt. Und er hat Ja gesagt.«

Bam! Das zog mir den Boden unter den Füßen weg. Ich sank auf das Sofa zurück und starrte sie an. Destin? Aber … aber das war so weit weg. Wie konnte er …? Wo wollte er …? Und überhaupt – studieren? Wann hatte er denn die Zusage bekommen? Es war, als hätte ich alles verpasst, was ich nur verpassen konnte.

»Ganz ehrlich, eigentlich bin ich sehr stolz, dass er diese Entscheidung getroffen hat. Aber sag ihm bloß nicht, dass ich das gesagt habe.« Mrs Willard hob die Hand an die Lippen und tat so, als würde sie einen Reißverschluss zuziehen. »Ich setze immer noch auf die Schuldkeule, damit er so oft wie möglich zu Besuch kommt.«

»Okay …«

»Eigentlich ist das alles wegen dir passiert«, fuhr sie mit einem dankbaren Lächeln fort und griff nach meiner Hand. »Um ehrlich zu sein, habe ich mir große Sorgen wegen Evan gemacht. Ich wusste nicht, was er mit seinem Leben anfangen wollte. Aber er hat mir erzählt, dass du ihm geholfen hast, Unis zu finden, an denen er sich bewerben konnte, und eine von ihnen war eben die Troy University in Florida. Ist das nicht ein glücklicher Zufall?«

Ja, das war ein Zufall. Ich erinnerte mich, wie ich mir die Broschüre der Troy University angeschaut und gedacht hatte, wie hübsch der Campus aussah. Klar, es war Florida, also war es sonnig mit bunten Blumen überall. Tatsächlich war es eine der wenigen Bewerbungen, bei der ich Evan geholfen hatte. Und selbst, als wir sie ausgefüllt hatten, hatte ich mir wegen seiner lässigen Art nicht viel dabei gedacht. Mir war nicht klar gewesen, wie weit weg das war und was passieren würde, falls Evan tatsächlich angenommen wurde. Ich hatte es nicht durchdacht. Kein bisschen. »Wann zieht er weg?«

»Gleich nach dem Abschluss. Sein Dad will ihm einen Job im Fischereihafen besorgen, damit er sich an den Wochenenden ein Taschengeld dazuverdienen kann. Sein erster Tag wäre eine Woche nach der Zeugnisvergabe.«

»Oh.« Anscheinend war alles schon geplant. Aber wo blieb da ich? Evan hatte sein Leben unter Dach und Fach gebracht, während ich immer noch keinen Plan hatte, was ich tun sollte. So viel zum Thema Ironie.

In diesem Moment klingelte das Festnetztelefon und riss mich aus meiner Benommenheit. Mrs Willard wandte sich Richtung Küche. »Lass mich kurz rangehen. Das ist bestimmt Brandon wegen des Abendessens.«

Sobald sie weg war, griff ich nach meinem Handy und rief mehrere Flugseiten auf. Vielleicht wäre es trotzdem möglich, einander zu besuchen und zusammen zu sein. Vielleicht wäre es nicht so schlimm.

Vielleicht.

Wenige Minuten später ließ ich das Handy in meinen Schoß fallen. Es war nicht nur schlimm. Es war *richtig* schlimm. Angenommen die Columbia würde mich nehmen: Die Preise für Flugtickets von Florida nach New York lagen bei etwa 300 $ hin und zurück. Vielleicht 200 $, wenn ich mehrere Monate im Voraus buchte und es mir egal wäre, zwei Zwischenstopps einzulegen. Und es wäre mir egal, wenn es nur hieße, dass ich Evan sehen könnte.

Aber selbst wenn Evan unserer Beziehung eine Chance geben *würde*, wie sollte das funktionieren? Meine gesamten Ersparnisse würden für die Miete und all die anderen Sachen in New York draufgehen. Ich hätte kein Geld übrig, um Evan zu besuchen. Und ich konnte mir nicht vorstellen, dass Brandon ihm Geld geben würde, um sich mit mir zu treffen. Evan würde wahrscheinlich Überstunden schieben müssen.

Und würde das reichen? Beziehungen waren doch so schon schwer genug, auch ohne dass man Hunderte von Meilen entfernt war. Wortwörtlich. Die Columbia war 1215 Meilen von der Troy University entfernt. Ich hatte eben nachgeschaut.

Selbst wenn wir es irgendwie hinkriegen sollten, müsste er auch etwas Geld beiseitelegen, um so oft wie möglich seine Mom zu besuchen. Das konnte ich ihr nicht nehmen.

Ich wollte ihn auch nicht ablenken, indem er sich auch noch um mich kümmern musste. Eine Last sein. Er hatte so schon genug am Hals. Das Studium. Ein neuer Job. Seine Familie. Die neue Beziehung zu seinem Dad. Das war Evans Chance, einen Neuanfang mit seinem Vater zu machen. Er hatte so lange darauf gewartet – er konnte das alles nicht in den Sand setzen.

Ich umklammerte die Münze, die an der Kette um meinen Hals hing. *Das würde ich nicht zulassen.*

Ich ließ das Handy wieder in meine Hosentasche gleiten und seufzte. Der Gedanke, Evan nicht jeden Tag zu sehen, schmerzte. Ich vermisste ihn jetzt schon. Aber wenn da jetzt schon so viele Hindernisse waren, so viele Probleme, wie wäre es dann erst später? Es war besser, dem Ganzen sofort ein Ende zu setzen, bevor ich – oder wir – eine Dummheit begehen konnten. Es war das Beste für alle Beteiligten. Unsere Zukunft stand bereits fest. Unsere Träume befanden sich auf dem richtigen Kurs. Es war einfach nur zu schlimm, dass sie sich in entgegengesetzte Richtungen bewegten.

Ich fasste meinen Entschluss und nahm Evans Halskette ab – das erste Mal, seit er sie mir angelegt hatte.

Mrs Willard kam zurück, gerade als ich aufstand. »Gehst du schon? Ich dachte, du wolltest mit Evan reden?«

»Nein, ich muss nach Hause.« Ich fuhr mir mit den Fingern durchs Haar und zupfte sie ins Gesicht, um die Tatsache zu verbergen, dass ich log. Und die Tränen, die ich zurückdrängte. Ich reichte ihr die Halskette. »Könnten Sie ihm nur das hier von mir geben?«

Sie nahm sie mit einem verwirrten Ausdruck entgegen. »Aber …«

Ich wich zurück. »Ich ... ich muss wirklich los. Danke für alles, Mrs Willard.«

Bevor sie meinen Namen sagen oder mich zurückhalten konnte, war ich schon aus dem Haus gestürzt. Ich schwang mich in Moms Wagen und fuhr heim, wobei ich mein Bestes tat, um meine Tränen daran zu hindern überzuquellen. Denn ich wusste, sobald ich ihnen freien Lauf ließ, würden sie nie wieder aufhören.

Als ich nach Hause kam, wartete Dad mit einem breiten Grinsen auf der Veranda vor der Haustür. In seiner Hand steckte ein großer gelber Briefumschlag mit dem Rücksendeetikett der Columbia drauf. Er war dick, viel zu dick, um nur eine Absage zu enthalten.

Was bedeutete, dass sie mich genommen hatten. Endlich zahlte sich alles aus, wofür ich so hart gearbeitet, gelitten und verzichtet hatte. Ich bekam, was ich immer gewollt hatte. Mein Traum, an die Columbia zu gehen und in New York zu leben, wurde endlich wahr. Ich hätte begeistert sein sollen. Im Freudentaumel.

Warum also fühlte ich mich so leer? Als könnte ich die tausend Meilen zwischen New York und Florida förmlich vor mir sehen.

Dad wedelte mit dem Packen. »Ich wollte auf dich warten, bis du heimkommst, um zu feiern, aber ich konnte nicht ... Moment, das sind ja gar keine Freudentränen. Taylor, was ist los?«

Ohne zu antworten, rannte ich in seine Arme und vergrub mein Gesicht an seiner Schulter. Alles, was ich tun konnte, war, ihn ganz fest zu halten, während die Tränen aus mir herausströmten.

27

Evan

Nachdem ich Lauren abgesetzt hatte, saß ich stundenlang am Strand, um meinen Kopf freizukriegen, aber es klappte nicht. Zum ersten Mal in meinem Leben konnte nicht einmal das Meer mich meine Probleme vergessen lassen. Ich war immer noch sauer auf Taylor, aber ich wollte sie sehen. Mit ihr reden. Meine Finger schmerzten förmlich vor Sehnsucht, ihre zu berühren. Die Zeit zog sich, bis eine Sekunde sich anfühlte wie eine Stunde, eine Stunde wie ein Tag und … na ja, ihr wisst schon, worauf ich hinauswill. Und alles nur, weil ich Taylor vermisste. Wirklich vermisste. Als stünde ich kurz davor, Sonette für sie zu dichten. Ja, keine Ahnung, was zur Hölle sie mit mir angerichtet hatte. Gott, ich hätte echt wütend auf sie sein müssen, weil sie mein Leben so durcheinanderbrachte – wenn ich sie nur nicht so sehr geliebt hätte.

Es war schon später Abend, als ich schließlich heimkam. Mom überfiel mich, sobald ich durch die Küchentür trat. Ihre Hände waren mit Mehl bedeckt. »Wo warst du? Ich versuche seit Ewigkeiten, dich zu erreichen.«

»Sorry, ich hatte mein Handy aus.« Damit ich nicht der Versuchung erlag, Taylor anzurufen. Ich schnappte mir einen Hafer-Cookie vom Tresen. »Was ist denn los?«

»Taylor war hier.«

Der Keks in meiner Hand zerkrümelte, als ich sie anstarrte. »Warum? Wann?«

»Sie hat dich heute Nachmittag gesucht. Sie meinte, sie müsse über irgendwas mit dir reden.« Mit einem Seufzen nickte sie zu etwas, das auf dem Küchentresen lag. »Und sie wollte dir deine Kette zurückgeben.«

»Meine ...« Auf einem Stapel Zeitschriften erkannte ich die Silberkette, die sich um die Münze wand. Nein. Ich griff danach und wollte nicht glauben, dass das wirklich meine Kette war. Dass sie sie wirklich zurückgegeben hatte. Dass es wirklich vorbei war. »Scheiße. Ich hab es vermasselt.«

Verzweifelt schlug ich mit der Faust auf die Granitarbeitsfläche. Vielleicht ... wenn ich sie nur hätte ausreden lassen. Vielleicht hätte ich ihre Meinung ändern können. Ich wette, dieser dämliche Brian hätte ihr zugehört. Dieser dämliche, viel zu große Brian, der immer für sie da war.

Gott, ich hasste diesen Kerl.

Mom legte die Hand um meinen Unterarm und hinterließ dort einen weißen staubigen Mehlabdruck. »Dann geh und bring es in Ordnung. Sag ihr, dass es dir leidtut, was auch immer du getan hast.«

Ich schüttelte den Kopf. »Es spielt keine Rolle. Sie hat sich für Brian entschieden. Ab jetzt wird sie mit ihm zusammen sein.«

»Bist du sicher? Denn sie sah wirklich traurig aus, als ich ihr gesagt habe, dass du zu deinem Dad ziehst.«

Ich blickte abrupt auf. »Du hast ihr was gesagt?«

Sie verschränkte die Finger und weißer Staub rieselte auf den Dielenboden. »Ja … es war ein Versehen. Ich dachte, du hättest es ihr schon erzählt.«

Das hatte ich vorgehabt. Ich hatte Taylor alles erzählen wollen: von Dad und meinen Plänen und der Tatsache, dass ich wegen ihr überhaupt Pläne *hatte*. Und dass meine Zukunftspläne sie miteinschlossen. Aber als sie mir das mit dem Kuss und Brian erzählt hatte, war plötzlich alles weg. Ich wusste nicht mehr, was ich tun sollte.

Es schmerzte mich, dass sie nicht geblieben war, um mit mir zu reden. Um mir zu sagen, dass sie stolz auf mich war. Um persönlich mit mir Schluss zu machen. Aber was hatte ich erwartet? Sie hatte es versucht, und ich war derjenige gewesen, der zuerst gegangen war.

Vielleicht hätte ich nicht fortlaufen sollen. Ich hätte bleiben sollen, um mit ihr zu reden. Das wäre die vernünftige Reaktion gewesen. Wenigstens hätte sie mir selbst die Kette zurückgegeben, wir hätten uns anständig voneinander verabschieden können. Und ich hätte sie ein letztes Mal umarmen können.

Oder ich hätte zu Brian fahren und ihm eine reinschlagen können. Ja, genau das hätte ich tun sollen.

Aber es war noch nicht zu spät.

Später am Abend lag ich auf meinem Bett und starrte zu den Sternen an meiner Zimmerdecke. Meine Hand umklammerte die Kette so fest, dass mir die Ränder der Münzen in die Haut schnitten. Der Schmerz in meiner Hand war mir egal. Es war mir sogar egal gewesen, als Brandon vorhin in mein Zimmer gekommen war, um mir vergnügt einen Kalender zu übergeben, an dem die Tage bis zu meinem letzten Schultag eingezeichnet waren – wenn ich endlich ausziehen würde.

Wieder klopfte es und Mom streckte zum zehnten Mal in der letzten Stunde ihren Kopf durch die Tür. »Da ist jemand für dich.«

Ich schoss kerzengerade in die Höhe, verzog aber das Gesicht, als ich statt Taylor Aaron in der Tür erblickte. »Oh, hi.«

Statt zu gehen, wartete Mom in der Tür. Aaron setzte sich auf den Schreibtischstuhl, der ein bisschen unter seinem Gewicht quietschte. »Deine Mom hat mir alles erzählt. Hör zu, wir sind es alle gewöhnt, dass du dich zum Deppen machst, denn das ist echt nichts Neues. Meistens ist es ganz witzig anzuschauen. Aber hier wie ein Jammerlappen rumzuhängen und Trübsal zu blasen, ist echt nur traurig.«

Mom räusperte sich. »Schatz, was Aaron dir sagen möchte, ist, dass wir uns Sorgen um dich machen.«

»Ja genau, Sorgen.«

»Tja, mir geht's super. Und ich blase keine Trübsal. Ich hab nur keine Lust, was zu unternehmen.« Ich ließ mich auf den Rücken fallen und begann wieder die Sterne zu zählen.

Aaron verdrehte die Augen. »Alter, du bist der Bürgermeister von Trübsalhausen. Und das wegen nichts. Taylor ist nicht mit Brian zusammen.«

»Woher willst du das wissen?«

Der Sessel quietschte noch heftiger. »Carly hat es mir gesagt. Ich hab sie angerufen, damit sie nachfragt.«

Ich drehte mich auf die Seite. »Was hat sie noch gesagt?«

»Carly? Sie hat mir nur gesagt, dass Taylor ganz sicher nicht mit Brian zusammen ist und, ähm …« Er hüstelte und blickte zu Mom. »Also eigentlich hat sie mir gesagt, du sollst endlich deinen Mann stehen und Taylor zurückerobern, bevor es zu spät ist. Zumindest ist das die ›12+‹-Version von dem, was sie gesagt hat.«

Ein Funken Energie durchzuckte mich und ich setzte mich auf. Also … war sie nicht mit Brian zusammen. Noch nicht. »Bevor es zu spät ist? Meint Carly, bevor sie was mit Brian anfängt?«

»Also eigentlich glaube ich nicht, dass sie das vorhat«, warf Mom von der Tür aus ein.

»Wie meinst du das?«

Ihre großen grauen Augen waren wie ein Sinnbild der Unschuld – falscher Unschuld. »Ich meine, ich hätte gehört, dass Brian heute sein Stipendium für die NYU abgelehnt hat. Nun, ich bin nicht völlig sicher, aber meinst du nicht, es wäre sinnvoller für ihn, an eine Uni in New York zu gehen, wenn Taylor eine Beziehung mit ihm wollte?«

»Wo hast du das gehört?«

»Ach … irgendwo.«

»Aber …« Ich starrte die Kette in meiner Hand an. Ich zweifelte nicht eine Sekunde an Moms Informationsquellen – wer auch immer sie waren. Aber wenn Taylor nicht vorhatte, mit Brian zusammen zu sein, warum hatte sie mir dann die Kette zurückgegeben? Warum war sie nicht geblieben, um mit mir zu reden? Was dachte sie sich dabei?

Außer … sie dachte, sie täte es für mich.

Plötzlich fügte sich alles. Ich sah das Ganze durch ihre

logischen, praktischen Augen. Das hier passierte alles wegen mir. Sie dachte wahrscheinlich, es wäre edel von ihr, wenn sie von sich aus zurücktrat. Mich tun ließ, was auch immer ich tun wollte, ohne mir zur Last zu fallen. Diese noble Idiotin. Ich wäre doch nicht einmal hier, wenn sie nicht gewesen wäre. Ich hätte nie diese Chance bekommen. Ich brauchte sie an meiner Seite, damit sie nörgelte und meckerte und mich anspornte, besser zu sein.

Das Problem war, wie konnte ich ihre Meinung ändern?

»Was soll ich jetzt tun?«

Mit einem entnervten Seufzen kam Mom zu meinem Bett marschiert und setzte sich hin. »Du tust, was du tun musst, und eroberst sie zurück! Warum bitte solltest du ein Mädchen aufgeben wollen, das so lieb ist, klug, schön, höflich und …«

»… stur, ungehobelt, nörgelig und bissig«, beendete ich.

Aaron schnaubte. »Ihr beide passt echt perfekt zusammen.«

Mom hatte ein selbstzufriedenes, breites Grinsen im Gesicht. »Du liebst sie, nicht wahr?«

»Ja.« Es war sinnlos, es abzustreiten. Ich liebte ihr Lächeln. Ich liebte es, wenn sie neben mir saß und an Rudys Radioknöpfen herumspielte. Verdammt, ich liebte es sogar, wenn sie sich bei mir über die Hausaufgaben beschwerte. Es war Freitag, und alle meine Hausaufgaben waren schon erledigt, weil es mir das Gefühl gab, ihr näher zu sein.

Wenn man dann auch noch bedachte, dass sie es gewesen war, die sich Sorgen um *ihren* guten Ruf machte. Mein Ruf war völlig hinüber wegen ihr. Seht ihr jetzt, was ich meine, wenn ich sage, dass sie mein ganzes Leben total durcheinanderbringt?

Mom tätschelte mir den Kopf, als wäre ich wieder ein Kleinkind. »Du bist auch nicht so übel. Du hast meine Gene, deswegen bist du so hübsch. Und du bist klug, auch wenn du es nicht gerne zeigst. Dafür aber wirklich faul. Du denkst nicht viel mit deinem Kopf. Sehr impulsiv. Und stur. Meine Güte, erinnerst du dich noch, wie du dir mit acht den Arm auf dem Klettergerüst gebrochen hast? Und das zweite Mal zwei Monate später, weil du mir beweisen wolltest, dass es deinem Arm ganz super ging, obwohl der Doktor dir gesagt hatte, dass er noch verheilen musste?«

»Äh, sollen mir diese Beleidigungen helfen, mich besser zu fühlen?«

Sie schüttelte den Kopf. »Was ich sagen möchte, ist, dass du ein Sturkopf bist. Und es war vorhin eindeutig klar, dass sie auch in dich verliebt ist. Es stand ihr ins Gesicht geschrieben. Und jetzt geh und hol sie dir zurück.«

Mom hatte recht. »Soll ich jetzt zu ihr fahren? Ihr Blumen kaufen? Süßigkeiten?« Pizza und blaue Zuckerwatte wären wahrscheinlich die bessere Wahl.

Aaron räusperte sich. »Carly sagt, du musst dich echt ins Zeug legen. Du musst ihr praktisch einen superromantischen Arschtritt verpassen.«

Ich schnaubte und lachte. Ja, das klang ganz nach Carly. »Hatte sie denn was Bestimmtes im Sinn?«

»Keinen Plan. Etwas richtig Großes und Tolles, um ihr zu zeigen, dass du keine Angst davor hast, was irgendjemand denkt, solange sie mit dir zusammen ist. Aber es muss trotzdem persönlich sein und süß, sodass sie weiß, dass du dir

Gedanken um sie machst. Wie wäre es mit einem Flugzeugschriftzug über der Schule! Oder einem Picknick in einem Heißluftballon!«

»Taylor hat schon Angst, wenn wir über eine Brücke fahren. Ich bin sicher, sie würde lieber sterben, als in einen Heißluftballon steigen. Eine tote Freundin ist *echt* nicht das, worauf ich gerade abziele.« Ich fühlte mich ein bisschen verwirrt. Ich hatte keine Ahnung, was ich tun sollte. Groß und toll, aber süß und persönlich? Alter, was sollte ich denn *damit* anfangen?

Aaron machte ein langes Gesicht und er drehte sich auf meinem Sessel herum. »Okay, dann vielleicht lieber was anderes.«

Mom lehnte sich auf ihren Ellbogen zurück. »Also, weißt du, als dein Dad mich das erste Mal ausgeführt hat, ist er mit mir zum Jahrmarkt in die nächste Stadt gefahren. Besser gesagt, er hat es versucht. Sein Truck hat auf halber Strecke schlapp gemacht, und dann hat es angefangen zu regnen, als er ihn reparieren wollte, also waren wir beide nass bis auf die Knochen. Er hatte eine Decke auf dem Rücksitz und wir ...«

Oh Gott. Ich sprang auf und formte mit meinen Armen ein Kreuz, damit sie aufhörte. »Bitte, bring diesen Satz nicht zu Ende.« Ich wollte mir meine Eltern nicht auf dem Rücksitz eines Trucks vorstellen. Ich ging zu meinem Schreibtisch rüber und boxte leicht gegen die Sessellehne, als ich mich Aaron zuwandte. »Ich bin überhaupt ziemlich erstaunt, dass du den Mumm hattest, Carly anzurufen. Hast du denn keine Angst vor ihr?«

Aaron ließ wieder ein Schnauben hören. »Scheiße, nein.

Ich bin im Footballteam, und sie wiegt nicht mal halb so viel wie ich … und eigentlich hab ich sie gar nicht *angerufen*. Ich hab ihr gesimst.«

»Wow, jetzt klingst du echt wie ein knallharter Typ.« Ich hielt die Halskette vor mein Gesicht und sah zu, wie sie sich drehte. Sie funkelte und reflektierte das Licht wie ein echter Stern. »Danke, Kumpel. Und du auch, Mom. Ich schätze eure Hilfe sehr.«

Mom strahlte und hob den Arm, um Aaron einen High five zu geben. »Was auch immer du brauchst, mein Liebling. Wir sind für dich da.«

Aaron nickte. »Ja, du weißt doch, wir stehen voll hinter dir.«

28

Taylor

Du und Evan, habt ihr euch so richtig getrennt?«

Kimmy streckte den Kopf in mein Zimmer und sah in ihrem übergroßen lila Pulli noch kleiner aus als sonst. Ihr dunkles Haar, das sie zu einem Pferdeschwanz gebunden hatte, stand hinten zu allen Seiten ab und verlieh ihrem Kopf eine komische Form. Sie hatte heute Morgen ihre Frisur selber machen wollen und zumindest für ihren Fleiß hatte sie die Bestnote verdient. Ich wandte mich vom Bücherregal ab, ließ das Staubtuch fallen und setzte mich aufs Bett. »Was machst du hier? Ich dachte, du wolltest mit Mom einkaufen gehen.«

»Sie hatte viel zu viele Sachen auf der Liste, also hab ich ihr gesagt, ich bleib lieber bei dir.« Ohne meine Einladung abzuwarten, kam sie herein und sprang auf die Matratze, sodass ich ebenfalls auf und ab hüpfte.

Es störte mich nicht, ich freute mich über ihre Gesellschaft. Überhaupt *irgendeine* Gesellschaft. Ich hatte dieses Wochenende ein paarmal mit Carly telefoniert, aber sie hatte ständig zu tun. Außerdem meinte sie, sie könne mein

Gejammer nur in Kleinstdosen vertragen. Sie hatte jedoch versprochen, mir morgen ihr mitfühlendes Ohr zu leihen, aber keinen Tag früher.

Als Kimmy sich an mich lehnte, zog ich ihr das Haargummi vom Kopf und kämmte mit meinen Fingern durch ihre Locken. Ich teilte ihr Haar in drei Abschnitte und flocht es konzentriert und gleichmäßig.

Kimmy zupfte an den Fäden meines Quilts. »Also? Hast du Schluss gemacht? Mom hat es Dad gesagt, aber ich hab's nicht geglaubt.«

Meine Hände hielten beim Flechten inne. »Ja, hab ich.«

»Oh.«

Im Raum wurde es still, während sie auf dem Bett hin- und herschaukelte und wartete, bis ich fertig war. Ich nahm mir Zeit und steckte jede einzelne Strähne fest, bis der Zopf ihr perfekt über den Rücken fiel, dann band ich ihn mit dem Gummi fest.

Sie kratzte sich mit dem Zopfende unter dem Kinn. »War es seine Schuld?«

»Nein, nicht wirklich. Es war ... Wir konnten nicht ...« Wie sollte ich bloß einer Neunjährigen unsere Beziehung erklären? Verdammt, selbst ich verstand nicht, warum wir nicht zusammen sein konnten. Ich meine, ich kannte die Gründe, aber in diesem Moment konnte ich nicht anders, als zu denken, dass es dumme Gründe waren. Ich war dumm. »Es ist kompliziert.«

»Wolltest du, dass ihr Schluss macht?«

»Nein«, gab ich zu, unfähig, sie anzulügen.

Sie spitzte die Lippen zu einem Schmollmund. »Dann muss es seine Schuld sein.«

Dieser Logik hatte ich nichts entgegenzusetzen. »Vielleicht.«

Sie lehnte sich an meine Brust und ließ sich von mir umarmen. »Taylor?«

»Ja?«

»Ich vermisse ihn. Er war nett. Ich glaube nicht, dass ein anderer Junge mir erlauben würde, ihn zu schminken.«

Ich legte mein Kinn auf ihrem weichen Scheitel ab und schloss die Augen. »Ich vermisse ihn auch.«

Nachdem Kimmy nach unten gegangen war, um fernzusehen, beendete ich meine Aufräumaktion, die Bücher in meinem Regal nach Genre und Lieblingsautoren zu ordnen, und tauchte in meinem Kleiderschrank ab. Ich hatte bereits die Klamotten danach aufgeteilt, welche ich ins College mitnehmen, welche ich hierlassen und welche ich spenden würde, aber es schadete ja nicht, alles noch einmal zu überprüfen. Vielleicht hatte ich etwas übersehen. Etwas, was ich in der Zukunft brauchen würde.

Ich wühlte mich gerade durch einen Haufen T-Shirts und Pullis, als Dad mit einem Teller Cookies ins Zimmer kam. »Hast du Lust auf eine kleine Pause?«

»Klar.« Ich schlängelte mich vorsichtig zwischen den Klamottenbergen hindurch und setzte mich zu ihm aufs Bett. »Hast du einen …?« Ohne meine Antwort abzuwarten, zog er zwei extra Teller unter dem Keksteller hervor und reichte mir grinsend einen davon. »Danke, Dad.«

»Kein Problem. Wir wollen doch nicht deinen makellosen Teppich vollkrümeln, oder?«, zog er mich auf und lehnte sich gegen mein Kissen. »Wer hat dir bloß beigebracht, so sauber und pingelig zu sein?«

Ich unterdrückte ein Kichern. Manchmal konnte er echt albern sein. »Das wärst dann wohl du. Weißt du nicht mehr? Sobald du Mom geheiratet hattest, hast du mir eingebläut, dass Ordnung und strukturierte Pläne der Schlüssel zu einem glücklichen Leben sind.«

»Ja, ich vergesse manchmal, was für ein Genie ich bin.«

Ich lachte und wollte mir gerade einen Cookie in den Mund schieben, als ich bemerkte, dass er selbst gebacken war. »Äh, wo sind denn die her? Hat Mom gebacken?«, fragte ich und schnupperte argwöhnisch daran. Er schien essbar zu sein. Und es handelte sich um meine Lieblingssorte – Hafer-Chocolate-Chip.

Dad schnappte sich ebenfalls einen und legte ihn auf seinen Teller. »Grundgütiger, nein. Oder hörst du schon den Rauchmelder piepsen? Ich glaube, jemand hat Mom einen ganzen Korb geschenkt. Aber sie hat mir nicht gesagt, wer.«

Mit einem erleichterten Seufzen nahm ich einen großen Bissen. Der Cookie war echt lecker. Süß und schmelzend weich. Innerhalb einer Minute hatte ich zwei weitere inhaliert. Ich schwöre, ich musste nicht einmal kauen. Nur blinzeln, und weg waren sie.

Schokolade war der wahre Schlüssel zum Glück. Ich fühlte mich schon besser, obwohl der Zuckerschock mich wahrscheinlich später noch einholen würde. Die Cookies stimmten mich irgendwie wehmütig. Sie erinnerten mich an all das Gebäck, das Evans Mom für mich gemacht hatte. Und natürlich ließ *das* mich wiederum an Evan denken, und *bam!* – wir waren wieder am Anfang angelangt.

Dad hatte eine echte Schwäche für Süßes, deswegen wunderte ich mich etwas, als er nur zwei aß. Er klopfte die

Hände über dem Teller ab, bevor er ihn auf meinem Nachtschränkchen abstellte. »Und? Schon bereit, das gute alte Nest zu verlassen?«

Ich verdrehte die Augen und lachte. »Die Schule geht noch eine ganze Weile, Dad. Ich ziehe erst Ende Juli um. Glaub mir, wir haben noch genug Zeit.«

»Das sind nur noch ein Monat, drei Wochen und zwei Tage. Ich habe das Gefühl, die Zeit fliegt.« Dad deutete auf das überwältigende Chaos auf dem Boden. »Warum packst du so früh, wenn noch so viel Zeit ist? Freust du dich so darauf, wegzukommen?«

»Nein, natürlich nicht. Ich hatte nur …« Ich zuckte mit den Schultern. »Ich hatte heute nichts Besseres zu tun.«

Er kniff die Augen zusammen und sah mich an. »Ist es wegen diesem Jungen, Evan?«

Ich schob mir einen weiteren Cookie in den Mund, um die Antwort hinauszuzögern. Wenn ich ihn anlog und Nein sagte, würde Dad mich nur weiter verhören und so die Wahrheit herausfinden. Aber allein bei dem Gedanken, mit ihm über Jungsprobleme zu reden, kamen mir die Cookies wieder hoch, die ich gerade gefuttert hatte. Dies war so einer der Fälle, wo es echt doof war, einen Rechtsanwalt als Vater zu haben.

Schließlich nickte ich nur und hielt den Blick weiterhin gesenkt.

»Ich kann nicht behaupten, dass es mir leidtäte, dass ihr beide euch getrennt habt. Ich meine, am Anfang schien er ganz passabel. Aber das war, bevor ihr beide … Ich sage damit nicht, dass ihr … Ich meine, hoffentlich habt ihr nicht. Es ist nur, ich weiß, dass Jungs sehr darauf fixiert sind, ähm …«

Oh Gott. Ich überlegte mir gerade, die Cookies absichtlich hochzuwürgen, nur um ihn abzulenken. Ich hatte ihn noch nie so viel stottern gesehen. Nicht einmal, als er versehentlich den Hund dieser fremden Frau überfahren hatte und für die Einäscherung zahlen musste.

Dad stieß die Luft aus. »Du bist mein kleines Mädchen. Und um ehrlich zu sein, ich glaube, ich will nicht, dass du mit überhaupt irgendeinem Jungen ausgehst. Jemals. Zumindest nicht, solange ich noch lebe. Oder noch sehen kann.«

»Tja, das Problem stellt sich ja nicht mehr …«

»Aber ich will auch nicht, dass du traurig bist.« Er zupfte an einer meiner Haarsträhnen. »Ich werde das hier nur einmal sagen, also hör gut zu: Ordnung und strukturierte Pläne sind *nicht* der Schlüssel zu Glück und Erfolg. Es macht das Leben vielleicht einfacher, wenn die Dinge immerzu perfekt sind, aber sie werden es nie ganz sein. Du kannst nicht alles planen. Manche Dinge passieren einfach. Und das ist auch gut so. Du solltest etwas nicht nur tun, weil es bequem und ordentlich ist. Manchmal ist etwas Durcheinander auch nicht schlecht.«

Ich riss die Augen auf und starrte ihn mit offenem Mund an. »Kannst du das noch mal sagen? Ich glaub, ich muss das aufnehmen, als Beweis, dass du durchgedreht bist.« Ich zog mein Handy hervor und hielt es hoch.

»Ganz bestimmt nicht. Ich habe schon gesagt, dass ich es nur einmal sage.« Er sammelte die Teller auf und wandte sich Richtung Tür. »Außerdem weißt du doch, dass beide Parteien ihr Einverständnis geben müssen, um ein aufgenommenes Gespräch als Beweis zu verwenden, und ich habe bereits abgelehnt. Aus diesem Grund wäre diese Konversation vor Gericht unzulässig.«

Ich lächelte ihn zuckersüß an. »Dann weißt du ja auch, dass diese Regelung nur in bestimmten Bundesstaaten Anwendung findet. Ein guter Rechtsanwalt würde immer einen Präzedenzfall für dieses Gespräch finden und im Zweifelsfall seine Verwendung als Beweismittel erwirken.«

Er lachte und schüttelte den Kopf. »Ich weiß nicht, ob das Jurastudium eine so gute Idee für dich ist. Möge Gott mir beistehen, wenn du noch schlauer wirst, als du es ohnehin schon bist. Ich wollte doch nur sagen, dass, wenn etwas oder jemand es wert ist, darum zu kämpfen, du auch darum kämpfen solltest. Es wird ja nicht Kampf genannt, weil es so einfach wäre.«

Wie üblich hatte er recht. Ich knabberte am nächsten Cookie herum, während ich über seine Worte nachdachte.

Dad blieb in der Tür stehen. »Ach, übrigens, ich soll dir von deiner Mutter ausrichten, dass sie noch mehr Zutaten für Thunfischsalat gekauft hat. Willst du, dass ich ihr sage, dass du sie nicht mehr brauchst?«

»Sag ihr, sie kann sie wegräumen. Vielleicht brauch ich sie irgendwann mal später, aber im Moment geht's mir gut«, erwiderte ich lächelnd. Es war besser, vorbereitet zu sein. Man wusste ja nie, was als Nächstes passieren konnte. Das Leben war einfach unvorhersehbar.

29

Taylor

Mein Blick huschte durch die Cafeteria zu den Ständen und Tischen, die dort aufgestellt waren. Grüppchen von Elft- und Zwölftklässlern schlenderten dazwischen herum, um sich die Angebote anzuschauen. Die erste Hälfte des Karrieretages war ganz nach Plan verlaufen und war großartig. Haufenweise Leute waren gekommen (hauptsächlich, weil ich sie damit für den heutigen Tag vom Unterricht befreit hatte) und hatten sich Informationen über duale Studiengänge und Praktika geholt. Das Einzige, was jetzt noch fehlte, war die Präsentation im Auditorium. Alles, was ich tun musste, war, die Slideshow zu starten und die Gastrednerin vorzustellen.

Ich blätterte durch die Zettel in meinen Händen und versuchte, beschäftigt auszusehen, damit ich mit niemandem sprechen musste. Eigentlich hätte ich meine Rede üben sollen, aber ich konnte nicht anders, als jedes Mal aufzublicken, wenn ein blonder Junge hereinkam.

Wo war Evan? Er hätte mittlerweile da sein müssen. Die Präsentation war eine Pflichtveranstaltung für die gesamte zwölfte Jahrgangsstufe. Nicht dass ihn das je gekümmert hatte. Aber trotzdem, er wusste, wie viel mir das hier bedeutete. Ich hatte geglaubt, er würde wenigstens kurz vorbeischauen.

»Taylor.«

Ich setzte ein strahlendes Lächeln auf, als Mr Peters mit einer hübschen asiatischen Frau in einem schlichten gelben Kleid auf mich zukam. »Das ist Miss Ann Nguyen, unsere heutige Hauptrednerin. Sie hat ihren Abschluss …«

»… als Jahrgangsbeste an der Columbia gemacht. Sie ist nicht nur die jüngste Teilhaberin von *Ludwin, Pennington & Nguyen* – einer rein weiblichen Anwaltskanzlei –, sondern ihr Traum ist es auch, eines Tages am Obersten Gerichtshof zu arbeiten. Ein Ziel, das sie auf dem besten Weg ist zu erreichen«, ergänzte ich, voller Ehrfurcht, dass ich ernsthaft mit Ann Nguyen sprach. *Die* Ann Nguyen. Sie war mein Vorbild. Sie verdrängte sogar Dad von der Spitze meiner Helden-Liste (auch wenn ich ihm das nie sagen würde).

»Ich glaube, das mit dem Obersten Gerichtshof habe ich nur einmal in einem Artikel der Universitätszeitschrift erwähnt, als ich mein Jurastudium anfing.« Miss Nguyen bedachte mich mit einem anerkennenden Lächeln. »Ich bin überrascht, dass du das gefunden hast.«

»Tja, Taylor ist immer allen einen Schritt voraus. Diese gesamte Veranstaltung wurde von ihr geplant und organisiert«, sagte Mr Peters mit dem Anflug eines Lächelns. »Irgendwer hat mir mal gesagt, dass es nichts gibt, was sie nicht schaffen kann, und er hatte recht.«

Ich sah ihn verblüfft an und mein Gesicht strahlte ob seines Lobs. Es war beinahe so etwas wie ein indirektes Eingeständnis, dass er sich, was mich betraf, geirrt hatte. Nicht unbedingt eine Entschuldigung, aber ich wollte nicht kleinlich sein.

Am anderen Ende der Cafeteria wurden Rufe laut. Mr Peters hob ruckartig den Kopf, und auf seiner Stirn machten sich die vertrauten Furchen breit, als er sich entschuldigte und uns allein ließ.

So dankbar ich für seine Komplimente war, innerlich seufzte ich erleichtert auf, als er davonging. Er war nett (irgendwie) und alles, aber nach dem ganzen Stress der letzten Wochen würde ich ihn bestimmt nicht vermissen, wenn die Highschool vorbei war.

Miss Nguyen trat näher auf mich zu. »Ich habe gehört, dass du im Herbst auf die Columbia kommst.«

Ich starrte sie an. »Ich habe es erst dieses Wochenende erfahren. Woher wissen Sie das?«

Sie hob den Zeigefinger an ihre Lippen und zwinkerte. »Du bist nicht die Einzige, die weiß, wie man gute Recherchen anstellt.«

Ich blinzelte lediglich. Das hier wäre die beste Gelegenheit gewesen, um mit meinem Witz und Charme zu punkten, aber mir fiel nichts ein. »Sie sehen jünger aus, als ich dachte«, platzte es aus mir heraus, und ich zuckte innerlich zusammen. Ja, vielleicht hätte ich auch einfach nur die Klappe halten sollen.

»Das sind die Gene. Mein gesamtes Studium hindurch wurde ich auf achtzehn geschätzt. Damals war es nervig, weil ich nicht in die Clubs reinkam, aber heute ist das gar nicht so schlecht.«

Okay, sie wurde toller und toller. Aller Small Talk, den

ich mir im Vorhinein zurechtgelegt hatte, löste sich mit jeder Sekunde, in der ich mit ihr sprach, immer mehr in Wohlgefallen auf. Gott sei Dank wurden die Cafeterialichter gedimmt und signalisierten den Beginn der Präsentation, bevor ich sie nach ihrem Hund oder so was fragen konnte und sie dahinterkam, dass ich eine Stalkerin und Vollidiotin war.

Miss Nguyen glättete die nicht existenten Falten auf ihrem Kleid. »Bist du bereit?«

»Ja, klar! Ich …« Ein mir vertrautes grünlich-graues Auto fuhr direkt am Fenster neben uns vorbei und lenkte mich einen Moment ab.

Rudy.

Meine Füße rasten automatisch vorwärts, und ich lehnte mich aus dem Fenster, gerade rechtzeitig, um Rudy direkt am Eingang des Auditoriums unten an der Straße parken zu sehen. Ich konnte Evans schattenhafte Gestalt im Auto sehen, aber er rührte sich nicht. Er blieb einfach dort sitzen und trommelte mit den Händen auf das Lenkrad.

Warum stieg er nicht aus?

Eine zarte Hand berührte meine Schulter und brachte mich in die Realität zurück. »Ist alles in Ordnung?«

Ich nickte, aber ich musste unwillkürlich wieder aus dem Fenster spähen, für den Fall, dass er verschwand. Mein Herz machte einen Sprung beim Anblick der rostigen alten Karre – und des Jungen, der darin saß.

Miss Nguyen blickte zum Fenster und schenkte mir ein kleines Lächeln, als verstünde sie. »Du kannst ruhig gehen, wenn du etwas zu tun hast.«

»Aber Ihre Vorstellung …«

»Die kann doch jemand anderes machen. Eigentlich kann sogar ich sie machen. Wer kennt mich schon besser als ich mich selbst? Außer, nun ja... du«, witzelte sie und wedelte mit ihrer Hand. »Jetzt geh schon.«

Mit einem dankbaren Lächeln raffte ich alle Blätter und Karteikarten für meine Rede zusammen. In meinem Magen machte sich nun eine andere Art von Aufregung breit. Ich sah mich um und erblickte Lin, die an der Seite stand und mürrisch dem Treiben der anderen Schüler zusah. Ich ging zu ihr rüber und drückte ihr die Blätter in die Hände. »Hier, Lin, du kannst die Rede halten.«

Ihr Mund klappte auf, und sie starrte den Stapel in ihren Händen an, als wäre es eine tickende Zeitbombe. »Was soll das? Ich kann doch nicht... Ich bin gar nicht vorbereitet.«

»Also gut, hör zu: Die Slideshow ist schon geladen und aufgerufen. Klick einfach auf Play und lies von den Karteikarten ab.« Ich fuchtelte mit den Händen herum, während ich es ihr erklärte und mich bereits rückwärst Richtung Treppe bewegte. Ich verspürte einen kleinen Stich der Reue und Enttäuschung, als ich daran dachte, dass ich die Präsentation verpassen würde, und an all die vergebliche Arbeit, die ich investiert hatte, aber ich schob das Gefühl beiseite. Das war nicht so wichtig. Es gab einen anderen Ort, an dem ich jetzt sein musste. *Jemanden*, bei dem ich sein musste. »Halt einfach die Rede. Du darfst auch die ganze Anerkennung einheimsen. Du weißt, dass du es willst.« Bevor sie noch etwas erwidern konnte, wirbelte ich auf dem Absatz herum und ließ sie stammelnd stehen.

Mr Peters' Mund klappte auf, als ich an ihm vorbeirannte. »Taylor! Was glaubst du eigentlich, wohin du gehst? Du musst die Präsentation halten! Du kannst nicht einfach so gehen, bevor sie überhaupt angefangen hat!«

Bei seinem strengen Tonfall blieb ich beinahe stehen. Vor allem, da er so laut rief, dass alle sich umdrehten und mich anglotzten. Aber ich zwang mich, an Evan zu denken, und rannte noch schneller. Die Fingerzeige und das Getuschel begleiteten mich aus dem Raum und den Korridor entlang, aber ausnahmsweise einmal war es mir egal, denn ich wusste, dass Evan da draußen war, und das Einzige, was im Moment zählte, war er.

Ich rannte den Gehweg entlang auf ihn zu, während Evan aus dem Wagen stieg. Schlitternd kam ich hinter ihm zu stehen, gerade rechtzeitig, bevor ich gegen seinen Hintern knallen konnte, als er sich zum Rücksitz beugte, um etwas herauszuholen.

Meine Augen weiteten sich, während ich seinen Anblick in mich aufsog. Als ich ihn aus dem Fenster heraus erblickt hatte, hatte ich ihn nicht *wirklich* sehen können. Jetzt stand er hier neben Rudy auf dem Gehweg in einem schicken Anzug. Ich wiederhole: einem *Anzug*. Weißes Hemd. Schwarze Krawatte. Klassisch und schlicht.

Oh. Mein. Gott. Das Herz in meiner Brust fing an, heftig zu klopfen, und der Anzug war nur teilweise der Grund. Ich hatte seit Tagen darauf gewartet – mich danach verzehrt –, ihn zu sehen. Und nun, da er endlich vor mir stand, wusste ich nicht, was ich sagen sollte. Ich wollte mich entschuldigen. Ich wollte ihm gratulieren. Ich wollte ihm sagen, wie stolz ich auf ihn war, aber nur drei Worte schwirrten mir immer wieder durch den Kopf.

Ich liebte ihn.

30

Evan

Ich stopfte die herzförmigen Luftballons gerade auf Rudys Rückbank, als Taylor auftauchte. Auch wenn ich sie nicht die Treppe runterlaufen gehört hätte – keuchend und japsend –, so konnte ich doch ihre Anwesenheit spüren. So wie die Macht. Oder Patrick Swayze in diesem alten Film, den Taylor mich gezwungen hatte mit ihr anzuschauen.

Sie kam einen Meter von mir entfernt zum Stehen, den Oberkörper vornübergebeugt. Ihr Gesicht war gerötet und der Pferdeschwanz klebte ihr am schweißfeuchten Nacken.

»Was tust du hier?«

Taylor wedelte mit einer Hand durch die Luft, während sie sich mit der anderen den Bauch hielt. Ihre blaue Bluse zerknitterte unter ihren Fingern. Ich hatte sie noch nie so zerzaust und derangiert gesehen. Sie ließ einen schnaufenden Atemzug entweichen und richtete sich auf. »Ich war in der Cafeteria und habe dich aus dem Fenster gesehen.« *Keuch, keuch.* »Ich musste einen Haufen Leute umrennen, um nach draußen zu kommen. Womöglich habe ich versehentlich zwei getreten, aber ich musste dich unbedingt sehen.« Tiefer Atemzug. »Du ziehst also weg?«

»Ja, ich …« Ihr Anblick ließ mich vergessen, was ich eigentlich sagen wollte. Taylor stand vor mir. Hier und jetzt. Ich meine, ich war außer mir vor Freude, sie zu sehen, aber das hier war nicht Teil des Plans. »Musst du gerade nicht eine Rede halten?«

»Oh.« Sie wirkte etwas verlegen und nervös. »Die hab ich sausen lassen.«

Meine Augenbrauen schossen empor. Sie hatte sich für das hier vorbereitet, seit wir ein »Paar« gewesen waren. Verdammt, sie hatte mich sogar genötigt, ihr damit zu helfen. Und jetzt ließ sie das Ganze sausen. Einfach so? »Warum?«

Ihre Augen funkelten mich an. »Das hab ich dir doch gesagt. Ich musste dich sehen.«

Gott, ich will echt nicht kitschig klingen oder so, aber ich schwöre, bei ihren Worten schmolz mein Herz. Ich hatte mir diesen ganzen Plan ausgeheckt, um sie zurückzuerobern, und sie ruinierte alles mit nur vier einfachen Worten. Aber es war mir egal.

Sie war unglaublich. Sie war wirklich unglaublich.

Ich trat mit einem Schritt auf sie zu und schloss sie in meine Arme. Es fühlte sich so gut an, sie zu halten. Als wäre plötzlich alles wieder in Ordnung. »Ich habe das ganze Wochenende darauf gewartet, das zu tun.«

Taylor schmiegte sich in meine Umarmung. »Warum hast du es nicht einfach gemacht? Warum musstest du so lange warten?«

»Weil ich ein dämlicher Trottel bin.«

Ihre Lippen verzogen sich an meinem Arm zu einem

Grinsen. »Damit kannst du dich aber nicht ständig entschuldigen.«

Ich küsste sie auf die Wange. »Ich weiß.« Auf die andere Wange. »Aber ich bin auch ein Arsch.« Küsste sie auf die Stirn. »Und schrecklich daneben und durcheinander.« Küsste ihre Nasenspitzen. »Und naiv, während du doch so verständnisvoll und intelligent bist.«

Sie hielt mir die Hand vor den Mund, bevor ich sie dort küssen konnte, und senkte den Blick. »Schmeicheleien und Küsse funktionieren bei mir nicht.«

Ich lachte. »Ich hab vergessen, wie stur du bist. Einer der vielen Gründe, warum ich dich liebe.«

Ihr Kopf schnellte so abrupt hoch, dass sie mir beinahe gegen das Kinn knallte, so wie an jenem Morgen in meinem Zimmer. Ich wich gerade noch aus, indem ich zur Seite sprang. Meine Reflexe waren geschärft von all den Verletzungen, die sie mir zugefügt hatte. Ihre Augen glänzten und sie strahlte zu mir hoch. »Du liebst mich?«

Ich strich mit der Hand über ihr Gesicht und kniff sie sanft in die Wange. »Ich dachte, das wäre mehr als offensichtlich.«

Ihre braunen Augen wurden ganz groß und feucht, und ich glaubte, sie müsse gleich weinen. Stattdessen erwischte sie mich völlig unvorbereitet und sprang mich an – wortwörtlich. Ihre Füße verließen den Boden. Ihre Arme schlangen sich um meinen Nacken und klammerten sich daran fest, als ginge es um ihr Leben, während sie mich küsste und ihre weichen, süßen Lippen sich auf meine pressten.

Es war das Heißeste, was ich je erlebt hatte.

»Wow, was für ein Kuss!«, schaffte ich einzuwerfen, als ich

endlich wieder Luft bekam. Mein Herz klopfte mir in den Ohren.

»Tja, ich bemühe mich, zu gefallen«, erwiderte sie mit einem Grinsen. »Ach übrigens, warum trägst du eigentlich einen Anzug?«

»O nein!« Ich schlug mir mit der Hand vor die Stirn. »Das ist alles deine Schuld! Ich hatte diese Riesenüberraschung vorbereitet – ich wollte nach deiner Präsentation mit Blumen und Ballons auftauchen und …«

Ein übermütiges Kläffen unterbrach mich. Taylor machte einen Schritt zurück, gerade als Oreo anfing, auf dem Beifahrersitz auf und ab zu hopsen, obwohl ich ihn hinten auf den Rücksitz gesetzt hatte. Die blaue Fliege, die ich ihm umgebunden hatte, hing schon halb herunter. Er musste es irgendwie geschafft haben, nach vorne zu klettern. Als er Taylor erblickte, wurde er noch aufgeregter und versuchte, aus dem Fenster zu klettern.

»… und ich habe sogar Oreo mitgebracht«, endete ich mit einem Seufzen. All die Pläne und all die Vorbereitungen mit Carly und Aaron waren nun für die Katz.

Taylor umarmte mich fest und versuchte, ihr Kichern hinter der Hand zu ersticken. »Das ist ja so was von kitschig. Hattest du auch was mit Feuerwerk geplant? Oder eine Flugzeugbotschaft am Himmel?«

Ich wedelte mit der Hand hinter ihrem Kopf herum und hoffte, dass meine Botschaft, den Rest des Plans abzublasen, bei Aaron und Carly ankam. Wenn sie das hier schon kitschig fand, durfte sie den Rest niemals erfahren. »Nein, das wäre dann doch zu weit gegangen. Was glaubst du eigentlich, was für ein Typ ich bin?«

»Du bist mein Typ.«

»Das bin ich.« Mit einem Grinsen strich ich ihr den Pony aus der Stirn. »Also, was mich und Florida angeht ...«

Ihre Arme schlangen sich noch fester um mich. »Wir kriegen das hin. Wir können skypen und die ganze Zeit telefonieren. Und wir können sogar unsere Besuche in North Carolina so legen, dass wir sowohl uns als auch unsere Eltern sehen, das wäre auch billiger. Wir könnten uns auch in der Mitte treffen.«

Sie nahm mir die Worte aus dem Mund. »Du bist genial, wie immer. Wie kommt es, dass du deine Meinung geändert hast?«

»Mir ist klar geworden, dass du es wert bist, dass ich um dich kämpfe.« Plötzlich lehnte sie sich ein Stück zurück und boxte mich in die Schulter. »Warum hast du mir das von deinem Dad und der Uni nicht früher erzählt? Ich bin so stolz auf dich, ich könnte heulen!«

»Das wollte ich ja, aber die ganze Brian-Sache hat mich völlig aus dem Konzept gebracht.«

»Oh.« Sie biss sich auf die Lippe und blickte zu Boden. »Tut mir leid. Ich wollte dich nicht ...«

Ich hielt ihre Lippen mit meinem Zeigefinger und Daumen zusammen – nicht so sehr, dass es wehtat, aber so, dass sie aufhörte zu reden »Jetzt bin ich an der Reihe, und ich möchte dir sagen, dass es okay ist. Du musst nichts erklären. Ich verstehe es.« Ich schob meine Hand unter ihr Kinn und hob ihr Gesicht an. Mit einem Seufzen wischte ich eine Träne von ihrer Wange. »Lass mich raten, wieder mal Heuschnupfen?«

»Ja, Frühling ist echt doof.« Sie lachte und wischte sich übers Gesicht. »Lass uns das alles vergessen, okay? Das heute kann ein Neuanfang sein, für uns beide. Keine Entschuldigungen, keine Verträge. Nur wir.«

»Also willst du ganz von vorne anfangen?«

»Jepp.«

»Schade eigentlich.« Ich beugte mich runter, bis meine Lippen an ihrem Ohr waren. »Einige der Erinnerungen von unserer Nacht damals sind wieder zurückgekommen, und glaub mir, es gibt da ein paar Dinge, die ich nicht vergessen möchte.«

Die Röte stieg ihr bis in die Haarwurzeln. »Willst du dir nicht lieber neue Erinnerungen zulegen? Ich garantiere auch, dass du sie nie wieder vergessen wirst, selbst wenn du wolltest.«

»Ach, echt?« Ich hob interessiert die Augenbrauen. »Hast du schon wieder schmutzige Gedanken?«

»Ich weiß nicht, wovon du sprichst.«

»Klingt verlockend. Ich glaube, ich werde diese Herausforderung annehmen müssen.« Ich neigte meinen Kopf, sodass sich unsere Lippen beinahe berührten. »Lass uns doch gleich anfangen, was meinst du?«

Gerade als wir uns küssen wollten, schwebten Seifenblasen an uns vorbei. Hunderte von ihnen sanken auf uns hinab und wirbelten mit dem Wind herum wie in einem Märchenland. Oder zumindest so, wie Carly sich ein Märchen vorstellte. Verwirrt wich Taylor zurück. Ihre Augen waren kreisrund, als sie sich staunend umblickte. »Was ist denn hier los?«

Ich schätzte, meine Botschaft war nicht angekommen. Ich schloss die Augen und stieß einen resignierten Seufzer aus. »Schau hoch.«

Das tat sie und brach augenblicklich in Lachen aus. Aaron und Carly hingen halb über der Brüstung des Auditoriums, beide Hände mit Seifenblasenpistolen bewaffnet, und feuerten auf uns herab. Sie mussten die ganze Zeit auf dem Balkon gestanden haben.

Carly hörte auf und blies über den Lauf ihrer Pistole, als würde er rauchen.

»Kümmert euch nicht um uns. Knutscht einfach weiter!«, brüllte Aaron runter.

Taylor musste sich den Bauch halten vor Lachen und blickte zu mir auf. Wieder waren ihre Augen feucht. »Ich dachte, du bist nicht so der kitschige Typ.«

Ich zog die Kette mit der Münze aus meiner Tasche und ließ sie um ihren Hals gleiten. Als sie sicher an ihrem rechtmäßigen Platz hing, schlang ich einen Arm um ihre Taille. »War ich auch nicht, bis du mich dazu gemacht hast. Früher war ich mal cool. Aber jetzt bin ich ohne dich nur noch ein trauriger Trottel. Und da du erfolgreich jetzt *meinen* Ruf ruiniert hast, finde ich, dass du das wiedergutmachen solltest. Mit sofortiger Wirkung.« Ich streckte meine Hand aus und wackelte mit den Fingern. »Abgemacht?«

Ihre Hand schlang sich um meine und hielt sie fest. »Abgemacht.«

Was davor geschah

Evan

Taylor fesselte meine Aufmerksamkeit, sobald ich sie auf der Party erblickte. Sie ließ sich mit einem Drink in der Hand durch die Menge treiben. Mit der anderen Hand strich sie sich das dunkle Haar aus den Augen, während sie zum Rhythmus der Musik nickte.

Ich weiß gar nicht, warum sie mir überhaupt auffiel. Sie war zwar etwas schicker angezogen als üblich, aber da war ein Haufen anderer hübscher Mädchen, die engere, freizügigere Klamotten trugen. Vor allem das Mädchen, das auf meinem Schoß saß. Ich glaube, sie hieß Abby? Oder Annie?

Meine Finger strichen über Abby/Annies Schlüsselbein und Schulter. »Und? Amüsierst du dich?«

Sie lächelte und schmiegte sich an meinen Hals. »Jetzt, wo du hier bist, schon.«

»Gleichfalls.« Ich versuchte, mich zu konzentrieren, aber mein Blick zuckte wieder zu Taylor zurück. Dieses Mal stand sie alleine neben dem Kamin, die Hand gegen den Backsteinsims gestützt, und wiegte sich zur Musik. Ein paar Jungs schauten zu ihr rüber, aber keiner kam ihr näher.

Wahrscheinlich weil sie nicht von der Eiskönigin, wie alle sie nannten, abgewiesen werden wollten.

Ich gab auf, drückte Abby/Annie einen Kuss auf die Wange und stand auf. Sie rutschte mit einem Quieken von meinem Schoß. »Ich komme später wieder.« Ich wandte mich von ihrem entrüsteten Gesicht ab und schlängelte mich durch die Menge zu Taylor. Sie bemerkte mich nicht. Nicht einmal, als ich direkt hinter ihr stand. »Hey.«

Sie wirbelte herum und sah mich an. »Oh, du bist es.«

Nun, das war eine reichlich unterkühlte Begrüßung. Langsam kapierte ich, warum alle sie die Eiskönigin nannten. Ich lehnte mich gegen den Kamin, um sie in Ruhe zu mustern. »Ähm, ja. Ist alles in Ordnung? Du siehst aus, als ob es dir nicht besonders geht.«

»Mir geht's gut. Fantastisch. Großartig.« Plötzlich ließ Taylor einen kleinen Rülpser hören und schlug sich die Hand vor den Mund. »Und ein bisschen aufgebläht.«

Ich prustete los und schüttelte den Kopf, viel zu überrascht von dem, was gerade passierte, um etwas zu sagen. »Vielleicht sollte ein Fliegengewicht wie du nicht so viel trinken.«

»Was ist ein Fliegengewicht?«

»Jemand, der keinen Alkohol verträgt.« *Wie du*, fügte ich im Stillen hinzu.

Ihr Gesicht strahlte und sie beugte sich vor und tätschelte meinen Arm. »Dann bin ich schon mal keins. Ich hatte zwei Drinks! Und mir geht es ganz prächtig.«

»Ach ja?« Ich hielt drei Finger hoch. »Wie viele Finger sind das?«

Sie verdrehte die Augen. »Drei. Wenn du herausfinden

willst, ob ich betrunken bin, wirst du dir eine bessere Methode überlegen müssen. Ich kann seit meinem vierzehnten Lebensmonat zählen.« Sie kramte in ihrer Tasche und holte einen Stift heraus. Dann zog sie den Deckel ab und begann auf ihrem Arm zu schreiben. »Schau. Ich kann immer noch perfekt schreiben. Betrunkene können nicht schreiben, stimmt's?«

Ich nahm ihren Arm und begutachtete ihn. Sie hatte ihren Namen wirklich ordentlich geschrieben. Mit Schnörkeln und allem Drum und Dran. *Taylor Simmons.* Da ihre Handschrift so perfekt war, sah es beinahe aus wie ein Tattoo. Ohne mir dessen bewusst zu sein, strich ich mit meinem Daumen über die Innenseite ihres Handgelenks. Ihre Haut war warm und weich. »Jeder kann seinen eigenen Namen schreiben.«

»Na schön, dann schreib ich eben deinen.«

»Musst du den nicht zuerst wissen?«

Sie griff nach meinem Arm und rieb mit der Handfläche über meine Haut. Ich mochte es, wie sie mich berührte, und rückte ein bisschen näher. »Oh, es wissen doch alle, wie du heißt, Evan McKinley.«

Ich fühlte mich etwas geschmeichelt und sah zu, wie sie meinen Namen schrieb. Die Zungenspitze ein bisschen vorgeschoben, konzentrierte sie sich auf jeden einzelnen Buchstaben. Sie schloss mit einem energischen *y*, das an einen Blitz erinnerte, und warf den Stift hinter sich. Er traf einen Typen an der Schulter. »Fertig!« Ihre Hand glitt hinab und packte meine.

»Hübsch. Jetzt, da ich weiß, dass du nicht betrunken bist, sollte ich dir wohl einen Drink besorgen.« Immer noch ihre Hand haltend, schlang ich den anderen Arm um ihre Taille und führte sie durch die Menge zu dem Bierfass und den Schnapsflaschen auf dem Küchentresen. Eine riesige blaue Kühlbox mit Cola und Limo stand auf dem Boden.

Taylor folgte mir fröhlich. »Woher weiß ich, dass *du* nicht betrunken bist?«

»Oh, glaub mir, ich vertrage mehr als der Rest hier.«

Sie blickte plötzlich interessiert und ihre dunklen Augen funkelten gefährlich. Sie lehnte sich gegen die Theke und zeigte mit dem Finger auf mich. »Ach ja? Das klingt nach einer Herausforderung. Warum testen wir das nicht aus? Für jeden Shot, den ich trinke, musst du drei trinken.«

Echt jetzt? Sie wollte mich ernsthaft herausfordern? Ich bereute es kein bisschen, Taylor angesprochen zu haben. Die Party hatte vorhin angefangen mich zu langweilen, aber das Gespräch mit ihr war fünf Rummach-Sessions mit irgendwelchen Mädels wert. Ich kicherte in mich hinein und reichte ihr einen Stapel kleiner weißer Plastikbecher. »Abgemacht.«

Mit einem triumphierenden Grinsen schnappte sie sich eine Flasche Tequila und füllte die Becher. Sie gab sich Mühe, in jeden dieselbe Menge zu gießen, bis drei vor ihr standen. Ich dachte, sie würde nur einen trinken, aber sie atmete tief durch und schnappte sie sich alle, einen nach dem anderen. Mein Kiefer klappte runter, als sie die drei Shots hintereinander wegkippte, bevor sie nach einer Dose Cola griff, um sie zu exen.

Sie wischte sich übers Kinn und schob mir die Flasche hin. »Ich hatte drei, das heißt neun Tequilas für dich, Mr Big Shot.«

Ich bedachte sie mit einem anerkennenden Blick. Verdammt, sie war echt tough. Viel tougher als ich gedacht hatte. Mein Stolz brüllte mir zu, es zu tun, während mein

Verstand mir sagte, ich solle es einfach bleiben lassen. Wie gewöhnlich gewann mein Stolz. Oh ja, ich würde das hier morgen früh definitiv bereuen, aber ich konnte ihre Herausforderung nicht ablehnen. Ich kippte den Tequila in die Becher, die sie gerade benutzt hatte.

Wird schon schiefgehen. Ich stürzte alle runter, bevor ich einen Rückzieher machen konnte. Nach dem neunten Shot war mir speiübel. Ich war ziemlich trinkfest, aber ich hatte davor schon ein paar Drinks gehabt. Ganz zu schweigen davon, dass ich Tequila hasste. Dunkler Alkohol ging viel besser runter. Ich winkte Taylor triumphierend mit dem leeren Becher zu. Der Raum um mich herum begann schon, sich ein bisschen zu drehen, aber fest entschlossen, mir keine Blöße zu geben, blieb ich mit beiden Beinen fest auf dem Boden stehen. »Zufrieden?«

»Super. Und jetzt die nächste Runde.«

Als sie schon wieder beherzt nach der Tequila-Flasche greifen wollte, wurde mir klar, dass ich Taylor von der Theke loseisen musste. Stolz hin oder her, aber ich hatte nicht vor, mich auf der Party heute komplett zuzudröhnen, und ich wusste, dass ich bereits hart an der Grenze war. »Lass uns lieber tanzen.«

Die Menge im Wohnzimmer teilte sich ein bisschen, als wir hereinkamen. Vielleicht schubsten wir sie auch beiseite. Keine Ahnung. Ich kriegte es nicht wirklich mit. Ich sah nichts und niemanden, nur dieses faszinierende Mädchen in meinen Armen.

Wir tanzten ein paar Songs, bis jemand ein langsames Lied auflegte. Ohne zu zögern, legte Taylor mir die Arme um die Schultern. Ihr Kopf kippte leicht nach hinten und sie nickte mit geschlossenen Augen zur Musik. Winzige dunkle Haarsträhnchen klebten an ihrer feuchten Stirn.

Meine Hände umklammerten ihre Hüften. Ihr Tanktop rutschte ein bisschen über dem Bund ihrer Caprihose hoch und ich konnte ihre weiche Haut spüren. Nur einen Zentimeter oder so. Ich rieb sie mit meinen Fingerspitzen, bis sie sich warm anfühlte. Die ganze Zeit über betrachtete ich dabei Taylors Gesicht, während sie sich zur Musik wiegte. Es war ganz ruhig, aber ihre Wangen nahmen eine tiefrosa Färbung an. Ich wusste nicht, ob es wegen meiner Berührung war oder wegen des Alkohols, der ihr nun doch zu Kopf stieg. Um mich herum begann auf jeden Fall alles langsam zu verschwimmen.

Taylor öffnete die Lider und blickte zu mir auf. Ihre dunklen Augen waren groß und blickten mich unverwandt an. Aus irgendeinem Grund erstarrte ich. Ich konnte nicht wegsehen. Ich musterte ihr Gesicht, von der kleinen Stirn bis zu dem winzigen Muttermal auf ihrem linken Wangenknochen und weiter runter zu ihren rosigen Lippen.

Plötzlich leckte sie sich ganz leicht über die Unterlippe, dann stellte sie sich auf die Zehenspitzen und küsste mich. Es fühlte sich gleichzeitig weich und hart an. Heiß und elektrisierend. Trotz all des Alkohols, den sie gerade getrunken hatte, schmeckte sie nach Bonbons. Süß und süchtig machend.

Ich schlang meine Arme um ihre Taille und zog sie näher an meinen Körper. Taylor fügte sich perfekt in meine Umarmung, als sei sie dafür gemacht, dort zu sein. Als gehöre sie dorthin. Ihre Hände griffen fester um meine Schultern, als hätte sie meine Gedanken gehört und als würde sie zustimmen.

Taylor

Mit ineinander verschränkten Händen wankten wir die leere Straße entlang. Meine Füße hüpften im Takt der Partymusik, die immer noch in meinen Ohren klingelte. »Bin das ich oder ist es heute Nacht echt neblig? Alles ist ganz verschwommen. Die Sterne, die Bäume …« Ich blinzelte zum Himmel empor und runzelte die Stirn. »Warum sind da zwei Monde?«

Statt aufzublicken, zeigte Evan mit dem Finger auf mich und kicherte. »Du bist ja so was von betrunken.«

»Gar nicht wahr.« Er musste lügen. Ich fühlte mich kein bisschen anders als sonst. Obwohl, ich fühlte mich glücklich. Und leicht. Unbeschwert. Ich ließ seine Hand los und lief – nur für den Fall – in einer geraden Linie ein Stück vor und zurück. Vollkommen gerade. Hätte mit einem Lineal nicht besser laufen können. Ich wirbelte im Kreis herum. Einmal. Zweimal. »Vielleicht bist du ja derjenige, der betrunken ist.«

»Oh, ich bin ganz sicher betrunken. Aber immer noch besser als du.«

Ich zeigte energisch mit meinem Finger auf ihn. »Niemand ist jemals besser als ich … uuups.« Mein Handy rutschte mir aus der Hosentasche und krachte auf den Asphalt. Ich bückte mich, um es aufzuheben. »Oh, verdammt.«

Evan beugte sich vor und blickte auf mein Handy. Sein blondes stacheliges Haar kitzelte meine Nase. »Was ist los?«

»Carly hat angerufen und mir ein paar SMS geschickt.« *Blink, blink.* »Okay, mehr als nur ein paar.« Meine Finger fummelten auf dem winzigen Display herum, als ich versuchte, ihr zu schreiben, dass es mir gut ging. Warum war das nur so schwierig? Die Buchstaben waren so winzig! Die Autovervollständigung fügte ständig komische Wörter und Satzzeichen ein, weswegen ich immer wieder alles löschen und neu tippen musste. *Konzentriere dich, Taylor. Du schaffst das.*

Bei meinem zehnten Versuch griff Evan nach dem Handy und nahm es mir weg. »Meine Güte, lass mich das lieber machen.«

»Ist doch nicht meine Schuld, dass die Autovervollständigung so dämlich ist.« Ich versuchte, mir mein Handy wiederzuholen, aber er hielt es über seinen Kopf, während er tippte. Alles, was ich schaffte, war, mit meinem Busen gegen seine Schulter zu knallen. *Auaaa.* »Dann sorg wenigstens dafür, dass die Grammatik stimmt! Ich hasse Fehler in SMS.«

»In Ordnung, du Grammatik-Diktator. Fertig.« Er schob das Handy in seine Hosentasche und griff nach meiner Hand. »Lass uns gehen.«

Mein fröhliches Grinsen verwandelte sich in eine Grimasse. Ein komisches Gefühl stieg in meiner Brust auf und mir wurde übel. »Ich glaub, ich muss kotzen.«

Evan riss die Augen auf und wich zurück. Beide Hände auf meine Schultern gelegt, bugsierte er mich von der Straße und zu einem großen Busch neben dem Gehweg. Ich hielt mir die Haare aus dem Gesicht und würgte. Zumindest versuchte ich es. Das Einzige, was hochkam, war eklig bittere Galle. Doch sobald ich anfing, war es, als könne ich nicht mehr aufhören. Ich schüttelte mich ob des widerlichen Geschmacks und würgte und würgte, aber es kam nichts anderes hoch. Evan rieb die ganze Zeit über meinen Rücken.

Endlich, als klar war, dass ich fertig war, reichte er mir ein Taschentuch. Ich wischte mir den Mund ab, und erst da merkte ich, dass es überhaupt kein Taschentuch war. Es war der Zipfel seines blauen T-Shirts. Und jetzt hatte es dunkle Flecken. »Iiih, du bist ganz schmutzig.«

»Und wessen Schuld ist das?«, erwiderte er schnaubend. »Gern geschehen übrigens.« Er packte meine Hand und zog mich die Straße weiter. Ein bisschen langsamer. Sein anderer Arm war um meine Schultern geschlungen.

Nach einer Weile fühlte ich mich besser. Ich ließ ihn los und wirbelte im Kreis über die Straße. Einmal. Zweimal. Die Hände über den Kopf gestreckt wie eine Ballerina. Evan grinste und kam im Moonwalk auf mich zu. Selbst seine Arme hoben und senkten sich, während er eine witzige Melodie summte.

Ich weiß nicht, wie lange wir so auf der Straße tanzten, aber ich schwöre, ich blinzelte nur einmal, und schon standen wir in seinem Zimmer. Als wären wir aus dem Nichts dort aufgetaucht.

Als Erstes flitzte ich in sein Bad, um mir die Zähne mit den Fingern zu putzen und den ekligen Geschmack aus meinem Mund zu bekommen. Als ich wieder rauskam, stand Evan immer noch da und kratzte sich am Kopf, als wüsste er nicht, wo er war. Wie ein süßes, verwirrtes Äffchen.

Ich schnaubte. »So viel zum Thema, ich vertrage mehr als alle anderen.«

Evan lehnte sich mit dem Rücken gegen die Wand und ließ sich auf den Boden rutschen. »Heute Nacht bin ich nicht in Bestform. Aber willst du mal sehen, worin ich richtig gut bin?«

Ich summte vor mich hin und stolperte zu seinem Schreibtisch rüber. »Ganz bestimmt nicht beim Putzen, so viel ist sicher. Schau dir nur den ganzen Kram an.« Ein Haufen Müll lag drauf verstreut: Zeitschriften, Comichefte, Schlüssel, Kulis und Kabel. Mit einer Hand wischte ich einen Teil zu Boden.

»Oh Mann, das ist aber auch nicht gerade hilfreich. Und pass auf den *Spider-Man* auf!«, beschwerte er sich mit einem Jaulen, als er sich wieder aufrappelte. »Das ist der, in dem zum ersten Mal die menschliche Fackel auftaucht. In tadellosem Zustand ist der wahrscheinlich siebentausend wert.«

Ich beäugte die abgewetzte Ausgabe in meinen Händen. »Das ist kein tadelloser Zustand.«

»Na ja, nein, das ist ein ziemlich übler Zustand, aber das Ding bringt trotzdem noch fünfzig Kröten.«

Jungs. Ich würde sie nie verstehen. Trotzdem legte ich das Comicheft zurück auf den Tisch. Aaah, das hier sah schon interessanter aus. Ich griff nach einem Stapel Fotos und ging sie durch. »Oh, die hier ist hübsch. Ich mag ihr Haar. Schön glänzend und lockig. Weißt du, was für einen Conditioner sie benutzt?«

»Sorry, wir haben an dem Tag nicht besonders viel geredet«, erwiderte er mit einem anzüglichen Grinsen und verschränkte die Arme. »Aber ich frage sie das nächste Mal, wenn ich sie sehe.«

Ich schnaubte. »Ich bezweifle, dass du dich überhaupt an sie erinnerst.« Bevor er antworten konnte, wurde ich von dem türkisfarbenen Surfbrett abgelenkt, das gegen seinen Schreibtisch gelehnt war.

Ich ließ die Fotos auf den Boden fallen, glitt mit meinen Fingern um den Rand und fuhr mit der Hand die abgerundete Spitze nach. Hübsch. War das Evans legendäres Board? Da waren so viele Krater und Kerben in der Oberfläche – völlig ausgeschlossen, dass er mit so vielen Mädchen was gehabt hatte. Ich war mir nicht einmal sicher, ob es in Wilmington so viele Mädchen gab.

Ich wollte schon immer mal Surfen ausprobieren. Na ja, da gab es einige Dinge, die ich schon immer mal ausprobieren wollte. Aber wie es so schön heißt: Was du heute kannst besorgen, das verschiebe nicht auf morgen. Ich legte das Brett auf den Boden und hüpfte drauf.

Besser gesagt, ich versuchte es. Das verdammte Ding war rutschig oder so. Ich konnte nicht aufrecht draufstehen.

Evan lachte leise und streckte einen Arm aus, um mich zu stützen. Seine linke Hand schlang sich um meine Taille, sodass ich nicht mehr ausrutschen und hinfallen konnte. Ich streckte die Arme zu beiden Seiten aus, als stünde ich auf einem Hochseil.

Er grinste. »Erinnere mich daran, mal mit dir an den Strand zu fahren.«

»Weil ich wie die geborene Surferin aussehe?«

»Nein, weil ich den Ausdruck auf deinem Gesicht sehen will, wenn du es vermasselst und bei der ersten Welle ins Meer plumpst.«

Ich bedachte ihn mit einem finsteren Blick, aber sein Grinsen wurde nur noch breiter. Was wusste er schon? *Ich vermasselte nie etwas. Nie, nie, nie.*

Gott, meine Füße taten vielleicht weh. Blöde schicke Schuhe. Ich hüpfte vom Brett, streifte sie von den Füßen und pfefferte sie in den schmalen Spalt unter seinem Schreibtisch. Mit einem satten Knall landeten sie an der Wand. »Zwei Punkte!«

Er zog sein T-Shirt aus und warf es nach mir. »Meine Güte, du bist nicht nur geschwätzig, wenn du betrunken bist, sondern auch noch laut.«

»Ich hab dir schon gesagt, ich bin nicht betrunken. Ich bin nur glücklich.« Ich musste blinzeln und versuchte, meinen Blick auf den halb nackten Typen vor mir zu fokussieren. Aber er verschwamm immer wieder wie eine Fata Morgana. War irgendwas von dem hier real? Vielleicht war diese ganze Nacht nicht echt. Ich streckte die Arme aus und pikste mit einem Finger in seine linke Brust, dann in seine rechte. Hmm, nett. Und fest.

Er blickte auf meine Hände hinab, die immer noch auf seiner nackten Brust lagen. »Also, wenn du mich betatschen wolltest, hättest du nur mal fragen müssen.«

»Sei nicht so eingebildet. Niemand will dich betatschen. Ich will nur sichergehen, dass ich nicht träume.« Als ich zurücktrat, strauchelte ich über einen Klamottenhaufen auf dem Boden. Ich geriet ins Schwanken, konnte mich aber nicht rühren. Meine Füße steckten fest! Was war denn das für ein schlechter Zauber? Ich schwang mich nach vorne und wäre der Länge nach auf den Teppich geknallt, wenn Evan mich nicht aufgefangen hätte.

Zu meiner Überraschung ließ er nicht los. Seine Hände glitten von meinen Schultern nach unten, um mich an den Händen hochzuziehen. »Setz dich lieber hin, bevor du dir noch wehtust.«

Ich kicherte und ließ mich am Fußende des Betts auf den Boden plumpsen. »Ja, Daddy.«

Er prustete los. »Du weißt ja gar nicht, wie schmutzig das klingt.«

»Doch, weiß ich. Was glaubst du denn, warum ich das gesagt habe?« Ich streckte die Füße aus und wackelte mit den Zehen. »Ich habe sonst nie die Gelegenheit, zu sagen, was ich denke. Das würde meinen guten Ruf ruinieren.«

»Was würde was ruinieren?«

»Na, wenn die Leute herausfinden, dass ich gar nicht so perfekt und korrekt bin. Eigentlich bin ich nämlich echt bissig und sarkastisch und ungehobelt. Ich bin ein schrecklicher Mensch. Eine heimliche fiese Hexe.« Ich schwang beide Arme durch die Luft, als würde ich der Welt all meine Geheimnisse beichten, und traf Evan versehentlich an der Wange. Es fühlte sich so befreiend an, endlich zu sagen, was ich wollte. Ich tippte mir mit dem Zeigefinger gegen die Schläfe und grinste kokett. »Und ab und an ploppen hier drin eben auch unanständige, schmutzige Gedanken auf. Aber das darf ich nicht zugeben. Nein, das darf ich nicht.«

»Aha.« Er sah mich ganz vertraulich an und beugte sich näher zu mir. »Und diese unanständigen, schmutzigen Gedanken … geht es in denen zufällig um mich?«

»Das würdest du gerne wissen.«

Evan lachte. »Da hast du absolut recht. Das würde ich gerne. Unbedingt sogar.« Er schlang einen Arm um meine Schultern. »Warum ruhst du dich nicht ein wenig aus?«

Ich wollte schon widersprechen, aber mein Kopf fühlte sich plötzlich ganz schwer an. Sehr, sehr schwer. Ich musste mich ausruhen. So müde. Ich krabbelte aufs Bett und kuschelte mich in das kühle, frische Kissen. Meine Hand klopfte auf das Kissen daneben. »Komm. Leg dich hin.«

Als er sich endlich hinlegte, schob ich mich vor und schmiegte mich an seine nackte Schulter. *Mhmmm.* Trotz all der Muskeln fühlte sie sich weich und wolkig an wie Zuckerwatte. Gott, ich würde töten, um jetzt Zuckerwatte zu haben. Süß und fluffig und auf der Zunge dahinschmelzend. Ich aß aber nur die rosa Zuckerwatte. Weil die blaue meine Lippen verfärbte.

Wobei das doch dumm war. Warum? WARUM? Weil es niemanden kümmern würde, ob mein Mund nun ein bisschen blau war oder nicht. Es juckte niemanden. Nur mich. Aber ich schaffte es nicht, mich zu ändern. Ich konnte nicht.

»Warum kann ich nicht?« Ich hob den Kopf und blickte zu Evan hoch, dessen Gesicht nur wenige Zentimeter von meinem entfernt war. Ich hatte nie die hellen Sommersprossen auf seiner Nase bemerkt. Sie verschmolzen beinahe mit seinem dunklen Teint. Ich wusste nicht, ob das von Natur aus so war oder von den vielen Stunden, die er beim Surfen in der Sonne verbrachte.

Evan schluckte und rückte ein Stückchen ab. »Wovon redest du grade?«

»Davon, was ich gerade tun will.«

Seine Stimme wurde heiser und sein Blick huschte zu meinen Lippen. »Und was willst du gerade tun?«

»Zuckerwatte essen. Blaue Zuckerwatte.«

Er sah mich fassungslos an. Das war definitiv nicht die Antwort, die er erwartet hatte. Evan biss sich auf die Lippe und wandte das Gesicht ab. Aber so wie seine Schultern sich schüttelten, wusste ich, dass er über mich lachte.

Es war mir egal. Na ja, nicht ganz, aber es störte mich nicht besonders.

Evan schlang den Arm um mich und legte sein Kinn auf meinem Scheitel ab. »Ich kauf dir morgen Zuckerwatte. Aber jetzt lass uns erst einmal schlafen.«

Irgendwas an der Situation hier kam mir seltsam vor, geradezu falsch. Aber es brauchte viel zu viel Energie, um mich darauf zu konzentrieren, also gab ich es auf. Hoffentlich war es nichts Wichtiges. Nichts war gerade wichtig.

Ich schloss die Augen, schmiegte mich an seine Brust und bettete meinen Kopf an der Halsbeuge unter seinem Kinn. Ich fühlte mich sicher und geborgen. Das hier fühlte sich perfekt an. Und das war alles, was zählte.

Gründe für Evan, warum er so tun soll, als ob er mein Freund wäre

- Besserer Ruf bei allen Leuten, auch Lehrern und Eltern. Sie lieben mich (tolle Noten und Mitarbeit, zusätzliche Aktivitäten wie Ehrengesellschaft, Schülervertretung, Jahrbuch etc.) und diese Liebe wird auch auf Evan abfärben.

- Ihm bei seinen Hausaufgaben helfen/ Noten verbessern (wobei das nicht so schwer sein dürfte, alles ist besser als seine jetzigen Noten).

- Ihm mit den College-Bewerbungen helfen (wahrscheinlich zu spät, da die Bewerbungsfristen schon längst verstrichen sind).

- Nach Colleges mit späteren Bewerbungsfristen suchen.

- Herausfinden, ob Evan ein Haustier hat. Anbieten, es Gassi zu führen/zu waschen.

- Versprechen sein Zimmer dreimal die Woche zu putzen. Oder sein Surfbrett zu waschen. Zu wachsen?

- Drei Jahre lang kostenlose juristische Beihilfe nach meinem erfolgreichen Abschluss an der Columbia.

- Ihn mit seltenen Comicheften bestechen. Nicht vergessen: Nach seltenen Comicheften recherchieren.

- Vor anderen Mädchen beschützen?

- ~~Weil er mich eigentlich mag?~~ UNMÖGLICH

DER VERTRAG

Angesichts der jüngsten Ereignisse, im Folgenden als »Party, die nicht erwähnt werden soll« (kurz: PDNEWS) bezeichnet, wurde im Rahmen eines brillanten Plans beschlossen, dass, zum Ziele der Rehabilitierung unserer beider Rufe, eine vorgetäuschte Beziehung zwischen den beiden unten genannten Parteien geschlossen werden soll, mitsamt allen Richtlinien und Klauseln, die solch eine »Beziehung« erfordert.

Diese Vereinbarung, geschlossen am ________ 2020, zwischen Taylor Elizabeth Simmons und Evan McKinley, ist ein verbindlicher Vertrag, bei dessen Verletzung die vertragsbrüchige Partei mit ~~einem Fluch~~ einer Strafe belegt wird. Mögliche Strafen und Bußgelder können bei Bedarf nachträglich hinzugefügt werden. Sobald der Vertrag zu einem zufriedenstellenden Ergebnis geführt hat, das von beiden Parteien anerkannt wird, werden sie in der Öffentlichkeit eine freundschaftliche Trennung vollziehen, um offiziell die Bande für nichtig zu erklären und diesen Vertrag aufzulösen. Bis dahin sind sie verpflichtet, die im Folgenden aufgelisteten Regeln zu befolgen.

Evans Zweitnamen herausfinden?

Abschnitt 1: Beziehungstechnische Erfordernisse im Licht der Öffentlichkeit

1.1. Öffentliche Zuneigungsbekundungen: Händchenhalten und Küsse auf die Wange werden in der Öffentlichkeit und Schule akzeptiert. Alles, was darüber hinausgeht, muss von beiden Parteien zur Diskussion gestellt und neu ausgehandelt werden.

1.2. Kosenamen: Kosenamen sind nicht erforderlich, außer in extrem romantischen Situationen, wie z.B. Valentinstag oder Geburtstag. Doch selbst dann sollten sie nur verwendet werden, wenn andere Leute in Hörnähe sind.

1.3. Verabredungen: Mindestens einmal pro Woche müssen beide Parteien zu einem richtigen Date gehen, um zu demonstrieren, dass sie sich in einer echten Beziehung befinden. Z.B. Kino, Abendessen, auch Verabredungen zum gemeinsamen Lernen in der Bibliothek sind gültig.

Abschnitt 2: Verbote

2.1. Solange sie sich in dieser Beziehung befinden, wird keine der beiden Parteien mit einem/r Angehörigen des anderen Geschlechts ausgehen oder unangemessenen Umgang pflegen. Das betrifft auch jegliche Form von Flirts – sowohl persönlich, per SMS als auch online.

2.2. Ganz offensichtlich wird jegliche Erwähnung dieses Vertrags anderen Personen gegenüber mit der Ultimativen Strafe geahndet. (Die Ultimative Strafe wird später festgelegt.)

- Diese Regel schließt Carly aus, da sie überhaupt erst die Idee hatte und auch sonst in alle Geheimnisse eingeweiht ist. Außerdem würde sie mit ihren Schnüffel-Superkräften sowieso dahinterkommen.

Abschnitt 3: Sonstiges

3.1. Für den Fall, dass irgendjemand danach fragt, wird die Entwicklung unserer »Liebesbeziehung« auf den folgenden Seiten detailliert beschrieben. Die Kurzversion ist unten angefügt. Hierbei ist zu beachten, dass unsere Beziehung bereits existent und in vollem Gange war, als sich die Ereignisse auf der PDNEWS zutrugen.

»Obwohl Evan und Taylor sich bereits kannten, begegneten sie sich eigentlich nie so richtig bis zu jenem schicksalhaften Nachmittag im Starbucks vor zwei Monaten. Sie hatten beide einen Mocha Latte bestellt, aber Evan wollte seinen mit fettfreier Milch, welchen die Bedienung versehentlich Taylor gab. Nachdem sie ihre Mochas getauscht hatten, war Evan so damit beschäftigt, Taylor nachzuschauen, dass er achtlos auf die Straße trat und beinahe von einem SUV überfahren wurden. Glücklicherweise sorgte ihr Warnruf dafür, dass er gerade noch auf den Gehsteig zurückspringen konnte und so um Haaresbreite einem Unfall entging. Nachdem Taylor sich bei ihm erkundigt hatte, ob alles in Ordnung sei, lud Evan sie zum Abendessen ein, um sich bei ihr zu bedanken. Zuerst lehnte Taylor ab, da

Evan nicht unbedingt ihr Typ war, aber er blieb hartnäckig, indem er jeden Morgen vor der Schule mit einem neuen Mocha Latte vor ihrem Haus auftauchte, bis sie schließlich einwilligte.

Ab diesem Zeitpunkt haben sie telefoniert und sich in den zwei Monaten immer wieder verabredet, bevor sie offiziell ein Paar wurden. Die Party war ihre Art, ihre Beziehung der Öffentlichkeit kundzutun.«

Beide Parteien erklären sich mit ihrer Unterschrift mit allen Bedingungen dieses Vertrags einverstanden.

____

Name, Vorname

____

Name, Vorname

Nicht vergessen:
Beim Tippen der letzten Version darauf achten, dass der Vertrag offizieller und fieser klingt, damit Evan unterschreibt. Einschüchterung als Weg zum Sieg!
Dads Briefpapier von der Kanzlei ausleihen. Das mit dem elfenbeinfarbenen Briefkopf.
Vertrag nach Unterschrift laminieren?

Danksagung

Zuallererst möchte ich ein ganz besonderes Dankeschön an euch aussprechen – die Leser. Ihr habt mein Buch bis zum Ende gelesen! Oder zumindest hoffe ich, ihr habt es gelesen und nicht nur bis zum Ende vorgeblättert. Nicht dass irgendwas daran verkehrt wäre, es so zu lesen. ☺ Ihr seid der Grund, warum ich schreibe und weiterhin schreiben werde. Ich liebe euch!

Mein tiefster Dank geht an meine Verlegerin, Jean Feiwel, dafür, dass sie *Alles, nur kein Surfer Boy* die Möglichkeit gab, veröffentlicht zu werden. Ich weiß wirklich nicht, was mit meinem Buch passiert wäre, hätte ich es nicht bei Swoon Reads eingereicht, aber ich weiß, dass es nirgends in besseren Händen hätte sein können. Danke, dass du Evan und Taylor eine Chance gegeben hast.

Holly, gibt es irgendeine Möglichkeit, dich für den Preis der Besten Lektorin zu nominieren? Wir sollten der Sache unbedingt nachgehen, denn du bist einfach großartig! Ich wusste wirklich nicht, was ich bei der Zusammenarbeit mit einer Lektorin erwarten durfte, aber du hast alle Erwartungen übertroffen, die ich hätte haben können. Deine Kommentare und Anmerkungen sind unglaublich und treffen immer ins Schwarze. Ich kann mich glücklich schätzen, mit dir zusammenarbeiten zu dürfen.

Ein großes Dankeschön an Lauren, Emily, Rich, KB und alle aus dem Swoon-Reads-Team, dafür, dass ihr *Alles, nur kein Surfer Boy* zu seinem Glanz verholfen habt, sowohl innerlich als auch äußerlich. Ich hätte mir nie vorstellen können, dass mein Roman so unglaublich toll werden könnte, und das liegt an eurer harten Arbeit. Eine superdicke Umarmung auch an die Swoon-Reads-Community für das Lesen, Bewerten und Rezensieren.

Alles Liebe für meine schreibenden Gefährtinnen Shayda, Rachel und Ashley. Im Ernst, danke dafür, dass ihr die ganze Zeit da wart – während der Zweifel, der Manuskripteinsendungen und Nervenzusammenbrüche. Dafür, mir auf die Schulter geklopft und versichert zu haben, dass alles gut wird. Dafür, dass ihr *Alles, nur kein Surfer Boy* gelesen und kritisiert habt, als es noch *The Love Contract* hieß. Für die spätabendlichen Gespräche und Brainstormings. Und dafür, die großartigsten Unterstützerinnen zu sein, die man sich überhaupt wünschen kann. Ich bin so froh, euch getroffen zu haben. Eines Tages werden wir unseren Autorinnen-Ruhesitz haben.

Meine ersten Schreibversuche begannen auf einer Harry-Potter-Fanseite. Um genau zu sein *HE – Hogwarts Experience*. Stundenlang haben wir an Projekten gearbeitet, Fan-Fiction geschrieben und Rollenspiele gespielt, und das mit den besten Leuten überhaupt. Ich kann die Rollenspiele nicht erwähnen ohne ein ganz besonderes Dankeschön an

Elana, Lifey und Veronica. Danke, dass ihr mir beigebracht habt, wie wichtig die Biografien von Charakteren sind, und dafür, mir beim Feinschliff der Jungsstimme geholfen zu haben. Oder besser gesagt, *Evan* dankt es euch!

An meine wunderbare Familie und Freunde. Ich habe Ewigkeiten gebraucht, bis ich jemandem erzählt habe, dass ich Schriftstellerin werden wollte. Und noch länger, um zuzugeben, dass ich tatsächlich ein Buch geschrieben hatte. Selbst heute fällt es mir schwer zu sagen, dass ich Autorin bin, weil es sich immer noch unwirklich anfühlt. Es gibt Zeiten, in denen all die Zweifel und Ängste immer noch wiederkommen. Aber dann höre ich den Stolz und die Freude in euren Stimmen, wenn *ihr* Leuten erzählt, dass ich Schriftstellerin bin, und das macht es allemal wert. Danke, dass ihr mich all die Jahre unterstützt habt. Selbst wenn ihr nicht einmal wusstet, dass ihr es tut.

Ich erzähle den Leuten immer, dass ich eigentlich überhaupt erst mit dem Lesen anfing, weil meine Schwestern nicht mit mir spielen wollten, als wir klein waren, und es nichts anderes zu tun gab. (Was auch stimmt.) Also seid ihr – Thuc, Quynh und Kien – gewissermaßen der *wahre* Grund, warum dieses Buch existiert. ☺ Aber jetzt im Ernst, ihr habt mir in meinem Leben so viel beigebracht und wart immer für mich da – ob ich es nun wollte oder nicht. Und obwohl ihr Quynh beim Abschlussball beinahe davongejagt habt, war das nicht weiter schlimm, da wir heute verheiratet sind. Außerdem gibt die Story eine wirklich witzige Anekdote her. Ich will jetzt nicht übertrieben schnulzig klingen, aber ihr seid wirklich die *besten* Schwestern, die man sich nur wünschen kann.

An meine großartigen Eltern. Ich weiß kaum, was ich sagen kann, um auch nur ein Fünkchen dessen auszudrücken, wie sehr ich euch schätze und liebe. Es könnte noch ein ganzes Buch geben, nur euch gewidmet, und es wäre doch nicht genug. Ohne eure Unterstützung und eure Fürsorglichkeit wäre ich jetzt nicht hier. Ohne euch *gäbe* es mich nicht einmal. Mom, nichts macht mich glücklicher, als mit dir abzuhängen und die ganze Nacht asiatische Dramen anzuschauen. Du hörst mir immer mit einem Lächeln im Gesicht zu, wenn ich vor mich hin plappere und über Gott und die Welt rede. Und du, Dad – eine meiner schönsten Erinnerungen als Kind ist, als du einen Karton mit Büchern für mich heimbrachtest, den du auf einem Flohmarkt oder in einem Wohltätigkeitsladen gefunden hattest. Auch wenn du nicht mehr bei mir bist, weiß ich, dass du immer noch da bist, um mich zu führen, bei allem, was ich tue, bei jedem Wort, das ich schreibe. Ich weiß nicht, wie ich zu dem Glück kam, euch als Eltern zu haben. ☺ Ich danke euch beiden, dass ihr mich aufgezogen und mir den Wert harter Arbeit beigebracht habt, und dafür, dass ihr mich angetrieben habt, meine Träume zu verfolgen.

An Quynh, meinen Ehemann, den eigentlichen Besitzer des ECHTEN Rudy. Das Erste, womit du mich gefüttert hast, war Pizza, am 28. April 2003. Obwohl nicht genug Pilze drauf waren, ist es immer noch eine der leckersten Sachen, die ich je gegessen habe. Und seitdem haben wir VIEL miteinander gegessen. Aber Pizza wird immer etwas Besonderes für mich bleiben, da es unsere erste gemeinsame Mahlzeit war. Der Beginn unserer Beziehung und meines Sie-lebten-glücklich-bis-ans-Ende-ihrer-Tage. Danke, dass du immer für mich da bist. Für die hundert Ausflüge in die Barnes-Buchhandlung, nur damit ich mir dort die Bücher anschauen und mir Inspiration holen kann. Dafür, dass du dich um mich kümmerst, wenn ich mich mit der Überarbeitung meiner Texte abmühe. Ohne dich wäre dieses Buch kein Buch. Ohne dich wäre *ich* nicht ich. ♥